Über die Autorin

Die britische Autorin Carrie Elks schreibt Romane, in denen es gern etwas knistern darf. Ihre Bücher werden in sechzehn verschiedene Sprachen übersetzt.

Sie lebt mit Ihrem Mann, zwei wundervollen Kindern und einem zu groß geratenen, schwarzen Mops namens Plato zusammen. Wenn sie nicht schreibt oder liest, versucht sie sich am Backen, versüßt sich das Ergebnis mit einem Glas Wein, oder tauscht sich mit anderen über die sozialen Medien aus.

Weitere Titel der Autorin:

Take Me Home
Still The One
Make me Yours
Somebody like You (erscheint im April 2023)

CARRIE ELKS

Make me YOURS

HARTSON'S CREEK SERIE

ROMANCE EDITION

Make me Yours

Carrie Elks

8700 Leoben, Austria

Aus dem Amerikanischen von Jennifer Kager

1. Auflage

Covergestaltung: © Sturmmöwen
Titelabbildung: © Andrii Medvediuk (shutterstock)
Redaktion & Korrektorat: Romance Edition

Printed in Germany

ISBN-Taschenbuch: 978-3-903413-37-5
ISBN-EPUB: 978-3-903413-38-2

www.romance-edition.com

1. Kapitel

Courtney Roberts war spät dran. Und schmutzig. Beides konnte sie gerade nicht gebrauchen. Ihre mit Staub bedeckten Wangen erinnerten sie an den Kampf mit Hester, der wildesten ihrer Hennen, den Courtney vor einer halben Stunde im Hühnerstall ausgetragen hatte. Sie schnappte sich ein sauberes Taschentuch aus ihrer Handtasche und lehnte sich im Autositz nach vorne, um sich den Schaden im Spiegel genauer anzusehen.

War das etwa Hühnerkot in ihrem Haar? Igitt. Da sie im Moment keine andere Wahl hatte, säuberte sie ihr Gesicht mit Spucke, so wie es ihre Granny immer getan hatte. Noch heute konnte sie ihre Großmutter vor sich sehen, die ihr ein Taschentuch vor den Mund hielt und sie aufforderte, draufzuspucken. Als wäre es weniger schlimm, wenn man den eigenen Speichel für die notdürftige Gesichtsreinigung benutzte.

Ein Klopfen an der Scheibe ließ sie von ihren armseligen Versuchen, wie eine normale Einunddreißigjährige auszusehen, aufblicken. Als sie das vertraute Lächeln ihrer besten Freundin sah, kurbelte sie das Fenster herunter und verzog verlegen das Gesicht.

»Was machst du da?«, fragte Lainey. »Oh je, was hast du denn da an der Wange?« Sie rümpfte die Nase.

»Ich habe mich mit Hester gerangelt.« Courtney zerknüllte das Taschentuch in ihrer Handfläche.

»Sieht so aus, als hätte sie sich durchgesetzt. Jetzt komm rein. Ich kümmere mich darum. Es hat keinen Sinn, es selbst zu machen. Das wäre so, als würdest du den Boden wischen, bevor die Reinigungskraft kommt. Überlass das einfach den Profis.«

Courtney grinste und stieg aus ihrem Truck. Sie folgte Lainey in den Schönheitssalon mit dem klangvollen Namen *I Can Make You Beautiful*. Sofort umgaben sie die starken Gerüche von Haarspray und Desinfektionsmittel. Wie immer, seit Lainey den Salon eröffnet hatte, war es hier blitzsauber. Courtney erinnerte sich gut daran, wie die beiden kichernd über mögliche Namen für den Laden nachgedacht hatten. *Curl Up And Dye* und *Julius Scissors* waren nur zwei von vielen, die es nicht geworden waren.

War das wirklich erst ein paar Jahre her? Es fühlte sich an, als wäre seither eine Ewigkeit vergangen. Damals hatte sie noch ein anderes Leben geführt.

Courtney lächelte und winkte den Stylisten zu, die hinter ihren Kundinnen standen. Nur mit Mühe konnte sie die neugierigen Blicke ignorieren, die ihr alle Anwesenden zuwarfen.

Man könnte meinen, dass die ungewollte Aufmerksamkeit ihrem schmutzigen Gesicht geschuldet war. Aber das stimmte nicht. Die Leute waren interessiert an ihr, weil sie so selten in die Stadt kam. Meist nur sonntags zum Gottesdienst. Der heutige Besuch im Salon war erst der zweite in einem Jahr. Beide Male hatte Lainey sie dazu überredet, sich auf einen der cremefarbenen gepolsterten Friseursessel zu setzen, um ihre wilden Locken bändigen zu lassen. Normalerweise trug Courtney ihr Haar hochgebunden – ein Muss, wenn man den ganzen Tag im Schmutz kniete, um sich mit der eigenen kleinen Farm den Lebensunterhalt zu verdienen.

»Setz dich, ich hole einen Umhang«, forderte Lainey sie auf. »Dann besprechen wir, was wir heute mit dir anstellen werden. Ich denke an Haare, Nägel und eine Gesichtsbehandlung. Passt das?«

Courtney schaute auf ihre Armbanduhr. Es war bereits nach zwei Uhr nachmittags. »Ich weiß nicht, ob ich für all das Zeit habe. Ich habe Mary und Ellis versprochen, mit ihnen zu Abend zu essen.«

»Wann seid ihr verabredet?«

»Um fünf.«

Lainey nickte ernst. »Das schaffen wir. Ich werde Nicole bitten, deine Maniküre zu machen, während Rhian die Gesichtsbehandlung übernimmt. Und ich kümmere mich um deine Haare.« Sie zog ein Stück Heu aus Courtneys Dutt und hielt es mit ausdrucksloser Miene zwischen Daumen und Zeigefinger. »Du solltest wirklich öfter als einmal im Jahr hierher kommen.«

»Ich hatte viel zu tun«, gab Courtney zurück.

»Ich weiß.« Laineys Gesichtsausdruck wurde sanfter, als sich ihre Blicke im Spiegel trafen. Sie waren schon lange Jahre befreundet. Seit Courtney in die Stadt gekommen war, frisch vermählt und voller Eifer, ihre neue Rolle als Farmerin perfekt auszufüllen.

Ein anderes Leben. Sie seufzte und schaute auf ihren nackten Finger hinunter. Es hatte ein Jahr gedauert, bis sie es übers Herz brachte, ihren Ehering abzunehmen. Es fühlte sich immer noch falsch an. Shaun war zwar tot, aber er war immer noch ihr Mann. Unter Tränen hatte sie den schmalen Diamantring in die rote Samtbox auf ihrer Kommode gelegt.

»Ich glaube, wir müssen ein paar Zentimeter abschneiden«, sagte Lainey, löste das Gummiband aus Courtneys Haar und schüttelte ihre dunklen Locken aus, sodass sie ihr über die Schultern fielen. »Wir müssen den Spliss loswerden und die Haare wieder in Form bringen. Hast du überhaupt die Spülung benutzt, die ich dir gegeben habe?«

»Ja.« Courtney verkniff sich ein Lächeln über Laineys skeptischen Blick. »Habe ich wirklich. Allerdings nur einmal.«

»Süße, du musst deine Locken pflegen. Du würdest deine Hühner auch nicht dehydriert durch die Gegend laufen lassen. Warum also lässt du deine Locken verdursten?«

Courtney rümpfte die Nase. »Ich habe keine Zeit, mir das Zeug eine Stunde lang in die Haare zu kneten. Ich bin froh, wenn ich fünf Minuten zum Duschen habe.«

»Das kann ich sehen.« Lainey reichte Courtney eine Packung mit Abschminktüchern. »Los, Süße, mach dein hübsches Gesicht sauber. Wir haben viel zu tun.«

Zweieinhalb Stunden später trat Courtney aus dem Salon und blinzelte gegen die Strahlen der späten Nachmittagssonne an, während Lainey die Tür aufhielt. Im Türglas konnte Courtney erkennen, wie ihr Haar glänzte und die Locken ihr Gesicht umrahmten. Sie wusste, dass der Zauber nur bis morgen Früh halten würde, da sie es danach zurückbinden musste, um den Hühnerstall auszumisten. Auch ihre Finger waren verwandelt worden und sahen ausnahmsweise sehr feminin aus. Ihre sonst vernachlässigten Nägel waren perfekt mandelförmig gefeilt und mit einem blassrosa Lack überzogen. Lainey hatte ihr das Versprechen abgenommen, sich gut um ihre Maniküre zu kümmern, damit sie so lange wie möglich hielt.

»Trag Handschuhe«, forderte Lainey erneut. »Immer. Das ist ein Befehl, keine Bitte.«

»Bist du sicher, dass ich dir nichts ...«

Lainey hob eine Hand. Natürlich lehnte sie Courtneys Geld wie immer ab. »Sieh es als verfrühtes Geburtstagsgeschenk.«

»Ich habe erst im nächsten Januar Geburtstag.«

Lainey grinste. »Ich meinte *meinen* Geburtstag. Der ist nächsten Monat. Und ich will, dass meine beste Freundin dafür hübsch aussieht.«

»Ich kann nicht garantieren, dass ich nächsten Monat noch so aussehe.« Courtney zog eine Grimasse. »Die Hühner haben vielleicht etwas dagegen.«

»Deshalb habe ich für dich einen Termin in vier Wochen vereinbart.« Lainey reichte ihr eine Karte mit Goldprägung. Courtney drehte sie um. Und tatsächlich war das Datum bereits eingetragen. »Und versuch nicht, dich davor zu drücken«, warnte Lainey. »Wenn nötig, werde ich sanfte Gewalt anwenden. Du weißt, dass ich nicht scherze.«

»Danke.« Courtney umarmte sie. »Ich weiß das zu schätzen.« Gleich morgen würde sie Lainey einen Karton mit frischen Eiern vor die Haustür stellen. Das war zwar nicht annähernd genug, aber so machte man das in *Hartson's Creek*. Hier bäckt der eine Nachbar dem andern einen Kuchen, um sich für die Hilfe bei der Dachreparatur zu bedanken. Tauschhandel wurde in diesem kleinen Teil von Virginia immer noch praktiziert.

Das war eines der Dinge, die Courtney am Landleben liebte.

»Du bist wunderschön, weißt du das?«, fragte Lainey und zog

sie damit aus ihren Gedanken. »Wie ein Model.« Ein Seufzen. »Hast du darüber nachgedacht, dich wieder zu verabreden?«

»Du hast fast drei Stunden gewartet, um zu fragen.« Courtney stupste Lainey mit ihrer Schulter an. »Ich glaube, das ist ein Rekord. Und nein, ich habe nicht vor, mich wieder zu verabreden. Aber ich verspreche dir, dass du es als Erste erfährst, sobald ich diesen Entschluss treffe.« Das war keine Lüge. Aber auch nicht ganz die Wahrheit.

Lainey sagte etwas, aber es war zu leise, dass Courtney es über das Geräusch ihres Bluts, das durch ihre Ohren rauschte, hören konnte. Ihre Aufmerksamkeit lag nun auf einer anderen Person, einem Mann, der mit zwei weiteren über den Stadtplatz ging. Ihr stockte der Atem, als sie ihn erkannte.

Er war wieder da. Waren die beiden anderen seine Brüder? Er hatte insgesamt drei, so viel wusste sie. Je länger sie ihn betrachtete, desto atemloser fühlte sie sich. Eine dunkle, maßgeschneiderte Hose schmiegte sich perfekt an seine starken, muskulösen Oberschenkel. Die Ärmel seines weißen Hemdes waren hochgekrempelt, der Kragen stand offen. Und eine verspiegelte Pilotenbrille verdeckte seine Augen, aber Courtney konnte sich gut an ihre Farbe erinnern: Haselnussbraun mit blauen und grünen Flecken. Und sie wusste noch, wie es sich anfühlte, wenn er sie ansah. Sein Blick ließ sie Dinge fühlen, die sie seit Jahren nicht mehr empfunden hatte.

Als könnte er die Hitze in ihrem Innern aus der Entfernung spüren, drehte der Mann langsam den Kopf in ihre Richtung. Trotz der Sonnenbrille war sich Courtney sicher, dass er sie ansah. Ihre Lunge brannte vor Sauerstoffmangel. Gerade als sie Luft holen wollte, zog er seine Brille vom Gesicht, und sein Blick traf den ihren.

Plötzlich fühlten sich ihre Beine wie Wackelpudding an.

»Süße, geht es dir gut?«, fragte Lainey.

Courtney atmete langsam aus. »Ja«, sagte sie mit gepresster Stimme. »Es geht mir gut.«

Lainey schaute zum Platz hinüber, und ihre Augen weiteten sich, als sie die drei Männer entdeckte. »Ah, die *Heartbreak*

Brothers. Ich schwöre, immer, wenn ich einen von ihnen sehe, ist er noch attraktiver als zuvor. Kannst du glauben, dass ein Superstar wie Gray Hartson in unserer kleinen Stadt lebt?« Lainey senkte ihre Stimme. »Trotzdem solltest du aufhören, ihn so anzustarren. Das ist irgendwie peinlich.«

Es war nicht Gray Hartson, den Courtney *anstarrte*, doch sie machte sich nicht die Mühe, ihre beste Freundin zu korrigieren. Es war nur natürlich, dass Lainey dachte, sie würde den Rockstar anhimmeln.

In Wahrheit war es sein Bruder, Logan, der Courtneys gesamte Aufmerksamkeit auf sich zog. Er ging links von Gray, war genauso groß, aber breiter gebaut und hatte überaus muskulöse Arme, mit denen er eine Frau mit Leichtigkeit an die Wand drücken konnte.

Fragt nicht, woher sie das wusste.

Zögernd wandte Courtney ihren Blick ab. Logan so lange anzusehen, in aller Öffentlichkeit, würde nichts Gutes nach sich ziehen. Sie wollte vermeiden, dass die Leute anfingen zu reden. In den letzten zwei Jahren hatten sie das zur Genüge getan. Obwohl die Worte meist freundlich und mitfühlend gewesen waren, war es Courtney leid, dass man hinter ihrem Rücken tratschte. Am schlimmsten fand sie jedoch, wenn sie mit *Arme Courtney* betitelt wurde. War das neuerdings ihr Name?

»Ich muss los«, sagte Courtney schnell. »Ich komme zu spät zu Mary und Ellis.« Ihre Schwiegereltern. Oder Ex-Schwiegereltern? Wie nannte man die Eltern seines verstorbenen Mannes? Sie hatte keine Ahnung. Alles, was sie wusste, war, dass die beiden ein Teil ihres Lebens waren. Genau wie die Hühner, der Schmutz und ihre wilden Locken, die sie immer zusammenbinden musste. So sah ihre Realität aus.

Logan Hartson war hingegen eine Fantasie. Ein Moment der Schwäche, den sie sich nie hätte erlauben dürfen.

Selbst jetzt, während sie in ihren alten F150 kletterte, konnte sie noch spüren, was sein Blick in ihr ausgelöst hatte. Doch das war in Ordnung. Insgeheim genoss sie, wie Logan Hartson ihre Haut zum Kribbeln brachte.

Logan Hartson starrte Courtney Roberts an. Allein ihr Blickkontakt hatte heftiges Verlangen in ihm ausgelöst. Alles an dieser Frau hatte eine Wirkung auf ihn. Selbst aus zehn Metern Entfernung war er sich ihrer Nähe so sehr bewusst, dass seine Brüder, mit denen er über den Platz seiner Heimatstadt ging, völlig in den Hintergrund gerieten. Seine Muskeln waren angespannt und seine Haut erhitzt, während er dieses wunderschöne Wesen betrachtete. Er schluckte schwer und beobachtete, wie sie in ihren großen Truck stieg und die Tür zuschlug. Das Einzige, was er durch das schmale Fenster im hinteren Teil des Fahrerhauses sehen konnte, war ihre Lockenpracht.

»Verdammt, Logan, hörst du mir eigentlich zu?«

Widerwillig wandte er seinen Blick ab, lauschte aber dem Aufheulen des alten Motors, als sie ihn anließ. Der Geruch von Abgasen erfüllte die Luft und vermischte sich mit dem Duft der Blumen, die die Beete rund um den Platz säumten. Courtneys Truck war ein schlechter Witz. Alt, rostig und so groß, dass er jeden anderen Wagen in den Schatten stellte. Doch irgendwie machte sie dieses Fahrzeug noch anziehender.

»Was hast du gesagt?«, fragte er und sah seinen ältesten Bruder an. Gray war ein berühmter Rockstar, der die Welt im Sturm erobert hatte. Vor ein paar Jahren war er zurück nach *Hartson's Creek* gezogen, nachdem er sich in eine Kellnerin im örtlichen Diner verliebt hatte. Jetzt steckten die beiden bis über die Ellenbogen in Windeln und Kleinkindspielzeug, weil Maddie im Jahr zuvor Zwillinge zur Welt gebracht hatte. Die zwei waren der Grund, warum Logan hier war – um ihren ersten Geburtstag zu feiern.

»Ich habe gefragt, wie es mit der Renovierung des Restaurants läuft.« Grays Stimme war voller Belustigung. »Du warst eine Minute lang woanders.«

Logan atmete tief durch und richtete seine Aufmerksamkeit wieder auf seinen Bruder. Auch wenn sein Blick nicht mehr auf dem Truck lag, waren seine anderen Sinne weiterhin darauf konzentriert. Er hörte das Rumpeln des Motors, als Courtney wegfuhr. Mit zusammengebissenen Zähnen hielt er sich davon ab, sich nach ihr umzuwenden, um zu sehen, wie sie den Stadtplatz verließ.

Er hob die Hand und strich sich durch sein stilvoll getrimmtes dunkles Haar. Er legte viel Wert auf sein Aussehen. Wegen eines geschäftlichen Treffens am frühen Morgen trug er eine Anzughose und ein Hemd. Seine Krawatte hatte er während des Flugs von Boston abgenommen.

Er lebte schon seit Jahren in Boston. Nach seinem College-Abschluss war er dorthin gezogen, um in der Gastronomie zu arbeiten. Nachdem er sich im Managementbereich hochgearbeitet hatte, machte er sich selbstständig. Jetzt besaß er drei – oder besser gesagt fast vier – Restaurants, die in der ganzen Stadt verteilt waren und dank seiner Detailliebe von Kritikern hoch gelobt wurden.

»Es geht langsam voran«, antwortete Logan auf Grays Frage und musste an das Treffen heute Morgen denken. »Wir hatten einige Pannen und Diskussionen wegen der Bauvorschriften, aber bis zum geplanten Termin ist noch etwas Zeit. Paris fährt dieses Wochenende hin, um sicherzustellen, dass wir auf dem richtigen Weg sind.« Paris Northman war seit fünf Jahren seine Geschäftspartnerin. Anfangs war sie Financier und er der Kopf des Unternehmens. Aber mittlerweile waren sie in allen Dingen auf gleicher Augenhöhe. Beide lebten sie für ihre Karrieren, verbrachten unzählige Stunden in ihren Restaurants und suchten in ihrer Freizeit nach neuen Standorten.

»Ah, die schöne Paris.« Gray zwinkerte ihm zu. »Wie geht es ihr?«

»Heiße Paris«, korrigierte Tanner, Logans anderer Bruder. »Läuft da was zwischen euch, Bro?«

Logan rümpfte die Nase. »Nein. Unsere Beziehung ist rein geschäftlich.« Außerdem hatte er schon seit Monaten keine Frau mehr angefasst. Seit er das letzte Mal in *Hartson's Creek* war. Er hatte auch keine Lust dazu, nicht einmal, als eine alte Freundin ihn anrief, um den Abend mit ihm zu verbringen. Früher hatten sie das oft getan, aber diesmal lehnte er ihr Angebot ab.

Er gab dem neuen Restaurant die Schuld. Es verlangte ihm all seine Energie und Konzentration ab und ließ ihm keine Zeit, um über Sex oder Frauen überhaupt nachzudenken. Er war einfach zu beschäftigt.

Rede dir das nur weiter ein. Und warum wirst du dann hart, wenn du Courtney Roberts nur ansiehst?

»Wollen wir den ganzen Tag hier rumstehen, oder gehen wir endlich in die Bar?«, fragte Logan, denn er wollte dieses Thema beenden. Er wusste, dass sein Zwilling – der vierte der Hartson-Brüder – bereits drinnen auf sie wartete. Cam lebte ebenfalls in Boston, hatte aber einen späteren Flug genommen und war direkt zur *Moonlight Bar* am Rande des Stadtplatzes gekommen. Wie Logan ihn kannte, trug er vermutlich eine Mütze, die er tief in sein Gesicht gezogen hatte, um seine Identität zu verbergen.

Wie Gray war auch Cam berühmt, allerdings spielte er kein Instrument, sondern in der Defense für die *Boston Bobcats*, das NFL-Team der Stadt. Die Football-Fans liebten ihn heiß. Auch in Virginia war er ein bekanntes Gesicht. Gott sei Dank trug Cam seine Haare länger, als Logan es tat. So musste er nicht jedem, den er traf, erklären, dass er nicht Cam Hartson war. Trotzdem gab es genug Leute, die ihn mit seinem Zwillingsbruder verwechselten.

»Ja, lass uns reingehen und etwas trinken«, stimmte Tanner zu. »Ich habe heute Abend ein heißes Date mit meiner Frau, zu dem ich nicht zu spät kommen will.« Tanner hatte Van, seine beste Freundin aus Kindertagen, letztes Jahr wiedergetroffen, nachdem die beiden ein Jahrzehnt lang nicht miteinander gesprochen hatten. Sie betrieben das örtliche Autokino und waren unsterblich ineinander verliebt.

»Junge Liebe.« Logan grinste. »In einem Jahr werdet ihr euch verzweifelt nach einer getrennten Nacht sehnen.«

»Auf keinen Fall.« Tanner zuckte mit den Schultern. »Du wirst es verstehen, wenn du die Richtige triffst.«

Gray lachte laut auf. »Logan ist mit seinen Restaurants verheiratet. Das wissen wir alle.«

»Ja«, stimmte Tanner zu, als sie die Bar betraten. »Aber halten sie ihn nachts auch warm?«

Logan schüttelte den Kopf und seufzte über die Sticheleien seiner Brüder. »Warum fragst du Cam nicht, wann er sesshaft wird?«, entgegnete er, als er seinen Zwilling an der Bar sitzen sah. Cam bemerkte ihn ebenfalls, stand von seinem Hocker auf und kam mit einem breiten Grinsen auf sie zu, um jeden von ihnen zu umarmen.

»Warum redest du davon, dass ich mich niederlassen soll?«, hakte Cam nach und wirkte verwirrt. Wie erwartet, hatte er sich eine *Boston Bobcats*-Mütze ins Gesicht gezogen. Er trug ein Paar tiefsitzende Jeans und ein schwarzes T-Shirt. Zum Glück waren die Zeiten, in denen Logan und Cam identisch gekleidet waren, lange vorbei. Allein bei der Erinnerung daran zuckte Logan zusammen.

Auch wenn sie sich bis aufs Haar glichen, waren sie zwei verschiedene Persönlichkeiten.

»Tanner wollte von Logan wissen, wann er endlich eine Frau nach Hause bringt«, erklärte Gray und klopfte Cam auf den Rücken. »Bei dir ersparen wir uns die Fragerei. Wir wissen, dass du nie sesshaft werden wirst.«

»Wie auch? Ich habe für so etwas keine Zeit.« Cam zuckte mit den Schultern. »Und selbst wenn, würde ich euch kein Wort sagen.«

Tanner schlug Cam auf den Arm. »Du bist ein professioneller Footballspieler. Dass du die Frauen scharenweise abwehrst, gehört zu deinem Beruf.«

Cam schüttelte den Kopf, während sich Logan ein Grinsen verkneifen musste. Obwohl er in letzter Zeit ein paar Mal in seiner Heimatstadt war, kam es nicht oft vor, dass alle vier Brüder gleichzeitig hier waren. Zuletzt hatte sich die gesamte Familie für Tanners und Vans Hochzeit zusammengefunden.

Und jetzt waren sie alle hier, um den ersten Geburtstag seiner Neffen zu feiern. Dass Gray und Maddie Zwillingssöhne bekommen hatten, war selbst für die werdenden Eltern eine Überraschung gewesen. Cam hatte sich darüber geärgert, dass es noch mehr Zwillinge in der Familie gab, während Logan es witzig fand.

»Ich besorge uns die erste Runde. Was wollt ihr?«, fragte Cam.

Während Gray und Tanner beide je ein Bier bestellten, entschied sich Logan für ein Wasser. Sofort starrten ihn die anderen drei an. »Was?« Er zuckte mit den Schultern. »Ich muss heute Abend fahren.«

Cam beäugte ihn misstrauisch. »Wohin?«

Logan lehnte seine Ellenbogen auf die Bar. »Zu einem Treffen.«

»Du lässt mich also allein?« Cam legte die Hand auf sein Herz. »Wie kannst du nur?«

Logan lachte. »Wir sind keine Kinder mehr. Und du kannst die Nacht bei Tante Gina verbringen. Das würde ihr gefallen.«

»Noch mal zu deinem Treffen. Mit einem Freund oder einer Frau?«, hakte Cam nach und musterte Logan immer noch von der Seite.

»Das geht dich nichts an.«

Cam grinste. »Also mit einer Frau. Wirst du sie vögeln?«

»Ich verweise dich auf meine vorherige Antwort«, sagte Logan und nahm das Glas Wasser, das Gray in der Hand hielt. Offenbar hatte er keine Lust zu warten und war ihre Getränke selbst holen gegangen.

»Könnt ihr mal kurz aufhören zu labern? Ich will einen Toast aussprechen«, sagte Gray. »Verderbt mir das nicht.«

Cam hielt seine Hände hoch. »Nur zu.«

Gray hob seine Bierflasche, und ein Lächeln umspielte seine Lippen. »Auf meine Brüder. Dafür, dass ihr immer da seid, auch wenn das Leben verrückt spielt und eure Zeit viel Geld wert ist. Danke, dass ihr für meine Familie hergekommen seid.«

»Auf die Familie«, rief Tanner und hielt seine eigene Flasche hoch.

»Und auf Becca, weil sie uns umbringt, wenn wir sie in diesem Toast nicht erwähnen«, fügte Cam hinzu und meinte damit ihre kleine Schwester.

»Auf die Familie«, murmelte Logan, bevor er einen Schluck trank. Er liebte seine Brüder wie verrückt, ihre ständigen

Sticheleien und ihre Zuneigung. Aber sie waren nicht der eigentliche Grund, warum er heute hier war. Der wahre Grund war vorhin aus der Stadt gefahren, in einem übergroßen Truck, der sie noch zarter wirken ließ.

Heute Abend wollte er sie für sich beanspruchen. Schon wieder.

2. Kapitel

»Ellis, kannst du Courtney das Kartoffelpüree reichen?« Mary Roberts, Courtneys Schwiegermutter, schenkte ihr ein sanftes Lächeln. Mary kochte immer zu viel. Als könnte sie sich einfach nicht daran gewöhnen, dass ihre beiden Söhne das Elternhaus verlassen hatten. Die Roberts aßen immer mit der ganzen Familie, und viele köstliche Speisen reihten sich in der Mitte des Tisches. Heute gab es einen Schmorbraten, dazu Kartoffeln, Maisbrot, Karotten und Bohnen sowie einen riesigen Krug mit Bratensoße, von dem sich Courtneys Schwiegervater Ellis gerade bediente.

»Ich bin versorgt.« Courtney rieb sich den Bauch und schenkte ihrer Schwiegermutter ein Lächeln. »Ich habe schon lange nicht mehr so gut gegessen.«

»Seit letztem Freitag, als du hier warst.« Ellis zwinkerte ihr zu.

»Tut mir leid, ich bin zu spät«, dröhnte eine tiefe Stimme, als sich die Hintertür öffnete. Courtney saß mit dem Rücken zur Tür, auf demselben Stuhl wie immer, seit Shaun sie acht Jahre zuvor seiner Familie vorgestellt hatte. Der Platz neben ihr war frei. Niemand setzte sich jemals dorthin, nicht einmal bei den seltenen Gelegenheiten, an denen es eng am Tisch wurde. Der Stuhl blieb leer, eine ständige Erinnerung an Shauns Abwesenheit.

»Carl, setz dich und iss mit uns.« Mary klopfte auf den freien Stuhl neben ihrem. Courtney zwang sich zu einem Lächeln und drehte ihren Kopf, um ihren Schwager zu begrüßen. Er war Shauns älterer Bruder. Mit seinen achtunddreißig Jahren wurde sein Haar bereits grau, und die Haut in seinen Augenwinkeln zeigte erste Falten, wie sie es bei Shaun nie sehen würde. Da Carl seine Polizeiuniform trug, muss er direkt von seiner Schicht gekommen sein.

»Du siehst anders aus«, murmelte er und beugte sich vor, um Courtney auf die Wange zu küssen. Sie konnte die Hitze seines Atems auf ihrer Haut spüren und musste sich zwingen, nicht wegzuzucken.

»Sie war beim Friseur«, sagte Mary und füllte einen Teller für ihn. »Sieht sie nicht hübsch aus?«

Carl nickte. »Ja, das tut sie.« Er rutschte auf den Sitz gegenüber von Courtney und schenkte sich ein Glas Milch ein. »Hast du heute Abend etwas vor?«

Courtney schüttelte den Kopf. »Lainey hat mich gebeten, zu ihr in den Salon zu kommen, damit sie mit mir experimentieren kann. Ich glaube, sie wollte mir einfach etwas Gutes tun.«

»Du *solltest* ausgehen, wenn du so aussiehst.« Carl neigte seinen Kopf zur Seite. »Ich könnte dich fahren, wenn du möchtest.«

»Oh nein. Nicht nötig.« Courtneys Herzschlag beschleunigte sich. »Ich werde früh ins Bett gehen. Ich bin heute Morgen mit der Sonne aufgestanden.«

»Shaun war auch immer ein Frühaufsteher«, sagte Mary mit wehmütigem Blick. »Schon seit er ein kleines Baby war. Ich weiß noch, wie ich ihm gesagt habe, dass er anders übers Ausschlafen denken würde, wenn er selbst Kinder hätte.« Ihre Unterlippe begann zu zittern, und Ellis streckte tröstend die Hand nach ihr aus. Die Enge in Courtneys Brust nahm zu.

Sie hasste es, dass sich die beiden nie von Shauns Tod erholt hatten. Lainey würde wahrscheinlich behaupten, dass Courtney es genauso wenig geschafft hatte. Aber wenigstens brach sie nicht jedes Mal in Tränen aus, wenn sein Name erwähnt wurde. Trotzdem war sie traurig. Traurig, dass ihre Schwiegereltern in ihrer Trauer um ihren Sohn feststeckten.

Sie mussten alle so viel härter arbeiten, um Shauns Abwesenheit auf der Farm, auf der sie alle zusammen lebten, auszugleichen. Vielleicht war das der Grund, warum Courtney nicht ein Mal daran gedacht hatte, von hier fort zu gehen.

Das und die Tatsache, dass sie diesen Ort liebte. Schon als Kind hatte sie davon geträumt, auf einer kleinen Farm wie dieser zu leben. Das lag ihr im Blut. Ihre Großeltern hatten in West Virginia ihre eigene kleine Ranch betrieben. Nachdem Courtneys Mom gestorben war, hatte ihr Dad Tag und Nacht gearbeitet, um die Familie über die Runden zu bringen. Dadurch konnte Courtney viel Zeit bei ihren Großeltern verbringen. Doch als diese starben, musste ihr Dad die Farm verkaufen, um alle Schulden zu begleichen. Courtney war damals sechzehn Jahre alt. Mit achtzehn machte sie ihren Abschluss in Landwirtschaft und arbeitete anschließend für *Carwood*, ein großes Unternehmen mit landwirtschaftlicher Ausrichtung, das sich auf den Verkauf von Getreide und Vieh an Kleinbauern spezialisiert hatte. So hatte sie Shaun kennengelernt. Sie war zur Creek Edge Farm gekommen, um mit ihm eine Bestellung zu besprechen. Er hatte immer gescherzt, dass sie sich erst in die Farm und dann in ihn verliebt hatte.

Jetzt war er weg, und sie lebte allein in dem kleinen Cottage auf der anderen Seite der Felder. Es war weit genug vom Haupthaus entfernt, um ihr Privatsphäre zu geben, besaß eine eigene Zufahrt und etwas Land drum herum.

Nach dem Essen räumten Courtney und Mary auf, während Carl seinem Dad half, eine morsche Stufe auf der Veranda zu reparieren. Courtney warf einen Blick auf die Uhr und bekam wieder Schuldgefühle.

»Danke für das Abendessen«, sagte sie zu Mary und umarmte ihre Schwiegermutter. Dabei spürte sie, wie zart und zerbrechlich sie sich seit Shauns Tod anfühlte.

»Es ist immer schön, dich zu sehen. Du weißt, dass du jederzeit willkommen bist, oder?«

Courtney nickte, ein kleines Lächeln lag auf ihren Lippen. »Ich weiß.«

Mary öffnete die Hintertür. »Ellis, Carl?«, rief sie ihrem Mann und ihrem Sohn zu. »Courtney fährt jetzt nach Hause.«

Ellis sah von dem Holzbrett auf, das er in der Hand hielt. »Pass auf dich auf. Sehen wir uns am Sonntag?«

»Natürlich.« Courtney lächelte wieder. Ihre Lippen begannen zu schmerzen. »Frisch und munter zum ersten Gottesdienst.« Der Besuch der *First Baptist Church* in *Hartson's Creek* war Teil ihrer sonntäglichen Routine.

Carl legte den Hammer weg, und eine kleine Staubwolke stieg vom Boden auf. »Ich bringe dich noch ein Stück.«

»Nicht nötig. Mein Auto steht direkt vor der Tür.«

Aber er hatte sich bereits erhoben und wischte sich den Schmutz von den Knien. Sie gingen schweigend um das Haus herum zu Courtneys altem Truck, der in der Auffahrt geparkt war. Carls Streifenwagen stand direkt daneben und glänzte in der Abendsonne. »Bist du sicher, dass du okay bist?«, wollte Carl wissen.

»Ja, alles gut.« Sie warf ihm einen wachsamen Blick zu. »Warum fragst du?«

»Du verhältst dich anders als sonst.« Er zuckte mit den Schultern. »Irgendwie nervös.«

Ihr Pokerface war nicht so gut, wie sie gedacht hatte. Die Schuldgefühle, die in ihrem Innern brodelten, stiegen an die Oberfläche und hinterließen einen bitteren Geschmack auf ihrer Zunge. Wenn er wüsste, warum sie wirklich nach Hause wollte, würde er ihr jetzt nicht diesen sanften Blick schenken. Er würde sie beschimpfen.

Hure. Schlampe.

Sie verdrängte diese Gedanken und griff nach der Fahrertür ihres Trucks, aber Carl kam ihr zuvor. Er öffnete sie und stellte sich an die Seite. »Dein Haar sieht hübsch aus«, sagte er mit rauer Stimme und nahm eine Strähne zwischen seine Finger. Courtney versuchte, nicht zusammenzuzucken. »Du solltest es öfter offen tragen.«

Kaum hatte er die Locke fallen gelassen, kletterte Courtney auf den Fahrersitz und steckte den Schlüssel ins Zündschloss. »Danke.«

Er legte seine Hand oben auf den Türrahmen und beugte sich vor. »Hast du darüber nachgedacht, wieder auszugehen? Es ist zwei Jahre her, dass Shaun gestorben ist. Und du bist noch jung.« Sein Blick fiel auf ihre nackten Beine.

Übelkeit wallte in ihr auf. »Nein, habe ich nicht.«

Er nickte. »Also dann.« Er trat zurück. »Fahr vorsichtig.«

»Mache ich.«

Er schloss die Tür, und Courtney sackte erleichtert auf dem Sitz zusammen. Sie schüttelte den Kopf, drehte den Schlüssel im Zündschloss und ließ den Motor aufheulen.

Als sie losfuhr und im Rückspiegel sah, wie der Staub hinter ihr aufwirbelte, dankte sie Gott, dass ihr Haus auf der anderen Seite der Felder lag. Wo niemand sehen konnte, was sie trieb.

Heute Abend würde sie eine Sünde begehen, von der sie nicht wollte, dass Shauns Familie davon erfuhr.

Um Punkt neun Uhr klopfte er an ihrer Haustür. Courtney ging in den Flur und betrachtete sich in dem Wandspiegel, der einst ihren Eltern gehört hatte. Nach ihrer Hochzeit mit Shaun hatte sie das gute Stück zur Erinnerung an ihr Zuhause aufgehängt. Der Spiegel war ein Hochzeitsgeschenk für ihre Eltern gewesen, aber nach dem Tod ihrer Mutter und der zweiten Eheschließung ihres Vaters hatte niemand sonst Verwendung dafür gehabt. Insgeheim war Courtney froh darüber.

Nachdem sie nach Hause gekommen war, hatte sie geduscht und dabei darauf geachtet, dass ihre Haare nicht nass wurden. Anschließend schlüpfte sie in die Spitzenunterwäsche, die sie im Internet bestellt hatte, weil sie zu viel Angst hatte, in *Hartson's Creek* beim Kauf so hübscher Sachen erwischt zu werden. Darüber trug sie ein cremefarbenes Freizeitkleid mit rotem Rosenmuster. Nichts Ausgefallenes, aber sie mochte, wie der Stoff ihren Oberkörper umschmeichelte; der Rock war leicht ausgestellt und reichte bis zur Mitte ihrer Oberschenkel.

Sie sah nicht wirklich wie sie selbst aus. Eher wie eine Frau, die wusste, was sie tat. Die Art von Frau, die einem heißen Typen die Tür öffnete und Sex einforderte, der sie beide gleichermaßen befriedigte.

»Was glaubst du eigentlich, was du da machst?«, flüsterte sie ihrem Spiegelbild zu, obwohl sie genau wusste, was gleich passieren würde. Für diese Sünde würde sie in der Hölle schmoren. Doch der Adrenalinstoß, den sie allein durch das Wissen, wer auf ihrer Veranda stand, verspürte, reichte aus, um sie alle Konsequenzen vergessen zu lassen.

Logan Hartson hatte diese Wirkung auf sie, seit sie ihm das erste Mal begegnet war. Es geschah vor ein paar Monaten, als Harriet und Hester aus dem Hühnerstall geflohen waren und es bis zur Main Road geschafft hatten. Sie hatten so viel Spaß daran, auf dem Asphalt zu gackern und an ein paar losen Grashalmen zu picken, dass sie das Auto nicht bemerkten, das auf sie zuraste.

Courtney war den ganzen Weg vom Stall zur Straße gerannt, um die Hühner noch rechtzeitig zu erreichen. Sie wusste genau, wohin die beiden unterwegs waren, ruderte mit den Armen und rief nach ihnen. Doch das Geräusch quietschender Bremsen übertönte ihre Stimme. Das Auto hielt nur knapp zwei Meter von den Hühnern entfernt, die hektisch mit den Flügeln schlugen und wie verrückt gackerten.

Aus dem glänzenden schwarzen Coupé stieg ein Mann aus. »Was zum Teufel?«, sagte er, und sein wütender Blick traf den ihren. Es fühlte sich an, als würde eine Geisterhand so fest gegen ihre Brust drücken, dass sie beinahe rückwärts taumelte.

Der Fremde trug ein strahlend weißes Hemd, dessen Ärmel hochgekrempelt waren und eine teuer aussehende Uhr enthüllten. Sein Blick fiel auf ihre viel zu kurzen Shorts, die sie nur bei der Gartenarbeit anhatte. Ihr Tanktop war ebenso kurz und bedeckte kaum ihre Brüste. Da sie an diesem Tag nicht vorgehabt hatte, das Grundstück zu verlassen, hatte sie morgens nicht einmal einen BH angezogen. Sie wusste, dass der Kerl durch den Stoff sehen konnte, wie hart ihre Nippel geworden waren.

»Es tut mir leid«, sagte sie atemlos. »Die beiden müssen sich durch einen Spalt im Gitter aus dem Stall gezwängt haben.« Sie versuchte, Hester aufzuheben, die immer noch kräftig lärmte. Aber die braune Henne entwand sich ihrem Griff.

Der Fremde seufzte und packte das Huhn mit beiden Händen, dann stieß er einen leisen Fluch aus. »Scheiße, hat die scharfe Krallen.«

Courtney zuckte beschämt zusammen und senkte den Kopf. Als sie aufsah, konnte sie bereits das Blut sehen, das aus dem Kratzer an seiner Hand sickerte. »Es tut mir so leid«, sagte sie erneut. »Lass mich sie nehmen.«

»Ist schon gut. Kümmere dich um die andere.« Er schaute auf den nicht befestigen Weg, der zu ihrem Haus führte. »Wohnst du da oben?«, fragte er und kniff die Augen zusammen, als versuchte er, ihr kleines Cottage in der Ferne zu erkennen.

»Ja.«

»Ich trage sie hoch.« Ohne das Huhn loszulassen, stieß er die Tür seines Autos zu und ging den Weg hinauf.

Courtney hob die weniger kampflustige Harriet hoch und eilte hinter ihm her, wobei sie Mühe hatte, mit ihm Schritt zu halten. »Ich habe einen Erste-Hilfe-Kasten im Haus. Lass mich den Kratzer säubern. Bist du geimpft?«

»Ich hatte letzten Monat meine jährliche Auffrischung«, murmelte er. Hester fing wieder an, panisch zu gackern und zappelte in seiner Umklammerung. Courtney konnte sehen, wie sich das Gesicht des unbekannten Mannes anspannte.

Er hatte einen kräftigen Kiefer, sehr markant und verdammt attraktiv. Einen Mann wie ihn vermutete man nicht in dieser ländlichen Gegend.

Sie erreichten das Haus, und Courtney führte den gutaussehenden Fremden zum Hühnerstall. Sie sah sofort, wo sich das Gitter gelöst hatte. Harriet und Hester waren zum Glück die Einzigen, denen die Lücke aufgefallen war. Die anderen Hühner pickten und gackerten und waren viel zu beschäftigt, um an Flucht zu denken. Courtney öffnete die Tür und setzte Harriet ab. Als sie Hester an sich nehmen wollte, bemerkte sie, wie der Fremde auf ihre Beine starrte. Ihr Mund fühlte sich mit einem Mal staubtrocken an. Sein dunkler Blick und die Art, wie er seine Lippen leicht öffnete, fluteten ihren Körper mit Begierde.

Sie konnte sich nicht erinnern, wann sie das letzte Mal so viel Lust verspürt hatte. Bemüht, sich nichts von dem Verlangen, das in ihrem Innern pulsierte, anmerken zu lassen, griff sie nach der Henne. Ihre Finger berührten die des Fremden, und ein Lustblitz schoss ihren Arm hinauf. Schnell trat sie zurück.

»Danke«, sagte sie, nachdem sie Hester in den Stall gesetzt hatte, und stülpte das Gitter wieder über den Nagel, von dem es sich gelöst hatte. »Lass uns nach drinnen gehen, damit ich deine

Wunde versorgen kann.«

»Hat dein Mann nichts dagegen, dass du einfach so einen Fremden in sein Haus bittest?« Seine tiefe Stimme war so rau, dass sie ein paarmal blinzeln musste, um den Nebel in ihren Gedanken zu klären.

»Ich bin nicht verheiratet.« Sie drehte sich zu ihm um. Als sie seinem dunklen Blick begegnete, stockte ihr der Atem. Es war schon so lange her, dass sie jemand auf diese Weise angesehen hatte. Sie hatte fast vergessen, wie es sich anfühlte, begehrt zu werden. »Wie ist dein Name?«

»Ich heiße Logan. Logan Hartson. Und deiner?«

»Courtney Roberts.« Sie befeuchtete ihre Lippen mit der Zungenspitze. Sein Blick folgte der Bewegung. »Zur Küche geht es hier entlang.« Sie gingen die wenigen Meter zum Cottage, und Courtney zog die Hintertür auf, die in die Küche führte. Mit einem Nicken forderte sie Logan auf, sich an den Tisch zu setzen, während sie den Erste-Hilfe-Kasten holte.

Nachdem sie die Wunde gesäubert hatte, gab sie eine spezielle Tinktur auf etwas Watte und beugte sich vor. Ihre Stirn berührte fast die von Logan, während sie den Kratzer an seiner Hand versorgte. Er hatte kein Wort gesagt, seit sie in der Küche waren; alles, was sie hören konnte, waren seine leisen Atemzüge. Fieberhaft überlegte sie, wie sie das angespannte Schweigen zwischen ihnen brechen konnte, doch mit jeder Sekunde fühlte sich ihr Mund mehr an wie die Mojave-Wüste. Ihre Brust war eng, ihr Herz hämmerte gegen ihre Rippen, und Hitze staute sich zwischen ihren Schenkeln. Sie hatte keine Ahnung, was sie mit all diesen Empfindungen anfangen sollte.

Sie klebte ein Pflaster auf seine warme Haut und fuhr mit dem Finger darüber, um sich zu vergewissern, dass es richtig haftete. Dann schloss sie den Deckel des Erste-Hilfe-Kastens, hob ihn hoch und sah auf. Sofort verlor sie sich in Logans dunklen Augen. Es fühlte sich an wie Stunden, in denen sie sich anstarrten, er auf dem Stuhl sitzend, sie über ihn gebeugt. An seinem Hals pulsierte eine Ader, und sie wollte ihren Finger auf die Stelle legen, um dann über den Bartschatten zu streichen, der sich seit seiner Rasur heute Morgen gebildet haben musste.

»Courtney«, sagte er schließlich, und seine Stimme fühlte sich an wie eine Liebkosung.

»Ja?«

»Stell den Verbandskasten ab.«

»Okay.« Ohne den Blickkontakt zu lösen, legte sie den Kasten zurück auf den Tisch.

Logan griff nach ihr, seine Hand drückte gegen ihren unteren Rücken, bis sie keine andere Wahl hatte, als sich auf seinen Schoß sinken zu lassen. Er ließ seine Hand über ihre Wirbelsäule nach oben gleiten und umfasste ihren Nacken; die Berührung war warm, sicher und alles, von dem Courtney nicht gewusst hatte, dass sie es brauchte. Langsam zog er ihr Gesicht zu sich, bis sie seinen Atem an ihren Lippen spürte.

Dann drückte er seinen Mund auf ihren, heiß und verlangend, und seine Zunge entfachte ein Feuer, das sie beide verschlang.

Erst zwei Stunden später, als Courtney in dem Bett, das sie einst mit Shaun geteilt hatte, in Logans Armen lag, erinnerte sie sich daran, dass Logans Auto für alle sichtbar auf der Straße stand.

In diesem Moment war ihr das völlig egal.

3. Kapitel

Logan lehnte mit dem Ellenbogen am Türpfosten von Courtney Roberts' Cottage, die Hemdsärmel hochgeschoben. Die Rolex an seinem Handgelenk zeigte ihm, dass es eine Minute nach neun war. Er brauchte keine Uhr, um das zu wissen. Das Verlangen, das durch seinen Körper strömte, war wie das nächtliche Äquivalent einer Sonnenuhr.

Seine Mundwinkel zuckten, als er sich daran erinnerte, wie sie an dem Tag, an dem sie sich kennengelernt hatten, ausgesehen hatte: Ihr wohlgeformter Hintern wurde kaum von ihren ausgefransten Shorts bedeckt, und ihre kleinen, aber perfekten Brüste blitzten unter einem gerippten schwarzen Tanktop hervor, an dem Stroh und Staub gehaftet hatte. Ihr Haar war hochgebunden und bildete eine üppige Wolke auf ihrem Kopf, von der einzelne Locken in ihre Stirn fielen. Große blaue Augen strahlten ihm entgegen, und ihre perfekt geschwungenen Lippen hatten ihn wie magisch angezogen.

Es hatte sich angefühlt, als wäre ein Sturm in ihm ausgebrochen. Ihn überkam ein so starkes Verlangen, dass er an nichts anderes denken konnte als an sie. Wie sie sich anfühlen würde. Wie sie schmecken würde. Was er tun musste, um ihr ein Seufzen zu entlocken. Es war völlig verrückt gewesen. Genauso wie die Erektion, die er bekam, als Courtney den Kratzer an seiner Hand versorgte. Ihre Nähe hatte ein heftiges Bedürfnis in ihm ausgelöst, dass wild durch seine Adern floss und ihm keine Wahl ließ.

Er musste diese Frau haben oder bei dem Versuch sterben.

Logan schob es auf die sexuelle Durststrecke, in der er sich zu jener Zeit befand, weil er seine ganze Zeit damit verbrachte, das neue Restaurant für die Eröffnung vorzubereiten. Beziehungen waren nicht sein Ding, und das war keine Übertreibung. Frauen gefiel es nicht, im Leben eines Mannes die zweite Geige zu spielen. Aber Logans Unternehmen hatte nun mal Vorrang. Er arbeitete bis spät in die Nacht, an den Wochenenden und auch zu allen anderen Zeiten, wenn eine Freundin ihn in ihrer Nähe haben wollte. Er hatte über die Jahre genug Ultimaten erhalten, um zu wissen, dass er sich immer für seine Karriere entscheiden würde.

Vielleicht war es gut, dass Courtney in *Hartson's Creek* lebte und nicht wie er in Boston. Er war sich nicht sicher, ob er die Kontrolle über sich hätte, wenn sie in seiner Nähe wohnen würde. Selbst jetzt erwischte er sich viel zu oft dabei, dass er sich wünschte, sie sehen zu können.

Wie für ihn auch, war ihre gemeinsame Zeit für sie nicht mehr als eine lockere Affäre. Courtney war nicht auf der Suche nach einer Beziehung. Das hatte sie am ersten Nachmittag, an dem sie miteinander geschlafen hatten, deutlich gemacht. Sie bat ihn, ihr Verhältnis geheim zu halten und nichts von ihr zu erwarten. Diese Stadt war klein, und er erfuhr nicht lange danach, dass sie seit zwei Jahren verwitwet war und immer noch auf dem Land der Familie ihres Mannes lebte.

Niemand außer ihm hatte sie in den letzten Jahren berührt. Und die Erinnerung, wie heftig sie auf ihn reagierte, machte ihn hart.

Die Haustür schwang auf, und da stand sie. Ihre Locken fielen ihr über die Schultern, ein hübsches Kleid umspielte ihre schönen Kurven, und ihre strahlend blauen Augen waren so groß wie der Mond am Himmel. Sie sah so unglaublich feminin aus, dass sie das Tier in ihm zum Vorschein brachte. Ohne ein Wort zu sagen, trat er ein, kickte die Tür hinter sich zu, drückte Courtney gegen die Wand und presste seine Lippen auf ihre.

Keuchend wölbte sie den Rücken und schmiegte sich an ihn, bis ihre Körper miteinander verschmolzen waren. Sein Schwanz war hart, seit Logan auf ihrer Veranda gewartet hatte. Als er sie hochhob, schlang sie ihre Arme um seinen Hals und die Beine um seine Hüften, und ihre Hitze hieß ihn willkommen.

Mit den Fingern streichelte sie durch das kurze Haar in seinem Nacken, während er seinen Mund auf ihren Hals senkte und an ihrer zarten Haut saugte, bis sie ein leises Stöhnen ausstieß. Dieses Geräusch löste etwas in ihm aus. Er wollte es immer wieder hören. Er wollte, dass sie sich vor Lust unter ihm wand, bis sie atemlos und high von ihm war.

Er wusste bereits, wo sich ihr Schlafzimmer befand. Eine kurze Treppe führte hinauf, oben musste er den Kopf einziehen, um nicht gegen die niedrige Decke zu stoßen. Ihr Bett war fein säuberlich hergerichtet, die Bettdecke zurechtgerückt und ein weißer, bestickter Läufer lag davor auf dem Boden. Logan zog seine Schuhe aus, dann legte er Courtney auf die weißen Laken und genoss den Anblick ihrer Perfektion.

»Zieh dein Kleid aus.«

Ihre Augen blitzten vor Verlangen. Langsam streifte sie den Stoff über ihre dunklen Locken und warf ihn auf den Boden. Sie trug elfenbeinfarbene Unterwäsche, deren Material so zart und durchscheinend war, dass er ihre dunklen Brustspitzen sehen konnte. Und verdammt, das machte ihn noch härter. Vollständig bekleidet kniete er sich über sie, küsste ihre Schultern, ihr Dekolleté und die Stelle zwischen ihren Brüsten. Dann senkte er seinen Mund auf die weiche Haut an ihrem Bauch und genoss ihren Geschmack, den er so liebte.

Ihr Atem stockte, als er die Körbchen ihres BHs nach unten zog und ihre Brüste entblößte. Er schloss seine Lippen um eine der harten Spitzen und saugte fest daran. Courtney mochte es rau. Hart. Das hatte sie von Anfang an klargemacht. Und er würde ihr geben, was sie wollte. Aber zuerst musste er sie schmecken.

Er schob die Hände hinten in ihr hübsches Höschen, dann streifte er diesen Hauch von Nichts an ihren Beinen entlang nach unten und warf ihn auf den Boden. Als sie ihren BH ausziehen wollte, umfasste er ihre Handgelenke. »Lass ihn an«, forderte er.

»Okay.«

Dann öffnete er ihre Schenkel und drückte seine Daumen in ihre weiche Haut. Er ließ seinen Kopf sinken, um ihren Duft einzuatmen. »Du riechst köstlich.«

Als er aufblickte, konnte er sehen, wie rot ihre Wangen wurden. Er liebte es, wie sie auf ihn reagierte und ihm die Kontrolle über ihren Körper überließ. Wie um sich das zu beweisen, schob er einen Finger in ihre Hitze und spürte, wie feucht und bereit sie für ihn war. Als er seinen Mund auf ihre Mitte senkte, sein Finger immer noch tief in ihr, keuchte Courtney auf, und er genoss ihren süßen Geschmack auf seiner Zunge. Auf diese Weise neckte und liebkoste er sie, bis sie vor Lust schrie und ihre Schenkel gegen seinen Kopf drückte. Doch er hörte nicht auf, leckte und neckte sie immer weiter, bis ihre Beine zitterten und sie stöhnend ihre Erlösung fand.

Logan erhob sich, knöpfte sein Hemd auf und warf es neben ihr Höschen auf den Boden. Als Nächstes öffnete er seine Hose und seufzte erleichtert auf, sobald seine Härte von der Enge seiner Boxershorts befreit war. Fehlte nur noch das Kondom, bevor er in Courtneys Hitze versinken konnte. Seit Monaten malte er sich diesen Moment aus.

Courtney beobachtete ihn, während er ein Kondom aus seiner Brieftasche holte und es sich überstreifte. Ihre Augen waren groß und voller Verlangen. Ob sie sich noch genauso gut anfühlen würde wie beim letzten Mal? Würde sie wieder so empfänglich für ihn sein?

Als er ihren süßen Körper mit seinem bedeckte, die Arme fest um sie schloss, während er tief in sie eindrang, wusste er, dass es noch besser war als in seiner Erinnerung.

Er hatte ein kleines Stück vom Himmel gefunden und wollte für alle Ewigkeit darin verweilen.

Eine Stunde später lagen sie eng umschlungen im Bett. Logan bemerkte, dass es vor den Fenstern stockdunkel war. Keiner von ihnen hatte daran gedacht, die Vorhänge zu schließen. Aber das war nicht so schlimm. Die Einzigen, die hereinsehen konnten, waren Courtneys Hühner, und die waren vermutlich mit anderen Dingen beschäftigt, statt sich darum zu kümmern, dass er diese Frau immer noch in seinen Armen hielt.

»Bist du okay?«, fragte er leise.

»Mir geht's gut.« Sie streckte ihre Arme aus und drehte sich auf die Seite, um ihn anzuschauen. Er strich ihr die Locken aus dem

Gesicht und fuhr mit den Fingerspitzen über die zarte Haut hinter ihrem Ohr.

»Hast du dich jemals gefragt, wie es wäre, wenn wir ein Paar wären?« Er blinzelte, als ihm klar wurde, dass er seinen Gedanken ausgesprochen hatte. Diese Worte waren gefährlich, denn die meisten Frauen würden sie als eine Einladung verstehen.

Aber Courtney lachte, und er wusste, dass sie ihn nicht ernst genommen hatte.

»Wir würden uns gegenseitig in den Wahnsinn treiben«, sagte sie, und ihre Augen funkelten. »Sieh nur, wie unvereinbar wir sind. Du bist ein Stadtmensch, ich bin ein Mädchen vom Land. Ich kann mir nicht mal vorstellen, wie du den Hühnerstall ausmistet.«

Er grinste. »Ich würde *dich* verrückt machen«, entgegnete er. »Wie jede Frau, mit der ich je ausgegangen bin.«

Sie stützte ihr Kinn auf ihre Hand und studierte ihn eine Weile. »Das liegt daran, dass du die Art von Mann bist, der einen liebt und dann fallen lässt.«

Er hob eine Braue. »So denkst du von mir?«

Ihre Lippen verzogen sich zu einem Lächeln. »Tut mir leid. Habe ich dich beleidigt?«

»Nein. Es ist nur interessant zu hören, wie du mich siehst.«

Sie fuhr mit einem Finger seinen Hals hinunter, bis zu der Vertiefung zwischen seinen Schlüsselbeinen. »Du bist gutaussehend. Erfolgreich. Wenn du in einer Beziehung leben wolltest, hättest du eine. In unserem Alter gibt es mehr Frauen als Männer, die eine feste Bindung suchen.«

»In unserem Alter?«, wiederholte er und neigte den Kopf zur Seite. »Und wie alt ist das?«

»Einunddreißig.«

Er unterdrückte ein Lachen. »Damit bist du ein bisschen älter als ich.«

»Was?« Ihre Augen weiteten sich. »Das kann nicht sein.«

Er konnte nicht anders, als sich über ihren empörten Gesichtsausdruck zu amüsieren. »Es ist die Wahrheit«, sagte er mit sanfter Stimme. »Und fürs Protokoll: Ich bin jederzeit gern dein junger

Lover.« Es war interessant, dass sie nichts von ihm verlangte. In den Monaten, seit sie sich kannten, hatte er sie nur angerufen oder ihr eine Nachricht geschickt, um sich zu erkundigen, ob sie an den Tagen Zeit hatte, an denen er in *Hartson's Creek* sein würde. Mehr nicht.

Sie beschwerte sich nicht darüber, dass er sie ignorierte, und bat ihn nicht um mehr als Sex. Tatsächlich meldete sie sich ebenfalls nicht bei ihm. Das war der Traum eines jeden Mannes. Trotzdem wünschte er sich manchmal, ihr mehr bieten zu können.

»Gut, dass ich nur deinen Körper will«, sagte sie mit einem Grinsen, als hätte sie seine Gedanken gelesen. »Sonst wären die Bewohner dieser Stadt entrüstet, weil ich mir einen ihrer Goldjungen geschnappt habe.«

»Das wären sie so oder so.« Er zuckte mit den Schultern. »Hier mischt sich jeder in die Angelegenheiten des anderen ein.« Ganz anders als in Boston, wo es niemanden interessierte, was er tat.

»Deshalb halten wir das hier geheim«, murmelte sie und zeigte zwischen ihnen hin und her. »So ist es einfacher.«

Sie hatte recht. Es war besser für sie beide. Obwohl sich ein Teil von ihm weiterhin fragte, wie ihr Leben in einem Paralleluniversum aussehen würde – einem, in dem er kein Workaholic und sie kein Mädchen vom Land war, das nur an diesem Ort glücklich sein konnte. Verdammt, er musste diese Gedanken unterdrücken. Ihre Vereinbarung war gut. Vielleicht würde er sich mit ihr davon abhalten können, die Dinge wie sonst zu vermasseln.

Und vielleicht würden den Schweinen in den Ställen hinter Courtneys Cottage Flügel wachsen. Beide Szenarien kamen ihm ziemlich unwahrscheinlich vor.

Die *First Baptist Church* von *Hartson's Creek* war an diesem Sonntag rappelvoll. Courtney rutschte in die zerkratzte Holzbank neben Mary und Ellis, so wie sie es seit acht Jahren tat. Bevor Shaun gestorben war, hatte er immer links von ihr gesessen, kerzengerade, den Blick auf Reverend Maitland gerichtet, der von der Kanzel aus seine Predigt hielt. Einmal, kurz nach ihrer Hochzeit, hatte Courtney versucht, Shauns Hand zu halten, und er hatte sie unsanft weggeschoben.

Sie hatte es nicht noch einmal versucht.

»Morgen«, sagte Carl und setzte sich neben sie an das Ende der Kirchenbank. Courtney musste näher an Mary heranrücken, um ihm Platz zu machen, aber trotzdem konnte sie die Rauheit seiner Wolljacke an ihren Armen und die Wärme seines Schenkels an ihrem Bein spüren.

»Guten Morgen.« Sie nickte ihm zu.

»Ein schöner Tag, nicht?«

Sie blickte zum Fenster und sah die Sonne durch das bunte Glas scheinen. »Ja, ein wunderschöner Tag.« Abgesehen davon, dass sie in der Kirche saß, nachdem sie Freitagabend gesündigt hatte. Sie hatte Glück, dass sie beim Eintreten nicht sofort in Flammen aufgegangen war.

Sie nahm einen tiefen Atemzug. Niemand wusste von ihrer Affäre. Logan und sie waren vorsichtig. Einmal im Monat trafen sie sich in ihrem Cottage, wo sie niemand überraschen konnte. Auf diese Weise hielt man sich hier die Gerüchteküche vom Hals.

»Hallo, mein Schatz«, sagte Mary und beugte sich über Courtney, um ihrem Sohn einen Kuss auf die Wange zu geben. »Ich war mir nicht sicher, ob du heute Morgen arbeitest.«

»Meine nächste Schicht beginnt erst nachmittags. Ich dachte, ich komme her und leiste euch Gesellschaft.« Er warf Courtney einen Blick zu. »Um nachzusehen, ob es euch allen gut geht.«

»Wie lieb von dir.« Mary tätschelte ihm die Wange und setzte sich wieder hin. »Du siehst heute Morgen genauso aus wie dein Bruder.« Ihre Augen leuchteten, als sie ihn ansah. »Es wärmt mir das Herz, dich hier zu haben.«

Die Orgel ertönte, und alle erhoben sich von ihren Plätzen. Als Courtney nach dem Gesangsbuch griff, stieß sie gegen Carls Hand. Sie zog die ihre zurück und wartete, dass er das Buch an der entsprechenden Seite aufschlug. Er hielt es so, dass sie beide den Text und die Noten mitlesen konnten.

»Ich bin am Freitagabend an deinem Haus vorbeigefahren«, murmelte Carl, dessen Stimme kaum über die schrillen Töne der Orgel und das Stimmengewirr zu hören war. »Ich habe dort ein Auto gesehen. Jemand, den ich kenne?«

Courtney hielt ihren Blick auf das Gesangsbuch gerichtet, ihre Lippen bewegten sich, aber sie brachte keinen Ton heraus. Er hatte Logans Mietauto vor ihrem Haus gesehen? Der Gedanke löste ein flaues Gefühl in ihrer Magengegend aus. »Nur ein Bekannter.«

Marys süße Stimme erklang laut neben ihr. Bei dem Gedanken, dass sie und Ellis erfahren würden, was Courtney getan hatte, drehte sich ihr der Magen um. Ihre Schwiegereltern trauerten immer noch, und das sollte sie auch.

Sie würde definitiv in die Hölle kommen.

»Du solltest aufpassen«, murmelte Carl und sah sie von der Seite an. »Die Leute werden reden.«

Du tust es bereits. Sie schaffte es, ein Lächeln auf ihre Lippen zu zwingen. »Das wäre nicht gut«, sagte sie leise und nahm allen Mut für ihre Frage zusammen. »Warum bist du an meinem Haus vorbeigefahren?«

»Du bist die Frau meines Bruders«, antwortete er und runzelte die Stirn. »Es ist meine Aufgabe, dich zu beschützen. Shaun hätte es so gewollt.«

Hätte er das? Es war manchmal schwer, sich daran zu erinnern, wie Shaun gedacht hatte. Oder sich vorzustellen, was er für Courtney nach seinem Tod gewollt hätte. Darüber hatte sie nie mit ihm gesprochen. Er war nicht krank gewesen. Keiner von ihnen hatte geahnt, dass er nur Minuten, nachdem er die Haustür hinter sich zugeschlagen, in seinen Wagen gestiegen und aus der Einfahrt gerast war, sein Leben verlieren würde. Sie schluckte schwer und blinzelte gegen die Erinnerung an.

Shaun war fort. Es spielte keine Rolle, dass sie sich an diesem Tag wie verrückt gestritten hatten. Oder all die Tage davor. Und sie brauchte sich auch nicht zu fragen, ob er absichtlich in den entgegenkommenden Truck gefahren war oder ob es tatsächlich ein Unfall war, wie die Polizei behauptet hatte.

Zwei Jahre Trauerbegleitung sollten diese Gedanken längst verdrängt haben.

»Sieh mal, da ist Rita Clark. Sie hat ihre Enkelkinder dabei«, flüsterte Mary, als die Orgelmusik verklungen war und sich alle wieder setzten. »Sind sie nicht wunderschön?«

»Das sind sie.« Sie schenkte Mary ein tapferes Lächeln und versuchte zu ignorieren, dass Carls Bein wieder gegen ihres drückte.

Erst als Reverend Maitland zur Kanzel ging und die Bibel aufschlug, spürte sie endlich, wie sich ihr Körper zu entspannen begann. Jetzt waren Carl und Mary eine Zeit lang von ihr abgelenkt.

Sie war dankbar für die Atempause.

Sobald Logan *Murphy's Diner* in der Mitte des Stadtplatzes betrat, wusste er, dass das keine gute Idee war. Becca hatte einen Tisch für die ganze Familie reserviert, weil das Diner sonntags nach dem Gottesdienst immer rappelvoll war. Tante Gina wollte eigentlich für sie alle kochen, bevor Cam und er wieder nach Boston abreisen würden, aber sie hatten ihr diesen Unsinn ausgeredet. Tante Gina wurde nicht jünger, der Hartson-Clan aber immer größer. Mit Grays wachsender Familie und Tanners Frau würden sie wahrscheinlich bald zu zwölft am Tisch sitzen.

Womit er nicht gerechnet hatte, war Courtney Roberts, die nur wenige Tische entfernt saß, zusammen mit einem älteren Paar um die sechzig und einem Mann, der für Logans Geschmack viel zu nah bei ihr saß.

Beruhige dich. Sie hatten eine Abmachung. Und die beinhaltete nicht, dass er sich fragte, ob der Typ einen guten Grund hatte, um in diesem Moment Courtneys Gesicht zu berühren.

»Wen starrst du so an?«, fragte Becca und folgte seinem Blick. »Oh, da sind die Roberts. Du kennst sie doch, oder? Sie betreiben die Creek Edge Farm. Als Kinder sind wir immer über ihre Kürbisfelder gelaufen.« Sie winkte ihnen zu, ohne zu bemerken, wie angespannt Logan war. »Vor ein paar Jahren haben sie ihren Sohn verloren. Ein furchtbarer Unfall. Die zwei jüngeren Leute neben ihnen sind die Witwe des Sohnes und sein Bruder, Carl.« Becca neigte ihren Kopf zur Seite. »Glaubst du, da ist etwas zwischen den beiden? Sie sitzen sehr nah beieinander.«

»Hör auf zu tratschen«, sagte Logan scharf. Er bedauerte seinen Tonfall sofort. Seufzend zog er einen Stuhl für Becca heran. »Tut mir leid, ich bin Kleinstadtgerede nicht mehr gewohnt.«

Becca schien sich von seiner Ermahnung nicht stören zu lassen. »Sie ist unglaublich hübsch, nicht wahr? Es ist traurig, dass sie schon verwitwet ist.«

Logan betrachtete Courtney erneut. Sie trug eine hauchdünne weiße Bluse, die mit winzigen grauen Blumen bedruckt war, die oberen Knöpfe waren geöffnet und zeigten die zarte Linie ihres Schlüsselbeins. Er schluckte schwer und erinnerte sich daran, wie weich ihre Haut war. Wie warm. Und wie laut sie gestöhnt hatte, während er sie immer wieder nahm.

Seit letzter Nacht hatte er nicht mit ihr gesprochen. So hatten sie es vereinbart. Alles sollte ganz einfach sein. Sie lebten ihre sexuellen Energien miteinander aus. Mehr nicht. Und in genau drei Stunden würde er in einen Flieger nach Boston steigen, um in eine Welt zurückzukehren, in die sich eine hübsche Farmerin nie verirren würde.

»Willst du nichts essen?«, fragte Becca und holte ihn damit aus seinen Gedanken. Er schaute auf und sah, dass Cam bereits eine Schüssel Haferflocken mit Obst vor sich hatte. Das Frühstück eines Profisportlers, der nicht von seinem Ernährungsberater belehrt werden musste. Vielleicht war das Cams Geheimnis für seinen Erfolg.

»Kannst du mir Pfannkuchen und Speck bestellen?«, fragte Logan und stand auf. »Ich muss kurz telefonieren.«

Becca blinzelte. »Klar. Willst du etwas trinken?«

»Kaffee und Orangensaft bitte.«

»Gibt es Probleme bei der Arbeit?«, hakte sie mitfühlend nach.

Er nickte, obwohl das Telefonat nur ein Vorwand war. In Wahrheit wollte er einfach nur an die frische Luft, weit weg von

Courtney Roberts, denn er konnte es nicht länger ertragen, wie sich dieser Mistkerl zu ihr beugte, um ihr ins Ohr zu flüstern.

Als Logan den Bürgersteig vor *Murphy's* erreichte, atmete er schwer aus. Er war verrückt geworden. Und das lag einzig und allein an dieser Stadt. Sie umschloss ihn wie die Wände einer Schrottpresse. Er musste ruhig bleiben. Heute Abend würde er wieder in Boston sein, wo er einen Job hatte, den er liebte, in einer Branche, in der er erfolgreich war.

Er lehnte den Hinterkopf gegen die Fassade des Diners und blickte auf den begrünten Stadtplatz auf der anderen Straßenseite. Personen, einzeln oder in Gruppen, waren über die Rasenfläche verteilt, andere saßen auf den Bänken, die den Musikpavillon in der Mitte säumten. Ringsherum standen Bäume, deren Blätter noch nicht in Rot- und Orangetönen leuchteten. Trotz der goldenen Sonne und des blauen Himmels über ihm, lag bereits ein Hauch von Herbst in der Luft.

Wider besseres Wissen zog Logan sein Handy aus der Tasche und tippte eine Nachricht.

Logan: *Du siehst wunderschön aus in dieser Bluse. Ich wünschte, ich könnte sie dir vom Leib reißen.*

Sobald er auf *Senden* gedrückt hatte, drehte er sich um und schaute durch die Fenster in die Ecke, wo Courtney mit der Familie ihres verstorbenen Mannes saß. An ihrem Stirnrunzeln konnte er erkennen, dass ihr Telefon einen Ton von sich gegeben hatte. Sie zog es aus der Handtasche neben sich, entsperrte den Bildschirm und blinzelte, als sie seine Worte las.

Er tippte eine weitere Nachricht.

Logan: *Schau aus dem Fenster.*

Er konnte sehen, wie sie schwer schluckte. Sie steckte ihr Handy zurück in die Tasche, hob dann ihre Kaffeetasse an die Lippen und drehte langsam den Kopf zum Fenster. Als sich ihre Blicke trafen, spürte er es wieder. Dieses Bedürfnis. Das Verlangen. Dieses verrückte Gefühl, das seine Welt aus den Angeln hob.

Er steckte sein Handy wieder weg und atmete tief ein.

Je früher er nach Hause flog, desto besser. Boston. Das war seine Realität. Alles, was hier in dieser kleinen Stadt zwischen Courtney und ihm passierte, war nur ein fantastischer Zeitvertreib. Eine Pause von dem verrückten, hektischen Leben, das sie beide führten.

Obwohl sein Herz wollte, dass es etwas mehr war als das.

4. Kapitel

»Der Bauausschuss hat unseren nachgereichten Antrag auf Baubewilligung abgelehnt«, informierte Paris ihn, als sie in Logans provisorisches Büro im hinteren Teil des Restaurants stürmte, das sie gerade renovierten. Er konnte sehen, wie sie mit den Zähnen knirschte.

Logan sah von dem Metalltisch auf, der ihm als Arbeitsplatz diente, und klappte seinen Laptop auf. »Hier lief es heute auch nicht besonders gut. Es gab einen Kurzschluss. Vermutlich ist eine Stromleitung hinüber. Der Elektriker muss die Wände aufreißen, um das Problem zu finden. Und die Regale, die wir bei der italienischen Möbelfirma bestellt haben, stecken im Zoll fest. Ich versuche gerade herauszufinden, wen ich bestechen muss.«

Paris lehnte sich an die Wand und stieß einen schweren Seufzer aus. Ihr langes dunkles Haar war zurückgebunden und gab den Blick auf ihre exotischen Gesichtszüge und ihre mandelförmigen Augen frei. Wie immer war sie elegant gekleidet: eine schwarze Stoffhose und grüne Stilettos, dazu eine hauchdünne weiße Bluse, die nichts der Fantasie überließ.

Er hatte Paris vor fünf Jahren kennengelernt, als er Investoren für sein erstes Restaurant suchte. Ein gemeinsamer Freund hatte sie einander vorgestellt, und sie hatten sich sofort gut verstanden. Es war wirklich verrückt. Paris war ein Kind reicher Eltern, geboren und aufgewachsen im exklusiven Beacon Hill. Sie hatte die besten Privatschulen besucht, war dann aufs angesehene *Radcliffe College* gegangen, wo sie ihren Abschluss machte; anschließend hatte sie ein Jahr lang Europa bereist.

Er hingegen hatte nur dank eines kleinen Stipendiums seinen College-Abschluss machen können. Das war so nicht geplant gewesen. Ein Unfall im Alter von sechzehn Jahren beendete seine Football-Karriere. Seine Vision von einem vollen Sportstipendium und einer strahlenden Zukunft in der NFL war nach einem schrecklichen Zusammenstoß beim Training und einer achtstündigen Operation vorbei gewesen, wohingegen sein Zwillingsbruder weiterhin spielen konnte.

Ein anderer hätte vielleicht auf Cams Karriere geschaut und sich gefragt, was hätte sein können. Aber dafür hatte Logan keine Zeit. Er war zu sehr damit beschäftigt, sich an die Spitze der Bostoner Restaurantbranche zu arbeiten. Als müsste er sich selbst beweisen, dass er immer noch jemand war, nur eben nicht so, wie er es geplant hatte.

»Ich habe einen Bekannten im Bauausschuss. Ich werde ihn fragen, ob er heute Abend Zeit hat, unser Anliegen bei einem Essen zu besprechen«, schlug Paris vor und neigte ihren Kopf zur Seite. »Du siehst müde aus. Hast du überhaupt geschlafen?«

Sie sprach auf diese Weise, die für Neuengland typisch war: mit kurzen, abgehackten Vokalen. Bei ihrem ersten Treffen hatte sie ihn wegen seinem Südstaaten-Akzent aufgezogen, und er hatte es ihr mit barer Münze heimgezahlt. Vielleicht arbeiteten sie deshalb so gut zusammen. Keiner von ihnen nahm sich selbst zu ernst.

Und sie beide schufteten wie die Irren.

»Die Inspektoren waren gestern bei *Touch of Class*«, sagte Logan und bezog sich dabei auf das Restaurant in Back Bay, das ebenfalls ihnen gehörte. »Ich werde einen Stufenplan erstellen, um die gefundenen Mängel zu beseitigen.«

Paris rümpfte die Nase. »War ihr Urteil so schlimm?«

»Nein. Aber ich will ihnen keinen Grund geben, wiederzukommen. Es stört nur den Betrieb. Der Laden ist an den nächsten sechs Wochenenden ausgebucht. Ich möchte, dass sich das Personal auf die Kunden konzentriert.«

Paris ging um den Tisch herum, legte ihre Hände auf seine Schultern und begann ihn zu massieren. »Du musst dich entspannen.«

»Mir geht es gut«, brummte er. »Ich gehe später ins Fitnessstudio. Um meine überschüssige Energie beim Boxen loszuwerden.«

»Sex wäre auch eine Alternative.« Paris lachte und warf ihren langen Pferdeschwanz über ihre Schulter. »Du bist genau so schlimm wie ich. Aber ich habe ein Auge auf diesen Typen aus Beacon Hill geworfen.« Sie schaute auf ihre Uhr, dann hauchte sie ihm einen Kuss auf die Wange. »Arbeite nicht zu hart. Ich brauche dich lebendig für unser nächstes Projekt. Es gibt da dieses tolle Lagerhaus in South End, das bald auf den Markt kommt. Die Eigentümer haben versprochen, dass wir es zuerst sehen dürfen. Es ist der perfekte Ort für unser nächstes Restaurant.«

Logan spürte ein leichtes Kribbeln am unteren Ende seiner Wirbelsäule. Sie expandierten aggressiv, aber das gefiel ihm. Die Vergrößerung ihres Imperiums machte ihn an. Sein Job definierte ihn, hatte ihn über die letzten fünf Jahre hinweg geprägt.

Er nickte. »Schick mir die Details, sobald du sie hast.«

»Natürlich.« Sie schenkte ihm ein Grinsen. »Kümmere dich um das Zollproblem. Wir sprechen uns später.« Sie warf ihm einen Kuss zu und verschwand durch die Tür.

Logan lehnte sich in seinem Stuhl zurück und fuhr sich mit der Hand durch die Haare, während er ausatmete. In den letzten Wochen hatte er sich nervös gefühlt, und das hatte nichts mit dem Restaurant, der maroden Elektrik des Gebäudes oder dem verdammten Zoll zu tun. Mit diesen Dingen hatte er jeden Tag zu kämpfen. Er war gut in dem, was er tat – einer der Besten. Das konnte er behaupten, ohne lügen zu müssen. Fakt war, dass er mehr als achtzig Stunden pro Woche arbeitete, weil er es liebte.

Er ließ den Kopf in den Nacken fallen und schloss die Augen. Plötzlich tauchte Courtney in seinen Gedanken auf. Er erinnerte sich daran, wie wunderschön sie ausgesehen hatte, als sie unter ihm in ihrem Bett lag. Mit ihren dunklen Locken, die wild über die Laken drapiert waren, und ihren strahlend blauen Augen, aus denen sie ihn aufmerksam betrachtete. Und mit einem Mal löste sich der seltsame Knoten in seinem Magen und seine Schultern entspannten sich.

Courtney war wie frische Luft. Das Licht, das die Schatten in seinem Leben verdrängen konnte. Vielleicht war es das, was er brauchte, um sich wieder vollständig zu fühlen.

Eine Nacht mit dem Mädchen vom Land, das ihm zeigte, wie einfach das Leben sein könnte, wenn er es nur zulassen würde.

Logan zog das Telefon aus seiner Hosentasche und tippte eine kurze Nachricht.

Logan: *Ich werde am übernächsten Wochenende in der Stadt sein. Hast du Zeit?*

Es dauerte fünf Minuten, bis er eine Antwort erhielt. Fünf Minuten, in denen er unruhig dasaß und so tat, als würde er sich auf seinen Laptop konzentrieren. Als sein Telefon vibrierte, griff er danach und starrte auf den Bildschirm.

Courtney: *Ja, habe ich.*

Gott sei Dank. Vielleicht würde er jetzt endlich etwas arbeiten können.

Courtney stand in der Großen Scheune und blätterte durch einen Saatgutkatalog, als ein Sturm über *Hartson's Creek* hereinbrach. In den letzten zwei Wochen hatte sie wie verrückt geschuftet, angefangen mit den Hühnern bei Tagesanbruch, gefolgt vom Sortieren der Maisernte und ein paar Anrufen bei ihren Kunden, um sich zu vergewissern, dass alle ihre Bestellungen aufgegeben hatten. Dann gab es noch die Arbeiten zu erledigen, für die während der Anbausaison keine Zeit übrig blieb. Gemeinsam mit ihren Schwiegereltern reparierte sie Zäune, besorgte frisches Saatgut und Vieh und verkaufte die Erträge der diesjährigen Ernte.

Und dann war da natürlich noch der Papierkram. Davon gab es immer viel. Als Courtney auf die Farm zog, war Mary damit betraut gewesen, aber im Laufe der Jahre hatte Courtney diese Tätigkeiten übernommen. Jetzt schlug sie sich mit dem Landwirtschaftsministerium, dem Finanzamt und allen anderen Behörden herum, die etwas von ihnen wollten.

Die Creek Edge Farm war klein im Vergleich zu den riesigen Feldern, die an ihre eigenen grenzten und großen Konzernen gehörten, deren Verwalter den Boden bis auf den letzten Quadratzentimeter bewirtschafteten. Mit den niedrigen Preisen, die diese Großfarmen für ihr Getreide verlangten, konnte Creek Edge nicht konkurrieren. Und die dringend erforderlichen Maschinen, um effektiver zu arbeiten, konnten sie sich ebenso wenig leisten. Letztes Jahr musste sie sich eine neue Feldspritze zulegen – ein riesiges traktorähnliches Gerät, mit dem Ellis gerade auf den frisch abgeernteten Feldern Unkrautvernichtungsmittel versprühte, um neuerlichen Bewuchs vorzubeugen. Allerdings schien das nie so richtig zu funktionieren.

Die Feldspritze hatte fast dreihunderttausend Dollar gekostet. Ein Teil des Geldes stammte aus Shauns Ablebensversicherung, die nun restlos aufgebraucht war. Die fehlende Summe wurde mit zwei weiteren Krediten abgedeckt. Aber das war es wert. Seit das Gerät geliefert wurde, strahlte Ellis wie ein Kind, das sich über ein neues Spielzeug freute. Es war schön, ihn wieder lächeln zu sehen.

Tatsache war, dass sie alle zu kämpfen hatten, seit Shaun gestorben war. Er war der Stärkste von ihnen allen gewesen und hatte mit seinem Dad selbst während der Nachtstunden auf den Feldern gearbeitet. Ellis wurde nicht jünger, und so hart Courtney auch arbeitete, sie würde nie so viel leisten können wie Shaun. Das hielt sie aber nicht davon ab, es zu versuchen.

Ein lauter Donnerschlag ließ die Stallwände erzittern. Sie blickte vom Katalog auf und runzelte die Stirn. Im Herbst konnte das Wetter innerhalb von Minuten von einer Hitzewelle in einen tropischen Sturm umschlagen. Durch die Nähe zu den Bergen im Westen hatten sie hier ihr eigenes Ökosystem. Die Sommer waren heiß und feucht, die Winter kalt und schneereich; Frühling und Herbst waren kurz oder lang, zu trocken, zu feucht, zu kalt oder zu warm.

Courtney trug nur eine alte Jeans und ein schwarzes Tanktop. Als sie heute Morgen bei Tagesanbruch das Haus verlassen hatte, war dieses Outfit ideal gewesen, aber der plötzliche Wetterumschwung verursachte ihr eine Gänsehaut. Sie lief nach draußen, um nachzusehen, ob alle Geräte sicher verstaut waren. Doch sobald sie den Hof betrat, öffneten sich die Wolken und Regen prasselte auf den warmen Beton. Innerhalb von Sekunden war

Courtney klatschnass.

Ellis kam aus dem Haupthaus der Farm und zog sich einen Regenmantel über. »Ich habe die Spritze auf dem Feld stehen lassen, während ich eine Pause gemacht habe«, rief er über das Gewitter hinweg. »Ich muss sie holen und in die Scheune stellen.«

Courtney warf einen Blick auf ihren Schiegervater, der viel älter als sechzig wirkte, und schüttelte den Kopf. »Ich mache das«, rief sie. »Hast du die Schlüssel?«

»Ich habe sie stecken lassen.« Er presste seine Lippen aufeinander. »Bist du sicher?«

»Natürlich.« Sie wollte auf keinen Fall, dass er sich in dem nassen Wetter den Tod holte. Und sie konnte schneller rennen als er.

Ein Blitz zuckte am Himmel, gefolgt von Donnergrollen. Sie rannte durch die offenen Tore zum Feld, ihre Turnschuhe sanken in den weichen Boden ein und erschwerten es ihr, voranzukommen. Als sie die Maschine erreichte, war ihre Kleidung schwer vom Regen und klebte an ihrer Haut. Courtney bibberte vor Kälte. Wie ein Hund schüttelte sie sich, um sich ein wenig zu trocknen, dann kletterte sie in die Kabine. Sie biss die Zähne zusammen, die heftig klapperten, als sie die Zündung einschaltete und die Spritze langsam zu der Wellblechscheune zurückfuhr, in der sie ihre gesamte Ausrüstung aufbewahrten.

Der Regen lief an der Windschutzscheibe herunter, als sie die riesige Maschine durch die offenen Tore auf den betonierten Hof lenkte. Ellis wartete in der Scheune auf sie und lächelte, als sie die Spritze neben dem Traktor abstellte und aus der Kabine kletterte.

»Hier«, sagte er und reichte ihr ein Handtuch. »Du bist völlig durchnässt. Geh ins Haus. Mary wird dir einen Tee machen.«

»Mir geht's gut«, beharrte Courtney und unterdrückte einen eisigen Schauder, der ihren Körper durchfuhr. »Ich helfe dir, hier fertig zu werden. Geht es den Tieren gut?«

»Die Schafe sind verängstigt, aber das sind sie bei einem Wolkenbruch immer. Die anderen sind alle in den Ställen. Geh jetzt rein und trockne dich ab, bevor du dich erkältest.«

»Okay.« Sie lächelte ihn an und rieb sich mit dem alten, rauen Handtuch den Regen von den Armen. Wie lieb von Ellis, dass er sich um ihre Gesundheit sorgte. Es kam nicht oft vor, dass sich jemand um sie kümmerte.

Als sie später am Abend nach Hause kam und es hinter ihren Schläfen pochte und sie am ganzen Leib zitterte, obwohl es drinnen warm und gemütlich war, wusste sie, dass weder der Tee noch die heiße Dusche geholfen hatten. Sie hatte sich eine Erkältung eingefangen.

Und morgen sollte Logan Hartson wieder in der Stadt sein.

5. Kapitel

Am nächsten Tag konnte Courtney überhaupt nichts mehr essen. Schon beim Gedanken daran wurde ihr schlecht. Sie lag auf dem Sofa, in eine Decke gekuschelt, und umarmte eine Box Taschentücher. Wenn sie sich nicht so schrecklich fühlen würde, hätte sie ein schlechtes Gewissen, weil sie, statt zu arbeiten, faulenzte.

Und was noch schlimmer war: Logan hatte nicht auf ihre Nachricht geantwortet, in der sie ihm mitteilte, dass sie krank sei und ihr Treffen absagen müsse. Vielleicht war er wütend. Es war seltsam, dass der Gedanke, ihn nicht zu sehen, ihr ebenfalls auf den Magen schlug. Sie hatte keine Ahnung, wann er wieder in der Stadt sein würde.

Das Rumpeln eines Motors drang an ihr Ohr, wurde jedoch von einem lauten Niesen ihrerseits übertönt. Sie versuchte, sich auf dem Sofa zu drehen, um aus dem Fenster zu schauen.

Draußen stand ein Streifenwagen. Carls Streifenwagen. Seine Eltern hatten ihm vermutlich Bescheid gegeben, dass sie krank war. Courtney seufzte bei dem Gedanken, ihm in diesem Zustand gegenübertreten zu müssen.

Er klopfte an die Tür, und sie rief ihm zu, dass es offen sei und er reinkommen könne. Sie war zu erschöpft, um vom Sofa aufzustehen und auf ihre übliche Art gastfreundlich zu sein.

»Hey«, grüßte er und runzelte die Stirn, als er die Tür hinter sich zudrückte. »Du solltest abschließen. Für einen Einbrecher ist eine unversperrte Tür wie eine Einladung.«

»Normalerweise tue ich das auch.«

Sein Blick flackerte zu ihr. »Mom hat mir erzählt, du würdest dich nicht wohl fühlen. Ich dachte, ich sehe mal nach dir.« Er kam zu ihr herüber, die Brauen immer noch zusammengezogen, als er ihre Stirn berührte. »Du glühst ja förmlich. Bist du sicher, dass du nicht im Bett sein solltest?«

Courtney nahm ein Taschentuch und putzte sich lautstark die Nase. »Wahrscheinlich«, stimmte sie zu. »Aber ich konnte da oben nicht schlafen. Und ich wollte mir eine Kanne heißen Tee machen.« Sie warf das Taschentuch in den Mülleimer neben sich und zog die Decke bis unters Kinn. Sie trug nur einen alten Pyjama. Und so wie Carl ihr auf die Brust starrte, fühlte sie sich entblößt.

»Ich könnte nach meiner Schicht vorbeikommen und dir etwas zu essen bringen«, schlug er vor und verzog nachdenklich die Lippen. »Es gibt einen neuen Italiener am Highway. Ich habe gehört, dass sie ein tolles Parmesan-Hähnchen machen.«

Courtneys Magen drehte sich um. »Ich glaube nicht, dass ich etwas essen kann. Ich werde einfach schlafen. Trotzdem danke.«

Er setzte sich auf den Sessel gegenüber der Couch.

»Tut mir leid«, sagte sie mit kratziger Stimme. »Ich hätte dir einen Platz anbieten sollen.«

Er grinste. »Ist schon okay. Ich denke, wenn man krank ist, hat man frei. Bist du sicher, dass ich nichts für dich tun kann? Ich habe noch dreißig Minuten, bevor meine Pause endet.«

»Ehrlich gesagt, hätte ich lieber meine Ruhe. Ich bin krank, mürrisch und will nichts anderes als schlafen. Genug Medikamente gegen die Erkältung habe ich auch. Ich werde einfach etwas einnehmen und mich selbst bemitleiden.« Sie ließ ihren Kopf zurück auf das Sofa fallen. »Hoffentlich bin ich am Montag wieder fit genug für die Arbeit.«

»Du solltest nicht so hart schuften. Vermutlich bist du vor allem wegen der Erschöpfung krank geworden.« Carl lehnte sich nach vorne und stützte die Ellenbogen auf seine Oberschenkel. »Es sollte sich jemand um dich kümmern, wenn es dir nicht gut geht.« Seine Stimme wurde leiser. »Ich zum Beispiel.«

Courtney schluckte hart und bereute es sofort. Der Schmerz in ihrer Kehle war kaum auszuhalten. »Carl, ich ...«

Er hob eine Hand. »Nein, hör mich bitte an.« Seine ernste Miene und die Art, wie er sie ansah, machten Courtney nervös. »Du arbeitest zu hart, um diese Farm am Laufen zu halten. Mom und Dad werden immer älter. Sie können nicht ewig so weitermachen. Die Dinge werden für keinen von euch einfacher werden. Du musst endlich über deine Zukunft nachdenken.« Er sah zu

Boden und zog die Brauen zusammen. »Und darüber, wer sich um dich kümmern soll, wie Shaun es gewollt hätte.«

Courtney starrte ihn ungläubig an. Sie hatte ihr Bestes getan, um seine Annäherungsversuche zu ignorieren. Natürlich war ihr aufgefallen, wie er sie betrachtete. Seine Aufmerksamkeit war ihr unangenehm, genauso wie die Fragen zu ihrem Liebesleben, die er ihr immer wieder stellte.

Aber was er gerade ausgesprochen hatte? Das war viel schlimmer als alles andere.

»Ich will derjenige sein, der sich um dich kümmert. Ich habe eine Wohnung und einen anständigen Beruf. Und ich weiß, dass wir zueinander passen würden. Ich denke genauso wie Shaun. Genauso wie du.« Er fuhr sich mit der Zungenspitze über die Unterlippe. »Wenn du von hier weggehst, können wir Mom und Dad überreden, die Farm zu verkaufen. Das wäre für alle das Beste.«

Courtney öffnete den Mund, ihre Brust war eng. »Es würde ihnen das Herz brechen, wenn sie die Farm verkaufen müssten.« Und ihr auch.

Carl stand auf und kam zum Sofa herüber. Mit sanftem Blick hob er ihre Füße an, setzte sich zu ihr und legte ihre Beine über seinen Schoß. Es kostete Courtney alle Kraft, um nicht vor seiner Berührung zurückzuschrecken.

»Sie werden auf uns hören. Das tun sie immer.« Er schenkte ihr ein halbherziges Lächeln. »Deshalb sind wir so ein gutes Team.«

»Du bist Shauns Bruder. Ich könnte nie ...« Ihre Stimme brach. Der Gedanke, mit ihm zusammen zu sein, bereitete ihr heftige Bauchschmerzen. »*Wir* können kein Paar sein, Carl. Nicht einmal, wenn ich bereit *wäre*, eine neue Beziehung einzugehen. Es ist einfach falsch. Die Leute würden reden.«

»Ich kann warten, bis du bereit bist«, beharrte er und beugte sich so weit vor, dass sein Gesicht dicht vor ihrem schwebte.

Sie wich zurück. »Ich könnte deine Eltern niemals bitten, die Farm zu verkaufen. Das ist ihr Lebenswerk«, versuchte sie, ihm ins Gewissen zu reden. »Sie haben bereits Shaun verloren. Es würde sie umbringen, auch noch die Farm zu verlieren.« Das war einer der Gründe, warum Courtney noch hier war. Um Buße zu tun und zu versuchen, den Hof für die Familie ihres Mannes über Wasser zu halten. Mary und Ellis haben sie wie eine Tochter bei sich aufgenommen, und sie konnte die beiden nicht im Stich lassen.

»Du musst dich nicht sofort entscheiden.« Er fuhr mit dem Finger über ihre rechte Fußsohle. »Denk einfach darüber nach. Du wirst sehen, dass ich recht habe. Ich kann dich glücklich machen, Courtney.« Er räusperte sich. »Ich weiß, Shaun war nicht immer ...« Carl stockte, als würde er nach den richtigen Worten suchen. »Mein Bruder war gut zu dir. Aber ich habe die Streitereien zwischen euch gehört. Ich bin nicht so, das verspreche ich dir. Ich würde dir nie wehtun.«

Er ließ ihren Fuß los, stand auf und fuhr sich mit der Hand durch die Haare. »Ich sollte wieder an die Arbeit gehen. Ruf mich unbedingt an, wenn du etwas brauchst, okay?«

»Okay«, krächzte sie.

»Bist du sicher, dass ich dir später nichts zu essen bringen soll?«, hakte er nach. »Oder lieber morgen? Das ist mein freier Tag.«

Sie schüttelte den Kopf. »Nein. Ich werde mich nur ausruhen. Aber danke.«

Er beugte sich zu ihr herunter und küsste sie auf die Wange. Sein Atem roch nach Kaffee und löste eine neue Welle der Übelkeit in ihr aus. Sie schluckte schwer und schloss die Augen, um sich ihn, einfach alles, wegzuwünschen.

»Gute Besserung. Und vergiss nicht, abzuschließen, wenn ich weg bin«, wies er sie an.

Kurz nachdem er die Haustür fest hinter sich zugezogen hatte, fielen ihr die Augen zu. Sie gab sich der Erschöpfung hin, begrüßte sie sogar. Wenn sie schlief, musste sie nicht darüber nachdenken, wie chaotisch ihr Leben geworden war.

Sie würde sich damit auseinandersetzen, sobald es ihr besser ging. Im Moment fehlte ihr einfach die Energie.

»Hey, ist dein Handy nur ein nettes Accessoire oder benutzt du es auch?«, fragte Paris und packte Logan am Arm, als er gerade aus dem Restaurant ging. Sein Auto war auf dem Bürgersteig geparkt, seine Reisetasche sicher im Kofferraum verstaut. Es war fast zwei Uhr nachmittags, und er hatte noch genau eine Stunde bis zum Boarding. Selbst wenn er die VIP-Parkplätze am Flughafen nutzte, würde es eng werden.

»Tut mir leid«, sagte Logan und zuckte mit den Schultern. Er öffnete die Beifahrertür, zog sich sein Jackett aus und hängte es an den Haken über dem Fenster. »Mein Treffen mit den Bauunternehmern hat länger gedauert, und ich muss los, wenn ich meinen Flug nicht verpassen will. Ist es wichtig?«

»Flug?« Sie runzelte die Stirn. »Verlässt du die Stadt? Warum?«

Er lockerte seine Krawatte und nahm sie ab. »Ich werde übers Wochenende meine Familie besuchen.«

»Aber ich habe für morgen ein Treffen mit der Eventplanerin vereinbart, um unsere Ideen für die Eröffnungsfeier zu besprechen. Und ich dachte, wir könnten uns am Sonntag das neue Lokal in South End ansehen.« Sie neigte ihren Kopf zur Seite. »Hast du nicht mal behauptet, du hasst deine Heimatstadt? Warum also reist du neuerdings so oft hin?«

»Meine Familie lebt dort.«

Paris stieß einen Seufzer aus. »Cam nicht, er ist meist hier. Hat er nicht am Sonntag ein Spiel? Willst du nicht dabei sein?«

»Ich werde rechtzeitig zum Spiel zurück sein. Und ab Sonntagabend werde ich die ganze nächste Woche arbeiten. Es sind nur zwei Abende, Paris, und ich habe in den Restaurants für Ersatz gesorgt.« Er schüttelte den Kopf. »Warum muss ich mich vor dir überhaupt rechtfertigen?«

»Weil wir ein Team sein sollten, Logan. Wir wissen beide, dass wir in dieser Branche nicht Teilzeit arbeiten können. Sie verlangt einem alles ab, sieben Tage die Woche. Bisher hattest du nie ein Problem damit.« Sie verzog unzufrieden die Lippen. »Aber in letzter Zeit ... Ich weiß nicht. Es ist, als würdest du in einer Art Midlife-Crisis stecken. Obwohl du dafür eigentlich zu jung bist. Was zum Teufel gibt es in *Hartson's Creek*, dass es dich immer wieder dorthin zieht?«

Er stellte sich vor, wie Courtney nackt auf ihrem Bett lag, ihre dunklen Locken, wild und ungezähmt, während er mit seinen Händen über ihre Schenkel fuhr.

»Zwei meiner Brüder sind dort. Und meine Neffen. Ich will sie sehen.«

»Du kannst Kinder nicht leiden«, entgegnete sie. »Eine unserer vielen Gemeinsamkeiten. Wie oft haben wir darüber schon bei einer Flasche *Macallan* gelacht? Deshalb sind wir so ein gutes Team. Wir konzentrieren all unsere Energie auf unser Geschäft, das verdammt gut läuft. Weil wir wissen, dass Kinder und Familie dem im Weg stehen.« Sie seufzte. »Habe ich recht?«

Er schaute auf die große silberne Uhr an seinem Handgelenk. »Ich muss los, wenn ich den Flug noch erwischen will. Verschiebe die Treffen auf nächste Woche. Ich werde da sein.«

Sie nickte, die Lippen fest aufeinandergepresst.

»Ich werde da sein«, wiederholte er.

Sie schenkte ihm ein Lächeln. »Gut. Denn ich schaffe das nicht allein. Ich brauche dich, Logan. Und wenn du nicht vor Ort sein kannst, müssen wir darüber nachdenken, jemand anderen an Bord zu holen.«

»Wir brauchen keinen anderen. Wir haben das im Griff.« Er ging um das Auto herum und öffnete die Fahrertür. »Bis Sonntagabend.«

Sie zuckte mit den Schultern. »Okay.«

Er warf seine Brieftasche auf den Beifahrersitz, dann sein Handy, das daraufhin kurz aufleuchtete. Er schüttelte den Kopf über all die Benachrichtigungen auf dem Display. Nach dem Check-in würde er sie lesen und antworten. Jetzt musste er sich auf den Weg zu *ihr* machen. Zu der Frau, die ihn alles andere vergessen ließ.

Der Gedanke an *sie* war das Einzige, was ihn aufrecht hielt.

6. Kapitel

Courtneys Lider fühlten sich bleischwer an, und das Hämmern hinter ihren Schläfen war schlimmer geworden. Es dauerte einen Moment, bis sie merkte, dass ihre Kopfschmerzen nur zum Teil dafür verantwortlich waren.

Jemand klopft an die Haustür!

Sie setzte sich abrupt auf, ließ sich aber sofort zurück auf das Kissen fallen und brachte kaum den Mund auf, so trocken waren ihre Lippen.

»Es ist offen«, krächzte sie mühsam. Sie war von Dunkelheit umgeben. Wie spät war es? Sie erinnerte sich, dass Carl gegangen war, aber an nichts weiter. Hatte sie die ganze Zeit geschlafen?

»Hey. Wie geht es dir?«

Der sanfte, tiefe Klang *seiner Stimme* ließ ihre Augen groß werden. Ihr Atem stockte, als sie zum Eingangsbereich blickte und die Umrisse eines großen, gut gebauten Mannes vor der offenen Haustür sah.

»Logan?«, fragte sie ungläubig. »Hast du meine Nachricht nicht bekommen?«

Er trat die Tür hinter sich zu und kam ins Wohnzimmer. Trotz der Dunkelheit konnte sie sehen, dass er etwas in der Hand hielt. Es sah aus wie eine Tüte. So eine, die man im Supermarkt bei jedem Einkauf erhielt.

»Als ich deine Nachricht gelesen habe, hatte ich schon am Flughafen eingecheckt.« Er schaute sich um. »Ist es okay, wenn ich ein Licht anmache?«

»Der Schalter für die Küchenlampe befindet sich direkt neben dir.«

Er schaltete das Licht an. Es war so grell, dass es in ihren Augen stach. Wenn sie nicht so krank wäre, würde sie sich wahrscheinlich darüber ärgern, dass er sie so sah. Ihr Haar war vermutlich ein noch wilderes Durcheinander als sonst, ihr Gesicht blass und ihre Lippen fühlten sich so trocken wie altes Leder an.

Logan stellte die braune Tüte auf dem Tresen ab, der das Wohnzimmer von der Küche trennte. Dann beobachtete Courtney verwirrt, wie er die Einkäufe auspackte. Ein gegrilltes Hähnchen in einem Plastikbehälter. Möhren, Lauch und Zwiebeln, dazu Päckchen mit Kräutern und Gewürzen, die sie am Markenlogo erkannte.

»Ich wollte nicht, dass du den ganzen Weg auf dich nimmst, um dann enttäuscht zu werden«, sagte sie und klang erschöpft. »Ich glaube nicht, dass ich im Moment Lust auf Sex habe.«

Seine Mundwinkel zuckten nach oben. »Das ist nicht der Grund, warum ich hier bin. Ich koche dir Abendessen.«

»Du tust was?« Sie schaffte es, sich auf einen Ellenbogen zu stützen, obwohl jeder Muskel in ihrem Körper über diese Bewegung klagte. Aber sie war so überrascht von seiner Antwort, dass sie sich aufrichtete.

»Ich werde dir eine Hühnersuppe machen.« Ein Lächeln umspielte seine Lippen. »Bei Fieber ist es das beste Heilmittel.«

»Du kochst für mich?« Sie blinzelte und verstand nicht ganz, was er ihr zu sagen versuchte. *Diese dummen Kopfschmerzen.*

Logan zuckte mit den Schultern. »Das gehört zu meinem Beruf. Auf dem College habe ich nebenbei in einer Küche gearbeitet, um mein Studium zu finanzieren.« Er lehnte sich gegen den Tresen und fing ihren Blick auf. »Ich war ziemlich gut darin. Da du niemanden hast, der für dich kocht, dachte ich, dass ich es tun könnte.« Er schaute sich in der Küche um. »Wo bewahrst du deine Pfannen auf?«

»Im Schrank neben dem Herd.« Sie runzelte die Stirn. War dieses Verhalten normal? Ihre Beziehung war rein sexuell. Würde eine Nutte für einen ihrer Stammkunden kochen, wenn dieser krank war? Hm, sie würde Lainey fragen müssen, die wüsste es vielleicht. Immerhin gingen eine Vielzahl von Menschen mit unterschiedlichen Berufen in ihrem Salon ein und aus. »Bist du sicher, dass du das tun willst? Du musst doch müde vom Flug sein.«

Noch nie hatte jemand für sie gekocht. Wenn sie krank war, hatte Shaun entweder unterwegs etwas besorgt oder bei seiner

Mom gegessen, während Courtney im Bett lag. Sie hatte keine Ahnung, was sie davon halten sollte, dass Logan in ihrer Küche stand und in einem riesigen Suppentopf Gemüse anschwitzte. Der würzige Duft erfüllte das ganze Haus und musste wie ein Schlafserum gewirkt haben, denn als Courtney das nächste Mal die Augen öffnete, hielt Logan ihr ein Glas Wasser an die Lippen.

»Trink«, sagte er leise. »Du siehst dehydriert aus.«

»Ich vergesse ständig, genug zu trinken.« Sie nahm einen Schluck von der kühlen Flüssigkeit und spürte sofort die lindernde Wirkung. »Kannst du mir bitte auch die Tabletten reichen? Sie liegen auf dem Couchtisch.«

Er griff nach der Packung und holte eine heraus. Als er sie ihr in den Mund schob, zitterte Courtney vor Lust.

Okay, so furchtbar krank war sie also nicht. Allerdings war sie sicher, dass sie im Sterben liegen müsste, um nicht auf Logan Hartsons Nähe und Berührungen zu reagieren.

»Die Suppe ist in einer halben Stunde fertig«, sagte er und stellte das Glas weg. »Warum gehst du nicht duschen? Dann fühlst du dich gleich besser.«

»Ich glaube nicht, dass ich mich so lange auf den Beinen halten kann.« Sie schenkte ihm ein schwaches Lächeln.

»Wir duschen gemeinsam.« Er zuckte mit den Schultern. »Wenn ich dich stütze, kannst du nicht umfallen.«

Ihre Augen weiteten sich. »Oh nein, das kann ich nicht von dir verlangen.«

Seine Lippen verzogen sich vor Belustigung. »Warum nicht?«

»Weil wir ...«

»Nackt wären?«, vollendete er ihren Satz. »Ist schon okay. Wie du weißt, habe ich bereits alles gesehen. Live und in Farbe, ich war sozusagen hautnah dabei.«

Hat er gerade gezwinkert?

Eine Dusche hörte sich im Moment wirklich verlockend an. Sie hatte sich seit gestern nicht mehr frisch gemacht, aber der Gedanke, dass er ihrem Körper so nahe war, während sie noch kränkelte, brachte sie zum Weinen. Sie fühlte sich momentan einfach nicht sexy. »Ich weiß nicht, ob das eine gute Idee ist.«

»Ich verspreche dir, mich anständig zu verhalten.« Er hielt seine Hand zum Schwur hoch. »Pfadfinderehrenwort.«

»Warst du überhaupt bei den Pfadfindern?«, entgegnete sie, und das Kratzen in ihrem Hals wurde schlimmer.

»Aber sicher doch.« Er hob eine Augenbraue. »Ich habe sogar einen Eagle Scout verliehen bekommen. Für meinen Teamgeist und gute Leistungen.«

Sie stellte sich Logan als Pfandfinder vor, in einem khakifarbenen Hemd, mit Abzeichen auf der Brust und einem bunten Schal um den Hals gewickelt. Sie konnte ein Lachen nicht unterdrücken, das sich in einen Hustenanfall verwandelte. Das Lächeln in Logans Gesicht verschwand, als er vor ihr in die Hocke ging.

»Bist du okay?«

Sie nickte. »Sag einfach nichts Lustiges. Oder warne mich das nächste Mal vor.«

Er legte seine Hand an ihre Wange. Die Wärme, die er ausstrahlte, ließ sie seufzen. Sein würziges Aftershave stieg ihr in die Nase. Auch wenn der Geruch nicht so intensiv war wie sonst, löste er etwas in ihr aus.

»Ich verspreche, dich nicht mehr zum Lachen zu bringen.« Er zeichnete mit dem Finger ihren Wangenknochen nach. »Komm, ich helfe dir hoch und bringe dich unter die Dusche. Keine schmutzigen Hintergedanken, versprochen. Du wirst dich anschließend besser fühlen, und dann fühle ich mich auch besser. Und nach ein paar Löffeln Suppe kannst du weiterschlafen.«

Duschen, Suppe löffeln und schlafen. Alle drei Vorschläge klangen gut, besonders, weil sie aus seinem Mund kamen.

»Okay.« Sie nickte. »Eine Dusche wäre gut.« Dass er keine schmutzigen Hintergedanken haben würde, störte sie etwas. Aber sie war krank, auch wenn sich gewisse Körperstellen heftig gegen diese Einsicht wehrten. Noch mehr, als er sie so sanft und zärtlich hielt, während das Wasser auf ihre nackten Körper fiel. Ihm in diesem Moment so nah zu sein, weckte ein anderes Verlangen in ihr, nach etwas, das sie nicht haben konnte. Aber darüber würde sie später nachdenken.

Im Moment wollte er sich um sie kümmern, und sie genoss

jede Sekunde seiner Aufmerksamkeit.

Was das für sie beide bedeutete, würde sie an einem anderen Tag analysieren.

»Das war wirklich gut. Danke«, sagte sie mit kratziger Stimme und legte ihren Löffel in die leere Schüssel. Nach der langen, heißen Dusche wirkte sie erholt und hatte es geschafft, mit ihm am Küchentisch zu sitzen. Ihre dunklen Locken waren noch feucht und zu einem Zopf geflochten. Und trotz der Erschöpfung, die er in ihren Augen und an ihren hängenden Schultern erkennen konnte, sah sie wunderschön aus.

»Gern geschehen.« Logan nahm ihre Schüssel und stapelte sie auf seine eigene. »Ich habe den Rest in den Kühlschrank gestellt. Die Menge sollte für ein paar Tage reichen. Du kannst die Suppe auch einfrieren, wenn du willst.«

»Nicht kochen zu müssen, klingt himmlisch.« Sie lächelte ihn an und traf ihn, wie jedes Mal, direkt in seiner Leistengegend. In der Dusche hatte er sein Wort gehalten und sie nur berührt, um sie zu stützen und ihr die Haare zu waschen. Sanft massierte er das Shampoo und die Pflegespülung in ihre Locken und half ihr dann wieder unter den Wasserstrahl, um alles auszuspülen. Dabei betrachtete er ihren geschmeidigen, straffen Körper. Er hatte nie versprochen, sie nicht anzusehen. Aber beim Anblick ihrer feuchten Haut zuckten seine Finger vor Verlangen.

Verdammt noch mal, sie war krank. Und er war es auch, weil er sie in diesem Moment begehrte.

Sie gähnte und ließ ihren Kopf zur Seite sinken. »Lass mich dir ins Bett helfen«, murmelte er und stand auf. Er würde das Geschirr abwaschen, sobald sie schlief, und sich dann selbst hinauslassen. Er hatte Tante Gina nicht vorgewarnt, dass er kommen würde, aber er wusste, dass er in seinem Elternhaus immer willkommen war. Und morgen würde er zurück nach Boston fliegen und seine Arbeit fortsetzen.

Er war ein Narr, weil er dem Drang, heute Abend hierher zu fahren, nicht hatte widerstehen können. Aber nachdem er ihre Nachricht in der Abflughalle gelesen hatte, musste er sie einfach sehen. Der Gedanke, einen weiteren Monat – oder länger – darauf zu warten, wieder ihr sanftes Lachen zu hören oder mit den Fingern durch ihre Locken zu streichen, ließ seine Brust eng werden. Ihre Nachricht hatte so wirr geklungen, als hätte sie hohes Fieber. Er stellte sich sofort vor, wie sie in ihrem Bett lag, ganz allein, mit niemandem, der sich um sie kümmerte.

Immerhin waren sie Freunde. Und Freunde kümmerten sich umeinander, wenn einer von ihnen krank war. Das war alles, was er tat.

»Komm schon.« Er schlang einen Arm um ihre Taille und half ihr aufzustehen. Sie sackte gegen ihn, und er zog sie fester an sich. Die Treppe zu ihrem Schlafzimmer war steil, aber er hatte sie schon oft hinaufgetragen. An jenem verrückten Tag, als sie sich zum ersten Mal getroffen hatten und er sich wieder wie ein Teenager fühlte, der sich von seinen Hormonen lenken ließ.

Courtney schlang ihre Arme um seinen Hals und schmiegte ihr Gesicht an seine Brust. Er konnte die Wärme ihres Atems an seinem offenen Hemdskragen spüren, während er sie die Treppe hinauf und in ihr Schlafzimmer trug. Ihre Lider waren gesenkt, als er sie auf die Matratze legte. Sacht zog er die Decke über ihren Körper. »Ich hole deine Zahnbürste«, sagte er und ging zur Badezimmertür. »Anschließend werde ich gehen und dich schlafen lassen.«

»Du gehst?«, fragte sie.

»Ich werde bei meinem Dad übernachten und morgen nach Boston zurückfliegen.«

Sie schluckte schwer. »Ich dachte, du könntest heute Nacht hierbleiben.«

»Willst du das?«, hakte er mit leiser Stimme nach. Ihr Blick begegnete seinem.

»Ja, das will ich«, hauchte sie.

Verrückt, wie diese einfache Antwort sein Herz gegen seine Brust hämmern ließ. »Dann bleibe ich.«

Sie lächelte. »Gut.«

Er half ihr beim Zähneputzen, bevor er selbst kurz im Bad verschwand, um sich bettfertig zu machen. Im Schlafzimmer zog er sein Hemd und seine Hose aus, faltete sie ordentlich zusammen und legte beides auf einen Stuhl in der Ecke. Nur mit seinen Boxershorts bekleidet, stieg er neben sie ins Bett und versuchte, sich nicht von ihrem süßen Körper erregen zu lassen.

Sie schmiegte sich an ihn, ihre dunklen Locken kitzelten ihn, als er seine Nase in ihr duftendes Haar drückte. Ein Blick auf seine Uhr verriet ihm, dass es kurz nach neun war. Er konnte sich nicht erinnern, wann er das letzte Mal so früh ins Bett gegangen war. Zumindest nicht, ohne Sex gehabt zu haben. Und doch war er hier, zur besten Sendezeit an einem Freitagabend, mit einer schönen, fiebrigen Frau, die leise gegen seine Brust atmete.

Wenn seine Brüder ihn jetzt sehen könnten, würden sie sich vor Lachen die Augen reiben.

Wie gut, dass ihre Beziehung geheim war.

Da war etwas Warmes und Feuchtes unter Courtneys Wange. Es dauerte einen Moment, bis sie merkte, dass es Logans Brust war, auf der sie lag, und dass sie im Schlaf gesabbert hatte. Schnell wischte sie den Beweis von seiner Haut.

»Hm?« Logan hob den Kopf. In der Dunkelheit des Raumes konnte sie gerade noch seine Gesichtszüge erkennen. Er blickte stirnrunzelnd zu ihr herunter, die Augen halb geschlossen. »Geht es dir gut? Brauchst du etwas?«, fragte er mit rauer Stimme.

Seltsamerweise fühlte sie sich ein wenig besser. Das Pochen in ihrem Kopf war verschwunden. »Wie spät ist es?«

Logan hob seinen Arm und das Ziffernblatt seiner Uhr fing einen Schimmer vom Mondlicht ein. »Kurz vor elf.«

»Ich dachte, es ist schon fast Morgen.«

Er strich ihr eine Locke aus dem Gesicht. »Bis dahin sind es noch ein paar Stunden. Schlaf weiter.«

Sie ließ ihre Wange zurück auf seine Brust sinken. Gott, fühlte er sich gut an. Seine Haut war warm, seine Muskeln fest, und er roch nach ihrer Seife, weil sie zusammen geduscht hatten.

Er strich ihr wieder durch die Haare, und ein Ziehen zwischen ihren Beinen machte sich bemerkbar. Sie schob ihre Hand, die auf seinem Bauch lag, hoch zu seiner Brust und strich mit den Fingern über eine empfindliche Stelle. Er stieß ein Seufzen aus, und ihr Inneres spannte sich an. Während sie die Linien seiner Brustmuskeln nachzeichnete, drehte sie den Kopf und presste ihre Lippen auf seine Haut.

Fast sofort spürte sie, wie er reagierte. Seine Härte drückte gegen ihren Oberschenkel. Sie schmiegte sich enger an ihn, bis er erneut seufzte.

»Baby, du bist krank«, sagte er leise.

Sie sah auf und suchte seinen Blick. »Es geht mir besser.«

Er lachte. »Du glühst immer noch.«

Dieses Mal grinste sie. »Deinetwegen.« Sie legte sich auf die Seite und zog ihn mit sich, bis ihr Gesicht auf gleicher Höhe mit dem seinen war und sich ihre Körper berührten. Sie strich mit dem Finger über seine Unterlippe und schluckte schwer, als sie sah, wie er erschauerte.

»Wir sollten nicht ...«

»Wir sollten«, flüsterte sie. »Ruhig und langsam.« Sie fuhr mit ihrer Hand seinen Rücken hinunter und verkniff sich ein Lächeln, als er die Arme anspannte und sie enger an sich drückte.

Ihr Körper sehnte sich nach seiner Berührung. Der Gedanke, einen weiteren Monat darauf zu warten, bis sie wieder spüren würde, wie er sich in ihr bewegte, war zu viel. Sie beobachtete, wie sich seine Brauen hoben, als müsste er über ihren Vorschlag nachdenken. Sie strich mit den Fingern darüber, um seine Stirn zu glätten. Dann küsste sie ihn, so hauchzart, dass sich ihre Lippen kaum berührten. Er stöhnte leise auf, und das Geräusch ließ pures Verlangen in ihren Adern pulsieren.

»Ganz langsam«, flüsterte er gegen ihren Mund, und sie lächelte zufrieden. Seine Hand fuhr an ihrer Seite entlang zu ihrem Oberschenkel. Mühelos zog er sie auf sich, und sie spürte seine Härte an ihrem Eingang. Sanft drang er in sie ein, während er sie küsste, und entlockte ihr ein Keuchen, als ihre Körper eins wurden. Ihre Blicke verhakt, begann er sich in ihr zu bewegen.

Ihr Körper fühlte sich an, als stünde er in Flammen, jeder Nerv kribbelte. Logan ließ seine Hand zu ihrem Hintern hinuntergleiten und hielt sie fest, während er sie immer wieder ausfüllte.

Sex mit ihm hatte sich noch nie so gut angefühlt. Es war so anders, irgendwie zärtlich und intim. Als könnte er in ihre Seele sehen, während sich die Lust langsam in ihr aufbaute. Und als sie kam, war es nicht der kurze, scharfe Orgasmus, den er ihr bei ihrem letzten Treffen beschert hatte. Dieser war süß und lang und ließ ihr den Atem stocken. Bald darauf folgte er ihr, hielt sie fest an sich gedrückt, seine Finger streichelten über ihre Haut, während sie sich langsam erholten.

Und dann hörten sie ein Hämmern an ihrer Haustür.

7. Kapitel

Logan runzelte die Stirn, als Courtney in seinen Armen erstarrte, ihr Körper immer noch eng an seinen gepresst.

»Wer ist das?«, fragte er, und sie versteifte sich noch mehr. Hatte er sich geirrt? Hätte er dem Verlangen zwischen ihnen doch nicht nachgeben sollen?

»Ich weiß es nicht.« Courtney begann zu zittern. »Hast du die Tür abgeschlossen, bevor wir hochkamen? Ich kann mich nicht erinnern.«

Er nickte. »Ich habe den Riegel zugeschoben.«

Sie schloss die Augen. »Gott sei Dank.«

Das Klopfen hörte auf, aber dann begann ihr Telefon zu klingeln. Sie nahm es vom Nachttisch. So wie sie es hielt, konnte er den Namen auf dem Bildschirm nicht erkennen, aber ihrem Gesichtsausdruck nach zu urteilen, war der Anruf unerwünscht.

»Es ist Carl.« Ihre Stimme war dünn.

»Wer ist Carl?«

Ihr Blick flog zu ihm. Sie wirkte unsicher. »Mein Schwager.«

»Derjenige, der an die Haustür klopft?«

Sie nickte, ihre Lippen zitterten. »Ich denke schon. Ich sollte seinen Anruf entgegennehmen.« Sie ließ ihren Finger über den Bildschirm gleiten und hob das Telefon an ihr Ohr. »Hallo?«

»Court, ich bin's. Geht es dir gut? Ich habe ein Auto vor deinem Haus gesehen und mir Sorgen gemacht.«

Logan konnte die tiefe Stimme ihres Schwagers hören. Er schluckte schwer und wartete auf ihre Antwort.

»Mir geht es gut.« Nervös fummelte sie an der Bettdecke herum. »Das Auto gehört Lainey. Sie hat es vorhin hiergelassen, als sie etwas vorbeigebracht hat.«

»Es sieht nicht wie Laineys Auto aus.«

»Nicht?« Ihr ganzer Körper bebte. Logan strich ihr über die Haare und versuchte, sie zu beruhigen, aber ihre Haut war heiß, fast fiebrig. »Ähm, vielleicht hat sie sich eins von einem

Bekannten geliehen.«

Logan wollte ihr den Hörer aus der Hand nehmen und diesem Carl sagen, dass er Courtney in Ruhe lassen sollte. Sie war krank, um Himmels willen.

Ja, so krank, dass du dich einfach an ihr vergriffen hast. Du bist nicht besser als er.

»Bist du sicher, dass es dir gut geht?« Die tiefe Stimme hallte durch das Telefon. »Ich könnte mich eine Weile zu dir setzen. Ich habe gerade Feierabend.«

»Das ist nicht nötig«, platzte Courtney heraus. »Ich bin okay, nur müde. Ich werde noch ein bisschen schlafen, und wenn ich aufwache, geht es mir hoffentlich besser.«

»Okay. Und ich bin froh, dass du deine Tür abgeschlossen hast. Du weißt nicht, wer sich da draußen rumtreibt. Schlaf gut, Courtney. Ich melde mich morgen Früh noch mal.«

»Danke.« Sie beendete das Gespräch. Ihr erschrockener Blick richtete sich wieder auf Logan. »Ich bin eine so schlechte Lügnerin. Meinst du, er ahnt etwas?« Sie fing an, durch ihre Kontaktliste zu scrollen. »Ich sollte Lainey anrufen. Oh Gott, ich muss sie bitten, für mich zu lügen.« In ihrer Panik sprach sie so schnell, dass sie husten musste. »Was ist, wenn er das Nummernschild überprüft? Er wird wissen, dass du hier bist.«

»Es ist ein Mietwagen. Mehr wird er nicht herausfinden.« Logans Stimme war sanft. »Und du kannst Lainey morgen Früh Bescheid geben. Ist sie eine Freundin von dir?«

Courtney stieß den Atem aus. »Meine beste Freundin.«

Noch etwas, das er bis zu diesem Moment nicht über sie gewusst hatte. Aber er wusste generell nicht viel über sie. Ihr Arrangement war nicht ernst genug, um viel von sich preiszugeben. Schon gar keine dunklen Seiten.

»Was ist, wenn er zurückkommt?«, flüsterte Courtney. »Was, wenn er herausfindet, dass du mit mir hier bist?« Sie kniff die Augen zusammen. »Oh Gott, das ist übel.«

Logan starrte sie einen Moment lang an und überlegte, wie er sie beruhigen konnte. »Möchtest du, dass ich gehe?«

Sie schüttelte den Kopf. »Nein, er könnte noch draußen sein.«

Logan strich ihr mit den Fingern über die Wange. »Ich habe keine Angst vor ihm, falls es das ist, worüber du dir Sorgen machst. Er ist dein Schwager, okay. Aber was wir hier machen, ist nicht verkehrt. Keiner von uns beiden ist verheiratet. Wir betrügen niemanden. Wir verstoßen nicht gegen das Gesetz. Wir sind zwei Erwachsene, die sich in beiderseitigem Einvernehmen auf ein sexuelles Verhältnis eingelassen haben.«

»Verstehst du nicht? Es wird ihn verletzen. Und seine Eltern. Sie dürfen es niemals herausfinden. Ich möchte sie nicht wegen eines Techtelmechtels aufregen.« Sie zerrte an der Decke und zog sie hoch, um ihre Brust zu bedecken. »Ist es etwas Sex wert, jene Menschen zu verletzen, die man gern hat?«

Logan blinzelte und versuchte, die richtige Antwort zu finden. »Wir waren uns beide einig, dass es nicht mehr ist ...«

»Ich weiß das.« Wieder stieß sie den Atem aus. »Und ich habe bekommen, was ich wollte. Ich fühle mich wieder lebendig. Aber ich kann den Menschen, die für mich wie eine Familie sind, nicht wehtun, Logan. Nicht nach allem, was sie durchgemacht haben.«

Verdammt, was sie da sagte, fühlte sich wie ein Tritt in die Magengrube an. »Möchtest du, dass ich gehe?«, wiederholte er seine Frage von vorhin. Sie öffnete den Mund, schloss ihn dann aber wieder und zog die Brauen zusammen. »Es ist okay«, sagte er leise. »Ich verstehe schon. Das hier sollte ganz einfach sein, aber jetzt ist es kompliziert. Ich hätte nicht kommen sollen. Du hattest mich nicht darum gebeten.«

»Es war wirklich süß, dass du dich um mich gekümmert hast.« Sie schenkte ihm ein halbherziges Lächeln.

Seine Brust krampfte sich zusammen. Er hatte es gern getan, er *wollte* sich um sie kümmern. Aber sie hatte nicht darum gebeten. Wie hatte er ihr Verhalten nur so falsch verstehen können? Als er sie vorhin im Arm hielt, während sie auf ihm lag, er tief in ihr vergraben, hatte er sich gefragt, ob sie das irgendwie hinkriegen würden. Denn dieser eine Augenblick hatte sich wie viel mehr angefühlt als eine rein sexuelle Verbundenheit.

Verdammt, er war ein Idiot. Da war nicht mehr, er hatte sich getäuscht. Sie beide hatten keine Zukunft. Sie waren zu unterschiedlich. Courtney kam vom Land, er aus der Stadt. Sie würde auf keinen Fall nach Boston ziehen, und er würde sie auch nie darum bitten. Am Ende würde er sie enttäuschen, wie jede andere vor ihr. Er konnte sich noch gut an all die Dinge erinnern, die ihm bei jeder Trennung an den Kopf geworfen wurden.

Du bist nie zu Hause, wenn ich dich brauche.

Ich habe die ganze Nacht versucht, dich zu erreichen, aber du bist nicht rangegangen.

Warum kannst du mich nicht so lieben, wie du deine verdammten Restaurants liebst?

Es war immer dasselbe gewesen. Und alles davon wahr. In Beziehungsdingen war er eine Niete. Nach einigen Sitzungen mit Therapeuten wusste er von seiner Bindungsunfähigkeit, die dazu führte, dass keine seiner Beziehungen gut geendet hatten.

Ihm hätte klar sein müssen, dass auch diese zum Scheitern verurteilt war. Warum also fühlte sich sein Herz an, als würde es von einem Schraubstock gequetscht werden?

»Ich fahre los, sobald es hell ist«, sagte Logan und presste seine Lippen aufeinander. »Vielleicht sollten wir einfach ... ich weiß nicht ... die Sache auf sich beruhen lassen. Ich will dein Leben nicht unnötig kompliziert machen.« Seine Brust fühlte sich eng an, das Atmen fiel ihm schwer.

»Denkst du, wir sollten es beenden?« Ihre Augen waren glasig.

»Du nicht?«

Ihre Unterlippe zitterte. »Ich schätze ... wenn du meinst, dass wir das sollten? Es ist ja nicht so ... Mehr als Freunde könnten wir ohnehin nicht sein.« Sie blickte zu ihm auf. »Oder?«

»Genau.« Er nickte entschlossen.

Sie senkte den Blick wieder. Scheiße, er bekam kaum noch Luft. Seine Brust war wie zugeschnürt, als wäre er krank. Warum zum Teufel konnte er es nie richtig machen?

Sie drehte sich auf die Seite und zog ein Taschentuch aus der Packung, die auf dem Nachttisch stand. »Tut mir leid, ich muss mir die Nase putzen.« Nachdem sie fertig war, atmete sie tief ein. Er starrte auf ihren Rücken. Sie wandte sich nicht wieder zu ihm um. »Du hast recht. Wir riskieren zu viel. Und wofür? Für Sex?«

Ihre Schultern zuckten, als würde sie ein Lachen zurückhalten. Er war sich nicht sicher, ob er froh sein sollte, dass er ihr Gesicht nicht sehen konnte. Er wusste nur, dass der Schmerz in seiner Brust nicht verschwinden wollte. Stattdessen wurde er immer schlimmer.

Ein Motorengeräusch dröhnte von draußen herein, ehe es leiser wurde und ganz verschwand.

»Ich nehme an, dein Schwager ist weggefahren«, stellte Logan fest und betrachtete ihre Schultern. Sie hatte sich leicht zusammengerollt, denn ihre Wirbelsäule zeichnete sich unter ihrer Haut ab. Er wollte sie berühren, noch einmal spüren, wie weich sie sich unter seinen Finger anfühlte. »Vielleicht sollte ich auch gehen. Für den Fall, dass er zurückkommt.«

Courtney nickte, dabei bewegten sich ihre schönen Locken. »Ja, das wäre vielleicht besser.«

Als Logan das Schlafzimmer verließ, kehrte die Kälte in Courtneys Körper zurück, und eine Gänsehaut überzog ihre Arme. Logans Hühnersuppe und die heiße Dusche hatten sie nicht geheilt, wenn überhaupt, dann fühlte sie sich noch kranker als zuvor. Zitternd kuschelte sie sich unter die Decke und lauschte seinen Schritten. Nach wenigen Minuten schlug die Haustür hinter ihm zu. Kurz darauf sprang der Motor seines Mietwagens an. Ein Schluchzen entwich ihren Lippen, und sie hielt sich die Hand vor den Mund, um den Laut zu unterdrücken, obwohl niemand da war, der sie hören konnte.

Sie war ganz allein. Schon wieder. Und das würde auch so bleiben.

Heiße Tränen kullerten über ihre Wangen und sammelten sich an ihrem Kinn, bevor sie auf die Matratze fielen. Sie war so dumm gewesen. Einen Moment lang hatte sie gehofft, er würde ihr widersprechen. Ihr sagen, dass das zwischen ihnen für ihn mehr als nur eine Affäre war. Dass er dabei war, sich in sie zu verlieben, so wie sie sich in ihn verliebt hatte. Stattdessen war er gegangen.

Sie sollte für seine Ehrlichkeit dankbar sein. Und dafür, dass er sich nicht von Gefühlen hinreißen ließ. Einer von beiden musste bei Verstand bleiben. Was sie miteinander hatten, führte nirgendwo hin. Das konnte es nicht. Courtney war nicht bereit für eine neue Beziehung. Auf keinen Fall konnte sie Ellis und Mary – oder Carl – sagen, dass sie Shaun durch einen charmanten Restaurantleiter aus Boston ersetzen würde.

Sie schuldete ihnen mehr als das. Jedem von ihnen.

Nachdem sie sich auf den Rücken gerollt hatte, wischte sie sich mit dem Handrücken übers Gesicht. Dann griff sie nach ihrem Handy und scrollte durch ihre Kontaktliste, bis sie Laineys Namen fand.

Courtney: *Kannst du morgen Früh vorbeikommen? Ich brauche deine Hilfe.*

Nur Sekunden, nachdem sie die Nachricht abgeschickt hatte, erschienen drei kleine Punkte auf dem Bildschirm, die ihr zeigten, dass Lainey wach war und antwortete.

Lainey: *Natürlich. Alles in Ordnung?*

Courtney ließ ihre Finger über die Tastatur gleiten.

Courtney: *Nicht wirklich. Aber das wird es. Ich brauche einfach meine beste Freundin.*

Laineys Antwort kam schnell.

Lainey: *Ich werde da sein, Süße. Gleich morgen Früh. Ich bringe uns ein paar Pfannkuchen mit. xx*

Courtney blinzelte die frischen Tränen weg, die ihr in die Augen stiegen. Alles war okay oder würde zumindest irgendwann gut werden. Sie hatte schon so viel Schlimmeres überstanden. Sie würde Lainey bei ein paar Pfannkuchen von Logan erzählen, und danach würde das Leben weitergehen.

Ohne ihn. Und die Art, wie sie sich in seiner Nähe fühlte.

Courtney legte ihr Telefon zurück auf den Nachttisch. Logan hatte ihr nie Bescheid gegeben, wenn sein Flugzeug gelandet oder er wieder in seiner Wohnung in Boston war. Sie hatte sich daran gewöhnt, nichts von ihm zu hören, aber immer darauf gehofft. Ab sofort würde er sich nie wieder bei ihr melden. Irgendwie musste sie ihrem Herzen erklären, dass es sich an den Gedanken gewöhnen musste.

8. Kapitel

Sechs Wochen später …

Courtney eilte über den Stadtplatz und zerrte dabei am Reißverschluss ihres Mantels. Als dieser endlich geschlossen war, rückte sie ihren silbernen Schal zurecht, bis er ihr halbes Gesicht verdeckt. Die Temperaturen waren in den letzten Tagen deutlich gefallen. Es war so kalt, dass der Wind in ihre Wangen stach und sie ihren Atem sehen konnte. Bis Thanksgiving war es nur noch etwas mehr als eine Woche, und die Schaufenster der umliegenden Geschäfte waren schon festlich dekoriert. *Murphy's Diner* hatte sich für rotes Lametta entschieden, an dem silberne Glöckchen hingen. Draußen an der Wand kündigte ein Plakat das Vorweihnachtsprogramm des örtlichen Autokinos an. Am ersten Dezember startete die Reihe mit: *Ist das Leben nicht schön?*

Früher liebte Courtney diese Zeit des Jahres. Als Kind begann Weihnachten für sie schon am Freitag nach Thanksgiving, wenn sie und ihre Mom die drei riesigen Kisten voller Kugeln, Kerzen, Lichterketten und Girlanden aus der Garage holten, bevor sie sich gemeinsam für die diesjährigen Farben entschieden. In den letzten zwei Jahren hatte sie sich nicht einmal die Mühe gemacht, ihr kleines Cottage zu schmücken. Es hatte keinen Sinn. Sie wäre die Einzige, die sich daran erfreuen würde.

Sie umklammerte den Riemen ihrer übergroßen Handtasche, damit sie ihr nicht von der Schulter rutschte, und dachte an die braune Papiertüte, die noch ungeöffnet darin lag. Schon seit zwei Tagen. Courtneys Mut hatte nur bis in die Drogerie von *Maple Creek* gereicht, der Nachbarstadt von *Hartson's Creek*, wo sie hoffentlich bei ihrem Einkauf unerkannt geblieben ist.

Es war mehr als einen Monat her, dass sie von Logan Hartson gehört hatte. Zu ihrer Überraschung hatte er ihr nach seiner Rückkehr nach Boston eine Nachricht geschickt, um sich zu erkundigen, ob es ihr besser ging. Sie hatte ihm geantwortet, dass alles okay wäre. Und dass sie annehmen muss, ihn nicht mehr zu treffen. Das war's.

Seither hatten sie keinen Kontakt. Keine Nachrichten, keine Anrufe. Und keine nächtlichen Besuche, die sie die Realität vergessen ließen. Es war vorbei, und genau so sollte es auch sein. Obwohl sie das Gefühl hatte, als wäre sie nicht mehr sie selbst. Aber das spielte keine Rolle. Es war besser, dass Logan und sie getrennte Wege gingen.

Zumindest dachte sie das, bis sie bemerkte, dass sie *mehr als einen Monat* überfällig war. Ihre letzte Nacht mit Logan war schon Wochen her. Seit er sie verlassen hatte, konnte sie nicht mehr klar denken. Sie war traurig und fühlte sich schuldig. Es fiel ihr schwer, vor Ellis und Mary ein fröhliches Gesicht zu machen. Oder Carl höflich anzulächeln, wenn er mit ihnen zu Abend aß.

Und dann, vor ungefähr einer Woche, blieb ihre Periode aus. Sie sah in ihren Kalender und entdeckte, dass sie im Monat davor nur eine ungewöhnlich leichte Blutung vermerkt hatte. Panik setzte ein. Denn Courtney war sich nicht sicher, ob sie am Wochenende, als sie krank war, ihre Pille genommen hatte.

Ihre Haut kribbelte bei der Vorstellung, was das bedeuten musste. Wie konnte sie nur so dumm sein? Es war ihnen beiden so wichtig gewesen, doppelt zu verhüten. Aber beim letzten Mal hatten sie beide versagt.

Courtney betrat den *I Can Make You Beautiful*-Salon, und über ihrem Kopf ertönte die Türklingel. Lainey schaute vom Empfangstresen auf, den Hörer des Salontelefons unters Kinn geklemmt, vor sich den aufgeklappten Laptop. Courtney signalisierte ihrer besten Freundin mit einem Nicken, dass sie die Tests dabei hatte, so wie sie es zuvor besprochen hatten.

»Meine Damen«, rief Lainey ihren Kolleginnen zu, legte den Hörer auf und ging um den Tresen herum. »Wir sind in meinem Büro, falls ihr mich braucht.«

»Du hast kein Büro«, sagte Courtney und runzelte die Stirn.

Lainey ergriff ihre Hand und zog sie zu den Toiletten im hinteren Teil des Ladens. Als sie drinnen waren, schob sie den Riegel fest zu und hielt Courtney die Hand hin. »Gib her.«

Courtney öffnete ihre Handtasche, zog die braune Tüte heraus und reichte Lainey den rechteckigen Karton, der sich darin befand. Ihre Freundin drehte ihn um und blinzelte, als sie die Anweisungen las, dann zog sie den Test heraus.

»Okay, du musst hier drauf pinkeln.«

Courtney holte tief Luft. Vielleicht hätte sie nach Hause gehen und das in der Abgeschiedenheit ihres Cottages tun sollen. Aber bei dem Gedanken, allein zu sein, wenn sie das Ergebnis bekam, wurde ihr schlecht.

Derzeit wurde ihr ständig übel. Lieber Gott, war sie wirklich schwanger? Sie schnappte sich den Test von Lainey und nahm ihn von einer Hand in die andere.

»Komm schon, tu es einfach. Du musst es so oder so wissen.« Lainey schenkte ihr ein kleines Lächeln.

Sie hatte recht. Courtney musste es erfahren. Aber ihr Selbsterhaltungstrieb schrie sie an, sich vor der Wahrheit zu verstecken und so zu tun, als gäbe es eine Million Gründe, warum bei einer Frau zweimal die Periode ausblieb und sie sich mit Morgenübelkeit herumschlug.

»Geh schon.« Lainey scheuchte sie zur Toilette, und Courtney pinkelte auf den Test.

Drei Minuten später starrten sie auf das eindeutige Ergebnis.

Schwanger.

»Also gut«, sagte Lainey, und ihre Stimme war weniger selbstsicher als zuvor. »Jetzt wissen wir es also.«

Courtney nickte und starrte immer noch auf das kleine Feld mit dem Balken. »Ja, das tun wir.« Sie ließ sich gegen die rosa gekachelte Wand des Badezimmers sinken und seufzte. »Ich bekomme ein Baby.«

Laineys Augen begannen zu leuchten. »Oh mein Gott! Du bekommst ein süßes kleines Baby.« Sie begann auf und ab zu springen. »Das ist unglaublich.«

Jemand klopfte an die Badezimmertür. Lainey seufzte, schob den Riegel zur Seite und zog die Tür ein Stück auf. »Was?«, fragte sie abrupt. »Könntest du uns noch einen Moment allein lassen? Oder ist es dringend?«

»Ähm, dein Zwölf-Uhr-Termin ist da«, sagte Nicole.

»Sei so lieb und biete der Kundin eine Tasse Kaffee an, ja? Ich bin in einer Minute bei ihr«, entgegnete Lainey mit zuckersüßer Stimme.

»Klar.«

Lainey schloss die Tür. »Verdammte Della Thorsen«, flüsterte sie.

»Wer ist Della Thorsen?«

»Mein nächster Termin. Sie herrscht über die ansässigen Klatschweiber. Wenn ich sie warten lasse, wird sie wissen, dass etwas im Busch ist. Ihre Nase ist empfindlicher als die eines Bluthundes.«

»Ist schon gut. Geh und kümmere dich um deinen Laden.« Courtney versuchte sich an einem Lächeln, aber ihre Mundwinkel wollten nicht mitspielen. »Ich werde mir bei *Murphy's* einen Kaffee holen und mich auf eine Parkbank am Stadtplatz setzen. Das wird mir gut tun.«

»Bestell einen koffeinfreien«, entgegnete Lainey. »Der ist besser für das Baby.«

Das Baby. Da waren wieder diese zwei Worte, von denen sie nie gedacht hatte, dass sie einmal mit ihr in Verbindung stehen würden. Ein winziger Mensch wuchs in ihr heran, und sie hatte keine Ahnung, was sie mit diesem Wissen anstellen sollte.

Lainey kam zu ihr herüber und umarmte sie fest. »Wir sehen uns heute Abend. Ich komme zu dir. Dann können wir in Ruhe reden.« Lainey drückte sie und quietschte vor Freude. »Du bekommst ein Baby.«

Courtney verzog das Gesicht. »Noch etwas lauter, und Della muss sich keinen Tratsch ausdenken.«

Lainey grinste und gab Courtney einen freundschaftlichen Kuss auf die Wange. »Keine Sorge, *Mama*, dein Geheimnis ist bei mir sicher.«

Wie sich herausstellte, schmeckte Murphys koffeinfreier Kaffee grässlich. Courtney hielt ihn fest in den Händen und genoss die Wärme des Bechers, während sie auf einer weiß gestrichenen Bank in der Mitte des Stadtplatzes saß. In ein paar Wochen würden die kahlen Äste der Eichen mit Lichtern geschmückt und die Säulen, die das Dach des Musikpavillons stützten, in Rot gehüllt werden, damit sie wie echte Zuckerstangen aussahen. Bald würde Weihnachtsstimmung in *Hartson's Creek* einkehren.

Shaun hatte nie viel für das Fest aller Feste übrig gehabt. Er nahm sich nicht einmal den ganzen Weihnachtstag frei. Morgens fütterte er die Tiere und erledigte Reparaturen. Mittags aßen sie bei Ellis und Mary, tauschten ihre Geschenke aus und schliefen meist bei einem Familienfilm auf der alten Couch ein. Dann gingen Courtney und er nach Hause, Shaun duschte und legte sich ins Bett, während sie ihren Dad und ihre Stiefmutter anrief, um ihnen fröhliche Weihnachten zu wünschen.

Nach Shauns Tod hatte Courtney nichts an dieser Routine verändert. Mary genauso wenig. Sie versuchte immer noch, das Farmhaus festlich zu gestalten und einen Schinken zu braten, der so groß war, dass sie die Reste bis in den Januar hinein essen würden. Aber in den letzten beiden Jahren hatte es sich angefühlt, als würde jeder von ihnen nur eine Rolle spielen. Am liebsten würde sich Courtney über die Feiertage ins Bett legen und erst wieder unter ihren Decken hervorkriechen, wenn die Weihnachtszeit vorbei war. Um ehrlich zu sein, konnte sie es auch jetzt kaum erwarten, nach Hause zu kommen und sich auszuruhen.

Sie nahm einen Schluck von dem ekelhaften Kaffee und zuckte zusammen. Bis Weihnachten würde sie im dritten Monat schwanger sein. Würde man dann schon erste Anzeichen sehen? Würde sie ihr Geheimnis unter dem Tannenbaum lüften müssen?

Und was war mit Carl? Was würde er denken?

Ihr Herz begann gegen ihren Brustkorb zu hämmern. Wie war sie nur in eine so verfahrene Situation geraten?

Ach ja, sie hatte ungeschützten Sex mit einem heißen Mann gehabt. Dabei sollte sie als Farmerswitwe wissen, wie das mit den Bienchen und Blümchen funktionierte, wenn man nicht aufpasste. Sie hatte genug trächtige Tiere gesehen, um bestens über die Fortpflanzung informiert zu sein.

Ich werde es Logan sagen müssen. Wenn sie nur an seinen Namen dachte, blieb ihr die Luft weg. Wie zum Teufel sollte sie ihm so eine Nachricht überbringen? Am Telefon? Sollte sie ihm einfach schreiben?

Die Nachricht könnte ungefähr so lauten: *Hey, erinnerst du dich an die Nacht, in der wir Sex hatten? Du weißt schon, als ich krank war.*

Dramatische Pause. Und dann: *Überraschung! Wir bekommen ein Baby.* Sie stöhnte bei der Vorstellung auf. Würde er denken, dass sie absichtlich schwanger geworden war? Oder dass sie es nur behauptete, weil sie sich wieder mit ihm treffen wollte?

Und was war mit Ellis und Mary? Wie würden es die beiden verkraften, wenn herauskäme, dass Courtney mit einem anderen Mann als Shaun zusammen war? Und Carl ... der Gedanke, dass er weiß, dass sie eine Affäre hatte, ließ sie erschaudern.

»Geht es dir gut? Es ist ein bisschen kalt, um hier zu sitzen und die Aussicht zu genießen.« Courtney blickte auf und sah Sarah Maitland vor sich stehen. Die fünfzigjährige Dame hatte ihr graues Haar zu einem Nackenknoten gebunden. Sie trug einen leuchtend roten Wollmantel, der so festlich aussah, dass Courtney das Herz wehtat. Sarah war die Frau von Reverend Maitland. Courtney hatte sie schon oft beim Sonntagsgottesdienst in der *First Baptist Church* gesehen. Außerdem hatte Sarah sie, zusammen mit Reverend Maitland, zwei Tage nach Shauns Tod im Cottage besucht. Ihre Worte des Beileids waren sanft und freundlich gewesen.

»Ich war in Gedanken versunken«, gab Courtney zurück und blickte zur Seite. »Ich hatte gehofft, die frische Luft würde helfen.«

Sarah setzte sich auf die Bank und strich ihren Mantel glatt. »Ich kann mir vorstellen, dass diese Jahreszeit besonders schwer für dich ist. Nicht, dass es je einfach wäre, wenn man einen geliebten Menschen verloren hat.«

Sarah glaubte also, sie würde an Shaun denken. Wenn sie nur wüsste, wer Courtney tatsächlich nicht mehr aus dem Kopf gehen wollte.

»Es ist nicht so schlimm«, sagte Courtney und schaute auf ihren Becher hinunter. »Wenigstens ist es auf der Farm um diese Zeit etwas ruhiger. Außerdem sind wir alle gesund. Es gibt vieles, wofür wir dankbar sein können.«

»So funktioniert das aber nicht immer, oder?«, hakte Sarah leise nach. »Feste wie Thanksgiving und Weihnachten sind nicht nur eine Erinnerung an die Dinge, für die wir dankbar sind, sondern auch an das, was wir verloren haben.« Sie suchte Courtneys Blick. »Du siehst blass aus. Bist du sicher, dass es dir gut geht?«

Courtney rang sich ein Lächeln ab. »Mir geht's gut. Ich überlege nur, wie ich jemandem etwas sagen kann, das er nicht hören will.«

Sarah lachte. »Das ist nie einfach. Jeder hat da seine eigene Strategie. Der eine behält etwas monatelang für sich, vielleicht sogar für Jahre. Ein anderer platzt damit heraus, ohne über die Konsequenzen nachzudenken.«

»Vielleicht gibt es einen Mittelweg«, murmelte Courtney.

»Den gibt es meistens«, stimmte Sarah zu. »Ich finde, dass es am besten ist, die Wahrheit mit Einfühlungsvermögen zu mischen. Gib demjenigen die Chance, zu verdauen, was du gesagt hast. Versuche zu verstehen, dass die erste Reaktion vielleicht nicht die endgültige ist. Aber sei dir immer bewusst, dass es vor allem um die Wahrheit geht. Auf diese Weise verlierst du nie das Licht aus den Augen.«

Aus ihrem Mund klang es so einfach, obwohl sich die Wahrheit wie eine geladene Waffe anfühlte, die auf Ellis' und Marys Herzen zielte. Außerdem auf Logans geordnetes Leben. Und auch für Courtney selbst war es eher eine Hiobsbotschaft, die schwer auf ihrer Seele lastete.

»Es gibt noch eine Sache, die du dir merken musst«, sagte Sarah und nahm Courtneys Hand in ihre. »Du hast das Recht, ein Leben zu führen. Und zwar ein gutes. Keine junge Frau sollte durchmachen müssen, was du hinter dir hast. Du hast den Mann verloren, der für immer an deiner Seite sein sollte. Aber das bedeutet nicht, dass du für den Rest deines Lebens um ihn trauern musst.« Sie lächelte, und es erhellte ihr Gesicht. »Du verdienst es, glücklich zu werden, Courtney. Du bist eine wundervolle und schöne Frau. Jeder Mann wäre froh, dich an seiner Seite zu haben. Wenn du also deshalb hier sitzt, dann mach dir bitte keine Sorgen. Gott will, dass du dein Glück findest, und ich wünsche dir das auch.«

Tränen brannten in Courtneys Augen. Sarahs Worte klangen so voller Hoffnung. Und das war es, was sie wollte. Hoffnung. Eine Zukunft. Ein Licht, das ihr den Weg weisen würde.

Ist es das, was dieses Baby war? Ein Hoffnungsschimmer? Sie blickte auf ihren immer noch flachen Bauch hinunter, der von ihrer bauschigen Jacke bedeckt war.

Was auch immer geschehen würde, dieses Baby gehörte zu ihr. Es brauchte sie. Und sie würde sich um diesen kleinen Menschen kümmern, so wie sie sich um alles andere in ihrem Leben gekümmert hatte. Mit einer starken, unnachgiebigen Liebe, die der Dunkelheit trotzte. Zum ersten Mal an diesem Tag stahl sich ein echtes Lächeln auf ihren Lippen. Sie würde ein Baby bekommen. Neues Leben in die Welt setzen. So hatte sie sich nicht vorgestellt, Mutter zu werden. Und sie wusste, dass es bis dahin einige Hindernisse zu überwinden gab. Aber sie war stark. Sie hatte ein Zuhause und einen Job und sie konnte für dieses Baby sorgen, das in ihr heranwuchs.

Seit zwei Jahren schlug sie sich allein durchs Leben. Sie hatte gelernt, auf eigenen Beinen zu stehen. Sie führte eine Farm, kümmerte sich um ihre Schwiegereltern und verwaltete Konten, die bedrohlich zwischen schwarzen und roten Zahlen schwankten.

Wenn sie all diese Hürden ohne Hilfe meistern konnte, dann würde sie auch das hier alleine schaffen.

Sie holte tief Luft, stand auf und drehte sich mit einem Lächeln zu Sarah um. »Du hast recht. Vielleicht ist es an der Zeit, dass ich mein Glück selbst in die Hand nehme.«

Sarah grinste. »Das ist es wirklich. Und wenn du jemals etwas brauchst, bin ich für dich da. Gott heißt jeden in seinem Haus willkommen. Du musst nicht perfekt sein, denn das ist niemand. Du musst nur bereit sein zu lieben.«

Und Courtney *war* bereit zu lieben. Vielleicht war das für den Moment genug.

9. Kapitel

»Und, wie läuft's?«, fragte Cam, als Logan ein Glas Wasser vor ihn auf den Tisch stellte. Da Logan, anders als sein Zwilling, nicht in Topform sein musste, hatte er für sich selbst ein Bier bestellt. Heute war einer der seltenen Tage, an denen Cam nicht bei einem Spiel oder beim Training sein musste, und sie hatten sich auf einen Drink in der Nähe ihrer Wohnungen verabredet.

»Alles gut.« Logan hob das Bier an seine Lippen und nahm einen Schluck. Mit erhobenen Brauen betrachtete er seinen Bruder und fühlte sich wie so oft, als würde er in einen Spiegel schauen. Logan hatte Cam in den letzten Wochen vermisst, aber um diese Jahreszeit waren sie beide wie verrückt beschäftigt. Es war mindestens ein Monat vergangen, seit sie sich das letzte Mal gesehen hatten. »Ich habe letzten Sonntag zugesehen. Du hast unglaublich gespielt.«

Cam zuckte mit den Schultern und trank von seinem Wasser. »Die andere Mannschaft war nicht wirklich gut. Selbst Tante Gina hätte gegen sie gewonnen.« Er drehte sich nach links, als ein Fan auf ihn zukam und um ein Selfie bat. Seine Lippenwinkel verzogen sich zu einem halbherzigen Grinsen, als sich der Mann hinunterbeugte und die Kamera auf sie richtete. Als er fertig war, wollte der Kerl wieder verschwinden, aber Cam hielt ihn zurück. »Hey, warte kurz. Kannst du mir einen Gefallen tun und es erst posten, wenn wir weg sind? Ich hatte schon lange keine Gelegenheit mehr, mit meinem Bruder zu reden, und würde meinen aktuellen Aufenthaltsort gern für mich behalten.«

»Klar.« Der Fan nickte, und sein Gesicht leuchtete, als hätte Cam gerade ein Geheimnis mit ihm geteilt.

»Danke, Mann.« Cam schüttelte ihm zum Abschied die Hand, dann richtete er seine Aufmerksamkeit wieder auf Logan. »Wie geht es mit dem Restaurant voran? Hast du schon einen Termin für die Eröffnung?«

»Der dreiundzwanzigste Januar, sofern wir die Inspektion

bestehen.«

»Mann, das tut mir leid. Ich weiß, dass du gehofft hast, es noch vor Weihnachten zu eröffnen.«

Logan winkte ab. Er hatte sich längst damit abgefunden, dass er auf die lukrativen Feiertagseinnahmen verzichten musste. Seit Wochen steckten sie im siebten Kreis der Bauamtshölle fest. »So haben wir mehr Zeit, um alles perfekt zu machen. Im Dezember zu eröffnen, wäre ein Albtraum. Die Hälfte der VIP-Gäste wäre zu beschäftigt, um zur Eröffnung zu kommen, und kurzfristig kompetentes Personal zu finden, ist so gut wie unmöglich.« Er nahm einen weiteren Schluck von seinem Bier. »Glaubst du, dass du im Januar Zeit haben wirst? Ich würde dich gern auf die VIP-Liste setzen.«

»Mein Assistent weiß das besser. Falls ich kein Spiel habe, werde ich da sein«. Cam zog eine Augenbraue hoch. »Da wir gerade davon reden. Tante Gina hat mir gestern ein Ohr abgekaut, weil ich sie so selten besuche. Sie findet, ich sollte mir ein Beispiel an dir nehmen.« Er schüttelte den Kopf. »Kannst du bitte aufhören, mich schlecht dastehen zu lassen?«

Logan hob beide Hände. »Hey, ich war schon seit Wochen nicht mehr zu Hause.« Seit er an jenem frühen Sonntagmorgen Courtneys Cottage verlassen hatte und direkt zum Flughafen gefahren war. Die Lust, nach *Hartson's Creek* zurückzukehren, war ihm vergangen. Aber anlässlich der Thanksgiving-Feiertage würde er seinen Dad nächste Woche zum ersten Mal seit ein paar Monaten wieder besuchen. Er hatte Tante Ginas Einladung zum Thanksgiving-Essen ablehnen müssen, da an dem Abend in seinen Restaurants zu viel los sein würde. Er konnte seine Mitarbeiter nicht im Stich lassen. Aber am Freitag wäre es etwas ruhiger. Zumindest bis ein paar Tage später der Vorweihnachtsansturm losging.

»Ja, aber du wirst am Thanksgiving-Wochenende dort sein, ich nicht. Was mich zum schlechtesten Neffen des Jahres macht.« Cam seufzte. »Ich wollte sie hierher einladen. Eigentlich euch alle. Ich hätte jedem Karten für das Spiel besorgt.«

Logan lachte. »Ich kann mir nicht vorstellen, dass Tante Gina

Thanksgiving irgendwo anders feiert als in *Hartson's Creek*.«

»Genau das waren ihre Worte. Oder so ähnlich.« Cam stieß einen langen Seufzer aus. »Daraufhin meinte sie, ich solle nicht die Familientradition zerstören.«

»Wenn es dich beruhigt: Ich fliege erst am Freitag hin. Das Thanksgiving-Essen verpasse ich also auch.«

»Aber du wirst für die restlichen Feiertage dort sein«, warf Cam ein. »Das wird Tante Gina sehr glücklich machen.« Er ahmte eine höhere Stimmlage nach. »Ich will einfach alle meine Jungs bei mir haben.«

Logan lachte über Cams erbärmliche Imitation ihrer Tante. »Ich werde ein gutes Wort für dich einlegen, wenn ich sie nächste Woche sehe«, versprach er. Sein Mund fühlte sich plötzlich trocken an, als er daran dachte, nach Hause zu fliegen. Die Wahrscheinlichkeit, Courtney über den Weg zu laufen, war gering. Den größten Teil des Wochenendes würden sie alle zusammen in Grays Haus verbringen, eine Art Familientreffen, leider ohne Cam.

Obwohl sich Logan auf seine Familie freute, hinderte es ihn nicht daran, Courtney zu vermissen.

»Glaubst du, dass du jetzt, wo das Restaurant fertig ist, öfter nach Hause fahren wirst?«, erkundigte sich Cam.

Logan runzelte die Stirn. »Nein. Warum?«

Cam zuckte mit den Schultern. »Vor ein paar Monaten hatte ich das Gefühl, dass du ständig dort warst. Ich hatte schon befürchtet, du würdest mich und die Stadt verlassen und zurück nach Hause ziehen. Eigentlich dachte ich, du hättest im Moment zu viel zu tun, um hinzufliegen.«

Logan *war* sehr beschäftigt. Fast täglich führte er teils heftige Diskussionen mit der Bauaufsichtsbehörde, bekam Updates von den Handwerkerteams und sprach mit seinem Buchhalter, um sicherzustellen, dass sie sich die zusätzlichen Kosten für die Renovierung leisten konnten. All das lenkte ihn ab, was er insgeheim begrüßte. Denn er wusste, wenn er nicht so beschäftigt wäre, würde er die ganze verdammte Zeit nur an *sie* denken. So tat er es nur, wenn er abends ins Bett fiel und diesen seltsamen

Schmerz in seiner Brust spürte, der ihn seit fast zwei Monaten begleitete.

Sexuelle Frustration. Logan war sich sicher, dass es nicht mehr zu bedeuten hatte. Seit er Courtney an jenem Morgen im Bett zurückgelassen hatte, war er mit keiner anderen Frau zusammen gewesen. Eine Liebesbeziehung passte nicht in seinen Zeitplan, selbst wenn er gewollt hätte.

Was er nicht tat. Courtney war nur ein weiteres Beispiel dafür, wie er Beziehungen verpfuschte. Er konnte nicht einmal eine lockere Affäre führen, ohne es zu vermasseln.

Er war ein Idiot. Wieso hatte er unbedingt für sie kochen müssen? Sobald er ihre Nachricht gelesen hatte, dass sie krank war, hatte er seinen Plan umgeworfen, um bei ihr zu sein. Für sie kochen, ihr ein Gefühl der Sicherheit geben und dann zu Tante Gina fahren, um sich auszuruhen.

Und genau das hätte er tun sollen. Mit ihr in jener Nacht zu schlafen, hatte alles verändert. Sie zu halten, in ihr zu sein und ihr dabei in die Augen zu sehen. Einfach alles hatte sich anders angefühlt. Als wollte keiner von ihnen jemals wieder loslassen.

Es war, als hätte er ihr seine verletzliche Seite gezeigt, und dann hatte Courtney in ebendiese Stelle ein Messer gerammt.

Er war eine Komplikation, die sie nicht brauchte. Wenn es um ihr Leben ging, stand die Familie ihres Mannes an erster Stelle. Logan verstand das. So war er schließlich auch erzogen worden. Die Familie ging ihm über alles.

Doch einen Moment lang hatte er sich ausgemalt, wie es wäre, wenn ... Und genau diese Was-wäre-wenn-Szenarien brachten ihn jetzt um den Verstand.

»Erde an Logan.«

Cams Stimme riss ihn aus seinen Gedanken, und er sah seinen Bruder an. »Tut mir leid. Ich habe an die Arbeit gedacht.«

»Das ist wohl mein Stichwort, die nächste Runde zu bestellen. Willst du noch ein Bier?«

Logan fuhr sich mit der Zungenspitze über die Unterlippe. »Lieber einen Whiskey.«

»Oh Mann, du bist wirklich in einer schlechten Verfassung.

Okay, ein Whiskey, kommt sofort.« Cam stand auf und zog sich die Mütze ein wenig tiefer in die Stirn. »So gerne ich mitmachen würde, ich bleibe bei alkoholfreien Getränken. Der Coach würde mich umbringen, wenn ich morgen einen Kater hätte.«

In Logans Leben gab es niemanden, der ihm die Hölle heiß machen würde, wenn er ein Glas zu viel trank. Niemand kümmerte es. Nicht einmal Paris. Sie nahm ihn gern mal in die Mangel, aber immer nur in geschäftlicher Hinsicht. Er konnte tun, was er wollte, wann er es wollte und manchmal auch mit wem er es wollte. Die meiste Zeit über gefiel ihm das. Aber im Moment wäre es schön, wenn sich jemand auch nur ein bisschen daran stören würde, dass er sich gerade einen Whiskey bestellt hatte.

Cam plauderte mit dem Barkeeper, und Logan holte sein Handy heraus, um seine E-Mails zu checken. Wie so oft rief er auch seinen Chatverlauf mit Courtney auf und las ihre letzten Nachrichten.

Logan: *Ich bin wieder in Boston. Geht es dir gut?*

Courtney: *Danke, dass du dich gestern um mich gekümmert hast. Und dass du so verständnisvoll warst. Ich schätze, das ist ein Abschied, oder?*

Sie hatte ihm noch am Morgen seiner Abreise geantwortet. Und ihre Worte fühlten sich auch jetzt wie ein Schlag ins Gesicht an. *Ja*, hatte er getippt. *Ich schätze, das ist es. – L*

Aber abgeschickt hatte er seine Antwort nie. Er konnte sich einfach nicht dazu durchringen.

Gerade als er den Chat wieder schließen wollte, erschienen drei kleine Punkte. Was zur Hölle? Er starrte auf den Bildschirm, seine Brust wurde eng. Und dann erhielt er eine Nachricht, die ihm den Atem stocken ließ.

Courtney: *Es tut mir leid, dass ich mich nach all der Zeit bei dir melde, aber ich habe mich gefragt, wann du das nächste Mal in der Stadt bist? Ich muss mit dir über etwas sprechen.*

Er blickte vom Telefon auf. Cam lehnte immer noch an der Theke, unterhielt sich mit dem Barkeeper und wartete auf ihre Getränke.

Allein die Tatsache, nach all den Wochen von ihr zu hören, verursachte Logan ein flaues Gefühl im Magen. War etwas nicht in Ordnung? Hatte ihr Ex-Schwager, dieser Kleinstadt-Polizist, damit zu tun? Und dann empfand Logan diesen winzigen, bittersüßen Hoffnungsschimmer.

Vermisste sie ihn?

Logan: *Ich fliege nächsten Freitag und werde bis Sonntag dort sein.*

Cam legte gerade seine Kreditkarte auf den kleinen Automaten, den der Barkeeper ihm hinhielt.

Courtney: *Können wir uns irgendwo treffen, um zu reden?*

Logan: *Soll ich zu dir kommen?*

Als er ihre Antwort erhielt, war er sowohl fasziniert als auch leicht verärgert.

Courtney: *Nein. Vielleicht an der Bank am Bach? Die am Ende der Church Road.*

Das war seltsam spezifisch. Er tippte eine weitere Nachricht und schlug ihr sieben Uhr abends am Freitag vor.

Courtney: *Perfekt. Danke! – C*

Es tauchten keine Punkte mehr auf. Sie schickte ihm keine Küsse. Nicht mal einen Abschiedsgruß. Da war nur ein seltsames Gefühl in seiner Brust und unzählige Fragen, die ihm im Kopf herumschwirrten.

Er würde sich nächste Woche mit ihr treffen. Das allein war merkwürdig genug.

»Es ist erledigt«, sagte Courtney und legte ihr Telefon auf den abgenutzten Couchtisch vor sich. »Wir treffen uns nächsten Freitag um sieben.«

Lainey griff nach ihrer Hand und drückte sie fest. »Wie fühlst du dich?«

Courtney stieß den Atem aus. Doch gegen das beklemmende Gefühl in ihrer Brust half einfach gar nichts. »Nervös, denke ich. Etwas verängstigt. Jetzt ist es real.« Sie schaute auf und presste die Lippen zusammen. »Was ist, wenn er wütend wird oder denkt, dass ich absichtlich schwanger geworden bin?«

»Süße, ihr seid beide erwachsen und seid einvernehmlich eine sexuelle Beziehung eingegangen. Ihn trifft genauso viel Schuld wie dich. Und wenn er dich dafür verantwortlich macht, dann weißt du wenigstens, dass er ein Arschloch ist. Es ihm zu sagen, ist richtig.« Lainey schenkte ihr ein schmales Lächeln. »Ich sage es nur ungern, aber dieses Baby wird euch beide für immer verbinden. Irgendwie müsst ihr miteinander auskommen. Und ich weiß, das werdet ihr. Ihr seid gute Menschen, Court. Alle lieben euch, alle lieben dich. Du bist ehrlich, offen und immer darum bemüht, für andere da zu sein. Wenn er dir vorwirft, dass du ihm ein Kind anhängen willst, kann er zur Hölle fahren.«

Courtney verkniff sich ein Lachen angesichts der Vehemenz, mit der ihre Freundin sie verteidigte. *Für immer.* Bis sich diese zwei Worte in ihre Gedanken drängten. Dann erstarb ihr Lächeln. Sie würde ein Baby bekommen. Einen kleinen Menschen, der viele Verwandte in *Hartson's Creek* haben würde.

Die *falschen* Verwandten.

Sie versuchte, ihre Zweifel zu verdrängen. Vergebens. Seit sie den Schwangerschaftstest gemacht hatte, sorgte sie sich ständig darum, wie Ellis und Mary darauf reagieren würden – ganz zu schweigen von Carl. Die drei würden schockiert sein. Und enttäuscht.

»Oh Gott. Lainey, wie zum Teufel soll ich das Ellis und Mary sagen?«

»Wann wolltest du es ihnen denn erzählen?«, hakte Lainey mit sanfter Miene nach.

»Keine Ahnung.« Courtney zog ihre Unterlippe zwischen die Zähne und überlegte, wann ein geeigneter Zeitpunkt dafür wäre. »Vielleicht sollte ich warten, bis die ersten drei Monate vorbei sind. Man hört doch immer, dass bis dahin viele Frauen ihr Kind verlieren, oder?«

Lainey nickte. »Du solltest einen Termin beim Arzt machen und dich gründlich untersuchen lassen.«

»Das werde ich.« Courtney rief eine Website auf ihrem Handy auf. »Im Ärztezentrum der Stadt wird jede Woche eine Schwangerenberatung angeboten. Sie haben sowohl eine Hebamme als auch einen Geburtshelfer. Das gefällt mir.«

»Und wenn dich jemand in der Klinik sieht? Was glaubst du, wie lange es dauern wird, bis sich das herumspricht?«

Courtney rutschte unbehaglich auf ihrem Platz herum. »Etwa zehn Nanosekunden.« Sie schloss ihre Augen. »Oh Gott, jeder wird es wissen, noch bevor ich das Gebäude verlassen habe, oder?«

»Die Schattenseiten des Kleinstadtlebens.« Lainey seufzte. »Wenn dich der Klatsch nicht umbringt, dann das Warten darauf, dass der Erste zu reden beginnt.«

»Meinst du, ich sollte mir einen Arzt außerhalb der Stadt suchen?« Courtney runzelte die Stirn. »Vielleicht in *Maple Cross*?«

Lainey zuckte mit den Schultern. »Willst du für jeden Termin kilometerweit fahren? Musst du nicht gegen Ende der Schwangerschaft wöchentlich zur Kontrolle? Dann wirst du viel Zeit im Auto verbringen, mit einem Bauch so groß wie eine Bowlingkugel.« Ihre Stimme wurde leiser. »Vielleicht solltest du es Ellis und Mary einfach sagen, bevor die Gerüchteküche kocht.«

Courtney rieb sich die Augen. »Du hast recht. Ich sollte ihnen davon erzählen. Vielleicht am nächsten Wochenende.« Sie schenkte Lainey ein halbherziges Lächeln. »Gleich nachdem ich Logan Hartson gesagt habe, dass er bald Vater wird.«

Lainey lachte laut, schlug sich dann aber die Hand vor den

Mund. »Tut mir leid, es ist einfach so verrückt. Von allen Leuten, die ich kenne, bist du die Letzte, von der ich gedacht hätte, dass sie unverhofft schwanger wird.«

Damit traf Lainey den Nagel auf den Kopf. So etwas wie eine ungewollte Schwangerschaft sah Courtney überhaupt nicht ähnlich. Doch seit sie mit Sarah Maitland auf dem Stadtplatz gesprochen hatte, war es, als hätte sich etwas in ihr gewandelt. Sie war dabei zu akzeptieren, dass sich ihr Leben grundlegend verändern würde, und war nicht mehr so voller Panik. Immerhin lebte sie auf einer Farm. Schwangerschaft und Babys gehörten zum Kreislauf des Lebens. Ob sie das wollte oder nicht.

Sie konnte dieses Baby entweder als Hindernis oder als ein kleines Wunder betrachten. Etwas Gutes, das im dunkelsten Moment ihres Lebens entstanden war. Babys sind Hoffnungsträger, und die Hoffnung, die dieses kleine Wesen mitbrachte, brauchte Courtney mehr als die meisten anderen.

Sie lächelte Lainey an. »Auch wenn es verrückt ist, ich bin schwanger. Also gewöhn dich daran.«

Lainey lachte noch heftiger. »Du klingst schon wie eine Bärenmama. Ich mag diese wilde Courtney.«

Courtney rieb sich den Bauch, weil ihr diese Beschreibung gefiel. »Nun, diese Bärenmama ist total erledigt. Es war ein höllisch langer Tag, und ich bin morgen mit den Schafen dran.«

Lainey sprang auf und sammelte ihre leeren Tassen ein. »Wenn das so ist, wasche ich die hier ab und verschwinde.«

»Ich mache das schon.« Courtney streckte ihre Hände aus.

»Oh nein. Wenn du eine Bärenmama bist, dann bin ich die wilde Grizzly-Tante. Und diese Grizzly-Tante sagt, dass du deinen Schönheitsschlaf brauchst. Geh jetzt ins Bett. Ich schließe die Tür hinter mir ab.« Sie zog ihren Schlüsselbund aus ihrer Handtasche. »Du hast mir mal einen Schlüssel gegeben und ihn nie zurückverlangt, erinnerst du dich?«

»Ich erinnere mich.« Es war kurz nach Shauns Tod. Damals war Courtney zu niedergeschlagen, um die Kraft zu finden, ihrer besten Freundin die Tür zu öffnen. »Und ich bin froh, dass du ihn noch hast.«

Lainey beugte sich vor, um sie zu umarmen. Klirrend stießen die Tassen aneinander, als sie ihre Arme um Courtneys Taille schlang. »Schlaf gut, Süße. Ich verspreche dir, dass alles gut werden wird. Und du wirst die beste Mom sein, die sich dieses Baby wünschen kann.«

»Danke«, murmelte Courtney und drückte ihre Freundin an sich. »Dieses Baby hat schon jetzt die beste Tante.«

»Ich bin so verdammt aufgeregt. Am liebsten würde ich es in die Welt hinausschreien.« Lainey zog sich zurück, presste kurz die Lippen zusammen und machte eine Bewegung, als würde sie ihren Mund mit einem Reißverschluss verschließen. »Natürlich werde ich kein Wort sagen.« Ihre Augen wurden groß. »Auch wenn es mich umbringen wird, dein Geheimnis zu bewahren.«

Es war süß, wie sehr sie sich auf das Baby freute. Vielleicht würde Logan auch so empfinden.

Ja, viel wahrscheinlicher ist aber, dass er es nicht tut.

So oder so, in nicht mal einer Woche würde sie es herausfinden.

10. Kapitel

Vom Mietwagenverleih fuhr Logan direkt zur *First Baptist Church* und parkte auf der Rückseite des Gebäudes. Der Asphalt war rissig, und zwischen den Lücken wuchs Unkraut, als würde die Natur versuchen, sich gegen die Bebauung durchzusetzen.

Er hatte Gray informiert, dass er sich etwas verspäten würde. Sein Flug war planmäßig um fünf Uhr gestartet, und die Fahrt vom Flughafen nach *Hartson's Creek* dauerte wie sonst auch eine Stunde. Aber Logan wollte auf keinen Fall zum Haus seines Bruders fahren, nur um sofort wieder zu dem Treffen mit Courtney aufzubrechen. Bei dem Gedanken, sie zu sehen, wurde seine Brust eng.

Trotzdem war es besser, sich zuerst mit ihr zu treffen, um herauszufinden, was sie ihm sagen wollte. Anschließend würde er sich auf seine Familie konzentrieren.

Als er aus dem schnittigen schwarzen Sportwagen stieg, den er am Flughafen gemietet hatte, umhüllte ihn die kühle Luft Virginias wie die Arme einer Geliebten. Er war direkt von der Arbeit zum Flughafen gefahren. Weil keine Zeit zum Umziehen blieb, hatte er den Kragen seines hellblauen Hemdes aufgeknöpft und die Ärmel bis zu den Ellenbogen hochgeschoben.

Er griff ins Auto, nahm sein Jackett vom Haken und zog es an. Es wehte eine Brise, die sein kurzes, dunkles Haar zerzauste. Es war einer dieser milden Spätherbsttage, an denen die Sonne noch nicht ganz akzeptiert hatte, dass der Winter vor der Tür stand. Bereits nächste Woche waren Stürme mit möglichen Schneefällen vorhergesagt. Gott sei Dank würde er bis dahin wieder in Boston sein.

Logan folgte dem schmalen Pfad hinter der Kirche zum Bach. Das Ufer war auf beiden Seiten von Bäumen und wuchernden Sträuchern bewachsen. Entlang des Bachs verlief ein betonierter Weg, der nach ein oder zwei Kilometern in die weiten Parkanlagen überging, in denen die ältesten Häuser der Stadt standen. Im

Frühling und Sommer trafen sich dort jeden Freitagabend die Einwohner mit süßen Tees und selbstgemachter Limonade. Die Erwachsenen saßen beisammen und unterhielten sich, während die Kinder Flagfootball spielten oder ihre Beine von einem Steg neben dem Bach baumeln ließen.

Die Leute nannten dieses Zusammentreffen *Chairs*, weil jeder neben den Erfrischungen auch seinen eigenen Stuhl mitbrachte. Hier fanden auch die meisten Gerüchte ihren Ursprung. Logan war sehr froh, dass es Ende November war, und niemand sonst da sein würde.

Als er um die Ecke bog, fiel sein Blick auf Courtney, und sein Herz machte sofort einen kleinen Hüpfer. Sie saß auf einer Bank neben dem Bach und schaute auf das Wasser hinaus, ihre dunkelbraunen Locken fielen ihr über die Schultern.

Er trat auf einen Zweig. Das knackende Geräusch durchbrach die natürliche Stille, und Courtney schaute auf. Ihre blauen Augen leuchteten ihm derart entgegen, dass sein Mund trocken wurde. Jede seiner Erinnerungen an sie wirkte blass im Verhältnis zu ihrer wahren Schönheit. Wie schon seit Tagen, fragte er sich, warum sie ihn um ein Treffen gebeten hatte.

Aus der Nähe wirkte sie, als hätte sie etwas Gewicht verloren, aber da er sie meistens im Dunkeln gesehen hatte, war er nicht sicher, ob ihn seine Wahrnehmung täuschte. Immerhin stand er vor Courtney und bewunderte ihre strahlend blauen Augen und die dunklen Locken, die ihr blasses Gesicht umrahmten.

Sie öffnete ihren Mund und schloss ihn wieder.

»Geht es dir gut?«, fragte er.

»Wie war dein Flug?«, erkundigte sie sich im selben Moment.

Sie lächelten beide verlegen. Er ging um die Bank herum und setzte sich neben sie. Der Bach führte zu dieser Jahreszeit Hochwasser, das weiß aufschäumte, als es in der Mitte auf eine Ansammlung von Felsen traf. Dann verwandelte es sich wieder in ein klares Blau, das sich seinen Weg am Ufer entlang bahnte. »Mein Flug war gut«, antwortete er mit leiser Stimme, während er Courtney von der Seite musterte. »Geht es dir gut?«, wiederholte er. »Du siehst ein bisschen müde aus.«

Aus Erfahrung wusste er, wie heikel eine solche Bemerkung gegenüber einer Frau war. Aber Courtney reagierte nicht ablehnend. Sie presste einfach ihre Lippen zusammen und nickte.

»Es gibt etwas, das ich dir sagen muss«, begann sie und zögerte. »Und ich bin mir nicht sicher, ob du darüber glücklich sein wirst.«

Logan runzelte die Stirn. »Was ist los?«, hakte er nach und rutschte ein kleines Stück näher zu ihr.

Sie holte tief Luft und ließ die Schultern hängen. »Ich sollte es einfach hinter mich bringen, oder?« Ihr Lachen war eher unsicher als amüsiert. »Ich bin schwanger. In der zehnten Woche, wenn ich richtig gerechnet habe. Und es gab nur dich, niemanden sonst.« Sie stieß die Luft aus, ihr Mund formte ein perfektes *O*. »Also ja, das Baby ist von dir.« Sie blickte auf ihre Hände und begann, sie nervös zu kneten.

Logan blinzelte sie völlig überfordert an. Er fühlte sich, als hätte man ihm in den Bauch getreten. »Nein«, brachte er schließlich heraus. »Das kann nicht sein.«

»Drei Schwangerschaftstests beweisen das Gegenteil.«

Sein Körper fühlte sich so leicht an wie Luft. Als könnte er sich jeden Moment in den Himmel erheben. Und in seinem Brustkorb hämmert es, als hätte ihm jemand einen Adrenalinstoß direkt ins Herz verabreicht.

Courtney Roberts war schwanger. Und das Baby war seins.

»Scheiße.« Er schüttelte den Kopf. »Es tut mir leid.« Er war keiner dieser Kerle, die eine Frau aus Versehen schwängerten. Er war gut genug erzogen worden, um zu wissen, dass er genauso für die Verhütung verantwortlich war wie sie.

Und deshalb war er immer so verdammt vorsichtig gewesen.

»In der Nacht, als du krank warst«, sagte er, als es ihm klar wurde. Sie hatten zusammen in Courtneys Bett gelegen und eins hatte unerwartet zum anderen geführt.

»Ja, ich glaube, da ist es passiert. Wir haben kein Kondom benutzt, oder?«

In Gedanken ging er die Nacht noch einmal durch. Courtney lag nackt in seinen Armen. Ihr leises Seufzen, der Geruch ihrer Haut. Hatte er ein Kondom aus seiner Brieftasche geholt, so wie er es immer tat?

Nein, hatte er nicht.

»Was willst du unternehmen?«, fragte er, während er sich im Geiste darüber ärgerte, dass er so unverantwortlich gehandelt hatte.

»Ich werde das Baby behalten«, erwiderte sie mit sanfter Stimme. »Aber ich erwarte nichts von dir. Ich versuche nicht, dich an mich zu binden.«

»Das weiß ich.« Er runzelte die Stirn, weil das alles so verkorkst war. »Ich glaube dir. Gib mir einfach ein paar Minuten, um das zu verarbeiten. Ich hatte keine Ahnung, was mich erwarten würde.«

Sie nickte verständnisvoll und schenkte ihm ein festes Lächeln. »An den Gedanken muss man sich erst gewöhnen.«

»Oh ja.« Er fühlte sich, als wäre er hundertmal geohrfeigt worden.

»Wenn du gehen willst, um in Ruhe nachzudenken, ist das okay. Für mich war das im ersten Moment auch zu viel. Ich habe Stunden gebraucht, bis ich in der Lage war, einen zweiten Schwangerschaftstest zu machen. Aber ich hatte inzwischen genug Zeit, mir über die Situation im Klaren zu sein. Ich bin dir ein bisschen voraus.«

Logan schüttelte den Kopf. »Ich will nicht gehen. Ich muss nur ...« Er seufzte. »Ich habe Fragen.« Tausende. »Ist es okay, wenn wir noch ein bisschen darüber reden?«

»Natürlich.« Ihr Blick war einladend.

»Seit wann weißt du, dass du schwanger bist?«

Sie fuhr mit der Fingerspitze über ihre Lippen. »Seit letzter Woche. Ein paar Tage, bevor ich dir geschrieben habe.«

»Und du hast vorher keinen Verdacht geschöpft? Du musst doch mindestens zwei Perioden nicht bekommen haben, oder?« Er bemühte sich, nicht anklagend zu klingen. Courtney hatte keine Schuld an der Situation. Wenn jemand schuldig war, dann er. Sie war an jenem Abend krank gewesen. Aber er hatte keine Entschuldigung dafür, dass er vergessen hatte, sie beide zu schützen.

»Im ersten Monat hatte ich eine leichte Blutung. Ich nahm an, das sei meine Periode. Aber dieses Mal war da nichts. Es dauerte ein paar Tage, bis ich überhaupt daran dachte, dass ich schwanger sein könnte. Ich dachte ja, ich hätte meine Periode in der Zwischenzeit einmal bekommen.« Ihre Worte waren so sanft wie die Wolken über ihnen. »Aber dann kam sie immer noch nicht, und ich fuhr bis nach *Maple Cross*, um einen Test zu kaufen.«

»Weil die Leute hier in der Stadt reden würden«, murmelte er.

»Das ist doch blöd, oder? Sie werden wie verrückt tratschen, sobald sie nur einen Verdacht haben. Courtney Roberts bekommt ein Baby, obwohl ihr Mann unter der Erde liegt. Das ist wie ein verfrühtes Weihnachtsgeschenk für die Klatschtanten der Stadt.«

Eine Welle der Wut überkam ihn. Sie hatte recht. Die Leute würden hinter ihrem Rücken tuscheln; sie mit hochgezogenen Brauen betrachten und vielsagende Blicke tauschen, während ihr Bauch größer wurde.

»Wenn dir jemand das Leben schwer macht, muss er sich vor mir verantworten.« Seine Worte schienen sie zu überraschen, als hätte sie nicht damit gerechnet. »Ich meine es ernst. Du bekommst mein Baby. Ich werde mich um dich kümmern.« Er sah ihr fest in die Augen. »Wir sollten heiraten.«

Sie lachte laut, und er fühlte sich, als hätte sie ihn geohrfeigt. »Oh Gott, das ist so süß von dir, Logan. Aber wir waren uns doch einig, dass eine Beziehung zwischen uns nicht funktionieren würde. Du wohnst in Boston, ich lebe hier. Und ich sehe an deinem schockierten Gesichtsausdruck, dass du nie vorhattest, mit mir ein Kind zu haben. Danke, dass du so galant bist, aber nein. Wir sollten wirklich nicht heiraten.«

Er hasste es, dass sie recht hatte. Ein anderer Mann – *ein guter Mann* – würde ein Nein als Antwort nicht akzeptieren.

Aber er war kein guter Mann. Das war er nie gewesen. Sein Egoismus und seine Zielstrebigkeit machten ihn zu einem verdammten Workaholic. Und damit wäre er genau die Art von Vater, die man keinem Kind wünscht. Aber sein Baby konnte nicht wählen.

»Du musst wissen, dass ich alles tun werde, was nötig ist«, sagte er mit ernstem Tonfall. »Ich komme für die Arztkosten auf, besorge Dinge für das Baby. Was immer du brauchst.«

»Du musst mir jetzt nichts versprechen«, entgegnete Courtney, und ihr Blick war so kühl wie die Luft, die sie umgab. »Wir haben noch ein paar Monate, um alles zu klären. Du solltest mit jemandem darüber reden, der dir nahesteht. Ich habe das auch getan. Neuigkeiten wie diese muss man erst mal verkraften.«

Sofort dachte er an seine Brüder. Cam war mit dem Training beschäftigt. Er würde Logan vermutlich eine Packung Kondome kaufen und ihm den weisen Rat geben, das nächste Mal besser aufzupassen.

Tanner, ihr jüngerer Bruder, hatte genauso wenig Ahnung von Kindern. Aber wenigstens konnte er eine Beziehung führen, denn er hatte seine beste Freundin aus Kindertagen geheiratet.

Vielleicht konnte Gray helfen. Immerhin war er stolzer Vater von Zwillingen. Logan dachte zurück an die Geburt von Presley und Marley. Er hatte sie am Wochenende darauf besucht und ihre kleinen Finger und Zehen bestaunt. Am unglaublichsten war, wie viel Lärm zwei so winzige Menschen machen konnten.

In ein paar Monaten würde er selbst eine kleine menschliche Sirene haben. Er würde ein Vater sein. Und die Verantwortung für ein weiteres Leben tragen, und nicht nur für das Glück ihres Babys sorgen müssen, sondern auch für das von Courtney.

So lange, bis sie einen Mann fand. Eine Frau wie sie würde nicht lange single bleiben. Selbst mit Kind. Sie war zu schön, sowohl innerlich als auch äußerlich. Eines Tages würde sein Kind einen Stiefvater bekommen, und Logan würde zusehen müssen, wie sie eine glückliche Familie werden. Der Gedanke daran ließ ihn die Hände zu Fäusten ballen.

Dich will sie ja nicht heiraten. Noch deutlicher hätte sie dich nicht zurückweisen können.

Logan fühlte sich wie ein Computer, der mit zu vielen Informationen gefüttert worden war und auf weitere Befehle nicht mehr reagieren konnte. Seine Gedanken stockten.

»Weiß deine Familie davon?«, wollte er wissen.

»Nein, nur Lainey.« Ihr Blick traf den seinen. »Sie war dabei, als ich den ersten Test gemacht habe.«

»Ich wünschte, ich wäre dabei gewesen.« Sein Mund war schneller als sein Verstand.

Courtney blinzelte überrascht. »Wenn du willst, kannst du mich zu dem Arzttermin begleiten, den ich für nächste Woche vereinbart habe«, schlug sie vor. »Ich weiß nur nicht, ob du Zeit hast. Immerhin wohnst du ja in Boston.«

»Ich werde da sein«, sagte er entschlossen. »Wann ist der Termin?«

»Nächsten Donnerstag um zwei.«

Am Donnerstag traf er sich mit dem Chefkoch des neuen Restaurants, was vermutlich den ganzen Tag dauern würde. Er und Paris sollten den vorläufigen Menüplan durchgehen, jedes Gericht probieren und absegnen, was auf die Speisekarte kann.

»Ich fliege am Donnerstagmorgen her«, entschied er, obwohl Paris stinksauer sein würde.

»Du musst nicht zu allen Terminen mitkommen. Ich weiß, wie schwer es sein wird, die Arbeit und all das unter einen Hut zu bringen.« Sie deutete auf ihren Bauch. »Ich kann meine Freundin bitten, mich zu begleiten.«

»Nein.« Seine Stimme war fest. »Ich will jedes Mal dabei sein.«

»Lass uns später über solche Dinge reden. Es wird nicht einfach sein, wenn du in Boston bist. Und wir müssen auch das Sorgerecht klären. Ich habe absolut keine Ahnung, wie andere damit umgehen, ein gemeinsames Kind zu haben, aber in verschiedenen Staaten zu leben.« Sie zitterte ein wenig und zog ihren grauen Mantel fester um sich. »Es wird kalt.«

»Ich sollte dich gehen lassen«, sagte er und hielt sich mit aller Willenskraft davon ab, die Hand nach Courtney auszustrecken und sie zu wärmen. »Bevor du wieder krank wirst.«

Sie verzog die Lippen. »Krank zu sein, wäre mir lieber, als diese ständige Übelkeit. Eine weitere kleine Freude, die dieses Baby mit sich bringt.«

»Bist du mit dem Auto gekommen?«, wollte er wissen.

»Ja, es steht auf dem Stadtplatz.«

Er fühlte einen Anflug von Enttäuschung, dass er sie nicht

nach Hause fahren konnte. »Ich bringe dich hin.«

»Das ist keine gute Idee«, lehnte sie ab. »Noch nicht. Wenn uns jemand zusammen sieht, wird es Gerede geben. Und bevor das passiert, möchte ich meinen Schwiegereltern von dem Baby erzählen. Gleich morgen. Sie sollten es von mir erfahren. Sobald wir beide beim Arzt waren, wird es ohnehin jeder in dieser Stadt wissen.«

»Darf ich meinem Bruder davon erzählen?« Er musste mit jemandem sprechen.

Ihr Blick war so sanft wie das Rauschen des Bachs neben ihm. »Natürlich. Es ist ja auch dein Baby.« Sie wollte aufstehen, geriet aber ins Taumeln, und Logan griff nach ihr. Beide Arme um ihre Taille geschlungen, drückte er sie nur für einen Moment an sich. Sie zu halten, fühlte sich verdammt gut an. Er hörte, wie sie nach Luft schnappte, bevor sie ihn mit ihren großen blauen Augen anstarrte. Genau wie in jener Nacht, als er tief in ihr versunken war und sie beide ein Baby gezeugt hatten, mit dem keiner von ihnen gerechnet hatte.

Sein Baby, das jetzt in ihr wuchs. Sofort wanderte sein Blick zu ihrem Bauch, der von ihrem Mantel verdeckt wurde. Aber eines Tages, vermutlich schon bald, würde sich darunter eine Wölbung zeigen. Wie würde es sich anfühlen, Courtney mit seinem Kind im Bauch zu sehen? Einerseits wollte er sich am liebsten verstecken, andererseits diese wunderbare Frau in seine Arme nehmen und in Sicherheit bringen. Um Courtney und das Baby vor dem Sturm zu schützen, den ihre Schwangerschaft in dieser Stadt auslösen würde.

»Tut mir leid. Mir wird ständig schwindelig.« Sie schaute ihn immer noch an. Für einen Moment konnte er nur ihre Lippen wahrnehmen. Weich, warm und einladend. Er müsste nur den Kopf leicht senken und könnte sie küssen. Nur eine Sekunde, um sie wieder zu schmecken.

Aber es wäre falsch. Egal wie verlockend einfach alles an ihr war. Sie wollte ihn nicht, nicht auf diese Weise. Das hatte sie vor zwei Monaten klargemacht, und heute noch einmal. Wenn sie mittlerweile anders darüber denken würde, dann hätte sie zu seinem Antrag *Ja* gesagt.

»Ich sollte gehen.« So schnell wie möglich, bevor ihn ihr blumiger Duft noch mehr berauschte. »Bist du sicher, dass ich dich nicht zu deinem Auto bringen soll?«

»Diesmal nicht.«

»Kann ich dich anrufen?«, fragte er.

»Natürlich. Ich denke, wir haben einiges zu besprechen. Und wir sehen uns am nächsten Donnerstag, oder?«

»Ja.« Noch ein Schlamassel, den er klären musste. »Aber ich rufe dich an, bevor ich zurück nach Boston fliege.«

»Du fliegst zwischendurch zurück?«

»Das muss ich. Ich habe eine Menge zu tun.«

Sie nickte. »Das kann ich mir vorstellen.«

»Aber ich werde dich anrufen. Morgen Abend. Sobald ich ...«

»Sobald du deine Gedanken geordnet und alles verarbeitet hast«, vollendete sie seinen Satz und lächelte.

Er lachte leise. »So ähnlich.«

»Danke, dass du die Nachricht so gut aufgenommen hast. Und dafür, dass du so nett bist. Viele andere würden sich nicht so fair verhalten.«

Der Gedanke daran machte ihn wütend. »Du bist die Mutter meines Kindes, Courtney. Ich werde alles tun, was nötig ist, um für euch beide zu sorgen. Wir kriegen das hin.« Er klang sicherer, als er sich fühlte.

Sie folgten dem Weg am Bach entlang, dann den Pfad hoch zur Kirche. Courtney schaute sich immer wieder um, als würde sie prüfen, ob noch jemand unterwegs war.

»Mein Auto steht auf dem Parkplatz«, sagte er und zeigte auf den rissigen Asphalt hinter der Kirche. Die Stille des Novemberabends umgab sie beide wie ein Nebel. Courtneys Blick traf den seinen, und für einen Moment war es, als hätte sein Herz vergessen zu schlagen.

»Wir sehen uns später, Logan«, verabschiedete sie sich und schenkte ihm ein festes Lächeln.

Er nickte. »Fahr vorsichtig.« Er erwähnte nicht, dass sie eine wertvolle Fracht in sich trug.

Courtney lächelte ihn an. »Das tue ich immer.«

Sie drehte sich um und ging den Bürgersteig entlang zum Stadtplatz. Er bewunderte ihren anmutigen Gang und ihre dunklen Locken, die sich im Wind bewegten. Verlangen schoss durch Logans Adern, wie immer, wenn er in ihrer Nähe war.

Daran würde er arbeiten müssen.

Mit einem langen Seufzer begab er sich zu seinem Auto, stieg ein und zog die Tür zu. Dann ließ er seine Stirn auf das weiche Leder am Lenkrad sinken und stieß ein frustriertes Knurren aus.

Frohes Thanksgiving. Nächstes Jahr um diese Zeit wirst du ein Dad sein.

11. Kapitel

Courtney ist schwanger. Die Worte hallten in Logans Gedanken wider und prallten gegen alles, das sich ihnen in den Weg stellte, wie eine Flipperkugel. Er saß in seinem Auto in der Einfahrt vor Grays weitläufiger Villa, dem Haupthaus der Ranch. Er hatte den Kopf gegen die Nackenstütze gelehnt und schloss für einen Moment die Augen.

Atme. Er musste ruhig bleiben. Auch wenn er im Moment keinen Ausweg sah, gab es eine Lösung. Und Logan würde sie finden, das tat er immer: Er ging Probleme an und verwandelte sie in Möglichkeiten. Bisher hatte er jede Hürde überwinden können. Sowohl im geschäftlichen, als auch im privaten Bereich.

Sogar in Bezug auf sein Liebesleben war er Problemen auf den Grund gegangen, mit Hilfe seines Therapeuten. Logan konnte einer Frau nicht geben, was sie wollte. Also wies er sie von vornherein darauf hin. Und er hatte gelernt, nichts zu versprechen, was er nicht halten konnte.

Und jetzt musste er herausfinden, wie er die Vaterrolle für ein Kind übernehmen konnte, das seine ganze Aufmerksamkeit und Zeit einfordern würde.

Entschlossen, auch dafür eine Lösung zu finden, stieß Logan die Fahrertür auf und stieg aus. Er ließ seinen Kopf kreisen, um seine Muskeln im Nacken zu lockern, dann holte er seine Reisetasche aus dem Kofferraum. Der Kies knirschte unter seinen Füßen, als er den Weg zur vorderen Veranda ging, vorbei an Kürbissen, die entlang der Treppe aufgereiht waren. Das war bestimmt Maddies Idee gewesen.

Als er auf die Türklingel drückte, atmete er tief ein. Doch auch die kühle Herbstluft half ihm nicht, sein inneres Gleichgewicht wiederzufinden.

Courtney war schwanger. Immer noch hallten diese Worte in seinem Kopf wider und setzten eine Kettenreaktion aus angespanntem Kiefer, flachem Atem und Schmerzen in seiner Brust in Gang.

»Du bist fast pünktlich.« Grays Frau Maddie öffnete grinsend die Tür und trug einen der Zwillinge auf ihrer Hüfte. Sie trat zur Seite, um ihn einzulassen.

»Bro!« Tanners Miene erhellte sich, als er Logan entdeckte. Hinter ihm stand seine Frau Van. Die hübsche Blondine hob ihre Hand und winkte.

»Gott sei Dank bist du hier«, sagte Tanner und zog Logan in eine Umarmung. »Becca verlangt, dass wir alle in Grays Studio gehen und Karaoke singen.« Er drückte Logan an den Schultern von sich, um ihn prüfend zu betrachten. »Du wirst deinen kleinen Bruder doch vor diesem Irrsinn beschützen, oder?«

»Nein, wird er nicht.« Becca tauchte im Flur auf und schob Tanner zur Seite, damit sie Logan an sich drücken konnte. »Denn *Logan* weiß, was gut für ihn ist.« Sie schaute zu ihm auf, und ihre Brauen zogen sich zusammen. »Hey, geht es dir gut? Du bist ziemlich blass um die Nase.«

»Mir geht's gut«, brummte er, aber sein Hals fühlte sich seltsam rau an. »Ich bin nur müde, das ist alles.« Er schenkte seiner Schwester ein festes Lächeln, dann sah er zu Maddie. »Kann ich mich kurz frisch machen?«

Maddie nickte. »Natürlich. Wir haben dich im Erdgeschoss untergebracht. Das Zimmer neben unserem.« Presley fing an, an ihrer Hüfte zu weinen. Oder war es Marley? Logan war sich nicht sicher. Welcher seiner Neffen es auch war, der Kleine hatte zwei kräftige Lungenflügel. »Die Zwillinge haben Grays Stimmumfang geerbt«, erklärte Maddie. »Ich suche immer noch nach ihren Lautstärkereglern«, fügte sie augenzwinkernd hinzu, dann drehte sie ihren Kopf zur Seite und rief nach Gray. »Schatz, kannst du kommen und Logan sein Zimmer zeigen? Presley braucht eine frische Windel.«

Gray betrat den Flur, Marley auf einem Arm und eine Flasche Wein im anderen. Sein Mund verzog sich zu einem Grinsen, als er Logan an der Eingangstür stehen sah. »Ich habe nicht damit gerechnet, dass du so früh kommst«, sagte er, reichte die Weinflasche an Becca weiter und umarmte Logan mit einem Arm. »Tut mir leid, Bro. Ich habe Dad und Tante Gina nachgeschenkt.« Er schaute Becca an. »Dad ist schon dreimal eingeschlafen. Schwesterchen, du wirst es bereuen, dass du dich bereit erklärt hast, die beiden nach Hause zu fahren.«

»Wann bereue ich das nicht?« Becca seufzte. »Trotzdem lasse ich mich immer wieder dazu breitschlagen.«

Logan holte noch einmal tief Luft und versuchte, seine innere Balance wiederherzustellen. Die Geräuschkulisse im Flur machte es ihm nicht leichter. Maddie und Gray unterhielten sich darüber, wann die Zwillinge ins Bett gebracht werden sollten. Becca, Tanner und Van begannen, den Aufbau für ihren Karaoke-Wettbewerb in Grays Aufnahmestudio zu besprechen. Presley hatte aufgehört zu weinen und zerrte nun an Marleys Hemd, als wolle er es ihm ausziehen.

Das war Logans Zuhause. Seine Realität. Seine Familie. Für die nächsten zwei Tage wollte er die Schmerzen in seinem Magen ignorieren und so tun, als hätte das Treffen mit Courtney nie stattgefunden.

Gray und Maddie tauschten die Babys, und Gray sah Logan auffordernd an. »Komm, ich bringe dich zu deinem Zimmer.« Gray verschwand in Richtung der Schlafzimmer, und Logan folgte ihm mit seiner Reisetasche in der Hand. Als Presley ihn über Grays Schulter betrachtete und dabei den Kopf auf und ab bewegte, verkniff sich Logan ein Lächeln.

Seine Neffen waren bezaubernd. Zwei kleine blonde Herzensbrecher, die ihrem Familiennamen eines Tages alle Ehre machen würden. Eine neue Generation von Heartbreak-Brothers.

Einen Moment lang fragte er sich, wie sein und Courtneys Baby aussehen würde. Wenn es ein Mädchen wäre, würde es dann Courtneys dunkle Locken und strahlend blaue Augen haben? Oder würde die Kleine wie eine Hartson aussehen, mit blonden Haaren, die mit dem Alter dunkler wurden?

Sein Magen verknotete sich, als die Realität ihn einholte. In jedem Fall würde das Baby erwachsen werden. Vom Säugling zum Kleinkind, dann würde es sprechen lernen und ihn *Dad* nennen. Vielleicht würde es ihn so ansehen, wie Marley und Presley

Gray ansahen. Als wäre er der König der Welt.

Oder es wäre von ihm enttäuscht, so wie er von seinem eigenen Dad. Enttäuscht von dem Mann, der nie für sein Kind da gewesen war.

»Hier wären wir«, sagte Gray und öffnete die Tür zum Gästezimmer. Wie der Rest des Hauses war es riesig, mit einem übergroßen Diwan und einer bauschigen Tagesdecke, die Wände in einem sanften Grau gestrichen, das farblich zu dem dunkleren, dicken Teppich passte.

Logan nickte. »Danke. Ich gehe kurz duschen, bevor ich euch alle richtig begrüße. Kann ich dir später in der Küche helfen?«

»Das wäre toll.« Gray schenkte ihm ein Lächeln. »Ich habe das Gefühl, dass das Schlafengehen heute Abend eine Schlacht wird. Pres und Marl sind schon den ganzen Tag überdreht wegen der ganzen Aufmerksamkeit, die sie bekommen. Sie werden bestimmt nicht leicht einschlafen.« Er hob eine Braue. »Lass mich dir eines sagen: Niemand ist auf die Elternschaft vorbereitet. Es ist härter als alles, was ich je gemacht habe.«

Logans Mund fühlte sich plötzlich staubtrocken an. Presley begann zu grummeln und lehnte sich zurück, um sich aus Grays Griff zu befreien. In einer routinierten Bewegung stützte Gray den Kleinen.

»Alles okay?«, fragte Gray und musterte Logan. »Du bist gerade kreidebleich geworden. Bist du sicher, dass du dir nichts eingefangen hast?«

Logan wollte antworten, dass es ihm gut ging, brachte aber keinen Ton heraus, denn er fühlte sich alles andere als gut.

Er hatte Angst. Dazu mischte sich Verwirrung und die Befürchtung, dass er als Vater versagen könnte, noch bevor er es versuchen konnte.

»Keine Erkältung«, sagte er knapp, seine Stimme war rau. Er sah seinen älteren Bruder an und bemerkte die Sorge in Grays Blick. »Können wir später darüber reden?«

»Hier, fang.« Gray warf ihm eine Bierflasche zu, öffnete für sich selbst eine weitere und nahm einen großen Schluck. »Okay. Jetzt raus damit. Wer ist die Glückliche? Arbeitet sie in einem deiner Restaurants?«

Die beiden waren allein in der Küche und luden das Geschirr in die Edelstahlspülmaschine, die ein etwas kleineres Modell war als jene, die Logan für seine Restaurants bevorzugte. Er hatte Maddie und Gray bei der Planung ihrer Küche geholfen und mit seinen Kontakten in Boston die besten Geräte besorgt, die man für Geld kaufen konnte. Maddie war gerade mit Becca im Bad und machte die Zwillinge bettfertig, und Dad und Tante Gina warteten im Wohnzimmer darauf, dass Becca sie nach Hause fuhr. Tanner und Van waren nach dem Abendessen gegangen. Beide musste morgen Früh arbeiten, da in einer Woche die Vorweihnachtszeit begann und in ihrem Autokino noch einiges vorzubereiten war. Logan zog die Brauen zusammen. »Warum denkst du, dass es jemand aus dem Restaurant ist?«

Gray verzog das Gesicht. »Weil du nie woanders bist.«

»Ja, aber Courtney wohnt etwa einen Kilometer von hier.«

Gray blinzelte. »Die Mutter deines Babys stammt aus *Hartson's Creek*?«

Logan nickte. »Kennst du die Creek Edge Farm an der Hauptstraße?«

»Ja.« Grays Augen weiteten sich, als er verstand, wen Logan meinte.

»Wir kennen uns erst seit diesem Jahr und haben uns nur ein paarmal getroffen«, gab Logan zu. Er stützte sich mit den Unterarmen auf dem Tresen ab und verschränkte die Hände ineinander. »Wir haben uns zufällig getroffen, als eines ihrer Hühner vor mein Auto lief. Dann gerieten die Dinge ein wenig außer Kontrolle.«

»Wow.« Gray strich sich mit der Hand durch die Haare. »Ich hatte ja keine Ahnung.«

»So wie alle anderen. Es war eine lockere Sache. Sie wollte nichts Ernstes, und ich auch nicht.«

Gray lachte. »Eine Schwangerschaft klingt verdammt ernst.«

Logan seufzte und starrte durch die Terrassentür nach draußen. Die Nacht war hereingebrochen, und der Himmel war bewölkt. Er tat sich immer noch schwer, wirklich zu begreifen, was Courtney ihm erzählt hatte. »Es war ein Unfall.« Er schüttelte den Kopf über seine eigene Dummheit. »Und ich allein bin dafür verantwortlich. Ich habe vergessen, ein Kondom zu benutzen.«

»Du hast es vergessen?« Gray gab einen leisen Pfiff von sich. »Oh Mann. Du müsstest doch wissen, was das für Konsequenzen haben kann.«

Logan senkte den Kopf auf seine verschränkten Hände auf dem Tresen. »Ich weiß. Ich habe es vermasselt. Keine Ahnung, was ich jetzt tun soll.«

Gray schwieg einen Moment lang. Logan schluckte schwer und spürte eine schwere Last auf seinen Schultern.

»Sie bekommt mein Baby«, sagte er schließlich und hob den Blick zu seinem Bruder. »Ich werde Vater und bin noch nicht bereit dafür.«

»Niemand ist wirklich darauf vorbereitet. Ich weiß, dass ich es nicht war.« Gray wischte sich die Hände an einem Handtuch ab und nahm einen weiteren Schluck von seinem Bier. »Aber das ist eigentlich egal, denn das Baby kommt, ob du willst oder nicht. Was wirst du also tun?«

Logan blinzelte bei dem Versuch, einen klaren Gedanken zu fassen. »Ich habe keine Ahnung.«

»Boston ist weit weg«, stellte Gray mit neutraler Stimme fest. »Hast du vor, zwischen Beruf und Familienleben zu pendeln?«

Die Frage fühlte sich zu schwer an, um sie beantworten zu können. Logan hob seine Hände. »Wie gesagt, ich weiß es nicht. Mein Geschäft ist in Boston. Mein Baby wird hier sein. Ich habe keinen Schimmer, wie das funktionieren soll.«

»In der wievielten Woche ist sie jetzt?«

»In der zehnten.«

Grays Mundwinkel zogen sich nach oben. »Dann hast du etwa sechseinhalb Monate Zeit, um dich auf das Kind einzustellen und eine Lösung zu finden.«

Sechs Monate. Verdammt! Das kam ihm überhaupt nicht lang

vor. »Ich werde es vermasseln. So wie immer.« Er schüttelte den Kopf. »Mit mir als Dad ist dieses Kind verflucht.«

»Mach mal halb lang.« Gray warf das Geschirrtuch nach ihm. Es segelte an Logans Kopf vorbei, ehe es auf dem Boden landete. »Du wirst es nicht vermasseln. Und du wirst auch kein schlechter Dad sein. Es sei denn, du setzt alles daran, es zu vermasseln.« Er ging um den Tresen herum, zog zwei Hocker unter der Kochinsel heraus, setzte sich auf einen und bot Logan den anderen an. »Du wirst doch für dein Kind da sein, oder?«

Logan runzelte die Stirn. »Natürlich werde ich das.« Er war genauso überrascht wie Gray über die Vehemenz in seinem Tonfall. »Ich weiß, dass ich es versauen werde. Das wissen wir beide. Aber ich werde trotzdem versuchen, ein guter Vater zu sein.«

»Was ist mit der Kindsmutter? Du hast gesagt, es war zwanglos. Heißt das, sie will keinen Kontakt?«

Logan schüttelte den Kopf. »Ich habe sie gebeten, mich zu heiraten. Sie hat *Nein* gesagt.« Gray begann zu lachen. »Was?«, fragte Logan und presste die Kiefer aufeinander.

»In der einen Minute sagst du mir, dass du nicht weißt, was du tun sollst, dass diese Sache nur ein Zufall war. Und im nächsten Moment erzählst du, dass du sie gebeten hast, dich zu heiraten. Ich kriege noch ein Schleudertrauma, Bro.«

»Das habe ich schon«, murmelte Logan und starrte auf den Tresen. »Es fühlte sich richtig an. Sie ist Witwe. Die Leute werden reden. Und es ist meine Schuld, dass sie in dieser Situation ist.«

»Du darfst sie nicht heiraten, weil du dich schuldig fühlst.«

»Das steht nicht mehr zur Diskussion, sie hat mich ja bereits abgewiesen.«

»Sie scheint eine weise Frau zu sein.«

Logan schluckte und musste daran denken, wie anmutig sie ging, nachdem sie sich heute verabschiedet hatten. »Sie ist ein großartiger Mensch.«

»Hast du noch jemandem von der Schwangerschaft erzählt?«, hakte Gray nach.

»Nur dir. Und ich wäre dir dankbar, wenn du es außer Maddie niemandem sagst.«

»Dein Geheimnis ist bei uns sicher.« Gray stützte sein Kinn auf seine Hand. »Versuch doch mal, einen Gang zurück zu schalten, okay? Lass die großen Gesten und denk ernsthaft nach, wie du das angehen willst. Du wirst Vater, und das ist das Erstaunlichste, Beängstigendste und Überwältigendste, was du je erleben wirst.« Grays Lippen zuckten. »Abgesehen davon, dich zu verlieben.«

Logan trank sein Bier aus, stellte die Flasche zurück auf den Tresen und starrte an die Decke. Es *war* überwältigend. Schon jetzt. Und beängstigend. Aber erstaunlich? Das blieb abzuwarten.

»Du wirst ein guter Dad sein«, sagte Gray ernst. »Ich weiß es.«

Logan versuchte zu lächeln, aber es fühlte sich mehr wie eine Grimasse an. Gray hatte garantiert gelogen. Als Vater würde Logan genauso wenig taugen wie als fester Freund. Bindungen, egal welcher Art, lagen ihm einfach nicht. Diesmal würde es allerdings schmerzhafter werden.

Trotzdem wollte er es versuchen. Denn das Baby, das in Courtney Roberts heranwuchs, war seins. Es hatte die Hälfte seiner Gene, die Hälfte seiner Geschichte. Und er war es diesem Kind schuldig, der beste Vater zu sein, der er sein konnte.

»Ich werde mein Bestes geben.«

Gray klopfte ihm auf den Rücken. »Herzlichen Glückwunsch. Nächstes Jahr um diese Zeit werden Pres und Marley eine kleine Cousine oder einen Cousin haben.« Gray grinste. »Wenn du Glück hast, wirst du nicht auf einen Schlag zweifacher Dad.«

»Zwillinge?« Logans Augen weiteten sich. »Scheiße, nein. Darauf verzichte ich gern.«

»Tut mir leid, dir das zu sagen, aber diese Entscheidung wurde längst ohne dich getroffen. Frag mich, woher ich das weiß.«

»Ja, Cam und ich danken dir, dass du diese Familientradition übernommen hast. Zwei Paar Zwillinge in einer Familie sind genug.«

»Ich drücke die Daumen, dass es nur einen Herzschlag gibt.«

»Versuchst du, meinen Blutdruck in die Höhe zu treiben?«, fragte Logan angespannt.

Gray grinste. »Nö. Ich glaube, das bekommst du gut alleine hin.«

Später in der Nacht lag Logan im Gästezimmer und wälzte sich in dem fremden Bett hin und her, während er vergeblich versuchte, Schlaf zu finden.

Vielleicht könnte es tatsächlich funktionieren. Es würde nicht einfach werden und erforderte viel Planung. Angefangen beim Sorgerecht, damit das Baby sowohl bei ihm in Boston, als auch hier in *Hartson's Creek* leben konnte. Eigentlich liebte Logan es, komplizierte Situationen zu überdenken. So hatte er sein Restaurantimperium aufgebaut. Für jedes Problem gab es eine Lösung, er musste sie nur finden.

Das Baby war nur eine weitere Herausforderung, der er sich stellen würde. Und er würde das hinbekommen.

Seine Angst und Verwirrung waren mittlerweile verflogen. Er hatte den ersten Schock überwunden. Eine Familiengründung stand nicht auf seinem Lebensplan, zumindest noch nicht. Erst wollte er die richtige Frau treffen.

Aber vielleicht hatte er das längst. Zwischen Courtney und ihm hatte die Chemie von der ersten Sekunde an gestimmt. Also sollte es eventuell einfach so sein.

Er drehte sich auf die Seite und schloss die Augen, während er sich daran erinnerte, wie blass sie war, als sie ihm von ihrer Schwangerschaft erzählte. Vermutlich hatte er ebenso kreidebleich ausgesehen, nachdem sein Leben mit einem Satz auf den Kopf gestellt wurde.

Jetzt fühlte er sich viel entspannter. Das Gespräch mit Gray und das Zusammensein mit seiner Familie hatten ihn beruhigt. Er hatte immer noch die Kontrolle über sein Leben, es gab nur eine Planänderung.

Er würde das schon hinkriegen. Und er würde ein besserer Vater sein, als es sein eigener je war. Nach dem Tod ihrer Mom hatte ihr Dad ihnen kaum Aufmerksamkeit geschenkt. Stattdessen war er in seiner eigenen Trauer und seinem Schmerz versunken, ohne zu erkennen, dass seine Kinder ebenfalls unter dem

Verlust litten. Er hat sich nie von diesem Schicksalsschlag erholt.

Zum Glück hatten sie Tante Gina, die Schwester seiner Mutter. Innerhalb weniger Tage war sie bei ihnen eingezogen und kümmerte sich um Logan und seine Geschwister, so gut sie konnte.

Das Leben hatte Logan gelehrt, dass Familien nicht immer perfekt sein konnten. Oder vollständig. Ein Kind brauchte Liebe und Fürsorge. Beides konnte er dem Baby geben. Sogar aus der Ferne.

Und was Courtney betraf, war er sich nicht sicher, ob mehr Zeit mit ihr ein Bonus oder eine Strafe war. Vermutlich ein bisschen von beidem, denn allein bei der Vorstellung, wieder in ihrer Nähe zu sein, schoss Vorfreude durch seine Adern.

12. Kapitel

Courtney hatte sich die meiste Zeit der Nacht hin und her gewälzt. Sie war sich nicht sicher, ob es an den Schwangerschaftshormonen oder an den letzten Resten des Adrenalins lag, das durch ihre Adern floss, seit sie Logan von dem Baby erzählt hatte. Nachdem sie die Tiere gefüttert und das Cottage für das Abendessen mit den Roberts vorbereitet hatte, war sie völlig erschöpft.

Sie hatte ihre Schwiegereltern zum Essen eingeladen. Auch Carl, der an Thanksgiving arbeiten musste. Es schien der perfekte Zeitpunkt zu sein, um ihnen von ihrer Schwangerschaft zu erzählen.

Vermutlich das Einzige, was an dieser Schwangerschaft perfekt sein würde.

Sie straffte die Schultern, um sich innerlich zu wappnen, und trug den Bauernschinken, den sie den ganzen Tag geschmort hatte, zum Tisch. Er schien eine Tonne zu wiegen. Carl musste ihre Anstrengung bemerkt haben, denn er stand auf, nahm ihr den Teller ab und stellte ihn in die Mitte, neben das Kartoffelpüree und die Möhren.

»Danke.«

»Kein Problem. Für einen Moment war ich besorgt, dass du den Schinken fallen lassen würdest.« Er grinste sie an. »Und ich bin am Verhungern.«

»Das sieht alles köstlich aus, Courtney«, lobte Mary sie mit einem breiten Lächeln, das die Falten in ihren Augenwinkel betonte. »Und es duftet herrlich.«

»Wie wäre es, wenn wir aufhören, darüber zu reden, wie wunderbar es aussieht, und stattdessen zugreifen?«, schlug Ellis vor, erhob sich und übernahm den Anschnitt. »Ein Stück oder zwei, Schatz?«, fragte er an seine Frau gewandt.

»Nur eins.«

»Ich nehme zwei«, sagte Carl. »Ich habe seit heute Morgen nichts gegessen.«

Als jeder einen vollen Teller vor sich stehen hatte, erhob Carl sein Glas Rotwein. »Wir sollten einen Toast ausbringen. Auf die geliebten Menschen, die heute nicht bei uns sein können. Auf meinen Bruder.«

»Auf Shaun.« Ellis erhob sein Glas, Mary ebenso.

Alle drei starrten Courtney an. Vorhin hatte sie nicht schnell genug *Nein* sagen können, als Carl ihr Wein eingeschenkt hatte. Und sich damit rausreden, dass sie noch fahren musste, konnte sie nicht. Außerdem war Cabernet Sauvignon ihr Lieblingswein. Also hatte sie ihr Glas einfach nicht angerührt und geplant, den Wein in die Spüle zu schütten, wenn niemand hinsah.

»Auf Shaun«, sagte sie und legte die Finger um den Stiel des Rotweinglases.

Thanksgiving war Shauns Lieblingsfest. Er hatte immer betont, wie herrlich einfach es war. Gutes Essen im Beisein der Familie, keine Geschenke oder übermäßiger Genuss, wie es seiner Meinung nach an Weihnachten der Fall war. Sondern Zeit zum Ausruhen und um über das vergangene Jahr nachzudenken.

»Der Schinken schmeckt wunderbar, Liebes«, bemerkte Mary. »Du bist wirklich eine tolle Köchin.«

»Danke. Es ist schön, Menschen um mich zu haben, für die ich kochen kann.« Courtney lächelte sie an. »Und ich war dir was schuldig, nachdem du die eigentliche Thanksgiving-Tafel am Donnerstag übernommen hast.«

»Ich bin froh, dass wir heute alle zusammen feiern können«, warf Ellis ein und löffelte noch mehr Kartoffelbrei auf seinen Teller. »Es ist schade, dass du am Donnerstag nicht dabei sein konntest, mein Sohn.«

»Ich habe versucht, meinen Dienst zu tauschen.« Carl zuckte mit den Schultern. »Aber du weißt ja, wie das ist. Wer eine Familie hat, darf sich zuerst aussuchen, wann er frei haben möchte.«

»Vielleicht wirst du eines Tages einer von ihnen sein«, meinte Mary und lächelte ihn an. »Wenn du eine Frau und Kinder hast.«

Courtney spürte, wie ihre Wangen heiß wurden. Langsam sah sie von ihrem Teller auf. Carl starrte sie direkt an. Sein Blick war fest. Entschlossen. Ihr Mund wurde unangenehm trocken. Bevor sie merkte, was sie tat, griff sie nach ihrem Weinglas. Und zog ihre Hand sofort wieder weg, als hätte sie sich daran verbrannt.

»Du trinkst nicht«, merkte Carl an. Eine Feststellung, keine Frage. Courtneys Finger zitterten.

»Oh, du solltest unbedingt den Wein probieren«, sagte Mary und nahm noch einen Schluck. »Er ist köstlich.«

Courtney betrachtete ihr Glas, dann Carl, und wieder ihr Glas. »Ich kann nicht trinken«, sagte sie leise. Das war der Moment. Zeit, es ihnen zu sagen. Sie konnte kaum atmen.

»Und warum kannst du nicht trinken?«, hakte Carl nach.

Sie schaute zu ihm. Mit zusammengezogenen Brauen starrte er sie an. Mary dagegen warf ihr einen besorgten Blick zu. Ellis war der Einzige, der noch aß.

»Ich habe Neuigkeiten«, verkündete Courtney und versuchte, die richtigen Worte zu finden. »Ich habe keine Ahnung, wie ich es euch sagen soll, also werde ich es jetzt einfach sagen, weil ich möchte, dass ihr es wisst. Ich bekomme ein Baby.«

Ellis ließ seine Gabel fallen, das Metall landete klirrend auf dem gefliesten Boden.

»Du bist schwanger?«, fragte Mary mit zittriger Stimme.

Courtney nickte. Ihre Augen brannten, als sie Marys verwirrtem Blick begegnete. »Das Baby kommt irgendwann im Juni. Nächste Woche habe ich einen Termin beim Arzt, dann werde ich es genauer wissen.«

»Ich verstehe das nicht.« Mary schüttelte den Kopf. »Wer ist der Vater? Mir war nicht klar, dass du dich mit jemandem triffst.«

»Das ist nicht wichtig«, antwortete Courtney leise. Für diesen Teil der Wahrheit war sie noch nicht bereit.

Carl schlug mit der Faust auf den Tisch, sodass die Gläser klirrten. Courtneys Wein schwappte fast über den Rand. »Natürlich ist es wichtig. Verdammt wichtig«, beharrte er und stand auf. Sein Gesicht war vor Wut rot angelaufen. »Du hast mit jemandem rumgemacht, und ich will wissen, mit wem.«

»Carl!« Mary sah erschrocken zu ihrem Sohn auf. »Benimm dich.«

»Wer ist er?« Carls Kiefer war angespannt.

Courtney ballte ihre Hände unter dem Tisch zu Fäusten und drückte sie gegen ihre Oberschenkel. Ellis starrte auf seinen halb vollen Teller, während Marys sie aus glasigen Augen ansah.

Carl kam um den Tisch herum und legte seine Hände auf Courtneys Schultern. Ihr lief ein kalter Schauder über den Rücken. »Sag mir, wer der Vater ist, Courtney.« Sein Tonfall war unnachgiebig, fast grob.

»Lass sie in Ruhe«, sagte Ellis schließlich. »Das geht uns nichts an.«

Courtney warf ihm einen dankbaren Blick zu.

»Natürlich geht uns das etwas an. Sie war mit meinem Bruder verheiratet. *Deinem Sohn.* Sie wohnt immer noch in seinem Haus.« Carl blinzelte und neigte seinen Kopf zur Seite. »Das Auto, das ich vor einigen Wochen draußen gesehen habe? Gehört es dem Kerl?«

»Setz dich bitte hin und iss, Carl«, drängte Mary. »Du bringst Courtney in Verlegenheit.«

»Ich kann mich nicht hinsetzen und etwas essen«, entgegnete er hastig und atmete tief ein. »Ich muss hier raus, bevor ich etwas tue, was ich später bereue.«

Courtney griff nach seinem Arm, aber er schüttelte sie ab. »Carl, das bedeutet nicht, dass ich Shaun nicht geliebt habe.«

»Du hast mir gesagt, dass du noch nicht über ihn hinweg bist.« Seine Stimme war schneidend.

»Das stimmt auch«, flüsterte sie und rang um Fassung. »Oder zumindest dachte ich das. Keine Ahnung.« Sie war sich nicht sicher, was sie sich erhofft hatte, aber so eine Reaktion bestimmt nicht. Sie bemühte sich um Ruhe. »Es tut mir leid. Ich weiß, dass das für euch alle ein Schock sein muss.«

»Ich kann mir vorstellen, dass es auch für dich ein Schock war«, sagte Ellis, und seine Augen funkelten. Dann wandte er sich an seinen Sohn, der immer noch neben dem Tisch stand. »Setzt du dich jetzt, Carl, oder gehst du? Ich möchte nämlich in Ruhe diesen Schinken essen.«

»Ich gehe.« Carl zog seine Jacke von der Rückenlehne seines Stuhls und schlüpfte in die Ärmel.

»Bitte bleib«, bat Courtney ihn. »Ich möchte, dass wir alle zusammen das Abendessen genießen.«

Carl schüttelte den Kopf. »Ihr könnt ruhig am Tisch meines Bruders essen, während die Frau, die er geliebt hat, mit dem Baby eines anderen schwanger ist. Aber ich bringe keinen Bissen mehr runter.« Er zog seinen Schlüssel aus der Tasche, stürmte aus der Küche in den Wohnbereich und weiter zur Haustür. Er zog sie auf, trat nach draußen und schlug sie, ohne sich noch mal umzudrehen, kräftig hinter sich zu.

Courtney wandte sich langsam zum Tisch um und legte ihr Besteck auf den Teller.

Das war hervorragend gelaufen.

»Er wird schon wieder zur Vernunft kommen«, sagte Mary sanft. »Er ist nur schockiert. Das ist alles.« Sie nahm sich noch etwas Kartoffelpüree und schien sich ganz auf das Essen konzentrieren zu wollen.

Ellis hob seine Gabel vom Boden auf und wischte sie an seiner Serviette ab, bevor er sich ein weiteres Stück Schinken abschnitt. »Der Braten ist wirklich gut«, murmelte er mit vollem Mund. »Du bist eine tolle Köchin, Courtney«, lobte er sie und schenkte ihr ein strahlendes Lächeln.

Ihre Schwiegereltern waren gute Menschen. Courtney hatte sich immer glücklich geschätzt, Ellis und Mary an ihrer Seite zu haben. Und Carl konnte ein Hitzkopf sein, aber er trauerte immer noch um Shaun, so wie sie alle.

»Du solltest essen«, wandte Mary leise ein. »Für das Baby.« Sie griff über den Tisch nach Courtneys Hand und drückte sie. »Du musst jetzt an euch beide denken. Als Grandma muss ich mich ab jetzt um euch beide kümmern.«

Courtney lächelte sie an. »Danke, dass du so verständnisvoll bist.«

»Ein Baby ist immer eine gute Nachricht«, sagte Mary mit fester Stimme. »*Immer*. Und Carl wird das auch so sehen, wenn er sich beruhigt hat.«

Ellis hob sein Weinglas an die Lippen und zwinkerte Courtney zu. »Darauf stoße ich an.«

»Ich habe eine ganz tolle neue Fußcreme«, schwärmte Lainey, als sie und Courtney am nächsten Abend im Cottage saßen. Lainey hatte darauf bestanden, ihr eine Pediküre zu verpassen. Sie war der Meinung, dass sich Courtney nach dem gestrigen Erlebnis mit Shauns Familie unbedingt entspannen müsse. »Diese Creme soll sogar die Haut von Nashörnern glätten. Da ist sie genau das Richtige für dich.« Ihre beste Freundin verzog das Gesicht. »Du musst dich besser um deine Füße kümmern.«

Courtney wackelte mit den Zehen. »Ich bin jeden Tag fast zwölf Stunden auf den Beinen. Außerdem sieht sie ja ohnehin niemand, weil ich immer Gummistiefel trage.« Sie musste lachen, als Lainey begann, ihre Fußsohlen mit der Creme einzureiben. »Hey, das kitzelt.«

Lainey schüttelte den Kopf. »Ab nächster Woche kommst du regelmäßig zu mir zur Mani- und Pediküre. Keine Widerrede.«

»Das macht doch keinen Sinn. Nach einem Tag auf der Farm könntest du von vorn beginnen. Und außerdem habe ich dafür keine Zeit.«

Lainey massierte Courtneys Fuß und bedachte sie mit einem ernsten Blick. »Du musst anfangen, besser auf dich aufzupassen. Dem Baby zuliebe. Du kannst nicht weiterhin so viel arbeiten und erwarten, dass sich alles von selbst regelt. Hast du schon darüber nachgedacht, was passiert, wenn du in den Mutterschaftsurlaub gehst? Wer wird dann für dich einspringen? Was wirst du mit dem Baby machen, wenn du wieder arbeiten kannst? Du wirst zu einer Zeit hochschwanger sein, in der am meisten zu tun ist.«

Courtney neigte ihren Kopf zur Seite und sah Lainey an. »Hast du einen Schwangerschaftsratgeber gelesen?«, stichelte sie.

Laineys Wangen färbten sich rot. »Nein.« Sie presste ihre Lippen aufeinander. »Okay, ich habe im Internet auf diesen Mami-Seiten gesurft, um mich etwas schlau zu machen. Und dort sagen alle, dass ich recht habe.«

Es war unmöglich, sie nicht anzulächeln. »Ich habe erst vor

einer Woche erfahren, dass ich schwanger bin«, erklärte Courtney. »Ich habe noch nicht für alles einen Plan. Aber ich werde einen machen. Wir können ein paar Saisonarbeiter holen, die auf dem Hof aushelfen, falls nötig. Und wenn alles gut geht, kann ich auf den Feldern mithelfen. Es gibt auch für Farmersfrauen Umstandskleidung.«

Courtneys Telefon meldete sich mit einem Summen. Sie griff danach und zog eine Augenbraue hoch, als sie sah, wer anrief.

»Es ist Logan«, teilte sie Lainey mit.

»Geh schon ran.« Lainey beugte sich gespannt vor. »Mach dir meinetwegen keine Sorgen.«

Courtney schüttelte grinsend den Kopf und nahm den Anruf mit einem Fingerwisch an. »Hallo?«

»Hey, ich bin's.« Seine Stimme klang butterweich.

»Wie geht es dir?«, fragte sie und ignorierte Lainey, die noch näher rückte, um kein Wort zu verpassen.

»Mir geht es gut. Was viel wichtiger ist: Wie geht es dir? Ist das Gespräch mit deinen Schwiegereltern gestern gut gelaufen?«

Courtney seufzte. »Es lief so gut, wie ich erwartet hatte. Sie waren freundlich, aber schockiert. Und Shauns Bruder war stinksauer.«

»Der Bruder, der uns in jener Nacht fast erwischt hätte?«

Courtney schluckte und erinnerte sich an Logans warmen, harten Körper an ihrem und an die Panik, die sie überkam, als Carl an die Haustür klopfte. »Ja, genau der.«

»Willst du, dass ich mit ihm rede und die Wogen glätte?«

»Großer Gott, nein.« Allein die Vorstellung war furchterregend. »Das würde nicht gut gehen. Er braucht etwas Zeit, um sich an die Neuigkeiten zu gewöhnen. Er und Shaun standen sich sehr nahe. Das muss schwer für ihn sein.«

»Ich will nicht, dass du dich aufregst. Das wäre weder für dich noch für unser Baby gut.«

Courtney wurde rot, als er *unser Baby* sagte. Das war das erste Mal, dass er das kleine Wesen in ihr so betitelte. Vielleicht bedeutete es, dass er sich an den Gedanken gewöhnt hatte. »Hast du mit deiner Familie gesprochen?«, fragte sie neugierig.

»Nur mit meinem Bruder Gray.«

»Der Rockstar.«

Er lachte. »Genau der. Die anderen haben noch keine Ahnung. Ich dachte mir, dafür ist noch genug Zeit. Außerdem kann ich nicht garantieren, dass sie es nicht in der ganzen Stadt rumerzählen.« Er räusperte sich. »Es war gut, mit ihm zu reden. Es hat mir geholfen, all die Gedanken zu sortieren, die mir im Kopf herumschwirrten.«

»Bald werden es sowieso alle wissen. Damit habe ich mich schon abgefunden.« Courtney beobachtete Lainey, die ihre Tasche mit Nagellacken öffnete und einen glänzenden zinnoberroten Lack auswählte. Sie schüttelte das Fläschchen, schraubte den Deckel ab und legte Courtneys Füße auf das Handtuch über ihrem Oberschenkel.

»Du weißt, dass ich mich um dich kümmern werde, oder?« Logans Stimme war leise. »Was du auch brauchst, ich bin da.«

»Das ist sehr süß, aber ich kann auf mich selbst aufpassen«, entgegnete Courtney. »Aber ich bin froh, dass du dich mit mir um das Baby kümmern willst. Ich möchte, dass es seinen Vater kennenlernt.«

»Du bist die Mutter meines Kindes, Court. Ich weiß nicht, wie ich anders damit umgehen soll, als auch für dich zu sorgen. Ich will dabei sein. Während der Schwangerschaft, der Geburt, die ganze Zeit.«

Lainey hielt mitten im Lackieren an, ihre Lippen verzogen sich, als sie Courtneys Blick begegnete. »Oh. Mein. Gott«, murmelte sie.

Courtney hielt das Handy weg. »Hör auf«, flüsterte sie ihrer besten Freundin zu, bevor sie das Telefon wieder an ihr Ohr drückte und sich an Logan wandte. »Danke. Das bedeutet mir sehr viel.«

»Ich fliege heute Abend nach Boston«, informierte er sie. »Aber zu deinem Termin am Donnerstag bin ich wieder da. Kann ich dich abholen? Soll ich dich hinfahren?«

Sie fing wieder Laineys Blick auf und dachte daran, was es bedeuten würde, mit Logan aus dem Auto zu steigen und mit ihm in die Arztpraxis zu gehen. Selbst wenn die Leute es nicht sofort herausfinden würden, würde es nicht lange dauern, bis sie zwei und zwei zusammenzählen würden. Noch vor Ende der Woche würde jeder im Ort von ihrer Schwangerschaft wissen und schlussfolgern, dass Logan der Vater des Kindes war.

War sie dafür bereit?

Sie atmete tief durch und nickte zuversichtlich. Sie war bereit, sie *musste* bereit sein, denn dieses Baby würde nicht aufhören zu wachsen. »Eine Mitfahrgelegenheit wäre toll«, antwortete sie leise. »Der Termin ist um zwei.«

»Dann hole ich dich eine Viertelstunde vorher ab.«

13. Kapitel

Wenn die Müdigkeit sie nicht umbrachte, würde es wahrscheinlich die Übelkeit tun. Courtney starrte sich im Badezimmerspiegel an und betrachtete mit finsterer Miene die Schatten unter ihren Augen. Ihre Haut war trocken, und ihre Wangen sahen eingefallen aus. Wer auch immer von dem Schwangerschaftsstrahlen sprach, war entweder eine Lügnerin oder hatte ganz andere Erfahrungen gesammelt als sie.

Am Montag, nachdem sie den Roberts von dem Baby erzählt hatte, hatte Ellis sie ganz normal behandelt, als hätte sich nichts geändert. Und Mary hatte ihr mittags Sandwiches und eine Suppe serviert und ihr geraten, dass sie sich ausruhen müsse, bevor sie wieder auf die Felder gehe.

Nur Carl mied sie wie die Pest. Weder hatte er angerufen, noch war er vorbeigekommen. Sie war sich nicht sicher, ob sie darüber traurig oder froh sein sollte.

Heute war Donnerstag, der Tag ihres ersten Arztbesuchs als werdende Mutter. Logan sollte jede Minute hier sein. Ihr Herzschlag schoss in die Höhe. Sie hatte sowohl Angst, ihn wiederzusehen, als auch vor der Untersuchung.

Das leise Rumpeln eines Autos drang an ihr Ohr, gefolgt von einem Knirschen, als die Reifen auf den Kies vor dem Cottage zum Stehen kamen. Sie überprüfte noch einmal ihr Spiegelbild, seufzte und band sich die Haare zu einem Dutt.

Es war an der Zeit, sich ihrer neuen Realität zu stellen.

Sie ging die Treppe hinunter und schnappte sich ihre Handtasche, bevor sie die Haustür öffnete und plötzlich Logan gegenüberstand, der offenbar gerade anklopfen wollte. Seine erhobene Hand schwebte zwischen ihnen in der Luft.

»Hey.« Sein Lächeln war sanft. Sie schluckte schwer und versuchte zu ignorieren, dass er wie frischer Regen nach einem heißen Sommertag duftete. »Ich habe dir etwas mitgebracht.« Er hielt ihr eine braune Papiertüte hin.

Sie griff danach und lächelte verwirrt. »Was ist da drin?«

»Brownies. Du hast mal erwähnt, dass du sie magst.«

Sie brachte es nicht übers Herz, ihm zu erzählen, dass sie es die ganze Woche nicht geschafft hatte, etwas im Magen zu behalten. »Danke.« Verdammt, er war süß. Sie war sich nicht sicher, ob sie so viel Zuvorkommenheit ertragen würde. »Ich bin beeindruckt, dass du dich daran erinnert hast.«

»Ich habe es ernst gemeint, als ich sagte, dass ich mich um dich kümmern will.« Er warf einen Blick auf die Tüte. »Vermutlich wird das Baby das meiste davon essen.«

»Das ist eine wirklich gute Ausrede, um gedankenlos zu schlemmen.«

Er zuckte mit den Schultern. »Wenn du es jetzt nicht kannst, wann dann? Jedenfalls sind sie ohne Zucker.« Er zwinkerte. »Ich habe sie selbst gemacht, also kann ich das garantieren.«

Sie umklammerte den aufgerollten Rand der Tüte fester. »Du hast die gebacken?« Sie war sich nicht sicher, warum sich ihre Kehle plötzlich so eng anfühlte.

»Ja. Ist das okay?« Er runzelte die Stirn. »Das ist doch nicht seltsam, oder?«

Sie schüttelte schnell den Kopf. »Nein. Überhaupt nicht. Es ist schön.« Ihre Stimme war belegt. »Danke.«

Er war überwältigend. Nicht nur körperlich – obwohl das schon schlimm genug war. Es war, als würde er jeden ihrer Sinne ansprechen, ohne dass sie sich dagegen wehren konnte. Und er roch besser als jeder andere Mann, den sie kannte. Was das Backen anging und die Tatsache, dass er es vielleicht wieder tun würde, war sie unsicher, wie sie dieses Wissen einordnen sollte.

»Es wird Zeit«, warf er ein und neigte seinen Kopf zum Auto. »Damit wir pünktlich dort sind.«

Sie nickte. »Klar. Ich bringe das in die Küche, dann können wir losfahren.« Sie schenkte ihm ein Lächeln, drehte sich um und ging zurück ins Haus, froh, dass er nicht sehen konnte, wie tief sie durchatmete.

Sie wusste, dass sie sich zusammenreißen musste, und strahlte ihn an, als sie wieder zur Tür zurückkehrte.

Der Termin würde höchstens eine Stunde dauern. Danach würde er wieder in ein Flugzeug nach Boston steigen, während sie hier auf der Farm blieb.

»Okay.« Sie bemühte sich um ein fröhliches Gesicht. »Lass uns fahren.«

Sie registrierte, wie galant er ihr die Beifahrertür öffnete und ihr beim Einsteigen half.

»Bereit, wenn du es bist«, sagte er.

»Du bist definitiv schwanger«, sagte Alice Dean, die Hebamme, und hielt die Testergebnisse in der Hand, als sie sich vor Courtney und Logan an den Schreibtisch setzte. »Deine letzte Periode hattest du Mitte September, richtig?«

Logan schaute Courtney aus dem Augenwinkel an. Ihre Wangen waren gerötet, als sie nickte.

»Ich glaube schon. Obwohl ich im Oktober eine leichte Blutung hatte. Ich habe mir nichts weiter dabei gedacht, aber jetzt erinnere ich mich, dass sie nur einen Tag gedauert hat. Was ungewöhnlich ist, aber ich war zu sehr beschäftigt, um zu merken, dass etwas nicht stimmt.«

»Viele Frauen bekommen am Anfang Schmierblutungen. Das ist völlig normal. Und deine HCG-Werte sind gut, es gibt also keinen Grund zur Sorge.« Die Hebamme machte einen Vermerk in Courtneys Akte. »Wir sind ein bisschen anders als andere Entbindungsstationen. Du wirst sowohl Doktor Matthews als auch mich regelmäßig sehen. Außerdem werde ich bei der Geburt dabei sein. Wir möchten es so angenehm wie möglich für dich gestalten. Das macht alles einfacher.«

Courtney nickte. »Ich habe schon bei vielen Schafen und Schweinen die Hebamme gespielt.«

Alice grinste. »Dann weißt du ja, was auf dich zukommt. Das ist gut.«

»Solange ich keinen Wurf von Zehnlingen erwarte, bin ich

beruhigt.«

Logan schluckte schwer. »Ich bin ein Zwilling«, sagte er und beugte sich vor. »Macht es das wahrscheinlicher, dass Courtney mit Zwillingen schwanger ist?«

Courtney drehte ihren Kopf und sah ihn an. »Du bist ein Zwilling?«, fragte sie und ihr Mund stand offen.

»Ja. Ich dachte, du wüsstest das.«

»Nein. Nur, dass du drei Brüder hast.« Sie stieß die Luft aus und drehte sich wieder zu Alice um. »Heißt das, es könnten zwei Babys sein?«

»Die Frau meines Bruders hat letztes Jahr Zwillinge zur Welt gebracht«, warf Logan ein. »Falls das eine Rolle spielt.«

»Seid ihr eineiige Zwillinge?«, hakte Alice nach und zog die Brauen zusammen.

Logan nickte. »Ja. Wir gleichen uns wie ein Ei dem anderen.«

»Und was ist mit den Kindern deines Bruders?« Alice notierte sich etwas auf dem Block vor ihr.

»Sie sind zweieiig.«

Alice wirkte nicht überrascht. Logan vermutete, dass sie sehr gut wusste, wer sein Bruder war, auch wenn sie es nicht sagte. Er schätzte ihre Diskretion, besonders in einer kleinen Stadt wie dieser. »Ob du es glaubst oder nicht, es gibt keine Verbindung zwischen den beiden Zwillingsgeburten in deiner Familie. Das war reiner Zufall.« Sie zuckte mit den Schultern. »Und ein eineiiger Zwilling zu sein, erhöht nicht die Wahrscheinlichkeit, dass Courtney zwei Babys bekommt. Das ist bloß eine Laune der Natur. Allerdings gibt es nur einen Weg, das mit Sicherheit herauszufinden: eine Ultraschalluntersuchung.« Sie sah zu Courtney hinüber. »Die können wir gleich im Anschluss machen. Wenn du willst, frage ich nach, ob du gleich drankommen kannst.«

Courtney drehte sich mit einem fragenden Blick zu Logan um. Als er nickte, lächelte sie ihn an. »Ja, bitte«, wandte sie sich wieder an Alice.

Eine halbe Stunde später lag Courtney auf einem Untersuchungstisch, das Oberteil hochgezogen und die Jeans aufgeknöpft. Die Arzthelferin drückte Gel auf ihren Bauch, und

Courtney zuckte zusammen. »Das ist kalt«, sagte sie.

Logan bewegte sich auf dem Stuhl, auf den er verwiesen worden war, und versuchte, nicht auf Courtneys Bauch zu starren. Gab es schon eine leichte Wölbung? Es war schwer zu erkennen. Aber eines Tages würde es so weit sein. Eher früher als später. In diesem perfekten Körper würde sein Kind heranwachsen.

Seine Kehle war wie zugeschnürt, als die Helferin begann, mit dem Ultraschallgerät über Courtneys Unterleib zu fahren, während sie auf den Bildschirm vor sich schaute. »Gute Nachrichten: Es gibt nur ein Baby.«

Courtneys Blick traf den seinen. Er grinste erleichtert.

»Und für die zehnte Schwangerschaftswoche hat es die perfekte Größe. Ungefähr so groß wie eine Erdbeere.«

Das war so verdammt winzig, dass es sich nicht real anfühlte. Bis die Arzthelferin den Monitor umdrehte, sodass Logan den Bildschirm sehen konnte, und seine ganze Welt schrumpfte auf die Größe einer Erdbeere.

Was er dort erkennen konnte, war ein Baby, daran bestand kein Zweifel. Winzige Gliedmaßen bewegten sich, als die Helferin versuchte, den Kopf, den Körper und das schlagende Herz abzubilden. Ihre Worte waren nur ein Geräusch, ein Summen in seinem Ohr, denn er sah sein Baby.

Er bekam keine Luft mehr. Langsam schaffte er es, seinen Blick von dem Monitor abzuwenden und auf Courtney zu richten. Sie starrte ihn an, ihre Augen waren groß, und Tränen glänzten in ihnen. Und verdammt, er war genauso ergriffen wie sie.

»Bist du okay?«, brachte er heraus, und Courtney nickte.

»Alles ist perfekt«, bestätigte die Arzthelferin noch einmal. »Ich drucke euch ein paar Fotos aus, die ihr dann an der Rezeption abholen könnt.« Sie reichte Courtney ein Bündel Papiertücher, damit sie sich den Bauch abwischen konnte. »Wir sehen uns in ein paar Monaten zum nächsten Ultraschall«, sagte sie und verließ den Raum.

Courtney setzte sich auf, wischte sich den Bauch ab und schloss ihre Jeans. »Wir bekommen nur ein Kind«, merkte sie leise an.

»Ich schätze, das sind gute Neuigkeiten.«

Ihre Mundwinkel zuckten. »Gut für mich. Ich muss nur eins zur Welt bringen.«

Er fühlte sich sofort schuldig, weil sie alles nur seinetwegen durchstehen musste.

Und doch spürte er eine Wärme in sich, denn das Baby war *seins*. Er würde Mutter und Kind beschützen, komme, was wolle. Der Gedanke war wie ein Feuer, das sich in seiner Brust entzündete, jeden Muskel in Alarmbereitschaft versetzte und ihn flach atmen ließ.

»Bist du sicher, dass es dir gut geht?«, fragte Courtney und schlüpfte in ihre Schuhe. »Du wirkst, als wärst du nicht ganz bei dir.«

»Ich bin nur ...« Er schüttelte den Kopf. »Es ist unser Baby, weißt du?«

Sie stieß den Atem aus. »Ja, ich weiß.«

»Er oder sie ist perfekt. Diese kleinen Beine und Arme.« Er lächelte. »Hast du sie gesehen?«

»Das habe ich.« Sie grinste zurück und schien sich zu entspannen. »Es war ständig in Bewegung, oder? Ich schätze, er oder sie hat keine große Chance, unserem Workaholic-Gen zu entkommen.«

Sie verließen den Untersuchungsraum und hielten an der Rezeption, damit Courtney ihren nächsten Termin vereinbaren konnte. Die Empfangsdame gab ihr die Ultraschallbilder, und Courtney nahm eines davon. Sie warf einen Blick auf Logan. »Möchtest du das andere haben?«, fragte sie zögernd.

»Ist das okay für dich?«

»Natürlich.«

Er griff nach dem Bild. Oben drüber stand in weißer Schrift *Baby Roberts*, und einen Moment lang war er bestürzt. Dann öffnete er seine Brieftasche und schob es vorsichtig hinein.

Er wollte, dass sein Kind Hartson hieß, damit jeder wusste, dass es sein Baby war. *Seins*. Und wieder überkam ihn dieser brennende Beschützerinstinkt. Doch diese Diskussion musste er sich für einen anderen Tag aufheben.

»Gehen wir?«, fragte er an Courtney gewandt. »Ich darf meinen Flieger nicht verpassen.«

»Sind zwei Flüge an einem Tag nicht ein bisschen viel?« Sie musterte ihn besorgt.

»Ja.« Er zog die Brauen zusammen. Ihm blieb keine Wahl. Er musste zurück. »Es war schwierig, überhaupt einen Tag frei zu nehmen. Bis zur Eröffnung des neuen Restaurants ist es nicht mehr lange hin, und es ist noch viel zu erledigen. Im Moment geht es drunter und drüber.«

»Oh.« Sie presste ihre Lippen aufeinander. »Ich wusste nicht, dass du ein neues Restaurant eröffnest.«

Er fühlte sich wie ein Idiot, denn es gab so viel, was sie nicht über ihn wusste. Und ohne das kleine erdbeergroße Baby, das in ihr wuchs, würde sie diese Dinge wahrscheinlich nie erfahren. »Vielleicht kannst du ja mal für ein Essen vorbeikommen«, schlug er vor. Im selben Augenblick wurde ihm bewusst, was für einen Aufwand das für sie bedeuten würde. Er fühlte sich schuldig und versuchte, seinen Vorschlag zu relativieren. »Wenn ich mich um euch kümmern darf, werdet ihr mich irgendwann einmal in Boston besuchen.«

Courtneys Lächeln schwand, und er vermisste es bereits. »Natürlich. Das wäre gut. Vielleicht in drei oder vier Monaten.«

Er nickte. »Lass uns später etwas vereinbaren.« Er zog seinen Autoschlüssel aus der Tasche und hielt ihr die Tür auf. »Komm, ich bringe euch nach Hause.«

Courtney schluckte schwer, als sie mit Logan die Arztpraxis verließ, und versuchte, die Tränen zu unterdrücken, die sich in ihren Augen sammelten. Sie war sich Logans Gegenwart so bewusst, dass selbst der leichte Druck seiner Hand auf ihrem Rücken zu viel für sie war. Sie wusste, dass er ein Gentleman war und sich nur deshalb so verhielt. Aber das hielt sie nicht davon ab, sich daran zu erinnern, wie er sie im Ultraschallraum angestarrt hatte.

Seine Augen hatten gestrahlt, seine Lippen waren leicht geöffnet gewesen. Bei dem Anblick war ihr ganz warm ums Herz geworden. Und zum ersten Mal seit langer Zeit hatte sie sich nicht mehr allein gefühlt. Als würden sie beide zusammengehören.

Aber es war eine Illusion gewesen. Wunschdenken. Er war nur hier, weil er es sein musste. Er war ein guter Mann, der für sein Kind da sein würde. Mehr hatte sein Verhalten nicht zu bedeuten. Denn er hatte ihr klargemacht, dass das Baby Teil seines Lebens in Boston sein sollte, nicht hier in *Hartson's Creek*. Und dabei hatte sich ihr Magen unangenehm zusammengezogen, auch wenn sie nicht genau wusste, warum.

Sie rieb sich den Bauch und schüttelte den Kopf über ihre eigenen Gedanken. Das Wichtigste war, dass es dem Baby gut ging. Es ging ihm sogar *perfekt*. Alles andere war zweitrangig.

»Ich will dich nicht beunruhigen«, sagte Logan leise. »Aber wir erregen etwas Aufmerksamkeit.«

Courtney blinzelte und sah zwei ältere Frauen, die sie vom Diner aus anstarrten. Dann drehte sie sich nach links, und ihr Herz hörte fast auf zu schlagen.

Carl lehnte an seinem Streifenwagen und fixierte sie beide mit zusammengekniffenen Augen.

Sie schluckte schwer. »Das ist mein Schwager.« Ihr besorgter Blick traf Logans, aber er schien überhaupt nicht beunruhigt zu sein.

»Willst du *Hallo* sagen?«

Sie schüttelte den Kopf. »Ich möchte nach Hause fahren.«

»Okay.« Logan hielt ihr noch immer die Beifahrertür auf.

»Ist er das?«, rief Carl und kam auf sie zu. Courtney schaute von ihrem Schwager zu Logan, dann wieder zurück, und ihr wurde ganz flau im Magen.

»Carl, ich muss los. Können wir später reden?«, fragte sie mit drängender Stimme.

Carl ignorierte sie. »Du bist ein Hartson, richtig?«, wandte er sich direkt an Logan. »Du bist der Typ, der Courtney geschwängert hat.«

Logan neigte seinen Kopf zur Seite. »Ich bin der Vater ihres

Babys.« Carls wütender Gesichtsausdruck schüchterte ihn offenbar nicht ein. »Wie kann ich dir helfen?«

Carls Kiefer war angespannt, als er nur ein paar Zentimeter vor Logan stehen blieb. Er war kleiner und stämmiger als Logan, aber das hinderte ihn nicht daran, sich bedrohlich vor ihm aufzubauen. So hatte Courtney ihren Schwager noch nie erlebt.

»Weißt du, dass sie ihren Mann verloren hat? Du hast sie ausgenutzt, du Arschloch.« Carl trat näher, aber Logan wich nicht zurück.

»Es tut mir leid, dass du das so siehst.«

»Carl, bitte hör auf«, sagte Courtney und hoffte, die Situation damit zu entschärfen. »Die Leute schauen schon.«

Anstatt aufzuhören, versuchte Carl, Logan am Hemdkragen zu packen. Logan reagierte blitzschnell und schob Carls Hände weg.

»Fass mich nicht an, verdammt«, sagte Carl wütend. »Halt dich einfach von ihr fern, hörst du?«

»Wir bekommen ein Baby«, erinnerte Logan ihn, und sein Blick glitt zu Courtney. »Ich kann mich nicht von ihr fernhalten. Sie trägt mein Kind in sich.«

Und dann sah Courtney, wie ihr Schwager ausholte. Bevor sie Logan warnen konnte, traf Carls Faust seinen Kiefer, und er stolperte gegen die Beifahrertür. Courtney war sich nicht sicher, aber es sah so aus, als hätte sich Logan den Kopf an der Tür gestoßen.

»Stopp!«, rief sie und stellte sich zwischen die beiden. Logan richtete sich auf. Seine Unterlippe war aufgeplatzt. Als er über seinen Mund wischte, haftete Blut an seinen Fingern. Sie beobachtete, wie er die Stirn runzelte.

»Verschwinde«, zischte Courtney zu Carl. »Bevor ich deinen Chef anrufe.«

Carl schüttelte den Kopf und zog die Brauen zusammen, als wüsste er nicht mehr, was er gerade getan hatte. »Es tut mir leid ... Ich ...«

»Geh einfach. Bitte«, flehte sie und sah ihn eindringlich an. »Bevor du etwas noch Schlimmeres tust.«

Ihr Blick flog zurück zu Logan, der sie schweigend beobachtete.

»Es tut mir leid«, wiederholte Carl. Als sie ihn über ihre Schulter ansah, merkte sie, dass er zitterte. Als stünde er unter Schock. Er warf Courtney einen letzten, verlorenen Blick zu, dann drehte er sich um und ging mit gesenktem Kopf zurück zu seinem Wagen.

Courtney atmete aus. »Bist du okay?«, fragte sie und machte einen Schritt auf Logan zu.

»Ja.« Er nickte und betaste seinen Kiefer. »Und du?«

Sie war alles andere als okay. Denn überall auf dem Platz standen Menschen. Und sie alle hatten die schreckliche Szene beobachtet.

»Mir geht es gut«, log sie. »Aber wir sollten zum Cottage fahren. Ich muss mir deine Lippe ansehen.«

»Schon gut.« Seine Miene wurde sanfter. »Es tut nur ein bisschen weh, nicht schlimm.«

»Ich werde mich erst besser fühlen, wenn ich einen Blick darauf geworfen habe.« Sie setzte sich auf den Beifahrersitz. »Lass uns von hier verschwinden.«

14. Kapitel

»Es tut mir so leid.« Courtney tupfte den Riss in Logans Unterlippe mit einem antiseptischen Tuch ab. Als sie es wegzog, war es von seinem Blut rosa gefärbt. »Er hätte dich nicht anfassen, geschweige denn schlagen dürfen.« Sie seufzte. »Du kannst ihn bei der Polizei anzeigen, wenn du willst. Ich würde es dir nicht verübeln.«

»Er ist dein Schwager. Das würde ich dir nicht antun.« Logan erinnerte sich nur verschwommen an das Durcheinander auf dem Stadtplatz. Er war erleichtert, dass er vernünftig genug gewesen war, nicht zurückzuschlagen. Vielleicht war er endlich erwachsen geworden.

Sein Kopf pochte an der Stelle, an der er gegen die Autotür geprallt war. Und dann war da noch ein Déjà-vu-Gefühl, das sämtliche Gedanken zum Schwirren brachte. Er saß in diesem Küchenstuhl, während sich Courtney über ihn beugte und mit sanften Berührungen seine Wunde versorgte. Es erinnerte ihn an den Tag, an dem sie sich kennengelernt hatten, als sie den Kratzer an seiner Hand untersuchte, den ihm eines ihrer Hühner verpasst hatte.

Die Anziehungskraft, die Courtney auf ihn ausübte, war überwältigend. Sein Körper schien vor Spannung zu summen, die sie in ihm auslöste, während sie Salbe auf seine Lippe auftrug. Es kostete ihn alle Willenskraft, nicht ihre Fingerspitzen zu küssen. Oder sie auf seinen Schoß zu ziehen und ihren Mund zu erobern, trotz seiner Platzwunde. Er wollte sie. Und es war verdammt schwer, sich nicht vorzustellen, in ihrer Hitze zu versinken und sich dem süßen Vergessen hinzugeben, das sie ihm stets beschert hatte.

Würde es immer so sein? Würde ihre Anziehungskraft auf ihn ungebrochen bleiben? An dem Tag, als sie sich zum ersten Mal trafen, hatte er sich wie im Rausch gefühlt. Und dieser Rausch war stärker denn je. Das Bedürfnis, sich um sie zu kümmern und sie zu beschützen, vermischte sich mit dem verzweifelten Drang, sie zu besitzen.

Gott, er musste sich zusammenreißen.

»Carl hat es sehr mitgenommen, als Shaun starb«, erklärte Courtney und schraubte den Deckel auf die Salbentube. »Wie uns alle«, fügte sie hinzu. Sie schenkte ihm ein knappes Lächeln. »Aber Carl hat den Verlust nie richtig verwunden. Die beiden standen sich als Kinder sehr nahe. Carl ist der Ältere und hatte sich immer als Shauns Beschützer gesehen.« Sie fuhr langsam mit der Zunge über ihre Unterlippe. Er kämpfte gegen die Erregung an, die der Anblick in ihm auslöste. »Shaun rief ihn in der Nacht seines Unfalls an und hinterließ eine Nachricht auf seiner Mobilbox, in der er Carl bat, sich mit ihm zu treffen. Ich glaube, Carl hat sich selbst nie verziehen, dass er damals nicht ans Telefon gegangen ist. Als hätte es einen Unterschied gemacht.«

Logan betrachtete sie und versuchte sich vorzustellen, wie er sich fühlen würde, wenn einer seiner Brüder auf dem Weg, ihn zu treffen, sterben würde. Er schluckte schwer, denn der Gedanke daran tat weh. Fast so sehr wie die Verletzung in seinem dritten Highschool-Jahr, die seine Football-Träume zum Platzen gebracht hatte. Er wollte immer nur an Cams Seite spielen. Die Zeit danach hatte sich wie Trauer angefühlt.

Aber die Vorstellung, seinen Bruder nie wiederzusehen? Er wollte es sich lieber nicht ausmalen, seine Brust war ohnehin wie zugeschnürt.

»Ich werde ihn nicht anzeigen«, sagte Logan entschlossen. »Ich will nur nicht, dass er etwas tut, was dich oder das Baby aufregt.«

Courtney seufzte. »Ich muss ihn zurechtweisen. Er kann nicht einfach Leute verprügeln.« Sie berührte seinen Kopf. »Hier ist ein blauer Fleck. Tut das weh?«

»Es ist nicht schlimm.«

»Bist du sicher, dass du fliegen kannst?« Ihre Augen füllten sich mit Sorge.

Logan schenkte ihr ein Lächeln. »Es war nur ein Schlag. Als ich noch Football gespielt habe, musste ich viel Schlimmeres wegstecken. Mir geht es gut.«

»In Ordnung.« Sie atmete aus, und Logan war froh, dass sie erleichtert schien. Er hatte sie nicht angelogen, denn die Sache hätte viel schlimmer ausgehen können.

Verdammter Carl.

»Was ist mit dir?« Er stand auf und legte seine Hand an Courtneys Wange. »Kommst du zurecht? Das ist im Moment viel wichtiger.«

Sie lächelte. »Ich komme schon klar. Wenn du weg bist, werde ich die Hühner füttern und mir deine Brownies schmecken lassen.« Sie schaute auf ihren immer noch flachen Bauch hinunter. »Es ist schön, essen zu können, ohne sich Gedanken über die Kalorien zu machen.«

Er schaute auf seine Uhr. Wenn er seinen Flug noch erwischen wollte, musste er jetzt los. Aber ein Teil von ihm wollte bleiben. Ihr ein warmes Getränk machen, sich mit ihr in eine Decke kuscheln und zusehen, wie sie wegen der Brownies in einen Schokoladenrausch verfiel. Über ihr Haar streicheln, bis sie eingeschlafen war.

»Ich sollte gehen«, sagte er, bewegte sich aber nicht vom Fleck.

Sie blickte auf ihre eigene Uhr. »Ja, das solltest du. Ich will nicht, dass du dich wegen mir verspätest.«

»Ich kann erst wieder in ein paar Wochen kommen, aber ich werde bei deinem nächsten Termin hier sein.«

»Klar.« Sie nickte.

»Ich werde versuchen, nächstes Mal ein oder zwei Tage zu bleiben. Vielleicht können wir ein paar Pläne schmieden«, schlug er vor. »Überlegen, was wir machen, wenn das Baby da ist.«

»Das klingt nach einer guten Idee.« Sie wirkte aufgeschlossen. »Da wir an zwei verschiedenen Orten leben, wird es etwas dauern, bis wir das hinbekommen.«

Er schenkte ihr ein halbherziges Lächeln. »Ich schätze, wir mögen es kompliziert, was?«

Sie lachte leise. »Ja, das können wir nicht abstreiten.«

Er gab ihr einen Kuss auf die Stirn, wobei er den Schmerz in seiner Unterlippe ignorierte. »Pass gut auf dich auf«, murmelte er und hielt sie noch eine Sekunde länger fest. »Und auf das Baby.«

»Ich werde mir Mühe geben.«

»Und wenn du etwas brauchst, ruf mich an. Okay?« Er trat zurück, zog seinen Autoschlüssel aus der Tasche und drehte ihn in seiner Hand.

Courtney brachte ihn zur Tür. »Hab einen guten Flug.«

Er sah sie lange an. Sie hatte einen seltsamsten Ausdruck im Gesicht. Als würde sie nicht wollen, dass er geht. Er musste sich dazu zwingen, sich zu seinem Mietwagen umzudrehen, denn er wusste, wenn er nicht in den nächsten Minuten losfuhr, würde er den Flug auf keinen Fall mehr erreichen.

Noch als er in seinem Auto saß und über die Landstraße fuhr, blieb der Wunsch, zu ihrem Cottage zurückzukehren.

Beschützerinstinkt. Das ist alles, was es war. Der natürliche Instinkt eines Vaters, sich um seine Familie zu kümmern.

Er schüttelte den Kopf über sich selbst. Sie lebten nicht im vorletzten Jahrhundert. Courtney hatte deutlich gemacht, dass sie auf sich selbst aufpassen konnte.

Logan bereute es bereits, dass er diesen Konferenz-Videoanruf mit seinen Geschwistern vereinbart hatte. Damals schien es ein guter Plan gewesen zu sein, um sicherzustellen, dass er ihnen allen gleichzeitig von Courtneys Schwangerschaft erzählen konnte. Aber jetzt, während er in ihre erwartungsvollen Gesichter auf dem Display seines Telefons starrte, fragte er sich, ob eine kurze Nachricht in einem Gruppenchat nicht besser gewesen wäre.

»Ich habe Neuigkeiten«, verkündete er, lehnte die Unterarme auf den Klapptisch vor sich und wartete auf ihre Reaktionen. Er hatte sich in den provisorisch eingerichteten Mitarbeiterraum gesetzt, den die Handwerker aktuell als Pausenraum nutzten.

»Okay, aber mach schnell«, sagte Cam, während sein Video ruckelte. »Ich muss in die Halle, und der Trainer wird sauer sein, wenn ich zu spät komme.«

»Was für Neuigkeiten?«, fragte Becca, und ihre Augen weiteten sich, als sie sich näher an die Kamera lehnte. »Hast du etwa eine Freundin? Sollte ich mir Riechsalz besorgen, weil ich gleich in Ohnmacht fallen werde?« Sie hob ihre Hand, um sich Luft zuzufächeln. »Kenne ich sie?«

Logan rollte mit den Augen. »Nein, Becca, ich habe keine Freundin.«

Gray grinste. »Irgendwie schon, Mann.«

»Warte. Du hast eine Freundin?« Tanner klang völlig verblüfft. »Warum weiß Gray davon und wir nicht?«

Gray zog eine Grimasse. »Tut mir leid, Logan. Maddie sagt mir ständig, ich muss lernen, meine verdammte Klappe zu halten.«

Logan seufzte und lehnte sich in dem klapprigen Stuhl, auf dem er saß, zurück. Das lief nicht ganz so wie geplant. »Könnt ihr nicht mal für eine Minute still sein? Ich wollte euch das eigentlich persönlich sagen, aber euch an einen Ort zu bekommen, ist fast unmöglich.«

»Tut mir leid.« Becca sah entsprechend zerknirscht aus. »Oh mein Gott, bist du etwa krank? Einer der Arbeiter in der Brennerei hat sich gerade mit Borreliose angesteckt. Du hast das doch nicht, oder?«

»Schwesterchen, wenn du einfach die Klappe hältst, wird er es uns verraten.« Cam klang genervt.

»Vielleicht solltest *du* die Klappe halten, Idiot«, stichelte Becca.

»Ich werde Vater«, sagte Logan unumwunden, vor allem, um ihre Diskussion zu stoppen.

Cam begann zu lachen. »Das ist ein guter Witz. Aber ernsthaft, was willst du uns erzählen?«

Logan sagte einen Moment lang nichts. Alle vier starrten ihn an. Gray hob beide Augenbrauen, als würde er den anderen mitteilen wollen, dass sie Logan beim Wort nehmen sollten.

»Meinst du das ernst?«, hakte Tanner nach. »Tust du nicht, oder?«

»Ich meine es ernst.« Logan nickte. »Das Baby kommt nächstes Jahr zur Welt.«

»Oh. Mein. Gott.« Beccas Miene erhellte sich, und ein breites Grinsen umspielte ihre Lippen. »Ich werde Tante! Schon wieder!

Herzlichen Glückwunsch.«

Eine unbekannte Stimme ertönte bei Cam im Hintergrund. Er stieß ein frustriertes Seufzen aus. »Scheiße, Mann, ich muss los. Ich rufe dich später an, okay?« Cams Videobild verschwand, bevor Logan antworten konnte.

»Erzähl mir alles!« Becca quietschte vor Freude. »Wann ist es soweit? Weißt du, ob es ein Junge oder ein Mädchen ist? Her mit den Details.«

Tanner schüttelte den Kopf. »Du hast gerade mein Trommelfell zerschmettert. Kannst du deine Begeisterung ein oder zwei Oktaven leiser stellen? Ich glaube, ich habe ein paar Hunde bei dir im Hintergrund heulen hören.«

»Halt die Klappe.« Becca schüttelte den Kopf. »Ich frage nur, damit du es nicht tun musst.«

Ein Baby begann zu schreien. Grays Video bewegte sich, als er Presley an seine Brust drückte. »Sorry, Leute, ich muss los. Der Junge braucht eine frische Windel.«

Logan lächelte. »Klingt nach einem guten Zeitpunkt, dieses Gespräch zu beenden.«

»Nein, geh nicht!«, sagte Becca schnell und mit flehentlichem Blick. »Du hast meine Fragen nicht beantwortet.«

»Wie wäre es, wenn du sie mir schriftlich stellst?«, schlug Logan vor. »Dann werde ich sie alle beantworten.«

Sie schaute leicht irritiert in die Kamera, willigte aber ein. »Okay.«

»Ich rufe dich später an«, verabschiedete sich Tanner. »Dann kannst du dich bei mir entschuldigen, weil du es mir nicht zuerst erzählt hast.«

»Wenn einer von uns deshalb sauer sein sollte, dann Cam«, entgegnete Becca. »Er ist immerhin Logans Zwilling.«

»Cam hat es wahrscheinlich schon gespürt«, meinte Tanner und grinste. Er hob seine Hand und deutete mit den Fingern irgendwas neben seinem Kopf, um vermutlich so etwas wie Telepathie darzustellen. »Über die *Zwillingsverbindung*.«

Logan schüttelte den Kopf. »Auf Wiedersehen, Leute.«

»Wir sprechen uns bald wieder«, versicherte Becca ihm. »Und

herzlichen Glückwunsch.«

Tanner und Gray sagten dasselbe, dann beendete Logan das Gespräch und schüttelte den Kopf über die Mätzchen seiner Geschwister. Er war sich fast sicher, dass Becca bereits eine Flut von Fragen in ihren gemeinsamen Chat tippte. Und Tanner wählte vermutlich gerade Vans Nummer, um ihr die Neuigkeiten mitzuteilen.

Es war seltsam, wie real es sich jetzt anfühlte. Davon zu erzählen, machte eindeutig einen Unterschied. Heute Abend würde er seinen Dad und Tante Gina anrufen und sie ebenfalls einweihen. Nebenan saß noch jemand, dem er die frohe Botschaft überbringen musste. Er stand auf, verließ den Mitarbeiterraum und ging durch den Flur zum Managerbüro des Restaurants.

»Hey.« Paris löste den Blick von ihrem Laptop, an dem sie gerade arbeitete. Sie teilten sich diesen Raum – wer zuerst hier war, bekam den Schreibtisch, der Verlierer musste mit einem Tisch in der Ecke vorliebnehmen. »Geht es dir gut? Ich habe mir Sorgen gemacht, als ich deine Nachricht bekommen habe.«

»Mir geht's gut.« Logan lehnte sich an die Wand und fuhr sich mit der Hand durch sein Haar. »Ich wollte dich nur vorwarnen.«

Paris runzelte die Stirn. »Geht es um deine Familie? Stimmt etwas nicht mit deinem Dad?«

»Meiner Familie geht es gut.« Er verkniff sich ein Lächeln, als er an den Anruf zurückdachte. »Aber ich habe Neuigkeiten. Ich bekomme ein Baby.«

Paris blinzelte. Es war die einzige Regung, die sie zeigte. Nach gefühlten fünf Minuten stieß sie schließlich einen Seufzer aus. »Oh Gott, Logan. Wer ist sie? Bist du sicher, dass es von dir ist?«

»Ich bin mir sicher. Und ich bin froh darüber. Kein Grund, so besorgt zu schauen.«

Ihr Blick huschte umher, als würde sie über seine Worte nachdenken. »Ist es jemand, den ich kenne?«

»Nein. Sie lebt in meiner Heimatstadt.« Er zuckte mit den Schultern. »Ich wollte dich nur vorwarnen, dass ich in den nächsten Monaten nicht immer hier sein kann. Und wenn das Baby da ist, muss ich mir überlegen, wie ich das mit meinen

Verpflichtungen in Boston vereinbaren kann.«

»Du willst aus dem Geschäft aussteigen?« Ihre Augen weiteten sich vor Sorge.

»Das habe ich nicht gesagt.« Er blieb ruhig. »Aber wenn ich das gemeinsame Sorgerecht habe, muss ich mein Arbeitspensum reduzieren. Vielleicht müssen wir einen weiteren Manager einstellen.«

»Das können wir uns nicht leisten.« Ihre Brauen zogen sich zusammen.

»Natürlich können wir das. Unser Cashflow ist stabil, und es war immer geplant, uns externe Unterstützung zu holen. Wir werden nur ein bisschen früher jemanden suchen, als wir erwartet haben.«

Sie schüttelte den Kopf. »Du hast dir das alles gut überlegt, oder?«

»Ich hatte keine Wahl.«

»Schade, dass du nicht an Verhütung gedacht hast.« Sie schenkte ihm ein säuerliches Lächeln. »Das ist ein echter Schlamassel, Logan. Ich wusste nicht einmal, dass du dich mit jemandem triffst. Wie zum Teufel willst du ein Baby und diesen Job unter einen Hut bringen?«

»Genauso wie alle anderen auch.« Er zuckte mit den Schultern. »Ich werde das schon hinkriegen.«

»Argh.« Sie biss die Zähne zusammen. »Ich kann nicht glauben, dass das jetzt passiert. Wir haben mehr zu tun als je zuvor. Ist dir das nicht klar?«

Er starrte sie einen Moment lang an. »Es steht dir nicht zu, so mit mir zu reden«, sagte er leise. »Mein Privatleben geht nur mich etwas an. Ich werde dafür sorgen, dass das Geschäft nicht darunter leidet.«

Ihr wütender Blick traf seinen. »Du bist ein verdammter Narr, wenn du glaubst, dass das funktioniert. Du solltest sie einfach auszahlen und verschwinden.«

»Das ist die Mutter meines Kindes, von der du da sprichst«, entgegnete er und verengte die Augen. »Ich wäre dir dankbar, wenn du etwas respektvoller wärst.«

Paris stieß den Atem aus. »Ich muss hier raus.« Sie griff nach ihrer Designer-Tasche und schob sich den Riemen über die Schulter. »Bevor ich etwas sage, das ich bereue.«

»Mach das.« Er beobachtete, wie sie durch den Raum stöckelte, die Tür aufriss und das Büro verließ. Sobald sie weg war, schüttelte er den Kopf und setzte sich vor seinen Laptop.

Bis zu Courtneys nächster Untersuchung hatte er noch einiges zu erledigen. Und er war fest entschlossen, es zeitlich hinzubekommen.

Paris würde sich daran gewöhnen müssen. Sie hatte keine andere Wahl. Er würde Vater werden, und das war wichtiger als alles andere.

Nach einem tiefen Atemzug drückte Courtney auf die Türklingel mit Carls Namen. Er wohnte seit Jahren in dieser Wohnung, aber sie konnte sich nicht erinnern, mehr als einmal hier gewesen zu sein. Shaun hingegen hatte seinen Bruder oft besucht. Er kam hierher, um mit ihm ein Spiel anzusehen oder auch nur auf ein Bier.

Nach diesen Besuchen kam er spät und meist wütend nach Hause. Sie tat dann immer so, als würde sie schon schlafen.

Sie presste ihre Lippen zusammen. Das war Vergangenheit. Es spielte keine Rolle mehr. Shaun war fort. Aber Carl ... er war ein ganz anderes Problem.

»Court?« Carls Stimme hallte durch den Lautsprecher. Dann ertönte ein Summen. »Es ist offen, komm hoch.«

Er wohnte in der zweiten Etage. Statt in den Aufzug zu steigen, nahm sie die Treppe und ging den Flur hinunter zur Tür mit der Nummer 23. Als sie anklopfte, straffte sie die Schultern. Sie freute sich so gar nicht auf diesen Moment.

Carly machte auf und trat einen Schritt zurück, um sie einzulassen. Seine Wohnung war sauber und gut eingerichtet, mit einem langen schwarzen Ledersofa an der einen Wand und einem riesigen Flachbildschirm an der anderen. Sie warf einen Blick auf ihren Schwager. Er trug eine dunkle Jeans und ein schwarzes T-Shirt, seine Haare waren feucht, als käme er gerade aus der Dusche.

»Willst du etwas trinken?«, fragte er.

Sie schüttelte den Kopf. »Ich bleibe nicht lange. Ich wollte nur mit dir reden. Darüber, was neulich auf dem Platz passiert ist.«

»Ja, was das angeht ... Ich hätte dich anrufen sollen. Es tut mir leid. Als ich dich mit dem Kerl gesehen habe, sind mir die Sicherungen durchgebrannt.«

»Du hast dich wie ein Idiot benommen«, wies sie ihn zurecht. »Es war schrecklich peinlich. Und Logan hat das nicht verdient. Du kannst froh sein, dass er dich nicht angezeigt hat.«

Carl schaute auf seine nackten Füße hinunter. »Ja, ich weiß.«

»Und du hast mich verärgert.«

Er sah wieder auf. »Das wollte ich nicht. Niemals«, sagte er mit dringlichem Ton. »Ich wollte dich nur beschützen. Er hat dich geschwängert, Court. Weiß er, welche Konsequenzen das nach sich zieht?«

»Ich glaube, das weiß er«, entgegnete sie.

»Wird er dich heiraten? Sich um dich kümmern?«

Sie atmete tief aus. »Ich kann auf mich selbst aufpassen. Aber ja, er will das Baby genauso wie ich. Wir reden über ein gemeinsames Sorgerecht.«

»Das Baby verdient einen Vater, der rund um die Uhr da ist«, wandte Carl ein. »Nicht irgendeinen Typen, der ab und zu herfliegt, wenn es ihm gerade in den Kram passt.«

»Woher weißt du so viel über Logan?«, fragte sie misstrauisch.

Carl wandte den Blick ab. »Ich habe einiges über ihn gehört. Das gefällt mir alles nicht.«

»Er ist ein guter Mann. Und er wird ein guter Vater sein.« Sie seufzte. »Deshalb möchte ich, dass du ihn in Ruhe lässt und dich bei ihm entschuldigst.«

Carl sah sie mit zusammengekniffenen Augen an. »Okay«, stimmte er zu und presste die Kiefer aufeinander. »Ich werde nett sein, dir zuliebe. Aber wenn er dir wehtut, wird er mich kennenlernen. Nur damit du es weißt. Du gehörst zur Familie, Court, ob du es willst oder nicht. Und ich bin es Shaun schuldig, mich um dich zu kümmern.«

»Ich habe dir schon einmal gesagt, dass ich deinen Schutz nicht brauche. Ich bin durchaus in der Lage, auf mich selbst aufzupassen. Keine Drohungen mehr, Carl, und keine weiteren Prügeleien, okay?« Sie seufzte erneut. »Wenn du dem Vater des Babys etwas antust, muss ich dich aus meinem Leben streichen.« Sie warf einen Blick auf ihre Uhr. »Und jetzt muss ich los. Ich habe noch hundert Dinge auf der Farm zu erledigen. Haben wir beide das jetzt geklärt?«

Er nickte langsam. »Ja, alles klar.«

Courtney nickte, auch wenn Carl alles andere als erfreut wirkte. Sie brauchte nicht noch mehr Ärger in ihrem Leben. Sie hatte schon genug mit der kleinen Erdbeere in ihrem Bauch zu tun. Und dann war da noch der Vater des Babys. Der Mann, der ihr Inneres in Aufruhr versetzte, obwohl er das nicht sollte.

Es war schon schwer genug, gegen ihre Gefühle für Logan anzukämpfen. Sie hatte nicht die Energie, sich auch noch gegen ihren Schwager zu behaupten.

15. Kapitel

Courtney musste lächeln, als sie auf dem Stadtplatz parkte, aus ihrem alten Truck stieg und auf den riesigen Weihnachtsbaum in der Mitte des Platzes blickte. Er war mit rot-, grün- und weißfunkelnden Lichtern behangen. Auf der Spitze thronte ein überdimensionaler Stern, der schon fast bedrohlich aussah. Auch der Rest des Platzes war geschmückt – mit leuchtenden Laternen, die von den Eichenzweigen hingen, und einer Weihnachtsgirlande, die das Dach des Musikpavillons umrandete. Darin standen ein Schlitten und drei lustig aussehende Rentiere, bereit für das Wochenende vor Weihnachten, wenn Santa Claus die Kinder der Stadt besuchen sollte.

Ein beißender Wind wehte aus Westen und zwang sie, ihren gefütterten Mantel enger um sich zu ziehen. Er ließ sich wegen der Wölbung ihres Bauches ab der Taille aufwärts nicht mehr schließen. Doch sie konnte sich nicht dazu durchringen, einen neuen Mantel zu kaufen, wollte mit dem Geld lieber das Gästezimmer zu einem Kinderzimmer herrichten.

»Hi. Du bist Courtney, richtig?«

Courtney drehte sich um und entdeckte eine Frau, die links von ihr stand und ihre Hände um einen Doppelkinderwagen geschlungen hatte. Darin saßen zwei kleine Jungen, die identische Daunenjacken, Wollmützen und Handschuhe trugen.

»Hi.« Courtney winkte den Kleinen zu, dann sah sie zur Mutter auf.

»Ich hoffe, es macht dir nichts aus, wenn ich dich einfach so anspreche. Aber ich habe dich gesehen und dachte, wir könnten uns bekannt machen«, sagte die Frau freundlich. »Ich bin Maddie.« Sie beugte sich vor, um Courtneys Hand zu schütteln. »Ich glaube, die Väter unserer Kinder sind Brüder, oder?«, sagte sie mit einem Grinsen.

»Du bist Gray Hartsons Frau, nicht wahr?«, fragte Courtney schüchtern.

»Seine Verlobte.« Maddie zog eine Grimasse. »Mit diesen beiden kleinen Rackern hatte ich bisher keine Zeit, unsere Hochzeit zu organisieren. Wir reden ständig davon, nach Vegas durchzubrennen.« Sie ließ ihren Blick zu Courtney schweifen. »Aber das ist eine andere Geschichte. Wie geht es dir? Und herzlichen Glückwunsch.«

»Danke.« Courtney lächelte. »Mir geht's gut. Ich habe gerade den dritten Monat überstanden. Alle sagen, dass der Rest der Schwangerschaft ein Kinderspiel ist.«

»Nicht ganz«, wandte Maddie gut gelaunt ein. »Die letzten sechs Wochen sind die schlimmsten.« Sie schlug sich die Hand vor den Mund. »Oh, vergiss das bitte wieder. Das hätte ich besser nicht sagen sollen. Vermutlich habe ich gerade eine Art Schwangeren-Kodex gebrochen.«

Courtney konnte nicht anders, als über Maddies bestürzten Gesichtsausdruck zu lachen. »Schon okay. Es ist schön, mit jemandem zu reden, der sich auskennt. Abgesehen von den Tieren auf meinem Hof bin ich noch nicht mit vielen schwangeren Frauen in Kontakt gekommen.«

»Wenn das so ist, sollten wir uns mal treffen. Ich könnte dir ein paar Tipps geben.« Maddie grinste. »Und ich weiß, wo man gute Babysachen kaufen kann und was man in den ersten Wochen nach der Geburt wirklich braucht.«

Es war unmöglich, nicht von Maddies Wärme angezogen zu werden. »Das würde mich freuen.«

Maddie beugte sich vor und wühlte in der Tasche, die am Kinderwagen hing. »Mein Telefon ist irgendwo hier drin«, murmelte sie und suchte weiter. »Gib mir deine Nummer und wir verabreden uns.« Sie schaute auf und runzelte die Stirn. »Oder vielleicht sollte ich dir meine geben. Ich weiß, dass mein Handy hier irgendwo ist, aber ich kann es nicht finden.« Sie sagte ihre Nummer an, und Courtney speicherte sie in ihr eigenes Handy.

»Ich schicke dir eine Nachricht«, sagte Courtney. Kaum hatte sie auf *Senden* gedrückt, ertönte ein lautes Summen aus dem Kinderwagen.

Maddie seufzte und schob ihre Hand hinter den Rücken eines

der Zwillinge. »Hier ist es. Jetzt erinnere ich mich. Ich habe es Marley gegeben, damit er ruhig bleibt. Gut, dass er sich nicht draufgesetzt hat.« Sie lehnte sich näher zu Courtney heran. »Erzähl niemandem, dass ich meine Söhne mit meinem Handy ablenke, okay?«, flüsterte Maddie. »Sonst fliege ich aus dem Mommy-Baby-Club raus.«

»Dein Geheimnis ist bei mir sicher«, entgegnete Courtney grinsend.

»Ich sollte die beiden ins Warme bringen«, meinte Maddie und richtete die Mützen der Jungs. »Es war schön, dich kennenzulernen. Ich schreibe dir, wann wir uns zum Shoppen treffen können, okay?«

»Super.«

Courtney sah zu, wie Maddie mit dem Kinderwagen kämpfte. Sie musste rückwärts gehen, um die Schwelle ins Diner zu überwinden. Mit einem Grinsen im Gesicht ging Courtney zu Laineys Salon. Ihre Freundin wartete bereits mit einer Tasse dampfender heißer Schokolade und einer Pediküre auf sie.

Was bestätigte Maddie gerade? Nach dem dritten Schwangerschaftsmonat wird es besser.

Courtney: *Ich habe die Brownies bekommen. Und den Karottenkuchen. Außerdem den Red-Velvet-Kuchen. Vielen Dank. Ich falle gleich in ein Zuckerkoma.*

Logan las Courtneys Nachricht auf seinem Handy und lächelte. Dann tippte er eine Antwort.

Logan: *Ich wusste nicht, was du im Moment lieber magst. In den Schwangerschaftsratgebern steht, dass sich die Vorlieben mit der Zeit ändern können. Falls du Appetit auf Holzkohle mit Ketchup oder Ähnliches hast, sag mir Bescheid. Ich habe Kontakte. ;)*

»Die Kerle an Tisch drei sind furchtbar«, sagte eine der Kellnerinnen und trug ein voll beladenes Tablett zurück in die Küche. Logan hob den Blick von seinem Handybildschirm. »Das Steak ist anscheinend *zu* gut durch, und keiner von ihnen will essen, bis nicht jeder seine Bestellung hat.« Sie seufzte. »Tut mir leid.«

Logan folgte ihr in die Küche, um die Meinung des Kochs dazu zu hören. »Das Steak war perfekt. Halb durchgebraten.« Er schnappte sich ein übergroßes Messer und schnitt das Fleisch durch, um es Logan zu zeigen. »Siehst du?«

Logan nickte. »Es liegt nicht an dir, sondern an ihnen. Aber der Kunde hat immer recht. Brat noch eins und schick es raus.« Er blickte zurück zur Kellnerin. »Ist es der Tisch in der Ecke?«

»Ja, der mit den acht Anzugträgern.«

»Wenn sie noch mehr Ärger machen, sag mir Bescheid.« Logan nickte ihr zu. Er wusste aus Erfahrung, dass es gerade während der Weihnachtszeit vermehrt Probleme dieser Art gab. Meist handelte es sich um Reservierungen von Firmen. Die Belegschaft begann schon mittags, sich mit Drinks auf das Essen am Abend vorzubereiten. Sobald sie im Restaurant saßen, versuchten die Leute, sich gegenseitig in schlechtem Benehmen zu übertrumpfen. Das Gute daran war, dass sie fast immer ein anständiges Trinkgeld gaben. Er hoffte nur, dass es sich für die Kellnerin lohnen würde.

»Danke.« Sie schenkte ihm ein festes Lächeln. »Aber ich komme schon klar.«

»Okay. Falls nicht, ruf mich einfach an.«

Das Weihnachtsgeschäft war in all ihren Restaurants immer sehr hektisch. Daher besuchte Logan jedes einzelne mindestens zwei Mal pro Woche, obwohl er im Moment noch genug mit den Umbauarbeiten des neuesten Lokals beschäftigt war. Er konnte sich nicht erinnern, wann er das letzte Mal in Ruhe eine richtige Mahlzeit gegessen hatte. Für mehr als ein paar schnelle Bissen und diverse Testessen blieb ihm keine Zeit. Jede Nacht fiel er weit nach Mitternacht ins Bett, völlig erledigt, weil er seit acht Uhr morgens auf den Beinen war.

Es war anstrengend. Aber so war es eben in dieser Branche.

Und er hatte sich dafür entschieden.

Als er in sein Auto stieg, sah er, dass Courtney geantwortet hatte.

Courtney: *Noch ziehe ich Lebensmittel vor, aber das kann ja noch werden. Danke, dass du versuchst, all meine Bedürfnisse zu befriedigen. ;)*

Seine Haut brannte, als er an das eine Bedürfnis dachte, das er wirklich erfüllen wollte. Er schüttelte den Kopf über sich selbst, und ein halbherziges Lächeln umspielte seine Lippen. Courtney war schwanger. Endlich war sie die Morgenübelkeit losgeworden. Ein Mann, der sie begehrte, war vermutlich das Letzte, womit sie sich gerade befassen wollte.

Und doch wollte er sie. Die ganze verdammte Zeit.

Er drückte die Taste für die Freisprecheinrichtung in seinem Auto und sagte Courtneys Namen. Im nächsten Moment schallte das Klingeln seines Telefons durch die Stereolautsprecher.

»Logan?«

»Ich sitze gerade im Auto und dachte, dass ich dich anrufen könnte, statt eine Nachricht zu tippen.« Und weil es ihm einen Vorwand gab, ihre honigsüße Stimme zu hören.

»Arbeitest du noch?«, fragte sie leise.

»Ja. Wir haben gerade die geschäftigste Zeit des Jahres.«

»Und wir die ruhigste.« Ein Lächeln war in ihrer Stimme zu hören. »Dabei arbeiten wir doch eigentlich in derselben Branche, oder?«

»Tun wir das?« Ihr Einwand amüsierte ihn. Vielleicht lag es auch an ihr, denn in ihrer Gegenwart musste er immer lächeln.

»Wir beide ernähren Menschen. Ich baue das Essen an, du bereitest es zu. Das ist doch irgendwie das Gleiche.«

Seltsam, wie warm ihm bei dem Gedanken zumute wurde. »Hast du heute gearbeitet?«

»Ein bisschen«, antwortete sie. »Wir hatten ein paar lose Latten am Zaun, die musste ich festnageln. Und ich meine das wörtlich, nicht metaphorisch.« Sie lachte, und seine Brust fühlte sich eng an. »Aber den ganzen Nachmittag habe ich verschlafen. Ich weiß nicht warum, aber ich war die letzten Tage sehr erschöpft. Ich dachte, ab dem vierten Monat wird es einfacher?«

Er runzelte die Stirn und kam an einer Kreuzung zum Stehen. »Geht es dir gut? Hast du mit dem Arzt gesprochen?«

»Mir geht es gut. Wenn ich jedes Mal den Arzt anrufen würde, wenn ich müde bin, müsste ich für die Arztkosten eine weitere Hypothek auf den Hof aufnehmen.«

»Du weißt, dass du dir keine Sorgen um Geld machen musst, oder?«

»Danke. Aber das ist nicht nötig. Meine Arbeit ist selbst zu dieser Jahreszeit körperlich anstrengend. Die Schwangerschaft trägt das Ihrige dazu bei, also ist Müdigkeit vorprogrammiert. Ich lege mich heute früh ins Bett, dann geht es mir morgen wieder gut.«

Jemand hinter ihm hupte. Logan merkte, dass die Ampel auf Grün geschaltet hatte. Er hob eine Hand zur Entschuldigung und überquerte die Kreuzung. »In der nächsten Woche verbringe ich ein paar Tage zu Hause. Ich komme vorbei und schaue nach dir.«

»Ich dachte, du hättest gerade jetzt zu viel zu tun?«

Logan blinzelte. Das stimmte, aber das Bedürfnis, sie zu sehen, war wichtiger als alles andere. Das Geschäft, Paris' Wut und seine Geschwister waren ihm gerade egal. »Ich habe nicht nur in Boston Verpflichtungen«, sagte er sanft. Das war keine Lüge, denn er würde hinfliegen, um sich um Courtney zu kümmern. Und um sein Baby, das sie in sich trug. Einen besseren Grund, das Geschäftliche hintan zu stellen, gab es nicht.

»Wenn du willst, lade ich dich zum Essen ein«, schlug er vor. »Um sicher zu gehen, dass du das Richtige zu dir nimmst.«

Ihr Lachen war melodisch. Es hatte eine unbeschreibliche Wirkung auf ihn. »Dazu kann ich im Moment nicht Nein sagen.«

»Okay. Ich schreibe dir, wann ich da sein werde. Und jetzt geh ins Bett und schlaf ein bisschen.«

»Du bist ziemlich herrisch.«

»Gewöhn dich dran.« Er hielt an einer weiteren roten Ampel. Als er aus dem Seitenfenster schaute, sah er sein Spiegelbild im Glas. Und sein breites Grinsen.

»Gute Nacht, Logan. Danke noch mal für die süßen Geschenke. Obwohl ich davon bald wie ein Nilpferd von hinten aussehen werde.«

Ein Bild ihres nackten Körpers schoss ihm durch den Kopf. Er musste blinzeln, um es zu verdrängen. »Schlaf gut, Courtney.«

»Das werde ich. Überarbeite dich nicht.«

»Ich werde es versuchen.« Er beendete den Anruf und spürte, wie trocken sein Mund wurde, als ihre Worte in seinen Gedanken nachhallten.

Überarbeite dich nicht. Wenn er es nicht besser wüsste, würde er meinen, dass sie sich Sorgen um ihn machte. Und das weckte in ihm Glücksgefühle, die eher zu einem verdammten Teenager passen würden.

16. Kapitel

»Setz dich gar nicht erst hin«, sagte Lainey, als Courtney den Salon betrat. »Ich bringe dich direkt in den Behandlungsraum. Heute ist Waxing-Day.«

Courtney blinzelte. Ihr Körper war noch geschockt von der plötzlichen Wärme des Salons im Vergleich zur eiskalten Luft draußen. »Warum? Niemand wird sehen, ob ich eins hatte oder nicht«, protestierte sie, als Lainey sie in einen der hinteren Räume des Salons führte.

»Du gehst heute Abend zu einem Date. Ich werde auf keinen Fall zulassen, dass dein Lustgarten wie ein Urwald aussieht.«

»Das ist kein Date.« Courtney runzelte die Stirn. »Wir essen nur zusammen.«

Lainey half ihr aus dem zu engen Mantel. »Oh mein Gott!«, rief ihre beste Freundin und starrte auf ihren Bauch. »Du hast eine richtige Wölbung.« Lainey kniete sich hin und drückte ihre Hände vorne gegen Courtneys Pullover, der so dick war, dass sie Laineys Berührung kaum spüren konnte. »Strampelt das Baby schon?«

»Bis dahin dauert es noch ein paar Wochen«, erklärte Courtney. »Aber ich fühle mich, als wäre ich schon doppelt so breit wie vorher. Nichts passt mehr. Das sollte eigentlich erst nach dem vierten Monat passieren.«

Lainey schaute mit ernster Miene zu ihr auf. »Es sind Zwillinge. Ganz sicher.«

»Sag sowas nicht. Du weißt, dass wir das überprüft haben.« Courtney versuchte zu lächeln.

»Hast du gehört, wie das bei Maddie Hartson war? Sie wusste nicht, dass sie Zwillinge bekommt, bis sie entbunden hat. Vielleicht ist das bei dir auch so. Baby zwei könnte sich versteckt haben.«

Courtney seufzte über die Sticheleien ihrer Freundin. »Sei endlich still. Lass uns lieber das Waxing hinter uns bringen.«

Lainey rieb grinsend ihre Hände aneinander. »Gern. Geh dich

umziehen. Das Kleid und die Papierhosen liegen schon für dich bereit.« Sie beugte sich vor und küsste Courtney auf die Wange. »Keine Sorge, wenn er dich zu diesem Date abholt, wirst du aussehen wie eine Sexbombe.«

»Das ist kein Date«, erinnerte Courtney sie und verschwand hinter den Sichtschutz. Sie hasste es, sich zu dieser Jahreszeit umzuziehen. Im Sommer war es einfach, weil man so wenig Kleidung wie möglich trug. Dagegen brauchte man im Winter eine halbe Ewigkeit dafür. Sobald man sich von einer wärmenden Schicht befreit hatte, kam eine weitere zum Vorschein.

»Natürlich nicht«, rief Lainey amüsiert. »Trotzdem solltest du auf alles vorbereitet sein.«

Courtney betrachtete sich prüfend in ihrem schmalen Schlafzimmerspiegel. Sie hatte es in Lauras Boutique auf dem Stadtplatz im Ausverkauf gefunden. Es war kein Umstandskleid – dafür war sie noch nicht bereit –, aber das weiche, cremefarbene Jersey schmiegte sich an ihren gewölbten Bauch.

Sie hatte sich nicht die Mühe für eine aufwendige Frisur gemacht, sondern ließ ihre Locken offen über die Schultern fallen. Ihr dichtes, dickes Haar, um das sie viele beneideten, fühlte sich schwer an. Früher musste sie nach jedem Waschen die Haare vom Badezimmerboden auflesen. Jetzt hatte sie nach dem Kämmen kein einziges in der Bürste. Laut einer Website für werdende Mütter war das normal. Der Körper hielt während der Schwangerschaft gerne alles fest, auch ihre dicken braunen Locken.

Logan hatte ihr eine Nachricht geschrieben, dass er gelandet war und sie um acht Uhr abholen würde. Der Gedanke, ihn wiederzusehen, ließ ihre Haut kribbeln. Obwohl sie gestern gegenüber Lainey beteuert hatte, dass dies kein Date sei, war sie ein wenig aufgeregt.

Und ja, ihr Puls raste fast, wenn sie nur an Logan dachte.

Sie verzog das Gesicht vor dem Spiegel. »Co-Eltern«, sagte sie laut. Genau das würden sie sein. Er war hier, um über das Baby zu sprechen. Nicht, um Zeit mit ihr zu verbringen.

Als sie das Knirschen der Reifen auf dem Kiesweg hörte, ging sie die Treppe hinunter und öffnete die Tür. Logan stieg aus einem schnittigen schwarzen Sportwagen, sein dunkler Anzug schmiegte sich an seinen muskulösen Körper. Sein Blick traf ihren, und er lächelte.

Ihr Herz hüpfte wie eine Schallplatte nach dem letzten Song.

»Hey.« Seine Stimme war sanft. Nach wenigen Schritten stand er vor ihr und drückte seine Lippen an ihre Wange. »Du siehst wunderschön aus.«

Sie spürte, wie ihre Haut unter seiner Berührung zu glühen schien. »Danke.« Sie hob eine Augenbraue. »Du siehst auch ziemlich gut aus. Niemand würde glauben, dass du stundenlang in einem Flugzeug gesessen hast.«

»So lange dauert der Flug nicht.« Er zuckte mit den Schultern. »Außerdem bin ich gewohnt zu reisen.« Er deutete mit dem Kopf zum Auto. »Bist du fertig?«

»Lass mich noch meinen Mantel holen. Es ist kalt heute Abend.«

»Der Wetterbericht meinte, dass es Schnee geben könnte.«

»Das habe ich auch gehört.« Sie zog ihren Mantel an und trat nach draußen in die beißende Kälte. »Mir tun nur die Hühner leid. Sie hassen die Kälte.«

Logan folgte ihrem Blick. »Lebt das Huhn noch, das mich gekratzt hat?«

»Hester?« Courtney grinste. »Oh ja. Sie ist die Ober-Henne und hat das Sagen im Stall.«

Er verzog amüsiert die Lippen. »Soll sie ruhig ein bisschen frieren. Ich spare mir mein Mitgefühl für die anderen Hühner.«

»Sie ist schon etwas Besonderes«, sagte Courtney und sperrte die Haustür ab. Als Logan ihr den Arm um ihre Taille legte, unterdrückte sie einen wohligen Schauer und ließ sich von ihm die Treppe hinunterführen. »Du solltest diese Narbe mit Stolz tragen. Wenn Hester dich kratzt, mag sie dich.«

»Wirklich?«, murmelte er und öffnete die Beifahrertür. »Von

solchen Frauen habe ich schon gehört.«

Courtney lachte. »Das glaube ich gern.«

»Eine Sache bin ich ihr aber schuldig.« Er schloss die Beifahrertür, umrundete den Wagen und setzte sich hinter das Lenkrad. »Wenn sie mir nicht vors Auto gelaufen wäre, hätten wir uns nie getroffen.« Er startete den Wagen und drehte sich zu Courtney um. Ein schiefes Lächeln umspielte seine Lippen. Und sein intensiver Blick machte ihr das Atmen schwer. Die Luft zwischen ihnen knisterte vor Elektrizität.

Es war, als wären ihr Körper und sogar ihr Geist darauf programmiert, nur auf ihn zu reagieren. So etwas hatte sie noch nie gefühlt. Natürlich hatte sie gehört, dass es so eine heftige Anziehung zwischen zwei Menschen geben soll. Aber bis sie Logan begegnet war, hatte sie nicht daran geglaubt und es noch nie erlebt. Weder mit Shaun, noch mit einem anderen.

Aber auf Logan reagierte ihr Körper mit einer Intensität, die sie sich nie hätte vorstellen können. Sie rutschte auf ihrem Sitz hin und her, um die Verbindung zwischen ihnen zu kappen. »Wohin fahren wir?«, fragte sie und starrte aus dem Fenster. Der dunkle Himmel war mit grauen Wolken verhangen.

»Eigentlich sind wir fast da.« Er bog nach links in Richtung *Maple Cross* ab und kurz darauf in eine Nebenstraße. Auf beiden Seiten waren zwischen Laternenpfählen Lichter aufgereiht, und am Ende stand ein festlich geschmücktes, eingeschossiges Haus mit Veranda, das sich nur in der Größe von den typischen Häusern der Gegend unterschied.

Davor stand ein großes, handgemaltes Schild. *Der geheime Gourmet.*

»Wo sind wir hier?«, murmelte Courtney.

»Das Haus gehört einem Freund«, sagte Logan, als er den Wagen neben dem Gebäude parkte. »Das ist kein richtiges Restaurant, mehr eine Dinnerparty im eher privaten Rahmen mit hervorragender Küche. Normalerweise sind sie Monate im Voraus ausgebucht, haben für uns aber noch zwei Plätze reserviert.«

»Ich habe noch nie davon gehört.« Sie ging auch zu selten aus, um solche Orte überhaupt zu kennen.

»Die Besitzer setzen auf Mundpropaganda.« Er öffnete ihr die Tür und half ihr beim Aussteigen. Daran könnte sie sich gewöhnen. »Nur Eingeweihte wissen davon.« Er lächelte sie an. »Aber das Beste überhaupt ist das Essen.«

»Aus deinem Mund ist das ein großes Lob.«

Er zuckte mit den Schultern. »Ich mag gutes Essen. Dir wird es auch gefallen.« Er klopfte an die Tür.

Einen Moment später erschien eine Frau um die dreißig. Als sie Logan sah, erhellte sich ihr Gesicht. »Oh mein Gott, du siehst besser aus als je zuvor.« Sie beugte sich vor, um ihn fest zu umarmen, dann wandte sie sich an Courtney. Ihr Lächeln war warm. »Hallo und herzlich willkommen. Kommt rein ins Warme.« Sie ließ sie eintreten und half Courtney aus dem Mantel. »Geht schon mal ins Wohnzimmer. Logan, du kennst ja den Weg. Dan wartet mit Cocktails auf euch. Ihr trinkt beide alkoholfrei, richtig?«

Logan schaute Courtney an und zwinkerte ihr zu. »Ja, das ist richtig.«

»Ich kann uns fahren, wenn du etwas trinken willst«, bot Courtney an.

»Wenn du auf Alkohol verzichten musst, dann tue ich es auch.« Er ließ seine Hand über ihren Rücken gleiten und ließ sie tief auf ihren Hüften ruhen. »Das ist keine große Sache.«

Aber für sie war es das. Ein weiterer kleiner Hinweis darauf, wie aufmerksam er war. »Das Haus ist wunderschön«, merkte sie an, als er sie durch den Flur zu einer Tür an dessen Ende führte. »Alles sieht antik aus.«

»Ellie und Dan haben das Haus von ihrem Großvater geerbt«, erzählte Logan und öffnete die Tür zum Wohnzimmer. »Es war völlig heruntergekommen. Sie haben die letzten Jahre damit verbracht, es zu renovieren, und das Ganze durch ihre Dinnerpartys finanziert. Sie bewirten immer nur maximal zehn Personen. Und im Sommer veranstalten sie Grillabende im Garten.«

Sie betraten das wunderschön eingerichtete Wohnzimmer mit einem überdimensionalen Weihnachtsbaum und einem Kamin, der in die Wand eingelassen war. In der Ecke stand eine Bar, von der sie ein bärtiger Mann freundlich anlächelte. Er erhob sich und kam auf sie zu, um Logan zu umarmen. »Ich habe nicht damit gerechnet, dich so kurz vor Weihnachten zu sehen«, sagte er mit dröhnender Stimme. »Du musst in Boston wahnsinnig viel zu tun haben.«

»Wie immer.« Logan grinste. »Aber es gibt hier etwas, worum ich mich kümmern muss.« Er schaute Courtney an, sein Blick war warm. »Das ist Courtney Roberts.«

»Dan Mitchum. Freut mich, dich kennenzulernen.« Dan schüttelte ihr die Hand. »Ich habe gehört, dass man euch gratulieren darf.«

Courtney wurde rot und berührte instinktiv ihren Bauch. »Danke«, entgegnete sie etwas schüchtern.

»Ich habe Dan und Ellie von deiner Schwangerschaft erzählt, weil sie manchmal Zutaten verwenden, die nicht für Schwangere geeignet sind«, erklärte Logan fürsorglich.

»Keine Sorge, heute Abend gibt es keine Schalentiere oder Weichkäse«, versicherte Dan ihnen. »Und natürlich keinen Alkohol. Wo wir gerade dabei sind: Eure Cocktails sind schon fertig.« Er ging zur Bar und holte zwei langstielige Gläser mit einer sprudelnden rosa Flüssigkeit. Er reichte Logan eins und das andere Courtney, dann nickte er zur Tür. »Ich muss gleich wieder in die Küche. Und ihr zwei genießt eure Drinks. Die anderen Gäste sitzen im Speisesaal. Für euch haben wir einen Tisch im Wintergarten vorbereitet. Das sind die besten Plätze im ganzen Haus.« Er lächelte Courtney an. »Der Wintergarten ist Ellies Baby. Sie hat ihn selbst entworfen. Wir lassen nicht jeden da draußen sitzen. Aber Logan gehört zur Familie. Er ist hier jederzeit willkommen.«

Die Art und Weise, wie Dan Logan anlächelte, hatte etwas sehr Warmes an sich. Mit Erschrecken stellte Courtney fest, dass sie Logan zum ersten Mal in Gesellschaft von Freunden sah. Bisher hatten sie nur Zeit zu zweit verbracht – meistens im Bett –, oder waren gemeinsam bei ihren Terminen beim Arzt.

Es war, als würde sie eine ganz neue Seite an ihm sehen. Seine Freunde mochten ihn. Mehr noch, sie schienen ihn zu lieben. Und das ließ ihr Herz einen Schlag aussetzen.

Weil sie ihn auch gernhatte. Und zwar sehr.

»Komm, setzen wir uns«, murmelte Logan und drückte seine Hand wieder in ihren Rücken. Durch den Stoff ihres Kleides spürte sie, wie sein Daumen sanfte Kreise zog, und die zärtliche Berührung jagte ihr einen wohligen Schauer über den Rücken.

Lag es an ihr, oder wurde es hier drinnen mit jeder Sekunde wärmer?

»Woher kennst du Ellie und Dan?«, fragte Courtney, während sie das Dessert aßen, einen traditionellen britischen Weihnachtspudding mit vielen Früchten und Gewürzen sowie einer Portion Schlagsahne. Insgesamt hatten sie fünf Gänge genossen. Ein Amuse-Bouche bestehend aus Blumenkohlpüree mit gehobeltem Trüffel, das zwar einfach klang, aber ihre Sinne vor Freude zum Singen brachte. Zur Vorspeise gab es eine Kürbis-Chili-Suppe und Parmesan-Croutons, die sie laut aufstöhnen ließ. Als die Hauptspeise, ein Beef Wellington mit sautierten Kartoffeln und Honigkarotten, auf den Tisch kam, fühlte sie sich bereits satt. Trotzdem schaffte sie es, ihren Teller leer zu essen. Sogar für das Zitronensorbet, das der Beruhigung ihrer Gaumen diente, fand sie noch Platz in ihrem Magen.

Aber dieser Pudding war einfach zu viel. Sie gab sich geschlagen und legte ihren Löffel in die halb leere Schüssel.

»Ich kenne Dan schon seit Jahren. Er hatte einen Laden in *Maple Cross*, bevor er Ellie kennenlernte. Ich habe dort immer gegessen, wenn ich meine Familie besucht habe. Er war auch ein paar Mal in Boston, und wir haben Ideen ausgetauscht.« Logan zuckte mit den Schultern. »Als Ellie das Haus geerbt hat, verkaufte Dan seinen Laden. Es war riskant, aber wie du siehst, hat es sich gelohnt.«

»Ein Essen hier muss ziemlich teuer sein, wenn nur zehn Gäste pro Abend zugelassen sind.«

»Ja, aber es ist jeden Cent wert«, sagte Logan und aß seinen Nachtisch. »Eine Küche wie diese kann man nur genießen, wenn man bereit ist, viel Geld dafür zu bezahlen.«

»Hast du schon immer gerne gegessen?«

Er grinste. »Wer tut das nicht?«

»Wolltest du schon immer in der Gastronomie arbeiten?«, stellte sie ihre Frage anders. Das war eine ganz andere Seite von ihm. Eine, über die sie mehr erfahren wollte. *Natürlich nur wegen des Babys.* Schließlich würde ihr Kind ein Teil von Logans Welt sein.

»Früher wollte ich Football-Star werden, so wie Cam«, gab er zu. »Bis ich mir mit sechzehn Jahren eine Knieverletzung zuzog.«

Courtney hob die Brauen. Er hatte ihr ein wenig über seinen Zwilling und dessen Karriere erzählt, aber sie wusste nicht, dass Logan auch Football gespielt hatte. »Das muss hart gewesen sein.«

»Es hat mich fast umgebracht«, erwiderte er und sah sie durch seine dichten Wimpern an. »In den ersten ein oder zwei Jahren fühlte es sich wie Trauer an. Während Cam auf dem Football-Feld einer tollen Zukunft entgegenlief, fühlte ich mich wie ein Nichts. Wir hatten immer alles zusammen gemacht.«

Ihr Herz zog sich zusammen. Es war nicht leicht, sich diesen selbstbewussten, starken Mann als Teenager vorzustellen. Noch weniger, dass ihm seine Träume unter den Füßen weggerissen wurden. »Ist es immer noch schwer, ihn spielen zu sehen?«

Logan schüttelte den Kopf. »Nein, ich bin gern als Zuschauer dabei, wenn Cam spielt. Nach dem Unfall habe ich das Training und die Spiele vermisst. Jetzt nicht mehr. Manchmal habe ich das Gefühl, dass ich dank der Verletzung gerade noch mal davongekommen bin. Cam muss hart an seiner Karriere arbeiten. Das ist nicht immer gut für den Körper. Und auch für sein Privatleben. Er hat nur wenig Freizeit.«

»Du genauso, soweit ich das mitbekommen habe.«

Er lehnte sich vor. »Ich bin doch hier, oder?«

»Ja, bist du.« Ihre Stimme war sanft. Jedes Mal, wenn er sie betrachtete, wurde ihre Brust eng. Als würde die Luft aus ihr herausgepresst werden. »Und danke, dass du mich an diesen wunderschönen Ort geführt hast. Es ist fantastisch. Dan und Ellie haben einen unglaublichen Job gemacht.«

Sie waren auch wunderbare Gastgeber, wie Courtney feststellen konnte. Ellie hatte zwischen den Gängen mit ihnen geplaudert. Und nachdem er das Sorbet serviert hatte, setzte sich Dan für fünf Minuten zu ihnen und erkundigte sich bei Courtney nach dem Hof und ihren Hühnern. Er hatte sie sogar gefragt, ob sie das Restaurant mit Eiern beliefern würde. Sie hatten vereinbart, dass er die Farm besuchen und ein paar Eier zum Probieren mitnehmen würde. Courtney konnte es kaum erwarten, Ellis zu erzählen, dass sie vielleicht einen neuen Kunden an Land gezogen hatte.

Dann sprachen Dan und Logan über die Branche im Allgemeinen und über Logans neuestes Projekt. Während sich die beiden unterhielten, fühlte sich Courtney seltsam. Als hätte sein Leben nichts mit ihr zu tun.

Und genau so war es auch. Es sei denn, es betraf ihr Baby.

Sie atmete tief durch und zwang sich ein Lächeln auf die Lippen. »Wir sollten darüber sprechen, wie es nach der Geburt weitergeht. Über das Sorgerecht.«

Er räusperte sich, und sein Blick traf den ihren. »Ja, das sollten wir tun.« Seine Stimme war rau.

Ellie kam herein und räumte die letzten Teller ab. »Möchtet ihr einen Kaffee? Wir haben koffeinfreien.«

»Für mich nicht, danke.« Courtney lehnte sich zurück und rieb sich den Bauch. »Ich bin so satt. Vermutlich bekomme ich erst übermorgen wieder Appetit.«

»Immerhin musst du für zwei essen«, sagte Ellie mit einem Lächeln. »Es ist deine Pflicht, es dir gut gehen zu lassen.«

»Das hört sich schön an.« Courtney konnte nicht anders, als Ellie anzulächeln. Sie strahlte eine natürliche Leichtigkeit aus. Kein Wunder, dass sie und Dan so erfolgreich waren. Sie waren die perfekten Gastgeber.

Courtney lächelte bei dem Gedanken, Ellie und Dan vielleicht schon bald mit Eiern zu versorgen. Es wäre auch schön, mit ihnen befreundet zu sein. Sie hatte schon seit langer Zeit zu wenig soziale Kontakte.

Sobald Ellie den Raum verließ, konzentrierte sich Courtney

wieder auf Logan. Er musterte ihr Gesicht, als würde er ihre Gedanken lesen wollen.

»Ich habe vor, das Baby zu stillen. Mindestens zwölf Monate lang, wenn es klappt.« Sie schenkte ihm ein Lächeln. »Aber ich kann dir Fläschchen vorbereiten, wenn du mit ihm oder ihr Zeit verbringst.«

Er nickte, seine Miene war ernst. »Ich werde regelmäßig hier bei dir sein. Wenigstens im ersten Jahr. Ich will nicht, dass du mit dem Baby nach Boston reisen musst, solange es noch so klein ist.«

»Oh.« Sie blinzelte überrascht. »Damit habe ich nicht gerechnet.« Aber sie war froh darüber, weil sie nicht wusste, wie sie sich fühlen würde, länger und über so eine Entfernung von ihrem Baby getrennt zu sein.

»Ich möchte alles so angenehm wie möglich gestalten.« Er lächelte sanft. »Für uns beide.«

»Wirst du dann bei deiner Familie wohnen?«

»Darüber habe ich noch nicht nachgedacht. Am Anfang wäre es das Einfachste. Vielleicht ist es langfristig gesehen besser, hier in der Gegend ein kleines Haus zu kaufen. Das ist auch besser für das Baby.«

»Das wäre ein großer Schritt.«

Er grinste sie an. »Nicht so groß, wie ein Baby zu bekommen.«

»Du hast recht.« Sie musste lachen. »Ich glaube, bei uns läuft alles verkehrt herum.«

Er neigte seinen Kopf zur Seite. »Vermutlich. Aber es fühlt sich gut an. Als sei es vorbestimmt gewesen.«

»Meinst du?«

»Du nicht?«, entgegnete er, und Courtney biss sich nachdenklich auf die Unterlippe.

»Vielleicht war es Bestimmung«, räumte sie ein. »Am Anfang war ich einfach nur schockiert. Inzwischen habe ich mich fast daran gewöhnt, dass sich mein ganzes Leben verändert. Es ist wirklich erstaunlich, wie schnell das geht.« Ganz genau konnte sie ihren aktuellen Gemütszustand nicht beschreiben. Irgendetwas zwischen aufgeregt, überwältigt und neugierig. »Es ist, als würde sich meine Zukunft plötzlich ein bisschen klarer abzeichnen.«

Logan nickte. »Das meine ich. Eine solche Veränderung lässt dich erkennen, was wichtig ist und was nicht. Gray meint, dass man durch das Vatersein erwachsen wird. Mehr als durch alles andere im Leben. Es geht nicht darum, ein bestimmtes Alter zu erreichen, Geld zu haben oder sein Schicksal selbst in die Hand nehmen zu können. Sondern darum, für etwas verantwortlich zu sein, das so verdammt wichtig ist, dass du alles dafür tun würdest.«

Ihr Mund fühlte sich trocken an. Sein Blick war so intensiv, dass ihr heiß wurde. Und sie wollte sich in seiner Wärme sonnen.

»Wie oft wirst du herkommen können?«, hakte sie nach.

»Hoffentlich an jedem zweiten Wochenende. Ich konnte bei meinen Neffen beobachten, wie schnell Kinder wachsen. Ich will nichts verpassen.«

Sie nickte. »Das kann funktionieren. Es gibt ja immer noch Telefon- und Videoanrufe, und vielleicht können wir dich auch besuchen. Bis das Baby alt genug ist, um alleine zu reisen.«

»Aus deinem Mund klingt das so einfach«, stichelte er.

»Das sagt der Richtige. Ich dachte, du würdest nichts mit uns zu tun haben wollen. Du warst so schockiert, als ich dir von dem Baby erzählt habe.«

»Ich würde mein Kind nie im Stich lassen.« Er hob eine Braue. »Vielleicht war das der Grund dafür, dass ich nie über eigene Kinder nachgedacht habe.« Logan räusperte sich. »Was ist mit dir? Wolltet ihr, du und Shaun, irgendwann ein Baby bekommen?«

»Nein«, antwortete sie schnell und spürte wieder, wie unwohl ihr bei dem Gedanken gewesen war, mit ihrem verstorbenen Mann Kinder zu haben. »Ich bin wirklich froh, dass du für unser Kind da sein wirst. Das bedeutet mir sehr viel.«

»Mir geht es genauso mit dir.« Sein Blick begegnete dem ihren. »Du siehst erschöpft aus«, bemerkte er mit sanfter Miene. »Lass mich dich nach Hause bringen.«

Sie fühlte sich wirklich müde. Gewöhnlich lag sie um diese Zeit schon längst im Bett. »Danke«, sagte sie und meinte damit nicht nur das Abendessen, zu dem er sie eingeladen hatte. Oder die Tatsache, dass er das Baby gemeinsam mit ihr großziehen würde.

Es war Dankbarkeit dafür, dass er ihr etwas gegeben hatte, an das sie schon lange nicht mehr gedacht hatte.

Zum ersten Mal seit langem sah die Zukunft rosig aus.

17. Kapitel

Logans Blick fiel auf Courtney, als er vor ihrem Cottage hielt und den Motor abstellte. Ihre Augen waren geschlossen, ihr Kopf lehnte am Fenster, und aus ihren halb geöffneten Lippen drangen ruhige Atemzüge. Sie war eingeschlafen, kurz nachdem sie das Haus von Dan und Ellie verlassen hatten. Es bescherte ihm ein seltsam warmes Gefühl, sie neben sich schlummern zu sehen. Fast so, als wären sie eine richtige Familie.

Er schüttelte den Kopf über sich selbst. In einem anderen Leben wäre das vielleicht Realität, in diesem war es eine reine Wunschvorstellung.

Er stellte wieder einmal fest, wie schön sie war. Es tat ihm in der Brust weh, sie zu betrachten. Der weiche Stoff ihres Kleides schmiegte sich an jede ihrer Kurven. Am liebsten würde er sie an sich ziehen und seine Nase in Courtneys dunklen, wilden Locken vergraben, die ihr über die Schultern fielen. Er wollte den blumigen Duft ihres Shampoos einatmen.

Logan, du benimmst dich wie ein Stalker.

Er schluckte ein Seufzen hinunter und beugte sich vor, um Courtney behutsam an der Schulter zu berühren. »Court«, sagte er leise. »Wir sind da.«

Ihre Lider öffneten sich langsam. Sie starrte ihn mit glasigen Augen an, dann wurde ihr Blick klarer. Einen Moment lang konnte er nur daran denken, ihre weichen Lippen auf seinen zu spüren. Sie zu schmecken und mit seinen Küssen leise seufzen zu lassen, so wie er es vor einigen Monaten getan hatte. Es fühlte sich an, als wäre es eine Ewigkeit her.

»Bin ich eingeschlafen?«, fragte sie mit schlaftrunkener Stimme.

»Ja.« Er schenkte ihr ein warmes Lächeln. »Ich bringe dich rein. Du solltest ins Bett gehen.« Er öffnete die Autotür. Die kalte Winterluft strömte ins Wageninnere, gefolgt von einem braun gefiederten, gackernden Wirbelwind.

»Verdammt!« Logan lehnte sich zurück, um dem Flügelschlag

des Federviehs auszuweichen. Dann streckte er die Hände aus, um es zu fangen, aber das Huhn ließ sich nicht festhalten. »Was zum Teufel ist mit ihren Federn?«

»Das ist Hester. Ich reibe sie im Winter mit Vaseline ein.« Courtney war hellwach, als sie sich nach vorne beugte und versuchte, die Henne zu erreichen. Doch sie rannte über Logans Schoß und versuchte weiterhin, beiden mit lautem Gekreische zu entkommen. Schließlich sprang sie aus dem Auto und hetzte mit flatternden Flügeln über den Hof. »Warum konnte sie schon wieder entkommen?«, fragte Courtney, mehr zu sich selbst.

Logan sah zu ihr und grinste. »Ich schätze, sie kann mir nicht widerstehen.«

Courtney lachte übers ganze Gesicht, obwohl sie sehr müde aussah. »Ich sollte sie einfangen und den Draht am Stall überprüfen. Er muss sich wieder gelöst haben.«

»Ich erledige das«, sagte er und stieg aus dem Auto. »Du bist erschöpft. Geh ins Bett.«

»Aber dein Anzug ...«

Logan schaute auf sein dunkelblaues Jackett und die maßgeschneiderte Hose hinunter, die er trug. Seufzend streifte er das Jackett ab, löste die Krawatte und legte beides auf den Fahrersitz. »Geh ins Bett«, wiederholte er, als Courtney den Wagen verließ. »Ich kümmere mich um Hester.«

»Ich muss sie zählen. Sicherstellen, dass alle da sind.«

»Ich mache das. Gleich nachdem ich diese verdammte Henne gefangen habe.«

»Sie mag dich«, erinnerte Courtney ihn. »Sei nachsichtig mit ihr.« Sie schloss die Beifahrertür und betrachtete ihn kritisch. »Bist du sicher, dass ich dir nicht helfen kann?«

»Ich schaffe das. Das kann doch nicht so schwer sein.«

»Ich setze mich solange auf die Treppe«, entgegnete sie und ging zur Veranda. »Für den Fall, dass du Hilfe brauchst. Oder einen Rat. Ruf mich einfach, okay?«

Es stellte sich heraus, dass es schwieriger war, ein eingeöltes Huhn zu fangen, als er gedacht hatte. Logan musste es dreimal um das Cottage jagen. Courtney lachte jedes Mal, wenn sich

Hester aus seinem Griff befreite. Die Henne schlug wild mit den Flügeln, bis sie etwa zwei Meter in der Luft war, bevor sie wieder sanft auf den Boden schwebte. Beim dritten Mal schaffte es Logan, sie an einem Bein zu erwischen. Hester gackerte empört und versuchte zu entkommen. Doch Logan ließ sie nicht los und drückte sie sich an die Brust. Er spürte ihre glatten Federn an seinem Hemd, als er sie über den erdigen Weg zu dem Stall trug, aus dem sie geflohen war.

Sie war sichtlich unglücklich darüber, wieder eingesperrt zu werden, und hackte mit ihrem spitzen Schnabel fest auf seine Hand ein. »Scheiße«, murmelte er und zuckte bei dem plötzlichen Schmerz zusammen.

»Hat sie dich erwischt?«, rief Courtney von der Treppe.

»Nur ein Kratzer. Mir geht's gut.«

»Sie mag es nicht, wenn man sie zu fest hält. Das macht ihr Angst.«

»Was du nicht sagst«, grummelte er.

Die anderen Hühner schliefen noch, als er den weitläufigen Stall erreichte. Er öffnete die Tür einen kleinen Spalt und schob Hester hinein, bevor er alle durchzählte. »Ich sehe vierundvierzig«, rief er schließlich.

»Inklusive Hester?« Courtneys Antwort drang etwas gedämpft um die Ecke, weil sie immer noch vorne auf der Veranda saß.

»Nein. Vierundvierzig plus Hester.«

»Fünfundvierzig. Das ist richtig.« In ihrer Stimme lag ein Lächeln. »Kannst du sehen, wie sie entkommen konnte?«

»Der Maschendraht hat sich gelöst.« Er ging in die Hocke und zog an der losen Ecke, bis er sie an den Nägeln des Holzrahmens einhaken konnte. Währenddessen versuchte er, Hester zu ignorieren, die mit einem mörderischen Blick auf ihn zustürmte.

»Und du magst mich?«, fragte er die Henne. »Dann könntest du ein bisschen netter zu mir sein.« Er zog an dem Draht, um zu prüfen, ob er fest genug angebracht war. »Ich habe es für den Moment repariert«, rief er Courtney zu. »Aber ich kann morgen Früh wiederkommen und dafür sorgen, dass es so bleibt.«

»Ich dachte, du nimmst den ersten Flug nach Boston?«, rief sie durch die Dunkelheit.

»Das hatte ich vor. Aber ich kann umbuchen.«

»Ach, das ist nicht nötig. Ich werde Ellis bitten, mir zu helfen. Wir sollten vielleicht den ganzen Hühnerstall kontrollieren und an einigen Stellen den Draht austauschen. Aber vielen Dank für das Angebot und die Hilfe. Willst du mit reinkommen und dich sauber machen?«

Logan stand auf und warf Hester einen letzten Blick zu, bevor er um das Cottage herum zurück zur Veranda ging.

Courtney stand am oberen Ende der Treppe, ein Lächeln umspielte ihre Lippen. »Du siehst aus wie ein waschechter Farmer«, sagte sie leise.

Verdammt, er wollte sie. Mit jedem Schritt, den er ihr näher kam, füllte sich sein Körper mit heißem Verlangen. Ihr Blick war warm, als er die Vordertreppe hinaufging und nicht mal einen halben Meter vor ihr stehen blieb.

»Du hast eine Feder in deinem Haar«, flüsterte sie und hob die Hand, als wolle sie sie entfernen. Stattdessen berührte sie seine Wange und strich mit den Fingerspitzen über seine Haut. »Danke«, sagte sie leise.

Es war zu viel. Sie. *Alles an ihr.* Er konnte die schmerzliche Sehnsucht in seinem Innern nicht mehr ertragen. Ohne zu zögern, presste er seinen Mund auf den ihren und küsste sie so heftig, wie er es sich seit Monaten erträumte. Endlich konnte er sie wieder schmecken.

Sie erwiderte seinen Kuss, schlang ihre Arme um seinen Hals und drängte ihren süßen Körper an seinen. Sie fühlte sich genauso an, wie er sie in Erinnerung hatte. Warm und weich und doch in der Lage, seine Seele in Brand zu setzen. Er ließ seine Hände über ihren Rücken gleiten und umfasste ihren Po, während er sie an sich drückte. Anschließend schob er sie vorwärts, bis sie zwischen ihm und der Außenwand ihres Cottages festsaß. Sein Herz hämmerte gegen seine Brust und sein Schwanz war hart, als er sich gegen sie presste, während Courtney die Finger in seinen Haaren vergrub.

»Mein Schlafzimmer«, sagte sie und ihr heißer Atem streifte

seine Lippen. »Jetzt.«

Sie brauchte ihn nicht zweimal zu bitten. Er wollte nirgendwo anders sein, als in ihr. Er ließ sie lange genug los, damit sie die Haustür öffnen konnte. Er wollte keinen Moment länger von ihr getrennt sein und nahm sie sofort wieder in seine Arme.

Sie schmiegte sich an ihn, als er die Haustür hinter ihnen mit dem Fuß schloss und Courtney die Treppe hochtrug.

»Soll ich etwas benutzen?«, murmelte Logan gegen ihren Mund, während Courtney sein Hemd aufknöpfte und es ihm von den Schultern schob. Ihr Kleid lag bereits auf dem Boden, ihr BH ebenfalls. Die Art und Weise, wie er fragte, berührte etwas tief in ihr.

»Das ist so, als würde man die Stalltür verriegeln, nachdem das Pferd weggelaufen ist«, scherzte sie, während er sie zum Bett dirigierte. Sie legte sich hin, und er öffnete seine Hose. »Aber egal, ich bin auf jeden Fall gesund. Ich habe mich beim letzten Vorsorgetermin testen lassen.« Ihr Blick wanderte über seinen schönen Körper hoch zu seinem Gesicht. »Und nach dir war ich mit niemandem mehr zusammen.«

»Ich auch nicht.« Seine Stimme war fest. Er fuhr mit seinen Händen ihre nackten Beine hinauf, schob sie auseinander und starrte auf ihr Höschen. »Das ist hübsch«, meinte er und fuhr mit dem Daumen über die elfenbeinfarbene Spitze. Als er gegen ihre empfindlichste Stelle drückte, schoss ein Lustblitz durch ihr Inneres. »Aber es muss weg«, sagte Logan entschlossen, hakte seine Daumen in den Gummibund und zog das Spitzenhöschen nach unten. Es landete bei ihrer anderen Kleidung auf dem Boden, während Logans Finger über ihre Hüften und ihren Bauch fuhren. »Weißt du, wie oft ich daran gedacht habe?«, fragte er. Sein intensiver Blick musterte sie. »Wie oft ich mir vorgestellt habe, wie du nackt vor mir liegst? Ich könnte von deinem Geschmack high werden.« Er lehnte sich näher an sie heran, bis er nur noch einen Atemzug von ihr entfernt war. »Ich möchte in dir ertrinken und nie wieder auftauchen.«

Sie liebte seine direkte Art. Dass er sie genauso begehrte, wie sie ihn. »Ich habe auch an dich gedacht«, gestand sie. »Jede Nacht.«

»Berührst du dich, wenn du an mich denkst?« Er betrachtete sie, und sie spürte, wie ihre Wangen warm wurden, als sie nickte. »Zeig es mir.«

Courtney hatte vergessen, wie fordernd er im Bett sein konnte. Und wie sehr ihr das gefiel. Sie biss sich auf die Unterlippe und schwankte zwischen Verlegenheit und Verlangen, ehe sie ihre rechte Hand langsam an ihrem Körper hinuntergleiten ließ. Als sie zögerte, umschlag Logan ihr Handgelenk und hob ihre Hand an seinen Mund. Dann schloss er seine Lippen um ihren Mittel- und Zeigefinger und fuhr mit seiner Zunge darüber, während er fest an ihnen saugte.

»Oh.« Sie seufzte, während sich ihr Inneres vor Lust zusammenzog.

»Jetzt berühre dich selbst.« Er legte ihre Hand genau an die Stelle, wo er sie haben wollte. Seine Augen wurden dunkel, als sie seiner Aufforderung nachkam. »Du bist wunderschön.« Seine Stimme klang rau, während er ihr zusah, wie sie rhythmisch ihre Mitte massierte und langsam auf der Welle der Lust ritt. Ihre Brustspitzen spannten sich an. Er nahm ihre Finger und drang damit in sie. Dann ließ er ihre Hand wieder los und genoss einfach nur ihren Anblick.

Ein paar einfache Berührungen brachten sie ihrem Höhepunkt gefährlich nahe. Aber es waren nicht ihre Bewegungen, die sie dorthin führten, es war Logan. Seine Forderungen, sein Verlangen und das pure Vergnügen, das er ausstrahlte, während er sie beobachtete. Er gab ihr das Gefühl, dass sie das Zentrum seines Universums war.

In diesem Moment war er definitiv der Mittelpunkt ihrer Welt. »Ich bin so nah dran«, flüsterte sie. »Soll ich?«

Er schluckte schwer und starrte sie an, als wäre sie weitaus appetitlicher als all die köstlichen Speisen, mit denen er sie heute verwöhnt hatte. Dann beugte er sich zu ihr herunter und stieß ein leises Stöhnen aus, ehe er seine Zunge langsam über ihre pochende Mitte gleiten ließ.

Courtneys Atem stockte, als er ihr Zentrum wieder und wieder umkreiste, während seine Hand ihre Finger führte. Ihr Kopf fiel nach hinten auf das Bett, ihr Rücken bog sich, als sich ihr ganzes Sein auf einen einzigen Punkt konzentrierte, bis Logan seine Lippen um ihre Klit schloss und hart saugte.

Hinter ihren geschlossenen Augenlidern explodierte eine ganze Galaxie von Sternen. Ihre Muskeln spannten sich an, ihr Körper hob sich vom Bett, und sie rief seinen Namen. Dann legte sich Logan über sie, küsste sie mit seinen warmen Lippen und schluckte ihre Schreie, als wären sie Nektar für seine Seele.

Bevor sie einen weiteren Atemzug nehmen konnte, war er in ihr. Das Gefühl, von ihm ausgefüllt zu werden, trieb ihren Orgasmus in ungeahnte Höhen. Logan hielt sie fest, sein Atem war heiß und kam in knappen Stößen, während er sie wieder und wieder nahm. Als er sich in ihr verlor, flüsterte er ihren Namen. Dann rollte er sich auf die Seite und zog sie mit sich, als könnte er es nicht ertragen, von ihr getrennt zu sein.

Auch sie war sich nicht sicher, ob sie es überstehen würde, wenn er sich jetzt von ihr löste.

18. Kapitel

Ihr Telefon klingelte, als Courtney das Haus betrat. Schnell zog sie die Tür hinter sich zu, um die kalte Luft draußen zu halten. Es war schon zwei Tage her, dass Logan nach Boston zurückgekehrt war, aber er hatte sie seitdem mindestens viermal angerufen. Es war also keine Überraschung, als sie seinen Namen auf dem Display sah. Sie strich mit dem Finger darüber, um den Anruf anzunehmen.

»Hey«, sagte sie ein wenig atemlos. »Ich habe gerade nach den Hühnern gesehen. Hast du schon mal angerufen?«

»Einmal ist die Mailbox rangegangen«, gab er zu. »Ich habe mir Sorgen gemacht, also dachte ich, ich versuche es noch mal.«

Sie lehnte sich gegen den Tresen und lächelte. »Es ist schön, deine Stimme zu hören.« Heute kam eine weitere Sendung mit Gebäck an, das er ihr geschickt hatte. Der Duft von Zimt und Äpfeln erfüllte den ganzen Raum. »Ich habe dein Paket bekommen. Vielen Dank.« Sie musste lächeln. »Ich habe bis jetzt nur zwei gegessen.«

»Das Baby ist heute wohl eher zurückhaltend«, stichelte er. Sie schob ihre Gelüste auf die Schwangerschaft, aber Tatsache war, dass sie dem süßen Duft von allem, was Logan für sie backte, nicht widerstehen konnte. Wenn sie jetzt nicht ohne Zögern naschen durfte, wann dann?

»Wenigstens einer von uns kann sich zusammenreißen.« Sie lachte. »Was macht die Arbeit? Du musst gerade viel zu tun haben.«

Er seufzte. »Ja. Es ist wahnsinnig viel los. Kannst du dir vorstellen, dass es eine Kaffeeknappheit gibt? In Boston? Unserem Lieferanten ist die übliche Mischung ausgegangen. Es ist verdammt schwierig, etwas Vergleichbares zu finden. Und dann ist da noch das übliche Drama. Die Mitarbeiter beschweren sich, dass einige von ihnen mehr Trinkgeld bekommen als andere. Und die Renovierung in Back Bay.« Er stieß einen amüsierten Laut aus.

»Tut mir leid, das muss verdammt langweilig für dich sein. Ich werde nicht weiter jammern.«

»Nein. Dein Job interessiert mich. Alles ist besser, als mit Hühnern zu kämpfen.«

»Ich kann dir garantieren, dass deine Arbeit härter ist als meine. Wie geht es eigentlich Hester?«

»Du fehlst mir ... äh, ihr.« Sie hielt inne, als sie sich ihrer Worte bewusst wurde. Aber so war es. Nicht Hester, sondern Courtney vermisste ihn. Er war erst seit zwei Tagen weg, aber es fühlte sich an wie Wochen. »Oh, habe ich dir erzählt, dass Ellie und Dan heute Morgen bei mir waren? Sie werden uns drei Dutzend Eier pro Tag abnehmen. Wenn das so weitergeht, muss ich mir noch mehr Hühner zulegen.«

»Versuch mal, keine so charmanten wie Hester zu erwischen«, schlug Logan vor und brachte sie wieder zum Lachen. »Dan hat mich angerufen, nachdem er bei dir war, und von den Eiern geschwärmt. Schade, dass du sie nicht nach Boston schicken kannst. Ich würde sie dir alle abkaufen.«

Ihr Lächeln verzog sich, als sie daran erinnert wurde, wie weit entfernt er war. Geografisch gesehen waren achthundert Kilometer gar nicht so viel. Immerhin konnte man sie an einem Tag zurücklegen. Die Flugzeit betrug weniger als zwei Stunden.

Aber es war nicht nur die räumliche Distanz. Vor allem ihre Lebensstile klafften weit auseinander. Courtney war früh auf den Beinen, hütete das Vieh und arbeitete auf dem Hof. Logans Arbeitszeiten endeten erst sehr spät, meist weit nach Mitternacht. An manchen Tagen legte er sich zu einer Zeit schlafen, zu der sie gerade aufstand.

Und sie hatte keine Ahnung, ob und wie sich ihre Lebensstile miteinander vereinbaren ließen.

Heißer Sex war als Basis für eine Beziehung nicht genug. Immerhin waren sie beide entschlossen, einen möglichst einfachen Weg zu finden, sich die Elternschaft zu teilen. Das würde bei weitem kein Kinderspiel werden. Die Geburt klang einfach, verglichen mit allem, was danach kommen würde.

»Ich rufe dich aus einem bestimmten Grund an«, sagte Logan

und seine tiefe Stimme durchbrach ihre Gedanken.

Sie holte tief Luft und ließ das Lächeln auf ihre Lippen zurückkehren. »Okay. Schieß los.«

»Was machst du an Heiligabend?«

»Ähm, eigentlich nichts. Ich gehe am ersten Weihnachtstag in die Kirche. Am Abend davor bin ich normalerweise um zehn Uhr im Bett. Warum fragst du?«

»Meine ganze Familie trifft sich bei meinem Bruder, um zusammen zu feiern. Ich dachte, das wäre eine gute Gelegenheit für dich, sie kennenzulernen. Natürlich nur, wenn du das möchtest. Kein Druck.«

»Du kannst mich doch nicht einfach zu eurer Weihnachtsfeier einladen. Ich gehöre gar nicht zur Familie.«

»Natürlich gehörst du dazu.« Seine Stimme war fest. »Du bekommst mein Baby. Das macht uns zu einer Familie. Und ich möchte, dass du dabei bist.«

Eine vertraute Wärme flutete ihren Körper. Daher musste sie über ihre Antwort nicht nachdenken. »Dann würde ich gerne mitkommen. Bei welchem deiner Brüder findet die Feier statt?«

»Bei Gray. Er hat das größte Haus, obwohl das von Tanner nicht viel kleiner ist.«

»Wird Cam auch da sein?« Sie fühlte sich seltsam bei dem Gedanken, ihn zu treffen. Auf den Fotos, die Logan ihr gezeigt hatte, sahen die beiden fast wie Doppelgänger aus, obwohl man sie an ihren Frisuren und Kleidungsstilen unterscheiden konnte. Logan war immer schick und kultiviert angezogen, während Cam einen lässigeren Look bevorzugte.

Aber es war nicht die Ähnlichkeit, die Courtney zögern ließ. Es war die Tatsache, dass sich Logan und Cam so nahestanden. Eine Zeit lang hatten sie beide den gleichen Traum und gaben alles dafür: als Profi in der NFL zu spielen. Sogar jetzt lebten sie in derselben Stadt, obwohl der Rest der Familie hier bei ihr in der Nähe wohnte.

Logan war ein echter Familienmensch. Der Rest der Hartsons offensichtlich ebenso. Deshalb war ihre Meinung auch für Logan wichtig. Und Courtney fragte sich, ob seine Familie ihr gegenüber

Vorurteile haben könnte, weil sie schwanger war.

»Maddie hat mich ausdrücklich gebeten, dich einzuladen«, sagte Logan, als könnte er ihre Gedanken lesen. »Sie freut sich darauf, dich wiederzusehen.«

»Hat sie dir erzählt, dass wir uns zufällig getroffen haben? Sie ist so liebenswert. Sie hat mich gefragt, ob wir nach Weihnachten zusammen einkaufen gehen und angeboten, mit mir eine Wunschliste für das Baby anzulegen.« Courtney lächelte bei dem Gedanken. »Ich schätze, wir müssen von allem zwei kaufen, denn du wirst ihn oder sie ja einige Nächte bei dir haben.«

»Ja, ich denke schon.« Seine Stimme klang ein wenig seltsam. »Daran habe ich noch gar nicht gedacht.«

»Bis dahin dauert es noch eine ganze Weile.« Es kam ihr seltsam vor, ihn zu beruhigen. Sonst war er so selbstbewusst und organisiert, dass ihr sein Zögern auffiel.

»Das ist wahr. Und ich werde mich mehr auf die Baby-Dinge konzentrieren können, sobald das neue Restaurant fertig ist.«

»Wann hast du vor, es zu eröffnen?«

»Wenn alles nach Plan läuft, Ende Januar.«

»Das sind nur noch ein paar Wochen.« Kein Wunder, dass er sich so gestresst anhörte. »Wie viele Restaurants sind es dann insgesamt?«

»Das ist unser viertes. Der Plan war immer, fünf in der Stadt und im Umkreis zu haben, bevor wir in den Osten expandieren. Nach New York und Washington D.C., vielleicht auch weiter südlich.«

Sie versuchte sich vorzustellen, wie er dieses Imperium mit einem Baby im Arm führen würde. Es gelang ihr nicht. Für sie selbst würde es auch nicht einfach werden, die Arbeit auf der Farm und die Betreuung des Säuglings unter einen Hut zu bringen. Aber im Vergleich zu seinem Leben klang es wie ein Kinderspiel.

»Klingt zeitaufwendig.«

Er stieß ein halbherziges Lachen aus. »Das kann man wohl sagen.« Sie konnte das Gemurmel einer anderen Stimme im Hintergrund hören. »Court, ich muss los. Ich hole dich an

Heiligabend um sieben ab. Ist das okay für dich?«

»Klingt perfekt, danke.«

»Ist sonst alles in Ordnung?«, erkundigte er sich, als wäre er noch nicht bereit, aufzulegen.

»Alles gut«, versicherte sie ihm und war über sein Verhalten amüsiert. »Jetzt geh und kümmere dich um deine Restaurants.«

»Ich melde mich bald wieder bei dir. Pass auf dich auf.«

Er beendete den Anruf. Courtney legte das Telefon zurück auf den Tresen und fuhr sich mit dem Finger über die Unterlippe. Warum schien alles so einfach zu sein, wenn sie zusammen waren?

Und warum war alles andere – seine Arbeit, ihre Schwiegereltern, die Entfernung zwischen ihnen – so verdammt kompliziert?

Wenn man dann noch das Baby hinzurechnete, war Ärger vorprogrammiert.

»Er will, dass du seine Familie an Heiligabend kennenlernst? Das ist heftig. Bist du bereit dafür?« Lainey hob eine Handvoll von Courtneys Locken an und betrachtete sie genau. »Du musst unbedingt den Conditioner verwenden, bevor du die Hartsons triffst.« Sie seufzte. »Verdammt, wenn du mir früher davon erzählt hättest, dann hätte ich dir einen Termin frei gehalten, aber wir sind vor dem Fest komplett ausgebucht. Vielleicht kann ich jemanden finden, der Mrs Fairfax in ihrem Haus einsperrt ...«

»Hör auf damit.« Courtney lachte. »Ich brauche keinen Termin. Du hast mich erst letzte Woche in den Salon zitiert, erinnerst du dich? Und es ist nur ein zwangloses Beisammensein, bei dem wir ein paar alte Weihnachtsfilme gucken. Logan meinte, der Dresscode wären Jeans und Pullover.«

Lainey presste ihre Lippen aufeinander und musterte Courtney genau.

»Was?«, fragte Courtney und rümpfte die Nase über den prüfenden Blick. Lainey war auf dem Heimweg vom Salon vorbeigekommen, nachdem sie wieder einmal bis spät in die Abendstunden die Leute in *Hartson's Creek* geneckt und aufgehübscht hatte. Als Courtney ihr die Haustür öffnete, fiel ihr eine einzelne Schneeflocke so unverhofft vor die Füße, dass sie zuerst dachte, es wäre eine Feder.

Sie und Ellis hatten den Tag damit verbracht, die Ställe auszumisten, um zu verhindern, dass die Tiere bei dem vorhergesagten Schneesturm frieren. Obwohl der Blizzard laut Wetterbericht nur einen Tag andauern sollte, bestand Ellis darauf.

»Was genau ist eigentlich mit dir und Logan los?«, fragte Lainey schließlich und hob die Tasse Kaffee an ihre Lippen.

»Was meinst du?«

»Seid ihr jetzt ein Paar?« Lainey beobachtete ihre Reaktion genau. »Immerhin stellt er dich seiner Familie vor. Das muss doch etwas bedeuten.«

»Wir sind kein Paar.« Courtney presste ihre Lippen aufeinander und dachte über die Frage ihrer Freundin nach. »Wir leben nicht einmal im selben Bundesstaat. Und wir kennen uns kaum. Es ist zu früh für so etwas.«

»Schatz, du bekommst sein Baby. Es ist eher zu spät als zu früh.« Lainey verbiss sich ein Grinsen. »Ich verstehe dich nicht. Ihr beide habt heißen Sex, Logan ist nicht nur der Vater deines Kindes, sondern auch absolut hinreißend. Warum macht ihr es dann nicht offiziell?«

Courtney stützte die Unterarme auf den Tresen und starrte auf ihren unangetasteten koffeinfreien Kaffee. »So einfach ist das nicht. Es sollte nie mehr als eine lockere Affäre sein. Was wegen des Babys nicht mehr möglich ist. Aber Tatsache ist, dass er in Boston lebt und ich hier.« Sie schaute auf ihren Bauch hinunter und rieb sanft über die deutliche Wölbung. Es fiel ihr immer schwerer, sie nicht ständig zu berühren. Verrückt, wie schnell sie sich an den Gedanken gewöhnt hatte, dass ein kleines Leben in ihr wuchs. Es fühlte sich so natürlich an. So echt. Sie konnte sich keinen sichereren Ort für ihr Baby vorstellen als den Platz unter ihrem Herzen.

»Ich sage es dir nur ungern, aber ihr seid euch näher als viele andere Paare, die ich kenne. Jedes Mal, wenn du ihn siehst, landet ihr zusammen im Bett.« Lainey schüttelte den Kopf, ihre Augenbrauen zogen sich zusammen. »Ich habe Angst, dass du am Ende verletzt wirst.«

»Verletzt? Wie?«

»Du hast diesen seltsamen Gesichtsausdruck, wenn du über ihn sprichst. Deine Stimme wird auch ganz leise. Ich glaube, du verliebst dich gerade in ihn. Ich kenne dich, Courtney. Du bist nicht der Typ für eine Affäre.«

»Ich komme schon klar.« Courtney schenkte ihr ein beruhigendes Lächeln. »Ich bin eine erwachsene Frau, schon vergessen?«

»Aber was ist mit dem Baby? Wirst du nach der Geburt weiter mit Logan schlafen? Das wird euer Kind doch verwirren, oder?«

Courtneys Lächeln geriet ins Wanken. »Ich weiß es nicht. So weit habe ich noch nicht vorausgedacht.«

»Das musst du aber. Denn die Sache zwischen euch beiden ist so heiß, dass ich das Gefühl habe, mich jedes Mal zu verbrennen, wenn wir beide darüber reden. Und wenn *ich* mich schon so fühle, wie muss es dann dir dabei gehen? Selbst wenn wir erwachsen sind und mit den Grauzonen einer Beziehung umgehen können, Kinder können das nicht. Sie wollen Gewissheit. Entweder sind Mom und Dad zusammen oder sie sind es nicht. Ich kann dir mit Sicherheit sagen, dass dein Baby keine unklaren Familienverhältnisse gebrauchen kann.« Lainey seufzte. »Tut mir leid. Aber das musste ich mal loswerden. Mir ist klar, dass mich das nichts angeht. Aber ich hab dich lieb, und ich weiß, was du durchgemacht hast.«

Courtney griff nach Laineys Hand und verschränkte ihre Finger. »Ich hab dich auch lieb«, sagte sie mit fester Stimme. »Mir ist bewusst, dass du dich um mich sorgst. Und du hast recht. Ich muss herausfinden, was zwischen Logan und mir Sache ist. Schon allein wegen des Babys.«

»Vielleicht wird er dich bitten, bei ihm zu wohnen«, warf Lainey ein, und ihre Augen weiteten sich. »Würdest du nach Boston ziehen?«

»Das kann ich nicht. Mein Leben ist hier.« Courtney stieß den

Atem aus. »Ich liebe diese Farm. Und ich glaube nicht, dass Ellis ohne mich zurechtkommen würde.« Ihr Magen rumorte bei dem Gedanken daran. »Das könnte ich ihm und Mary nicht antun.« Sie hob ihren Blick zu Lainey. »Und es würde mich umbringen, so weit von dir entfernt zu sein. Keine Ahnung, was ich ohne dich tun würde.«

Lainey grinste. »Gott sei Dank. Ich habe mich schon gefragt, wann du mich endlich erwähnst. Ich werde die Lieblingstante deines Babys sein, schon vergessen?«

»Natürlich nicht.« Courtney drückte Laineys Hand erneut. »Ich schätze, ich muss über vieles nachdenken.«

»Überlege es dir nach Weihnachten. Nachdem du seine Familie kennengelernt hast.« Laineys Augen funkelten amüsiert. »Und wer weiß, vielleicht beschließt Logan ja, hierher zu ziehen, um bei dir und dem Baby zu sein.«

»Ich glaube nicht, dass das passieren wird«, gab Courtney zurück. »Er strahlt übers ganze Gesicht, wenn er über seine Restaurants spricht. Man muss ihn nur ansehen, um zu erkennen, dass er in Boston glücklich ist.« Sie lächelte sanft. »Und Cam lebt auch dort.«

»Du weißt doch, dass ich immer für dich da sein werde. Ich und *Hartson's Creek* führen eine feste Beziehung.« Lainey verzog das Gesicht. »Das ist wahrscheinlich die einzige Beziehung, die ich in einer Stadt wie dieser haben werde. Es sei denn, Ryan Reynolds verirrt sich für eine Intimrasur in meinen Salon.« Sie wackelte anzüglich mit den Brauen.

Courtneys Mund stand offen. »Lainey!« Dann beugte sie sich vor. »Hast du das schon mal bei einem Mann gemacht?«

»Noch nicht, aber für Ryan würde ich es tun.« Sie zwinkerte. »Aber genug von den Kerlen. Ich habe ein Weihnachtsgeschenk für dich.« Sie holte eine kleine Schachtel aus ihrer Tasche und reichte sie Courtney. »Und auch eins für das Baby.«

»Du verwöhnst ihn oder sie schon jetzt.« Courtney nahm beide Päckchen entgegen und küsste Lainey auf die Wange. »Danke. Mein Geschenk für dich liegt unter dem Baum.« Sie ging um den Tresen herum in das kleine Wohnzimmer. Den künstlichen

Weihnachtsbaum hatte sie letzte Woche aufgestellt. Es war dieselbe Plastiktanne, die sie und Shaun immer benutzt hatten. Sie hatten sie in dem Jahr gekauft, in dem sie geheiratet hatten, den Weihnachtsschmuck ebenso. Da es auf dem Hof zu jeder Jahreszeit geschäftig zuging, stellen sie den Baum immer erst in letzter Sekunde auf. In den letzten beiden Jahren hatte Courtney ganz darauf verzichtet, aber in diesem wollte sie alles festlich für das Baby dekorieren, auch wenn es noch nicht auf der Welt war.

Der Baum sah ein bisschen verloren aus mit seinen roten Kugeln, dem gleichfarbigen Lametta und den Lichtern, die nicht einmal blinkten. Nächstes Jahr würde sie eine echte Tanne aufstellen. Und sie würde auch neue Dekoration kaufen. Dann wäre das Baby fast sechs Monate alt. Bei dem Gedanken daran wurde ihr ganz warm ums Herz. Auch wenn ihr Baby nicht wusste, was sie feierten, konnte sie es kaum erwarten, mit ihrem Kind neue Traditionen zu pflegen.

»Bitte sehr«, sagte sie und wandte sich mit einem Lächeln an Lainey. »Aber öffne es nicht vor dem Weihnachtstag.«

Lainey grinste. »Ryan Reynolds passt da nicht rein. Es sei denn, du hast ihn vakuumverpackt.«

»Sag niemals nie.« Courtney zwinkerte.

»Vielen Dank.« Lainey umarmte sie fest. »Und es tut mir leid, dass ich dich mit Fragen gelöchert habe. Auch wenn das als deine beste Freundin meine Pflicht ist.«

»Schon okay. Du hast nichts erwähnt, was mir nicht sowieso durch den Kopf spukt.«

»Denk über all das nach, wenn die Feiertage vorbei sind«, erinnerte Lainey sie. »So, und jetzt gehe ich und lege den vakuumverpackten Ryan unter meinen Baum.« Sie schenkte Courtney ein warmes Lächeln. »Frohe Weihnachten, Süße. Genieß es. Es ist dein letztes vor dem Baby.«

»Ich weiß.« Courtney nickte, ihre Brust füllte sich mit Wärme. Egal, was passieren würde, dieses Baby – ihres und Logans – war das Wichtigste in ihrem Leben.

Und wenn sie für dieses kleine Wesen herausfinden musste, was zwischen ihr und Logan lief, dann würde sie das tun.

19. Kapitel

Langsam öffneten sich die imposanten schwarzen Tore vor Grays und Maddies Grundstück, und Logan trat aufs Gaspedal, um der geschotterten Auffahrt zu folgen. Dank eines Schneesturms, der länger als vorhergesagt gedauert hatte, war sein Flieger erst am späten Nachmittag gelandet. Im Stillen dankte er Gott dafür, dass die Autovermietung noch einige Geländewagen mit Allradantrieb zur Verfügung hatte und nicht nur die üblichen Sportwagen, die er sonst bevorzugte.

Gray und Maddie hatten sich für die diesjährige Weihnachtsdekoration mächtig ins Zeug gelegt. Auf beiden Seiten ihres großen Ranchhauses standen zwei riesige Tannen, an deren Zweige sich funkelnde Lichter hochschlängelten. Auch das Haus selbst war festlich beleuchtet, mit Lichterketten an der Veranda und über den Fenstern. Und vor der geschwungenen Treppe, die zur Eingangstür führte, saß ein lebensgroßer Weihnachtsmann in seinem Schlitten, gezogen von acht Rentieren, die mit den Köpfen nickten.

»Oh je«, sagte Courtney atemlos. »Halt mich davon ab, meinen kleinen Plastikbaum zu erwähnen. Ich bin so neidisch auf diese Dekoration.«

»Du bist mir immer noch einen Schritt voraus. Ich habe nicht einmal daran gedacht, mir einen Baum zu besorgen.«

Courtneys Mundwinkel zuckten amüsiert. »Du bist ein richtiger Scrooge«, neckte sie ihn.

»Ein Plastikbaum ist nicht viel besser. Und außerdem schlecht für die Umwelt.«

»So wie riesige Geländewagen?« Sie zog eine Braue hoch.

»Da hast du mich erwischt.« Er grinste über ihren Humor, dann wurde er wieder ernst. »Aber wenigstens ist so ein Wagen sicher. Diese Wolken versprechen nichts Gutes.« Er warf einen Blick aus dem Fenster auf den grau-schwarzen Himmel. Es sah bedrohlich nach einem weiteren Blizzard aus.

»Ich auch nicht«, stimmte Courtney zu. »Vorsichtshalber habe ich die Hühner mit Vaseline behandelt.« Sie wusste, dass ihm ihre Schwäche für Hühner gefiel. Er hatte sie mehr als einmal für ihre Fürsorge bewundert.

Logan bog am Ende der Einfahrt nach links ab und steuerte einen freien Parkplatz an.

»Ihr seid eine große Familie«, bemerkte Courtney und betrachtete die vielen Fahrzeuge, die vor dem Haus abgestellt waren. »Wie viele seid ihr noch mal?«

»Ich habe drei Brüder und eine Schwester. Gray und Tanner sind verheiratet, also werden Maddie und Van dabei sein. Und dann sind da noch mein Dad und Tante Gina sowie Maddies Familie.«

»Becca ist die jüngste von euch, richtig?« Courtneys Brauen zogen sich konzentriert zusammen, als würde sie versuchen, sich alle Einzelheiten einzuprägen.

»Ja. Gray ist der Älteste, ein Jahr später kamen Cam und ich auf die Welt. Tanner ist noch ein Jahr jünger, und Becca ist das Baby der Familie.«

»Ich dachte, sie sei fünfundzwanzig?«

»Das ist sie.« Er zuckte mit den Schultern. »Aber sie ist unsere kleine Schwester. Das wird sich nie ändern.«

»Ich wette, du bist überfürsorglich, wenn es um sie geht.« Courtney grinste ihn an, und auch seine Mundwinkel zuckten kurz.

»Sie hat eine Menge durchgemacht«, verteidigte sich Logan. Er hatte Courtney erzählt, dass ihre Mom gestorben war, als Becca noch ein kleines Mädchen war. Er und Cam waren damals neun Jahre alt. »Wir kümmern uns gerne um sie.«

»Und ich kann mir vorstellen, dass sie das nicht immer will. Das Einzige, was noch schlimmer als ein überfürsorglicher Bruder ist, sind vier.« Courtney zuckte mit den Schultern. »Nicht, dass ich damit Erfahrung hätte.«

»In ein paar Minuten wirst du eine große, überfürsorgliche und neugierige Familie hautnah erleben. Also mach dich auf was gefasst«, sagte er augenzwinkernd.

Sie drehte sich zu ihm um, und ihr warmer Blick begegnete seinem. »Ich nehme nicht an, dass du nach Hause gehen und dich mit mir vor dem Feuer in eine Decke kuscheln willst?«

Er streckte seine Hand aus und umfasste ihren Kiefer. Sie sah ihn aus ihren großen, blauen Augen an. »Nichts wäre mir lieber, als mit dir in eine Decke gekuschelt vor dem Feuer zu sitzen«, erwiderte er. »Wenn du lieber wieder nach Hause willst, dann lass uns umkehren.«

Sie schmiegte ihr Gesicht in seine Handfläche. Er liebte die Art, wie sie ihn gerade betrachtete, als wäre er im Moment alles, was in ihrer Welt zählte. Langsam neigte er seinen Kopf, bis ihre Lippen nur noch einen Zentimeter voneinander entfernt waren. »Ich meine es ernst«, murmelte er und drückte seinen Mund auf den ihren. Es war nur eine flüchtige Berührung, aber sie jagte einen Schauer der Erregung über seinen Rücken.

In Courtneys Gegenwart verwandelte er sich in einen Narren. Jeder kohärente Gedanke löste sich auf, und sein ganzes Sein konzentrierte sich nur noch auf sie. Wie sie aussah, wie sie sich anhörte, wie verdammt gut sie roch.

So war es seit dem Moment, als sie sich kennengelernt hatten. Wenn er ehrlich war, hatte er noch nie so empfunden. Es war fast so, als wäre er abhängig von ihr. Und sie war für ihn die stärkste Droge der Welt.

»Wir können reingehen«, sagte sie und lächelte ihn an. »Es wäre unhöflich, es nicht zu tun.«

»Bist du sicher?«

Sie nickte. »Ich bin mir sicher.«

Er versuchte, das Gefühl der Enttäuschung zu verdrängen, das in ihm aufwallte. Obwohl Courtney recht hatte, konnte ihn diese Einsicht nicht davon abhalten, sie zu begehren.

»Also gut. Los geht's.«

»Der ist für dich«, sagte Maddie und reichte Courtney einen alkoholfreien Eierlikör-Cocktail, kaum dass Logan sie in die weitläufige Küche im hinteren Teil des Hauses geführt hatte. Courtney sah sich um. Ihr stockte der Atem, als sie die teuren Geräte und die Arbeitsflächen aus Marmor betrachtete. Auf der anderen Seite der Frühstückstheke – an der locker zehn Personen Platz fanden, ohne dass es eng wurde – befand sich ein gemütliches Wohnzimmer mit cremefarbenen Ledersofas, einem Achtzig-Zoll-Flachbildfernseher an einer Wand und Glastüren an einer anderen, die in den Garten führten. Links vom Wohnzimmer befand sich der Essbereich mit einem Tisch, an den weitere zwanzig Personen passen würden. Dahinter stand eine riesige, echte Weihnachtstanne, an deren Spitze, ziemlich knapp unter der Decke, ein Engel saß. Der restliche Weihnachtsschmuck bestand aus glänzenden Schmuck und funkelnden Lichtern.

»Danke.« Courtney lächelte Maddie an. Sie war die einzige Person in diesem Raum, abgesehen von Logan, die sie kannte. »Euer Haus ist wunderschön.«

»Das sah vor zwei Stunden noch ganz anders aus.« Maddie verzog das Gesicht. »Normalerweise kann man nicht einen Meter gehen, ohne über ein Spielzeug oder ein Kind zu stolpern. Wir haben in Windeseile aufgeräumt. Jetzt bin ich, ehrlich gesagt, ziemlich erledigt.«

»Sind die Zwillinge schon im Bett?«

»Meinst du meine Zwillinge?«, hakte Maddie nach. »Ja, sie schlafen. Aber für alle Fälle trage ich das hier mit mir rum.« Sie zeigte auf einen Monitor, den sie vor sich auf den Tresen gestellt hatte. »Gray und ich haben eine Abmachung. Ich kümmere mich die ersten zwei Stunden um unsere Kinder, er die nächsten zwei.«

Logan trat hinter sie und legte seine Hand auf ihren unteren Rücken. »Courtney, das ist mein älterer Bruder Gray«, stellte er den großen, gutaussehenden Mann neben sich vor. Gray trug eine dunkle Hose und ein weißes Hemd, das am Kragen aufgeknöpft war.

»Es ist mir ein Vergnügen«, sagte Logans Bruder leise und beugte sich vor, um ihr die Hand zu schütteln.

Natürlich wusste sie, wer Gray Hartson war. Wie jeder andere Amerikaner auch. Schließlich war seine Stimme ständig über die Rock- und Country-Radiosender zu hören.

»Hi«, grüßte sie und lächelte ihn an. »Ich habe gerade zu Maddie gesagt, dass euer Haus wunderschön ist. Ich bin mir ziemlich sicher, dass mein Cottage genau in die Ecke dort drüben passt.«

Gray lachte. »Logan hat mir erzählt, dass du auf einer Farm lebst.«

Sie nickte. »Ich lebe und arbeite dort.«

»Das klingt so romantisch«, meinte Maddie grinsend. »Wie in einem Film oder so.«

»Glaub mir, es ist nicht wie im Film, wenn sich die Hühner gegen dich verbünden.«

Logan stupste ihr in die Seite. »Es sei denn, Alfred Hitchcock ist der Regisseur.«

Courtney schüttelte amüsiert den Kopf. »Wie oft muss ich dir noch erklären, dass sie sich nur auf dich stürzen, weil sie dich mögen.« Sie drehte sich wieder zu Maddie um. »Weißt du, dass meine Hühner am Morgen, nachdem Logan zu Besuch war, mehr Eier legen?«

Logan musterte sie interessiert. »Das hast du mir nie erzählt.«

»Ich wollte nicht, dass es dir zu Kopf steigt«, neckte sie ihn. Aber was sie gesagt hatte, war die reine Wahrheit. Er war nicht nur der heißeste Typ, den sie je getroffen hatte, sondern hatte auch deutliche Auswirkungen auf die Legeverhalten ihrer Hennen. Vielleicht sollte sie Hesters Nest mit einem seiner Hemden ausstaffieren.

»Ist das der Grund, warum du mich immer wieder einlädst?«

Sie seufzte. »Und schon ist es dir zu Kopf gestiegen.«

Maddie lachte. »Darf ich dich mal mit meinen Jungs besuchen? Sie würden bestimmt gern deine Hühner sehen.«

»Natürlich. Jederzeit. Dann zeige ich euch alles. Nicht nur den Hühnerstall.« Courtney konnte nicht anders, als Maddie zu mögen. Sie war so nett, und ihre offene Art gab einem das Gefühl, willkommen zu sein.

»Ich möchte dir den Rest meiner Familie vorstellen«, sagte

Logan und deutete hinüber zum Wohnbereich.

»Klar.« Sie lächelte Maddie und Gray an. »Danke noch mal für die Einladung.«

Maddie betrachtete sie mit einem warmen Ausdruck in den Augen. »Wir reden später weiter.«

Immer noch mit seiner Hand an ihrem Rücken, führte Logan sie an der Frühstückstheke vorbei in den Wohnbereich. »Das sind Tanner und Van«, stellte er sie dem Paar vor, das neben den Sofas stand. »Mein jüngerer Bruder und seine Frau.«

»Ihr betreibt das Autokino neben der Cutler-Farm, nicht wahr?«, fragte sie und schüttelte ihnen beiden die Hände.

»Ja, das ist richtig«, erwiderte Tanner und lächelte warmherzig. »Es ist toll, dich kennenzulernen. Und herzlichen Glückwunsch zu dem Baby.«

»Du solltest vorbeikommen, wenn wir wieder öffnen«, schlug Van vor und strich ihr blondes Haar über die Schulter. »Wir haben gerade die Feiertagssaison beendet und machen bis April eine Pause. Aber dann geht es mit einem Paukenschlag wieder richtig los.« Sie blickte auf Courtneys Bauch hinunter. Courtney wusste, dass die Wölbung unter ihrem roten Kleid deutlich zu sehen war. »Wann ist es soweit?«

»Am fünfundzwanzigsten Juni«, antwortete Logan. Courtney schaute zu ihm auf und war überrascht, dass er sich das Datum gemerkt hatte. In ihren Gedanken war es fest verankert, weil sie es ständig vor Augen hatte, aber Logan hatte es nur einmal gesagt bekommen, als sie beide in der Arztpraxis waren.

Van grinste. »Dieses Jahr hatten wir einmal in der Woche Vorführungen, bei denen wir Mütter ermutigt haben, mit ihren Babys zu kommen. Das war Maddies Idee. Einige ihrer Freundinnen aus dem Geburtsvorbereitungskurs hatten Angst, dass das Schreien ihrer Babys andere Kunden stören könnte. Deshalb hatten wir spezielle Vorführungen nur für sie im Programm, und die Babys konnten nach Herzenslust laut sein. Wir wollen das im nächsten Jahr fortführen. Vielleicht möchtest du auch kommen?«

»Das klingt wunderbar«, stimmte Courtney zu. Jeder in Logans Familie war so freundlich und liebenswert, dass sie ein wenig überwältigt war. »Ich würde gerne kommen.«

»Ich besorge mir deine Nummer von Logan. Dann machen wir was aus«, sagte Tanner, bevor Logan sie weiter zu seinem Dad und Tante Gina führte.

Wie seine Brüder und ihre Frauen, war auch Logans Tante freundlich und zuvorkommend. Sein Dad wirkte ruhiger, schüttelte Courtney die Hand und erkundigte sich, ob es ihr gut gehe, bevor er still dasaß und zuhörte, während Tante Gina ihr tausend Fragen über die Schwangerschaft stellte. Neben den beiden saß Maddies Mom, die ebenfalls interessiert zuhörte.

Es war seltsam zu sehen, wie viel entspannter Logan inmitten seiner Familie war. Sein Arm umschloss locker ihre Taille, und er lächelte mehr, als sie es jemals zuvor bei ihm gesehen hatte.

Das Baby, das in ihr heranwuchs, würde zu all diesen wunderbaren Menschen gehören. Logan würde es vermutlich mitnehmen, wenn er seine Familie besuchte. Es würde mit Maddies Söhnen spielen können. Auf die riesige Holzschaukel im Garten klettern. Sich an Tante Gina kuscheln und ihren Geschichten lauschen.

Courtneys Mund fühlte sich trocken an, als sie an ihr Gespräch mit Lainey dachte. Ihre beste Freundin hatte recht. Es wäre für ihr Kind verwirrend, wenn es einerseits in Logans Familie lebte und andererseits mit seiner Mutter, ohne dass es Berührungspunkte zwischen beiden Seiten gab. Nicht nur für das Baby, sondern auch für sie selbst wäre das keine angenehme Situation. Sie spürte plötzlich eine Sehnsucht danach, Teil von Logans Familie zu sein, dazu zu gehören.

Doch sie war nur Logans Affäre, die zufällig schwanger geworden war. Wenn Courtney nicht sein Kind im Bauch tragen würde, wäre sie jetzt nicht hier. Sie wäre allein zu Hause und würde sich wahrscheinlich einen Weihnachtsfilm ansehen.

»Und das ist Cam. Mein Zwillingsbruder.«

Courtney drehte sich zu dem Mann um, der neben Logan stand. Obwohl sie das gleiche Gesicht hatten, konnte sie die Unterschiede sofort erkennen. Cam hatte längere Haare und einen kleinen Höcker auf der Nase – das Souvenir einer Football-

Verletzung aus Schulzeiten, wie Logan ihr erzählt hatte. Und sein Blick war ganz anders, wenn er sie ansah. Er war zwar freundlich und offen, aber das Verlangen, das stets in Logans Augen brannte, war nicht da.

Sie holte tief Luft, lächelte und sah zu Cam auf. »Es ist schön, dich endlich kennenzulernen.«

»Ebenso.« Cam war ein Mann weniger Worte. Auch davon hatte Logan schon berichtet. Obwohl Cam auf dem Footballfeld viel zu sagen hatte, war er im echten Leben viel schüchterner als sein Zwilling. Zumindest hatte Logan es so erklärt.

»Bist du erst heute hergeflogen?«, erkundigte sie sich.

Cam schüttelte den Kopf. »Gestern. Am Samstag muss ich wieder in Boston sein, weil wir am Sonntag spielen.«

»Du musst viel reisen«, warf sie ein.

»Ja. Aber das ist okay.« Er lächelte sie an. »Wie geht es dir? Macht dir mein Bruder irgendwelche Probleme?«

»Er benimmt sich vorbildlich«, antwortete sie und entspannte sich etwas. Von all den Familienmitgliedern hatte sie sich am meisten vor der Begegnung mit Cam gefürchtet. Vielleicht, weil sich die beiden so nahestanden. »Und er behandelt mich gut. Er schickt mir jeden Tag Gebäck. Ich werde nicht mehr durch die Türen passen, bevor das Baby kommt.«

Cams Augen funkelten, als er lachte. Es hörte sich genauso an wie das von Logan. »Mich will er auch immer füttern.«

»Das ist vergebliche Mühe«, betonte Logan. »Du isst ohnehin den ganzen Tag.«

»Ich verbrenne auch viele Kalorien.« Cam zuckte mit den Schultern. »Wisst ihr schon, ob es ein Junge oder ein Mädchen wird?«

Courtney suchte Logans Blick. »Ich möchte mich überra...«

»Sie will sich überraschen lassen.«

Sie mussten lachen, weil sie beide gleichzeitig antworten wollten. »Noch so ein Punkt, den wir besprechen sollten«, sagte sie, als sich ihre Blicke wieder trafen.

Sie hatte noch nie jemanden gekannt, bei dem sie sich so ruhig und gleichzeitig so nervös fühlte. Wie ein schmerzhafter Stich, gefolgt von einem Kuss. Logan ließ seine Hand von ihrem unteren Rücken an ihre Hüfte wandern und zog sie näher zu sich heran. Augenblicklich wollte sie mit ihm verschmelzen.

Aber wie sollte das gehen? Sie hatten nicht einmal eine richtige Beziehung. Verdammt, die Schwangerschaftshormone ließen sie auf die merkwürdigsten Gedanken kommen.

»So oder so, ich sorge dafür, dass du ein paar Babyklamotten mit dem Logo der *Boston Bobcats* bekommst.« Cam grinste. »Man muss sich die Fans von klein an heranziehen.«

»Was ist, wenn er oder sie ein anderes Team bevorzugt?«, stichelte Courtney.

Cams Mund blieb offen stehen, und Logan lachte schallend. »Ich kann verstehen, warum du sie magst«, sagte Cam an seinen Zwillingsbruder gewandt. »Die Frau hat Mumm.«

Die nächsten zwei Stunden vergingen wie im Fluge. Courtney lernte Becca und Maddies Familie kennen und ging mit Gray nach oben, um nach seinen schlafenden Söhnen zu sehen. Es gab festliche Musik im Hintergrund. Die Familie stimmte sogar ein Weihnachtslied an. Zwischendurch redeten alle miteinander, wobei der Humor nicht zu kurz kam. Insgesamt war es ein wundervoller Abend in einer ausgesprochen harmonischen Großfamilie. Für Courtney fühlte es sich fast so an, als würde sie ein Weihnachtsspecial im Fernsehen live erleben. Und zugleich fühlte sie sich, als würde sie dazugehören. Was aber eigentlich nicht stimmte.

Kein Wunder, dass sie sich irgendwann erschöpft fühlte und es sich mit Maddie, Van und Becca auf den Sofas bequem machte, um den von Becca ausgesuchten Weihnachtsfilm anzuschauen. Auf dem übergroßen Fernseher war James Stewart in einem Schwarz-Weiß-Film zu sehen, über ihm eine dunkle Brücke, an dessen Pfosten er sich gelehnt hatte, und neben ihm plätscherte der Fluss.

»Geht es dir gut?«, flüsterte Logan ihr zu. Er hatte sich von hinten auf die Rückenlehne des Sofas gestützt. Den ganzen Abend über wich er kaum von ihrer Seite, ließ seine Hand auf ihrer Taille ruhen und zog sie regelmäßig an sich, um sich zu vergewissern, dass es ihr gut ging. Angesichts seiner Aufmerksamkeit und seiner Familie war sie geradezu glücklich.

Sie fühlte sich so wohl, als wäre sie Teil seiner Familie, als gehöre sie zu ihrem Leben dazu. »Mir geht's gut«, versicherte sie ihm und schenkte ihm ein Lächeln.

»Du siehst erschöpft aus. Soll ich dich nach Hause bringen?«

»Du kannst sie mir jetzt nicht schon wieder wegnehmen«, beschwerte sich Becca und lächelte Courtney an. »Du hast sie mir doch gerade erst vorgestellt.«

Courtney sah zu Logan. »Vielleicht fahren wir in einer halben Stunde?«

»Dann lass uns jetzt Popcorn machen«, schlug Maddie vor, stand auf und streckte ihre Arme nach Courtney aus. »Ich möchte dein Baby füttern.«

»Hört sich gut an.« Courtney grinste und versuchte, nicht zu reagieren, als Logan seine Lippen auf ihre Wange drückte und sie sanft küsste.

Sie könnte sich wirklich an dieses Leben gewöhnen. Wenn sie ein Teil davon wäre.

Logan lehnte an der Frühstückstheke, die Ärmel seines dunkelblauen Hemdes hochgekrempelt, ein Bier in der linken Hand. Von seinem Platz hatte er einen perfekten Blick auf Courtney. Sie saß schlafend auf dem Sofa, die Beine leicht angezogen, eine Hand ruhte auf der leichten Wölbung ihres Bauches. Neben ihr teilten sich Maddie und Van eine Schüssel Popcorn, Becca aß ihren Anteil und den von Courtney gleich mit.

»Ich mag sie«, sagte Cam und folgte Logans Blick. »So viel mehr als die meisten Frauen, mit denen du ausgegangen bist.«

»Du meinst, weil Courtney echt ist, richtig?«, mischte sich Gray ein und grinste. Es war ein Dauerthema zwischen den Brüdern, Logan damit aufzuziehen, dass er nie Zeit für Dates hatte.

»Ich meine es ernst.« Cam nahm einen Schluck von seinem Bier. »Als du mir erzählt hast, dass sie schwanger ist, habe ich mir

Sorgen gemacht. Es hätte ja sein können, dass sie hinter deinem Geld her ist und mit Absicht schwanger wurde.«

»Dass ihr so von ihr denken würdet, war ihre größte Angst«, entgegnete Logan.

»Tue ich ja nicht mehr.« Cam zuckte mit den Schultern.

»Maddie mag sie«, sagte Gray. »Und meine Verlobte hat eine hervorragende Menschenkenntnis. Van und Becca stimmen ihr übrigens zu. Wenn die drei denken würden, dass da etwas faul wäre, würden sie nicht so mit ihr zusammensitzen.«

Logan sah wieder zu Courtney hinüber. Ihr Kopf hatte sich zur Seite geneigt. Er musste sie wirklich nach Hause bringen, aber der Gedanke daran bereitete ihm Schmerzen in der Brust. Denn dann würde er mit seiner Familie Weihnachten feiern, statt die Zeit mit ihr zu verbringen.

»Was läuft da zwischen euch beiden?«, fragte Cam wie nebenbei.

Logan runzelte die Stirn. »Was meinst du?«

»Führt ihr beide eine richtige Beziehung? Seid ihr so richtig zusammen? Ich verstehe nicht ganz, was zwischen euch läuft.«

Logan seufzte und fuhr mit dem Finger über das Kondenswasser auf seiner Flasche. »Ich weiß es nicht«, gab er zu. »Ich mag sie. Aber es gibt keine Zukunft für uns. Ihr Leben ist hier, und meines in Boston. Auf Dauer kann das mit uns nicht funktionieren.« Das laut auszusprechen, fühlte sich wie ein Tritt in die Magengrube an. Wenn er mit Courtney zusammen war, kam ihm Boston wie eine andere Welt vor. Seit er sie heute Abend im Kreis seiner Familie erlebt hatte, wurde er den Gedanken nicht los, dass sein Leben immer so aussehen sollte. Aber das ging nicht.

»Würde sie zu dir nach Boston ziehen?«, hakte Cam nach.

Logan schüttelte den Kopf. »Ich habe sie nicht gefragt. Und werde es auch nicht tun. Du solltest sie mal auf der Farm sehen. Sie liebt diese verdammten Hühner. Und dann sind da noch ihre Schwiegereltern. Die beiden verlassen sich auf sie. Ich möchte sie nicht aus ihrem gewohnten Umfeld reißen.«

»Aber ihr Mann ist doch tot, oder?«, bohrte Cam weiter.

Gray schüttelte über die Frage den Kopf. »Mann. Taktvoll zu

sein, gehört wirklich nicht zu deinen Stärken.«

Logan zog eine Augenbraue hoch und entschied sich, Cam zu antworten. »Ja, ihr Mann ist seit zwei Jahren tot. Aber sie steht ihren Schwiegereltern sehr nahe. Soweit ich das beurteilen kann, sind sie für sie wie eigene Eltern. Courtneys Mom ist gestorben, als sie noch klein war, und ihren Dad sieht sie nicht oft.«

»Was ist mit dem Baby?«, wollte Gray nun wissen und musterte ihn neugierig. »Wie wollt ihr das schaffen, wenn du in Boston bist und Courtney hier?«

»Ich verbringe die Wochenenden hier. Zumindest im ersten Jahr. Danach werden wir weitersehen.« Er atmete tief ein und ignorierte das seltsame Ziehen in seiner Brust. »Es wird nicht einfach, aber ich will, dass es funktioniert. Ich möchte nicht, dass das Baby aufwächst und nicht weiß, wer ich bin.«

Gray sah ihn mitfühlend an. »Das wird eine harte Zeit. Für euch alle.«

»Ich habe keine andere Wahl«, sagte Logan. »Meine Geschäfte laufen in Boston. Ich kann das Unternehmen nicht von hier aus leiten. Glaub mir, ich habe lange darüber nachgedacht, aber es ist nicht möglich. Ich habe Jahre gebraucht, um es so weit zu bringen. Die Restaurants sind auch ein Teil von mir.« Teile eines riesigen Puzzles, die sein verrücktes Leben ergaben, und doch wollten die einzelnen Puzzlestücke nicht mehr zusammenpassen. Er war es nicht gewohnt, seine Probleme nicht lösen zu können. Leider hatte der Tag nur vierundzwanzig Stunden. Wie sollte er da Job und Familie unter einen Hut bekommen?

»Sie ist eine wunderschöne Frau«, sagte Gray und betrachtete Courtney. »Wie würdest du dich fühlen, wenn sie einen anderen Mann heiratet? Deinem Kind einen Stiefvater schenkt?«

Logans Griff um seine Flasche wurde so fest, dass seine Knöchel weiß hervortraten. »Was denkst du denn? Das würde keine Rolle spielen. Ich habe kein Recht, sie daran zu hindern.« Das Schlimme war, dass er wollte, dass sie glücklich war. Aber er wollte auch derjenige sein, mit dem sie ihr Glück teilt.

»Du hast noch Zeit, um die Dinge zu klären«, murmelte Cam. »Es sind noch sechs Monate bis zur Geburt des Babys.«

»Wolltest du nicht Anfang des Jahres das nächste Restaurant eröffnen?«, lenkte Gray das Gespräch in eine andere Richtung. »Wie läuft es damit?«

»Gut. Der Termin steht nach wie vor.« Logan presste seine Lippen aufeinander und ignorierte den bitteren Geschmack in seinem Mund. »Kommt ihr zur Eröffnungsparty?«

»Ja. Maddies Schwester wird auf die Kinder aufpassen. Dann haben wir das Wochenende frei.« Grays Miene hellte sich auf, als er das sagte.

Cam klopfte Logan auf die Schulter. »Und ich habe dir schon zugesagt. So, und jetzt hör auf, Trübsal zu blasen, und lächle mal wieder. Es ist Weihnachten, und die ganze Familie ist hier. Zeit zum Feiern.«

»Der Film ist vorbei.« Die sanften Worte weckten sie aus ihrem Traum. Courtney schlug die Augen auf und spürte einen warmen Atem an ihrer Wange. Ohne hinzusehen, wusste sie, dass es Logan war. Die Art und Weise, wie sich ihre Haut in seiner Gegenwart erhitzte, war Beweis genug.

Sie warf einen Blick auf den Fernseher. Während des Films war sie immer wieder eingeschlafen, und jetzt lief der Abspann. »Wie spät ist es?«, fragte sie.

»Fast Mitternacht. Ich bringe dich nach Hause, damit du deinen Strumpf aufhängen kannst.«

Logans Scherz ließ sie lächeln. »Ich glaube, dafür wird es zu spät sein.«

Ihr ganzer Körper schmerzte, als sie aufstand, und Logan ging um das Sofa herum, um ihr zu helfen. Sie verabschiedeten sich von seiner Familie, wünschten sich gegenseitig ein frohes Weihnachtsfest. Dann verließen sie das große, lebendige Haus und traten in die Dunkelheit des Weihnachtstages.

»Ich hätte dich schon vor Stunden heimbringen sollen«, meinte Logan, als er ihr die Treppe hinunter zum Parkplatz half. »Du siehst müde aus.«

»Ich wollte bleiben«, entgegnete sie, aber ihr war die Erschöpfung anzuhören. »Es war ein schöner Abend.«

»Ja.« Sein Mundwinkel hob sich. »Fand ich auch.«

Sie muss wieder eingeschlafen sein, noch bevor Logan den Motor angelassen hatte, denn als sie das nächste Mal die Augen öffnete, hielt er vor ihrem Cottage. Der Schnee, den der Sturm vorhin aufgewirbelt hatte, glitzerte im Mondlicht. »Bleib sitzen«, wies Logan sie sanft an und kam um den Wagen herum zu ihrer Tür. Mit einem zärtlichen Blick reichte er ihr die Hand und half ihr beim Aussteigen.

Er war schon den ganzen Abend so liebevoll zu ihr. Es gefiel ihr fast genauso gut, wie seine Kommandos beim Sex. Jedes Mal, wenn sie ihn sah, kam eine andere Seite von ihm zum Vorschein. Ein anderer Logan. Und jede einzelne bereitete ihr Herzschmerzen.

Ihr Schuh blieb an einem Stein im gefrorenen Boden hängen. Sie stolperte, doch Logan fing sie mühelos auf. Er legte seinen Arm um ihre Taille und führte sie die Treppe nach oben. »Gib mir deinen Schlüssel«, bat er. »Ich schließe auf.«

Courtney griff in ihre Handtasche und zog das lederne Etui heraus. Logan nahm es ihr aus den müden Fingern. Die Erschöpfung, die sie seit Beginn des vierten Monats empfand, war anders als vorher. Nicht so allumfassend, aber wenn sie kam, spürte Courtney sie bis in die Knochen. Sie hatte Glück, dass Logan neben ihr stand und sie stützte.

Als sie eintraten, lag immer noch ein Hauch Zimt in der Luft, von dem Gebäck, das er gestern geschickt hatte. Sie lächelte über die Erinnerung an seine süßen Aufmerksamkeiten. »Kommst du mit rein?«, fragte sie und hob den Kopf, um ihm in die Augen zu schauen. In seinem Blick lag ein Feuer, das ihre Müdigkeit verdrängte.

»Ich sollte nicht …«

»Ich weiß, aber ich möchte, dass du noch bleibst.«

Er schloss die Haustür und senkte den Kopf, bis seine Stirn die ihre berührte. »Scheiß drauf«, flüsterte er und verschloss ihre

Lippen mit seinen. »Dann stehe ich eben früher auf.«

»Ich muss auch zeitig raus.« Sie erwiderte seinen Kuss, warm und einladend, und legte ihre müden Arme um seinen Hals. »Ich verspreche, dich nicht die ganze Nacht wach zu halten.«

Er lachte, dann hob er sie hoch, und sie schlang die Beine um seine Hüften.

Später lag sie mit dem Kopf auf Logans nackter Brust, während seine Hand sanft durch ihre Locken strich. »Ich bin so froh, dass du der Vater dieses Babys sein wirst«, flüsterte sie und kuschelte sich enger an ihn.

Er küsste sie auf den Kopf, und sein Brustkorb hob sich, als würde ihm der Atem stocken. »Ja.« Seine Stimme war belegt. »Darüber bin ich auch froh.«

20. Kapitel

Irgendetwas gab ein furchtbar lautes Geräusch von sich. Courtney öffnete die Augen und runzelte die Stirn, als sie vom Licht der Wintersonne geblendet wurde. Sie brauchte einen Moment, um herauszufinden, wo zum Teufel sie war.

Im Bett. Mit Logan. Am Weihnachtsmorgen. Und ihr Telefon klingelte auf dem Nachttisch. Sie hob es auf und runzelte die Stirn, als sie Carls Namen auf dem Display erkannte. Ein Seitenblick verriet ihr, dass Logan noch fest schlief. Seufzend nahm sie den Anruf entgegen.

»Hallo?«

»Wir warten vor der Kirche auf dich. Wo bist du?« Seine Stimme klang abgehackt.

Sie setzte sich auf und zog die Brauen zusammen, als sie auf die Uhr an der Wand schaute. Es war fast zehn Uhr. Wie zum Teufel hatte sie nur so lange schlafen können? Neben ihr atmete Logan immer noch leise und rhythmisch, die Decke fest um seine Hüften gewickelt.

»Ich habe verschlafen«, sagte sie und bemühte sich, gelassen zu klingen. »Ihr solltet ohne mich reingehen.«

»Aber wir besuchen am Weihnachtstag immer zusammen den Gottesdienst. Das ist Mom und Dad sehr wichtig. Sie werden nicht in die Kirche gehen, bis du da bist.«

Courtney schloss die Augen. Ihr Hals fühlte sich kratzig und rau an bei dem Gedanken, Mary und Ellis im Stich zu lassen. »Ich komme zu euch nach Hause, wenn ihr zurück seid«, schlug sie vor und fühlte sich furchtbar schuldig. »Sag ihnen, dass es mir leid tut, okay?«

»Hat das etwas mit *ihm* zu tun?«

Sie brauchte Carl nicht zu fragen, von wem er sprach. Sie erkannte es an der Bitterkeit in seinem Tonfall. Vielleicht war er sogar die Straße entlang gefahren und hatte Logans Mietwagen draußen vor dem Cottage gesehen. Sie presste ihre Lippen zusammen und versuchte, das unangenehme Ziehen in ihrem Magen zu ignorieren. »Ich bin einfach nur müde, Carl. Es war eine anstrengende Woche, und gestern wurde es spät.«

»Ich schätze, wir sind nicht mehr wichtig für dich.«

»Das ist nicht wahr«, sagte sie etwas zu laut und weckte damit Logan. Blinzelnd stützte er sich auf einen Arm, um sie anzuschauen.

Courtney zeigte auf ihr Telefon und verzog das Gesicht. Er nickte verständnisvoll. »Ist er noch da?«, fragte Carl.

Ihr wurde schlecht. »Carl, bitte ...«

»Verdammt noch mal, Courtney. Ein Besuch in der Kirche, das ist alles, was Mom und Dad wollten. Ein gemeinsamer Tag, um an Shaun zu denken und etwas Zeit mit dir zu verbringen. Und jetzt liegst du im Bett mit einem Typen, der dich geschwängert hat. In *Shauns* Haus.«

Tränen brannten in ihren Augen. Bei dem Gedanken, Ellis und Mary enttäuscht zu haben, tat ihr das Herz weh. Die beiden hatten das nicht verdient, nicht nach allem, was sie durchmachen mussten.

Was ist mit dem, was du *durchgemacht hast?*, sagte eine leise Stimme in ihrem Kopf. Courtney verdrängte die Worte wieder. Sie würde sich niemals erlauben, so zu denken. Shauns Tod war furchtbar gewesen, aber sie hatte jetzt eine Zukunft. Und Ellis und Mary würden nie über seinen Verlust hinwegkommen.

»Ich werde ihnen sagen, dass du später zu ihnen kommst«, sagte Carl und seufzte. »Lass sie nicht noch einmal hängen. Das haben sie nicht verdient.«

Es war, als könnte er ihre dunkelsten Gedanken lesen. »Ich werde da sein«, versprach sie.

Carl beendete das Telefonat. Courtney legte ihr Handy zurück auf den Nachttisch. »Bist du okay?«, fragte Logan, seine Stimme war noch schlaftrunken.

Sie zwang sich zu einem Lächeln. »Mir geht's gut. Ich schätze, wir haben verschlafen.«

Seine Mundwinkel zuckten. »Sieht so aus.« Er griff nach ihr und zog sie zu sich hinunter, bis seine warmen Lippen auf ihren lagen. »Frohe Weihnachten«, flüsterte er und küsste sie innig.

»Frohe Weihnachten«, erwiderte sie und schloss die Augen, als er den Kuss vertiefte, sie zurück aufs Bett drückte und ihren Körper mit seinem bedeckte.

Warum fühlte sich in seiner Gegenwart all das so richtig an, wenn sie doch wusste, wie falsch es war? Darauf fand sie so schnell keine Antwort und erwiderte seinen Kuss.

Als Logan an diesem Morgen kurz nach elf Uhr zum Haus seines Bruders aufbrach, regnete es bereits. Nachdem er gegangen war, sah Courtney nach den Hühnern und fütterte sie. Anschließend packte sie die Geschenke für ihre Schwiegereltern auf den Beifahrersitz ihres rostigen roten Trucks und fuhr zum Farmhaus von Mary und Ellis. Seit sie Shaun geheiratet hatte, verbrachte sie jedes Weihnachten mit ihnen. Eine Alternative gab es kaum, weil ihre Mom schon vor Jahren gestorben war und ihr Dad wieder geheiratet hatte und weit weg lebte.

Als Courtney ihren Wagen geparkt hatte, blieb sie noch einen Moment sitzen. Durch den Nieselreigen konnte sie das Haus nur verschwommen erkennen. Die zweistöckige Fassade war mit weiß gestrichenen Brettern verkleidet. An einigen Stellen blätterte die Farbe ab, und das Holz darunter kam zum Vorschein. Die grau abgesetzte Veranda überragte die Eingangstreppe und reichte von einer Ecke des Hauses bis zur anderen. Sie wusste, dass Mary hier im Sommer auf dem Schaukelstuhl saß und häkelte, während Ellis seine Arbeit erledigte. Courtney stieg aus und ging schnellen Schrittes zur Beifahrerseite, darum bemüht, vom Regen nicht völlig durchnässt zu werden. Sie schob ihre Hände unter den Stapel mit Geschenken, trat mit dem Absatz die Tür zu und eilte die Stufen zur Haustür hinauf.

Auch Mary und Ellis schlossen nur selten ab. Courtney war sich nicht einmal sicher, ob sie noch wussten, wo sie den Schlüssel aufbewahrten. Einer von den beiden war immer zu Hause, meistens Mary, oder aber nur eine Rufweite entfernt auf den Feldern.

Trotzdem klopfte Courtney an, um sie nicht zu überraschen. Ellis' tiefe Stimme rief ihr zu, dass sie eintreten solle. Beide Arme voller Geschenke, drückte Courtney die Klinke mit dem Ellenbogen nach unten und stemmte ihre Hüfte gegen das Holz, sodass sich die Tür mit einem leisen Knarren öffnete.

»Ich bin es«, rief sie.

Mary erhob sich mit einem warmen Lächeln aus dem alten Ohrensessel vor dem Kamin. »Komm rein, Kind. Du bist ja ganz nass. Der Regen fing an, als wir aus der Kirche kamen. Carl ließ uns unter der Markise warten, während er den Wagen holte.«

Courtney legte die Geschenke, die sie bei sich trug, auf den Couchtisch in der Mitte des Raumes. Wie alles andere war auch dieser alt. Shaun hatte ihr erzählt, dass Ellis und Mary seit ihrer Hochzeit nichts in dem alten Bauernhaus verändert hatten. Im Sommer waren sie zu sehr mit der Arbeit beschäftigt, und im Winter hatte niemand Lust, zu streichen oder zu tapezieren.

Und doch hatte das Haus etwas sehr Heimeliges an sich. Die abgenutzte Couch war mit Steppdecken bedeckt, die Mary im Laufe der Jahre genäht hatte, und jeder Tisch trug die Ringe und Kratzer von Generationen von Roberts, die hier gelebt hatten. Es war wie ein Stück lebendige Geschichte – etwas, das Courtney nicht gekannt hatte, bevor sie nach *Hartson's Creek* gekommen war.

»Es tut mir so leid, dass ich den Gottesdienst verpasst habe«, sagte Courtney und umarmte Mary fest. »Ich habe verschlafen.« Das war die Wahrheit, obwohl sie sich schlecht fühlte, es zugeben zu müssen.

»Oh Süße, du brauchst dich nicht zu entschuldigen.« Mary drückte sie an sich. »Ich weiß noch, wie schwer das alles in der Schwangerschaft war. Beide Male habe ich mehr geschlafen, als ich wach war.« Sie strich liebevoll über Courtneys Arm. »Setz dich ans Feuer und wärm dich auf. Ich mache dir eine heiße Schokolade.«

»Ich kann dir dabei helfen.«

»Oh nein, das tust du nicht. Jetzt hör auf das, was ich dir sage, und leg die Füße hoch.« Marys Stimme war fest. »Ellis!«, rief sie. »Courtney ist hier.«

»Ist Carl auch da?«, fragte Courtney und sah sich nach ihrem Schwager um.

»Er hat heute Nachmittag Dienst. Vor einer halben Stunde ist er gefahren«, erklärte Mary.

Courtney atmete leise aus und ließ sich in den Sessel fallen. Das Feuer knisterte neben ihr, ab und zu löste sich ein Funken aus der Glut. Es war eine Erleichterung, Carl nicht zu sehen, so furchtbar das auch klingen mochte. Sie hatte heute keine Geduld für seine spitzen Bemerkungen.

»Frohe Weihnachten«, sagte Ellis und betrat das Wohnzimmer. Er trug seine beste Sonntagskleidung und hatte sogar eine Krawatte umgebunden. Er fuhr mit einem Finger unter den Knoten, als wäre das Ding nicht besonders bequem. Es war selten, dass man ihn in etwas anderem als seiner Arbeitskleidung sah, die im Winter aus dicken Twillhosen und warmen Pullovern und im Sommer aus dünneren Hosen sowie einem kurzärmeligen Hemd mit offenem Kragen bestand. Wie Shaun war er drahtig gebaut, schlank und erstaunlich stark für einen Mann seines Alters. Er umarmte Courtney, und sie erwiderte seine herzliche Begrüßung.

»Hier ist die heiße Schokolade«, verkündete Mary und kam mit einem Tablett wieder herein. »Und uns beiden habe ich einen Kaffee gemacht.«

»Danke, Liebes.« Ellis nickte und reichte Courtney ihren Becher, bevor er seinen eigenen nahm. »Lasst uns auf besinnliche Weihnachten anstoßen.«

»Auf besinnliche Weihnachten«, sagte Courtney und lächelte die beiden an.

»Oh, ich habe etwas für dich.« Mary stellte ihren Becher auf den Tisch und ging zum Baum hinüber. »Ich weiß, dass wir normalerweise erst nach dem Mittagessen Geschenke austauschen, aber das hier ist etwas Besonderes. Ein kleines Extra, wenn du so willst.« Sie hob ein großes Geschenk auf, das in schönem Papier eingewickelt war. Es raschelte, als Mary es übergab.

Courtney sah sie verlegen an. »Was ist da drin?«

»Mach es auf und sieh nach.«

Was auch immer es war, es fühlte sich leicht an. Courtney zog an der Schleife, um sie zu lösen, dann zupfte sie an dem Klebeband, bis sich das Papier entfernen ließ. Darunter befand sich eine Steppdecke. Sie faltete sie auf, und ihr Mund wurde trocken, als sie die bestickten Quadrate betrachtete. Auf jedem einzelnen war ein anderes Tier abgebildet mit der jeweiligen Bezeichnung darunter. Der Stoff war in einem neutralen Gelb gehalten, was sowohl für ein Mädchen als auch einen Jungen passte.

»Ich war mir nicht sicher, welches Thema du für dein Kinderzimmer wählst«, sagte Mary leise. »Aber ich denke, Tiere gehen immer, oder?«

Courtney starrte immer noch auf die Decke. Wie jede von Marys Handarbeiten war auch diese wunderschön. Courtney wusste aus Erfahrung, dass es Wochen gedauert haben musste, um alles so perfekt hinzubekommen. »Wann hast du die Zeit dafür gefunden?«, fragte sie.

»Ich habe die Bilder schon eine Weile«, gab Mary zu und ihr Gesicht rötete sich. »Ich habe wohl immer gehofft, dass ich eines Tages ein Enkelkind haben werde. Als du sagtest, dass du ein Kind erwartest, habe ich mit der Arbeit daran begonnen. Ellis hat mir geholfen. Wie du weißt, wollen meine Finger an manchen Tagen nicht so recht.«

Courtney konnte die Tränen nicht mehr zurückhalten. »Die Decke ist wunderschön«, sagte sie mit belegter Stimme und wischte sich mit dem Handrücken über die Wangen. »Es tut mir leid, dass ich weinen muss. Das habe ich nicht erwartet. Es ist ... überwältigend. Wie ein Erbstück.« Sie sah zu ihnen auf und lächelte über die Tränen hinweg. »Solltest du sie nicht aufbewahren, bis Carl Vater wird?«

Marys Miene wurde sanfter. »Oh nein, mein Schatz. Wir möchten sie unserem ersten Enkelkind schenken. Deinem Baby.« Sie schaute auf die Steppdecke auf Courtneys Schoß herunter. »Du bist für uns genauso unsere Tochter wie Carl unser Sohn ist. Und wir wollen die Großeltern dieses Babys sein, wenn du uns lässt.«

»Natürlich werde ich das.« Sie fühlte sich von Marys Worten überwältigt. »Ich kann mir keine besseren Großeltern vorstellen.«

Ellis räusperte sich und schaute zur Seite. Sie bemerkte, dass auch er Tränen in den Augen hatte.

»Wir sollten etwas Weihnachtsmusik hören«, murmelte er, ging zur alten Stereoanlage hinüber und suchte durch die CD-Sammlung. »Es soll ein fröhliches Fest sein.«

Mary sah Courtney an und beide lächelten. »Natürlich, Schatz«, rief Mary. »Ich muss schnell mal in die Küche und nach dem Essen sehen.«

»Ich helfe dir«, bot Courtney an und wollte aufstehen.

»Oh nein, das wirst du nicht. Du bleibst sitzen und lässt dich bedienen«, wies Mary sie an. »Dieses Jahr verwöhnen wir dich, und nächstes Jahr das Baby.« Sie strahlte übers ganze Gesicht. »Ich habe lange darauf gewartet, dass neues Leben in dieses Haus kommt, und ich kann dir gar nicht sagen, wie glücklich mich das macht.«

Courtney nickte und presste die Lippen zusammen, um nicht laut zu schluchzen. Seltsam, dass glückliche Momente sie immer zum Weinen brachten. Traurigkeit natürlich auch, und davon hatten sie alle in den letzten Jahren zu viel gehabt. Sie sah wieder auf die Steppdecke hinunter, und ihr Herz füllte sich mit Liebe. Es war das erste Geschenk, das sie für das Baby bekommen hatte, und sie wusste, dass sie es immer in Ehren halten würde.

Ihr wurde klar, dass sie sich schon länger nicht mehr einsam gefühlt hatte. Sie war ja auch von warmherzigen Menschen umgeben, die an ihrem neuen Leben teilhaben wollten. Ellis und Mary, Logan und seine Familie, Lainey und Maddie ... sogar Carl war auf seine Art zuvorkommend.

Zu den Klängen von Bing Crosby drang Ellis' tiefe Stimme aus der Küche, gefolgt von Marys Lachen. Courtney konnte sich nicht erinnern, wann sie Mary das letzte Mal hatte lachen hören.

Sie schluckte den Kloß in ihrem Hals hinunter. Dann faltete sie die Decke sorgfältig zusammen und strich vorsichtig mit den Fingern über die Stickereien.

Sie wollte von nun an nur noch positive Gedanken zulassen.

21. Kapitel

»Ich habe nachgedacht«, sagte Cam, als Logan ihn zur Abflughalle des Flughafens begleitete.

»Das ist immer gefährlich«, entgegnete Logan und grinste seinen Zwilling an. Cam erwiderte es.

Es war der Morgen nach Weihnachten. Cam musste zurück nach Boston fliegen, weil er am Sonntag ein Spiel hatte. Logan hatte ihm angeboten, ihn zum Flughafen zu fahren. Es kam nicht oft vor, dass die beiden Zeit miteinander verbringen konnten, vor allem nicht während der Football-Saison. Logan hatte so gut wie keine freie Minute mehr, weil er mit den Vorbereitungen der Restauranteröffnung und wegen des Babys mehr als genug zu tun hatte.

Er freute sich darauf, etwas Zeit mit seinem Zwillingsbruder zu verbringen, während sie auf Cams Flug warteten.

»Okay, ich beiße an. Worüber hast du nachgedacht?«, hakte Logan nach, als sie durch die große Drehtür in die Abfertigungshalle gingen.

»Du solltest hier in der Nähe ein Haus kaufen.«

»In *Hartson's Creek*?«

Cam nickte. »Ja. Du hast selbst gesagt, dass du nach der Geburt des Babys viel öfter hier sein möchtest. Und ich kann mir nicht vorstellen, dass du jedes Mal, wenn du dein Kind besuchst, bei Dad und Tante Gina, Tanner oder bei Gray bleiben willst. Außerdem gibt das dem Baby etwas Stabilität. Verstehst du, was ich meine?«

Logan blinzelte verwirrt. Cam war nicht der Typ, der Ratschläge gab. Er sagte immer, er sei zu sehr mit seinem eigenen Leben beschäftigt, um das anderer Menschen zu kommentieren.

»War das deine Idee?«, fragte Logan misstrauisch.

»Gray und Tanner haben mir vielleicht einen kleinen Gedankenanstoß gegeben.« Cam zuckte mit den Schultern. »Aber es macht Sinn. Und es ist eine gute Investition. Sieh dir Tanner an, er kauft überall in der Stadt Häuser.«

»Tanner hat eine Menge Zeit«, sagte Logan. »Und viel Geld.«

»An Geld mangelt es dir auch nicht«, wandte Cam in spielerischem Ton ein, während er zu den Monitoren mit den aktuellen Abflügen aufschaute. »Ich muss zu Schalter achtundzwanzig«, sagte er und griff nach seinem Koffer. »Willst du dich hier verabschieden?«

»Ich begleite dich noch ein Stück.« Sie gingen weiter, und Logan verfiel ins Grübeln. Cam hatte recht. Er brauchte ein eigenes Haus in seiner Heimatstadt. Es musste groß genug für ihn und das Baby sein und sollte vielleicht noch ein oder zwei Gästezimmer haben, falls Courtney bei ihm übernachten wollte.

»Ich checke mal ein«, informierte Cam ihn, als sie den Schalter der ersten Klasse erreichten. »Ich brauche nur fünf Minuten.«

»Okay.« Logan beobachtete, wie sein Bruder zu einem lächelnden Mann in Uniform hinüberging, der ihn willkommen hieß. Dann drifteten seine Gedanken wieder ab. Er hatte gestern Abend noch spät bei Courtney angerufen, um sich zu vergewissern, dass alles in Ordnung war. Sie hatte ihm erzählt, dass sie heute Morgen mit Maddie einkaufen gehen würde.

Es war seltsam, wie glücklich es ihn machte, dass seine Familie sie fast so sehr zu mögen schien wie er selbst. Noch seltsamer fand er, dass er sich Courtney und ihr Baby immer wieder in der Küche seines Hauses vorstellte, das es nicht einmal gab.

»Ich bin bereit.« Cam kam zurück zu Logan, seine Papiere in der Hand. »Du hast diesen Ausdruck im Gesicht, Bro.«

»Welchen Ausdruck?«, fragte Logan und zog die Brauen zusammen.

»Der, den du immer hast, wenn du Pläne schmiedest. Das kenne ich nur zu gut.«

Logan fuhr mit dem Finger an seinem Kiefer entlang. »Meinst du, Tanner könnte mir helfen, ein Haus zu finden?«, fragte er.

Cam lächelte. »Er ist schon dabei. Du wirst noch in dieser Woche eine Liste möglicher Objekte von ihm erhalten.«

Es war unmöglich, nicht über das zufriedene Grinsen seines Bruders zu lachen. Logan schüttelte den Kopf. »Ich hätte es wissen müssen.«

»Ja, das hättest du. Und sei dankbar, dass ich Gray überzeugen konnte, kein weiteres Haus auf seinem eigenen Land zu bauen. Ich dachte mir, dass du ab und zu ein bisschen Privatsphäre von unserer überfürsorglichen Familie haben möchtest.« Cam zuckte mit den Schultern. »Außerdem hoffe ich, dass ich bei dir pennen kann, wenn ich dich besuche.«

»*Mi casa es su casa*, Bro. Das weißt du doch«, erwiderte Logan und blieb am Eingang zur Sicherheitskontrolle stehen.

»Mach's gut«, sagte Cam und umarmte ihn. »Wir sehen uns spätestens bei der Eröffnung des Restaurants.«

»Ja, du auch. Wir sehen uns.« Logan grinste seinen Bruder an. »Tritt den Gegnern morgen auf dem Spielfeld so richtig in den Arsch.«

»Das habe ich vor.« Cam winkte zum Abschied, dann drehte er sich um und verschwand zum Erste-Klasse-Security-Check. Logan sah ihm einen Moment lang nach, dann verließ er die Abflughalle und kehrte zum Parkplatz zurück.

Als er in den Geländewagen stieg, schwirrte ihm der Kopf. Er dachte gleichzeitig an die Suche nach einem passenden Haus, die Dinge, die er für das Kinderzimmer brauchen würde, und an die Eröffnung seines Restaurants. Am stärksten war jedoch das Bild einer ganz bestimmten Farmerin mit einem sexy Lächeln, das jeden seiner Gedanken überstrahlte. Wenn er es sich genau überlegte, hatte er nur einen Wunsch: jede verdammte Sekunde mit ihr zu verbringen.

Ihm ging definitiv zu viel durch den Kopf.

»Wow, wer hätte gedacht, dass Babys so viele Dinge benötigen?« Courtney starrte auf die App auf ihrem Handy. Sie und Maddie waren für eine Shoppingtour in den Babyladen im Einkaufszentrum außerhalb von *Maple Cross* gefahren, um eine Baby-Wunschliste für Courtney zu erstellen. »Brauche ich wirklich einen

Feuchttuchwärmer? Ich möchte das Kind auch nicht zu sehr verhätscheln.«

Maddie lachte. »Als ich schwanger war, hat Gray darauf bestanden, eine sündhaft teure Babywanne zu kaufen. Sie hat Lichter und Düsen und all diese Extras, die niemand braucht. Als wir sie das erste Mal benutzten, weinte Presley so sehr, dass ich schwor, ihm das nie wieder anzutun. Wenn jetzt Badezeit ist, zieht sich Gray aus, steigt in unsere Wanne, und ich reiche ihm die Zwillinge. Einen nach dem anderen.« Maddie schüttelte den Kopf. »Nein, du brauchst vermutlich nicht mal die Hälfte von dem Zeug, auf das viele Mütter schwören. Aber die Leute finden es toll, werdende Moms zu beschenken. Deshalb brauchst du eine Wunschliste mit Dingen, die du nie kaufen würdest, aber gebrauchen könntest.«

Courtney nickte und strich den Feuchttuchwärmer von der Liste. Es war so angenehm, Maddie bei sich zu haben. Sie wusste einfach, worauf man als Mutter achten sollte und welche Dinge sie benötigen würde. Und Maddie hatte betont, dass sie genauso viel Spaß bei ihrem Ausflug hatte wie sie selbst. »Dank dir kann ich shoppen und ein paar Stunden ohne meine Jungs verbringen. Das ist ein Gewinn für beide Seiten«, hatte sie betont, als sie Courtney von der Farm abholte.

»Ich glaube, ich werde mir so eine Hightech-Babywanne wünschen«, wandte Courtney nicht grundlos ein. »Ich habe niemanden, der für mich in die Wanne steigt.« Schon gar keinen heißen Hartson-Mann. Eine weitere kleine Erinnerung daran, wie sehr sich ihr Leben von dem der meisten Mütter unterschied, die sie im Geburtsvorbereitungskurs kennenlernen würde.

»Ja, leider. Logan wird nur selten da sein, solange er in Boston so eingespannt ist.« Maddie biss sich auf die Unterlippe. Ihre Miene wurde sanfter, als sie Courtney ansah. »Entschuldige, wäre es dir lieber, wenn wir nicht über ihn sprechen?«

»Nein, ist schon okay«, beruhigte Courtney sie, als die beiden zum Anmeldeschalter gingen. »Und du hast recht. Die meiste Zeit werde ich allein mit dem Baby sein.«

Maddies Lächeln war mitfühlend. »Das wird nicht einfach

werden.«

»Ich werde das schon schaffen. Immerhin kann ich Schafe scheren und habe oft genug bei unseren Schweinen Hebamme gespielt. Im Vergleich dazu wird das Leben mit dem Baby ein Kinderspiel sein.« Sie rieb sich den Bauch und grinste Maddie an. Es hatte keinen Sinn, sich Ängste einzugestehen. Sobald sie die Gedanken an mögliche Probleme zuließ, begannen die Sorgen in ihrem Kopf geradezu zu wuchern. Besser war es, positiv zu denken und sich nur die guten Dinge auszumalen. Vielleicht würden sich ihre Hoffnungen ja bewahrheiten.

»Darf ich dich etwas fragen?« Maddie musterte sie von der Seite.

»Klar.« Courtney nickte.

»Du kannst mir ruhig sagen, dass ich mich um meine eigenen Angelegenheiten kümmern soll, aber ich habe mich gewundert, ob ihr, du und Logan, ein Paar seid.« Sie zog eine Grimasse. »Ich höre mich an wie meine neugierige Schwester. Aber ich will dich nicht verärgern, wenn ich eine Glückwunschkarte an euch beide richte, obwohl ich euch jeweils eine schicken sollte.« Sie seufzte. »Tut mir leid, ich bin aufdringlich, nicht wahr?«

Maddie war das Unbehagen anzusehen. »Schon okay, und das meine ich wirklich so. Ich wäre an deiner Stelle genauso verwirrt. Es ist ja auch kompliziert. Ich mag Logan sehr. Und natürlich bedeutet ein gemeinsames Baby, dass wir für immer miteinander verbunden sind. Aber sein Leben spielt sich in Boston ab und meins hier.«

»Und wenn er hier in der Gegend wohnen würde?«, hakte Maddie nach und nahm einen Dreierpack Schnuller in die Hand. »Übrigens, du wirst verdammt viele davon brauchen. Das Baby ist zur Hälfte ein Hartson, und die sind verdammt laut.«

Courtney grinste. »Alles klar. Und was deine Frage betrifft: Wenn Logan hier wohnen würde und sich etwas mehr ergeben würde, hätte ich nichts dagegen.«

Maddie sah von den Schnullern auf. »Hast du ihm das gesagt?«

»Nein. Und das hatte ich auch nicht vor. Das klingt, als würde ich zu viel verlangen. Ich habe ihn über seine Restaurants sprechen hören. Sie sind wichtig für ihn.«

»Das sind sie. Manchmal zu wichtig. Er arbeitet so verdammt viel, dass es verrückt ist. Gray beschwert sich immer über Logans engen Terminplan. Er behauptet, Logan sei unabkömmlicher als Cam, der kaum mal einen Tag frei hat.« Maddie seufzte. »Logan musste sich schon immer etwas beweisen. Ich glaube, das hat begonnen, als er seine Football-Karriere aufgeben musste.«

»Du meinst wegen seiner Knieverletzung?«

Maddies Augen weiteten sich. »Er hat dir davon erzählt?«

»Ja. Er sagte, es sei in der Highschool passiert.«

»Er war so ein guter Spieler. Noch besser als Cam. Und das soll was heißen.« Maddies Stimme war sanft. »Ich erinnere mich nicht mehr an viel, weil ich jünger bin als die beiden. Aber Gray hat mir erzählt, dass Logan sehr lange gebraucht hat, um sich mental und körperlich zu erholen. Das Problem war nicht unbedingt das vorzeitige Ende seiner vielversprechenden Karriere. Logan konnte nicht damit umgehen, ein Leben zu führen, das anders war als das seines Zwillingsbruders. Bis dahin waren sie unzertrennlich gewesen, brillierten gemeinsam beim Football. Und plötzlich gehörte Logan nicht mehr dazu.« Sie fuhr sich mit der Zungenspitze über die Unterlippe. »Deshalb hofft Gray, dass Presley und Marley unterschiedliche Interessen haben. Er möchte nicht, dass einer der beiden dasselbe durchmacht wie Logan.«

»Es hört sich wirklich so an, als müsste sich Logan immer noch etwas beweisen.« Courtney runzelte die Stirn. Wenn Logan so dachte, dann war er blind für seinen Erfolg, denn seine Geschäfte liefen hervorragend.

Maddie wirkte nachdenklich. »Es ist, als würde er glauben, nur an einer glanzvollen Karriere bemessen zu werden. Als wäre er als Mensch ohne Erfolg nichts wert. Und ich bin mir sicher, dass er nicht eifersüchtig auf Cam ist. Es ist nur so, dass ihn sein Ehrgeiz davor bewahrt hat, nach seiner Verletzung in eine Depression zu verfallen. Er hat gekämpft, statt zu flüchten. So war er wohl schon immer.« Maddie presste ihre Lippen aufeinander. »Und das Dumme ist, dass er das alles weiß. Von allen Brüdern ist Logan derjenige mit der höchsten emotionalen Intelligenz. Er hat eine Therapie gemacht und glaubt fest daran, dass alles besser wird, wenn man die Dinge beim Namen nennt. Wenn seine Geschwister Probleme haben, reden sie zuerst mit ihm.«

»Vielleicht fällt es ihm leichter, Ratschläge zu erteilen, als selbst welche anzunehmen«, warf Courtney ein. Sie wusste, wie sich das anfühlte. Das war eine weitere Eigenschaft, die sie miteinander verband, eine von vielen. Sie erinnerte sich an ihr erstes Treffen und zog die Brauen zusammen. Sie hatte vermutlich wie eine typische Kleinstadt-Farmerin gewirkt, Logan dagegen hatte Zuversicht und Erfolg ausgestrahlt. Unter anderem deswegen hatte sie sich zu ihm hingezogen gefühlt.

Aber es steckte viel mehr hinter seiner selbstsicheren Fassade. Dessen war sie sich von Anfang an sicher. Das brachte sie dazu, ihn näher kennenlernen zu wollen. Sie sah, dass er offen und authentisch war, menschlich. Er war der Mann, der sie nachts wachhielt, auch wenn sie nicht zusammen waren. Und wann immer er bei ihr war, brachte er ihr Inneres zum Glühen, bis sie in einem Feuerwerk explodierte.

»Ich glaube, für heute haben wir genug Sachen auf die Liste gesetzt«, sagte Maddie, und ihr warmer Blick traf auf den von Courtney. »Lass uns noch zu diesem tollen Café um die Ecke gehen. Sie machen riesige Cupcakes, füllen sie mit geschmolzener Schokolade und überziehen sie mit Schlagsahne. Wenn du einmal davon probiert hast, willst du nichts anderes mehr essen.«

Courtney grinste. »Du sprichst mir aus dem Herzen.« Ihre Freude wurde noch größer, als sich Maddie bei ihr unterhakte. Arm in Arm gingen sie zum Tresen und gaben die Liste ab.

Maddie nickte. »Als ich dich sah, wusste ich, dass wir uns gut verstehen würden.«

»Ich kann nicht glauben, dass ich morgen zurückfliegen muss«, sagte Logan, als Courtney am nächsten Abend in seinen Armen lag. »Es fühlt sich an, als wäre ich gerade erst angekommen.«

Sie drehte sich zu ihm um und stützte ihr Kinn auf seine nackte Brust. Seine Haut war immer so schön warm. »Ich wünschte, du müsstest nicht abreisen«

Er atmete schwer aus. »Ich auch. Aber wir haben weniger als einen Monat bis zur Eröffnung des Restaurants, und nichts ist fertig. Für den exklusiven Bericht im *Boston Life Magazine* sollte aber alles mehr als perfekt sein.«

»Exklusive Berichterstattung klingt wichtig.« Sie lächelte ihn an. »Das ist doch gut, oder? Je mehr Publicity, desto besser.«

»Ja«, stimmte er zu. »Aber es bedeutet auch mehr Arbeit. Ich glaube nicht, dass ich mir bis zur Eröffnung noch einmal ein Wochenende frei nehmen kann.« Er seufzte. »Tut mir leid, du willst mich bestimmt nicht über unwichtige Dinge meckern hören.«

»Erstens meckerst du nicht, und zweitens ist dir dein Job wichtig.« Sie betrachtete ihn mit ernstem Blick. »Und drittens würde ich gern wissen, wie dein Leben in Boston aussieht, wegen des Babys.«

Logan sagte einen Moment lang nichts. Seine Brauen zogen sich zusammen, und er starrte ins Leere. Hatte sie etwas Falsches gesagt?

Courtney schluckte schwer. »Entschuldige, ich wollte dir nicht zu nahe treten. Du hast mit dem Restaurant so viel zu tun. Und dann noch das Baby. Manchmal mache ich den Mund auf, und die Worte sprudeln nur so heraus.«

»Nein, es liegt nicht an dir«, beruhigte er sie. »Ich habe über ein paar Dinge nachgedacht.«

»Willst du darüber reden?«, hakte sie leise nach. Aus Erfahrung wusste sie, dass ein Gespräch immer die bessere Alternative war, als sämtliche Probleme allein lösen zu wollen.

»Ja«, antwortete er und strich durch ihre dunklen Locken. »Ich glaube, das möchte ich.« Er blickte immer noch ins Leere. »Ich weiß nicht mehr, was ich will.«

»Das ist verständlich. Du bist in einer schwierigen Situation.«

»Das kann man so sagen.« Er lachte knapp. »Ich schätze, das sind wir beide, oder?«

Sie nickte und streichelte über seine warme Haut. Es war seltsam, wie sehr sie diese zärtlichen Momente mit ihm genoss. Sie waren der perfekte Abschluss für heißen Sex, und was Logan mit ihrem Körper anstellte, war sehr heiß. Beides schien sie auf eine Weise zu erfüllen, wie nichts anderes auf der Welt.

»Was hältst du davon, wenn ich mehr Zeit hier verbringe, als ich geplant hatte?«, fragte er und betrachtete sie aufmerksam. »Ich möchte hierher ziehen, um bei dir und dem Baby zu sein. Keine Ahnung, wie das gehen soll, aber irgendwie muss ich es schaffen.«

»Du willst öfter bei uns sein?«, wiederholte sie und versuchte zu verstehen, was er meinte. »Wie ein Freund?«

Er schüttelte den Kopf. »Nein. Eher wie ein Partner. Ich weiß nur nicht, ob du das auch willst, ob du mehr Zeit mit mir verbringen möchtest.« Er blinzelte und seine Miene wurde sanfter. Einen Moment lang wirkte er verloren.

Sie nickte. »Das wäre schön.«

»Gut.« Er atmete schwer aus. »Das ist doch ein Anfang, oder? Wenn wir zusammen sein wollen.«

Ihre Brust füllte sich mit Wärme. »Ja, das ist ein Anfang. Und du musst nicht so ängstlich gucken.«

Diesmal klang sein Lachen heller. »Ich habe keine Angst. Nicht davor, mit dir zusammen zu sein. Ich befürchte nur, dass ich dich enttäuschen werde. Mein Lebensmittelpunkt befindet sich in Boston, dort verdiene ich mein Geld. Das ist nichts, was ich einfach so aufgeben kann.«

»Das ist mir klar. Und es ist in Ordnung.«

»Wenn du nicht so viele Verpflichtungen hättest, würde ich dich bitten, zu mir nach Boston zu ziehen. Wir könnten dort ein gutes Leben führen. Ich würde dir alles geben, was du brauchst.«

»Das ist ein nettes Angebot«, entgegnete sie und meinte es so, obwohl sie sich niemals darauf einlassen würde. »Aber *Hartson's Creek* ist mein Zuhause. Ich kenne niemanden außer dir in Boston, und du hast verrückte Arbeitszeiten und wärst nicht oft daheim.« Der Gedanke, mit dem Baby in einer fremden Stadt allein zu sein, ließ ihr den Mund trocken werden. Keine Farm, keine Hühner, keine Freunde. »Ich glaube nicht, dass ich so leben könnte.«

»Und deshalb verlange ich es auch nicht von dir. Ich sage dir nur, was mir durch den Kopf geht.« Seine Muskeln spannten sich unter ihren Fingern an. Wie bei einem Tier, das zum Sprung ansetzt.

»Hey«, sagte Courtney leise und schob sich an seinem Körper höher, bis ihr Gesicht nur noch wenige Zentimeter von Logans entfernt war. Sie umfasste seinen Kiefer mit ihren Händen und drückte ihre Lippen auf seine. »Ich bin froh, dass du mit mir darüber sprichst. Ich weiß, dass es eine Menge zu bedenken gibt. Aber eins sollst du wissen: Ich will mit dir zusammen sein.«

Sie spürte, wie er lächelte. »Willst du das?«

Sie nickte. »Das tue ich. Und ich verstehe, wie kompliziert dein Leben ist. Ich finde es toll, dass du darüber nachdenkst, mehr Zeit hier zu verbringen. Andere Paare haben ähnliche Probleme. Denk doch mal an die Frauen, deren Männer beim Militär sind. Wie oft sehen diese Väter ihre Kinder? Trotzdem funktioniert es. Du bist nur ein paar Stunden mit dem Flugzeug entfernt. Entweder bist du hier, oder ich besuche dich in Boston. Wir können das schaffen.«

»Ich würde mich freuen, wenn du nach Boston kommst. Dann kann ich dir zeigen, was ich so mache.«

»Das würde mir auch gefallen. Vielleicht sollten wir das bald tun, bevor mein Bauch zu groß wird und noch bevor die Frühjahrssaison auf dem Hof beginnt.«

»Wie wäre es mit nächster Woche?«

Sie lachte. »In ein paar Tagen?«

»Gleich nach Silvester. Danach habe ich Zeit, um dir alles zu zeigen.« Er drückte seine Lippen auf ihren Kiefer. »So habe ich etwas, worauf ich mich freuen kann.«

»Okay.« Sie war sich nicht sicher, wer von ihrer Antwort mehr überrascht war. Auf jeden Fall breitete sich ein Lächeln auf Logans Gesicht aus.

Er ließ seine Hände über ihren Rücken gleiten und umfasste ihren nackten Hintern. »Du bist umwerfend, weißt du das?«

Sie grinste. »Sprichst du gerade von meiner körperlichen oder meiner geistigen Attraktivität?«

»Von beiden.« Seine Augen waren dunkel. »Und übrigens, ich finde es gut, dass du uns ein Paar nennst.«

Courtney neigte ihren Kopf zur Seite. »Sind wir das denn?«

Er nickte. »Wenn du mich haben willst, gehöre ich dir. Ich weiß, dass wir diese Beziehung verkehrt herum begonnen haben, aber ich möchte, dass wir beide ein Paar sind. Ganz exklusiv. Oder wie auch immer die Jugend das heute nennt.«

»Ich bin bei diesem Dating-Kram genauso überfragt. Vielleicht habe ich mich deshalb gleich in die Baby-Phase gestürzt«, erwiderte sie grinsend.

»Das kann ich verstehen. Immerhin kann man dann gleich zu den wirklich heißen Dingen übergehen«, flüsterte er und küsste ihren Kiefer entlang bis hinter ihr Ohrläppchen.

Sie blickte auf seinen nackten Körper und spürte seine Härte an ihrem Oberschenkel. »Schon wieder?«, flüsterte sie und wusste nicht, ob sie schockiert oder erfreut sein sollte. Es war erst zehn Minuten her, dass sie sich zusammen in den Laken gewälzt hatten.

»Schon wieder«, wiederholte er und küsste sie hart. Das genügte, um ihr Verlangen erneut zu entflammen. Sie konnte nie genug von ihm bekommen. Als wäre sie darauf programmiert, auf jede Berührung, jedes Wort und jeden seiner Küsse zu reagieren.

Und sie liebte jede Minute mit ihm.

22. Kapitel

Logan hatte keine Ahnung, warum er immer zu spät zum Flughafen kam. Okay, er wusste schon, wer dafür verantwortlich war. Und die Schuldige lief gerade in ihrem Garten herum und fütterte die Hühner. Es wurde für ihn immer schwieriger, sie zu verlassen. Er starrte aus der Windschutzscheibe auf die leere Straße vor ihm und dachte nur noch an Courtney und ihr Baby.

Seltsam, wie der Gedanke an ihr Kind seine Brust mit Wärme füllte. Es war, als hätte ihn dieses Wissen verändert. Es machte ihn stärker. Er hatte erkannt, was ihm im Leben wichtig war, und konnte es kaum erwarten, dass der Rest seines Lebens begann.

Doch zuvor musste er noch einige Dinge erledigen.

Als er auf den Highway fuhr, war er so in seinen Grübeleien versunken, dass er die blinkenden Blaulichter hinter sich nicht bemerkte. Erst als der Streifenwagen dicht hinter ihm her fuhr, merkte er, dass die hellen Lichter für ihn bestimmt waren. Er seufzte und schaute auf den Tacho. Er war höchstens fünf Stundenkilometer zu schnell unterwegs. Er hob die Hand, um den Polizisten zu signalisieren, dass er sie bemerkt hatte. Dann betätigte er den Blinker, bremste und lenkte auf den Seitenstreifen, bevor er neben einer Wiese zum Stehen kam.

Jetzt würde er vermutlich wirklich zu spät zum Flughafen kommen. Er biss die Zähne zusammen und dachte an das Treffen mit den Inspektoren, das später am Tag stattfinden sollte. Wenn er seinen geplanten Flug nicht erwischte, würde er es auf keinen Fall rechtzeitig nach Boston schaffen.

Der Beamte klopfte an das Fahrerfenster, und Logan ließ die Scheibe herunter, um Carl Roberts – Courtneys Schwager – auf der anderen Seite stehen zu sehen.

»Tut mir leid«, sagte Logan und schenkte ihm ein Lächeln. Es hatte keinen Sinn, sich über ihre letzte Begegnung zu ärgern. Er war schon öfter angehalten worden – bei den Autos, die er in Boston fuhr, gehörte das zum Alltag. Und er hatte gelernt, dass ein Lächeln und eine Entschuldigung viel besser wirkten als ein Streit. »Ich bin spät dran für meinen Flug. Mir war nicht klar, dass ich zu schnell gefahren bin.«

»Du warst fast zehn Stundenkilometer über der Geschwindigkeitsbegrenzung.« Carls Augen wurden schmal. »Ich brauche deinen Führerschein und deine Zulassung.«

»Kann ich meine Brieftasche hervorholen?«, fragte Logan. Carl nickte und sagte nichts.

Logan zog seinen Führerschein heraus und reichte ihn Carl, der ihn sich genau ansah. »Das ist ein Mietwagen«, erklärte Logan ihm. »Ich habe die Papiere im Handschuhfach.

»Du wohnst in Boston«, sagte Carl und hielt den Führerschein immer noch fest.

»Das ist richtig.«

»Aussteigen.« Carl trat zurück, seine dunklen Augen immer noch auf Logan gerichtet.

»Ich soll aussteigen?«, hakte Logan nach. Dazu war er noch nie aufgefordert worden.

»Ich muss den Wagen durchsuchen. Und dich einem Alkoholtest unterziehen. Ich kann riechen, dass du getrunken hast.«

»Es ist zehn Uhr morgens«, protestierte Logan. »Ich habe schon seit Tagen keinen Tropfen angerührt.«

Carl lächelte selbstzufrieden. »Das behaupten die meisten Angetrunkenen.« Er atmete durch seine gerümpfte Nase ein. »Ich bitte dich noch ein letztes Mal, aus dem Auto zu steigen. Andernfalls nehme ich dich wegen Behinderung einer Amtshandlung fest.«

Logan wurde stutzig. »Muss ich meinen Anwalt anrufen?«

»Keine Ahnung. Wenn du etwas zu verbergen hast, dann ...«

Ihm blieb wohl keine Wahl. Mit zusammengebissenen Zähnen öffnete Logan die Tür, stieg aus und folgte Carl zum Streifenwagen. Carl öffnete die Hintertür und forderte Logan auf, sich hineinzusetzen, dann ging er zurück zu Logans Mietwagen, um ihn zu durchsuchen.

Mit jeder Minute, die verging, spürte Logan, wie sein Blut höher kochte. Es gab keinen Anlass für Carl, sein Auto zu durchsuchen. Und einen Grund, Logans verdammten Koffer zu durchwühlen, hatte er sowieso nicht. Logan presste die Kiefer aufeinander, während der Polizist methodisch seine Kleidung, seine Geschenke und sogar das gerahmte Ultraschallbild des Babys, das Courtney ihm zu Weihnachten geschenkt hatte, herausholte. Für das Bild nahm sich Carl besonders viel Zeit und starrte es minutenlang an.

Schließlich machte er den Koffer wieder zu, schloss den Kofferraum und ging mit finsterer Miene zurück zum Einsatzwagen.

Er riss die Tür auf und forderte Logan mit einem knappen Nicken zum Aussteigen auf. »Du hast sie nicht verdient, weißt du?«

Logan seufzte laut. »Das geht dich nichts an.«

»Da liegst du falsch. Courtney geht mich definitiv etwas an. Sie hält dich vielleicht für eine Art Held. Aber ich weiß genau, was du bist. Ein reiches Arschloch, das sich einmischt und alles kaputt macht. Du wirst sie enttäuschen und ihr das Herz brechen. Und rate mal, wer die Scherben aufsammeln wird? Warum tust du uns allen nicht den Gefallen und bleibst in Boston?«

Logan starrte Carl einen Moment lang an, betrachtete sein kurz geschnittenes Haar, die krumme Nase und die stechend blauen Augen, die hasserfüllt waren. »Courtney bekommt mein Baby. Ich habe vor, immer für sie da zu sein.«

Carl presste seine Lippen fest aufeinander, sein Kiefer zuckte. Einen langen Moment lang starrten sich die beiden Männer an. Die Stille wurde nur durch den pfeifenden Wind unterbrochen, der durch die Bäume am Straßenrand fegte.

Carl verengte die Augen. »Du kannst jetzt gehen«, sagte er mit leiser Stimme. »Aber merk dir eins. Wenn du ihr jemals wehtust, werde ich dafür sorgen, dass du es verdammt noch mal bereuen wirst. Sie ist eine Roberts und wird es immer sein.«

Logan zog eine Braue hoch. »Weißt du, was ihr wehtun wird? Wenn sie erkennt, dass Leute wie du entscheiden, was das Beste für sie ist. Sie hat sich für mich entschieden. Und es tut mir leid, wenn du dich deswegen beschissen fühlst, aber so ist es nun mal. Und ich bin verdammt froh, dass sie ein Kind von mir erwartet.

Also winke mich rechts ran, wenn du dich dann besser fühlst. Denn das ist alles, was du tun kannst. Du kannst sie nicht davon abhalten, mit mir zusammen zu sein, und das bringt dich innerlich um.« Er zuckte mit den Schultern. »Ich wünsche dir noch einen schönen Tag. Ich muss meinen Flug erwischen.«

Logan nahm Carl seinen Führerschein ab und ging auf seinen Mietwagen zu.

»Ich könnte dir das Leben zur Hölle machen«, rief Carl ihm nach.

»Wenn du deinen Job verlieren willst, nur zu.« Logan drehte sich nicht um. »Wenn du mich das nächste Mal anhältst, solltest du einen verdammt guten Grund dafür haben, sonst *werde* ich mit meinem Anwalt sprechen.«

»Wenn das so ist, solltest du besser auf die Geschwindigkeit achten«, entgegnete Carl, als Logan die Tür seines Geländewagens öffnete. »Leute wie du machen *immer* Fehler. Ihr denkt, ihr seid besser als der Rest von uns. Dass die Regeln für euch nicht gelten.«

Zähneknirschend kletterte Logan auf den Fahrersitz und schlug die Tür hinter sich zu. Er hatte Carl Roberts nichts mehr zu sagen. Der Mann war einfach nur verdammt dumm und machtgeil.

Im Moment war das nicht wichtig, denn Logan musste zurück nach Boston.

»Das lief besser als erwartet.« Paris zog den Korken aus einer staubigen Flasche teuren Cabernets, als sie ein paar Tage später in dem fast fertigen Restaurant saßen. »Ich dachte schon, sie würden uns noch mehr schlechte Nachrichten überbringen. Aber jetzt können wir beginnen, die Eröffnung zu planen.« Sie schenkte ihnen beiden ein Glas des rubinroten Weins ein. »Bitte sehr, Cheers.«

»Cheers.« Logan hob das Glas an seine Lippen und genoss die

dunkle, fruchtige Note. Obwohl sie inzwischen einen Profi hatten, der die Weine für ihre Restaurants einkaufte, interessierte sich Logan für die Lieferanten. Letztes Jahr hatte er ein paar Tage auf dem Weingut *Crock Ham* in Kalifornien verbracht, um die Weine des letzten Jahrgangs zu verkosten. Denn eines der Verkaufsargumente ihrer Restaurants war ihre Liebe zum Detail. Alles musste perfekt sein, vor allem in diesem Preisniveau.

»Alicia kommt morgen vorbei, um die Pläne für die Eröffnungsnacht mit uns durchzugehen«, sagte Paris und sah ihn über den Rand ihres Glases hinweg an. Alicia Duvall war ihre bevorzugte Eventplanerin und eine Größe in der Bostoner High Society. Sie und Paris waren eng befreundet. »Kannst du glauben, dass es nur noch dreieinhalb Wochen sind? Ich weiß, dass wir gut im Zeitplan liegen, aber es fühlt sich an, als hätten wir noch so viel zu tun.« Paris wedelte theatralisch mit den Händen, um ihren Worten Nachdruck zu verleihen. »Dieses Wochenende steht die letzte Verkostung an. Der Koch muss vorher noch einen Grundvorrat an Zutaten besorgen und das Personal schulen. Passt dir Samstag?«

»Da habe ich schon etwas vor.« Logan fuhr mit der Fingerkuppe über seinen Kiefer. Er war rau, weil er sich seit gestern nicht rasiert hatte. »Courtney ist zu Besuch.«

»Courtney, die Mutter deines Babys?«, hakte Paris nach. »Weiß sie überhaupt, was ein Flugzeug ist?«

»Tu nicht so, als wäre sie dumm.« Logan runzelte die Stirn. »Natürlich weiß sie, was ein Flugzeug ist.«

»Ich war mir nicht sicher, ob sie die aufregende Hinterwäldler-Stadt, aus der ihr kommt, je verlassen will.« Paris ahmte eine übertrieben ländliche Sprechweise nach. »Aber du solltest sie zu der Verkostung mitbringen. Je mehr Leute, desto lustiger. Ich lade auch ein paar Bekannte ein. Wir müssen schließlich wissen, wie unsere Gäste auf unsere Menüs reagieren.« Sie lächelte.

Logan sah sie eine Minute lang an und versuchte zu entscheiden, ob sie sich gerade wie ein Miststück verhielt oder nicht. »Okay«, sagte er langsam. »Ich werde sie mitbringen.«

»Gut.« Paris nickte. »Es ist gut, dass wir uns endlich treffen. Ich werde sie mir ansehen und ihr zeigen, wie stressig die Branche ist. Dann wird sie verstehen, dass du arbeiten musst, statt ein schreiendes Baby zu baden.«

»Darüber wollte ich mit dir sprechen.« Logan bemühte sich, ruhig zu bleiben und nicht auf ihre höhnischen Bemerkungen einzugehen. Er fuhr mit dem Finger über den Rand seines halbleeren Weinglases. »Ich suche nach einem Haus in *Hartson's Creek*.«

Paris blinzelte und das Lächeln verschwand von ihren Lippen. »Was soll das heißen?«

»Das bedeutet, dass ich mehr Zeit dort verbringen werde, wenn das Baby da ist. Vielleicht auch schon vorher.« Er begegnete ihrem verwirrten Blick. »Du hast in der Vergangenheit davon gesprochen, dass wir einen weiteren Partner ins Boot holen sollten. Jetzt wäre dafür ein guter Zeitpunkt.«

»Was zum Teufel willst du in diesem beschissenen Virginia machen?«, fragte Paris ungläubig. »In fünf Minuten drehst du durch. Es gibt einen Grund, warum du *Hartson's Creek* verlassen hast. Du bist eine Nummer zu groß für diesen Ort. Du könntest dort kein Restaurant wie dieses führen«, sagte sie und zeigte auf die fast fertige Einrichtung.

»Das weiß ich. Aber ich möchte Zeit mit Courtney und unserem Baby verbringen. Und das kann ich nicht von hier aus tun.«

»Sie hat noch nicht einmal die Hälfte der Schwangerschaft hinter sich«, betonte Paris. »Da ist noch viel Zeit, um über die Zukunft nachzudenken.« Sie stellte ihr Glas auf dem Tresen ab und seufzte. »Wir werden auf keinen Fall jemanden einstellen, solange der Laden nicht läuft. Ich möchte niemanden in die Bücher schauen lassen und mit einem Fremden über Prognosen diskutieren. Und außerdem hat keiner von uns beiden Zeit, nach der richtigen Person zu suchen.« Paris neigte den Kopf zur Seite und ließ ihren Blick über Logans Gesicht schweifen. »Wie wäre es, wenn wir das Ganze noch einmal nach der Restauranteröffnung besprechen. Wenn du dann immer noch Lust auf die Kleinstadt hast, hören wir uns nach Interessenten um.« Sie zuckte mit den Schultern. »Ich glaube ja, du bist verrückt geworden, sowas auch nur in Erwägung zu ziehen.«

Alles, was sie sagte, machte Sinn. Abgesehen von dem Teil, dass er verrückt sei. »Okay, wir kommen darauf zurück«, stimmte er zu, obwohl er wusste, dass er seine Meinung nicht ändern würde. Er zählte schon die Tage, bis er Courtney wieder in die Arme schließen konnte. Nächstes Wochenende. So lange musste er noch warten, dann könnte er wieder seine Nase in ihren duftenden Locken vergraben. Ihren Körper an seinem spüren und erleben, wie es sich anfühlte, wenn alles in seinem Leben einen Sinn ergab.

»Gut.« Paris trank ihren Wein aus. »Jetzt komm schon. Wir haben noch zu tun.«

Als Courtney das letzte Mal in einem Flugzeug saß, war sie achtzehn Jahre alt. Es war kurz nach ihrem Highschool-Abschluss, als sie in den Bundesstaat New York flog, um als Betreuerin in einem Ferienlager zu arbeiten. Sie konnte sich noch gut an die Aufregung und die Angst erinnern, die sie ganz hibbelig gemacht hatten, während sie das Terminal durchquerte. Damals hatte sie sich ausgemalt, dass ihr Koffer verloren gehen würde, und war freudig überrascht, als sie ihn auf dem Gepäckband entdeckte. Noch überraschter war sie, als sie einen älteren Mann bemerkt hatte, der ein Schild mit fünf Namen in der Hand hielt, darunter ihr eigener.

Ein ähnliches Gefühl überkam sie, als sie Logan auf der anderen Seite der Türen auf sie warten sah. Er trug einen dunkelblauen Anzug und ein helleres, gestreiftes Hemd. Mit seinem Telefon in der Hand, ließ er den Blick über die ankommenden Fluggäste schweifen.

Sobald er sie entdeckte, verzogen sich seine Lippen zu einem Grinsen. Er steckte sein Handy ein und winkte ihr zu, woraufhin sie ihn anlächelte.

»Hey«, sagte er, als sie ihn erreichte. Er küsste sie auf die Wange, und sie spürte, wie weich seine Lippen waren. »Hattest du einen guten Flug?«, fragte Logan und nahm ihr den Koffer ab.

»Es ging schnell«, antwortete Courtney. »Ich hatte mich kaum hingesetzt und mein Buch aufgeschlagen, als der Pilot den Landeanflug ankündigte. Hoffentlich komme ich auf dem Rückweg dazu, den Schluss zu lesen.«

Logan legte einen Arm um ihre Taille und führte sie zum Ausgang. »Ich dachte, wir bringen deine Sachen zuerst in meine Wohnung. Dann können wir irgendwo zu Abend essen.« Gott, er roch gut. Holzig und so sehr nach Logan. Sie liebte die Wärme seiner Haut, die sie durch sein Hemd hindurch spüren konnte, als sie ihre Hand unter seine Jacke schob.

»Mein Auto steht auf dem Parkplatz«, sagte er, als sie die Ankunftshalle verließen. »Und du solltest deine Hand lieber nicht mehr bewegen, sonst drücke ich dich mit dem Rücken an die Wand des Terminals und kann für nichts mehr garantieren.«

Sie lachte. »Ist etwas falsch daran, dich zu berühren?«

Er fuhr mit einer Hand an ihrer Körperseite nach oben und strich sanft über ihren Hals. »Nicht falsch, nein. Aber möglicherweise illegal.«

»Wir sollten aufpassen, dass wir das Wochenende nicht hinter Gittern verbringen.«

»Das denke ich auch.« Er neigte den Kopf, bis sein Blick den ihren traf. »Meine Wohnung ist nur zwanzig Minuten entfernt. Bis dahin sollten wir der Anziehung widerstehen können.«

Sie hob eine Braue. »Ich weiß nicht, ob ich das schaffe. Jedes Mal, wenn ich dich sehe, fühle ich mich magisch von dir angezogen. Ist das normal?«

Er schüttelte den Kopf. »Nein, aber schön. Mir geht es genauso. So habe ich mich noch mit keiner anderen Frau gefühlt.«

Sie verlor sich in seinen Augen. »Und ich mit keinem anderen Mann.«

Logan wirkte überrascht, und dieses Mal war sie es, die seine Gedanken las.

»Noch nie«, wiederholte sie. Weder mit Shaun noch einem der Männer, die sie davor getroffen hatte. Die Anziehungskraft erinnerte sie an ein Spielzeug, das sie als Kind auf dem Jahrmarkt gewonnen hatte. Ein schwarzer und ein weißer Hund aus Metall hatten je ein Magnet an der Nasenspitze. Wenn man sie trennte und losließ, rauschten sie wieder aufeinander zu und schlugen mit einem Klicken zusammen. Courtney trug sie lange in ihrer Hosentasche mit sich herum. Und immer, wenn sie sie herausholte, hingen ihre Nasen aneinander.

Sie fühlte sich wie einer der Spielzeughunde, wenn sie in Logans Nähe war. Als würde sie beide eine Kraft zusammenhalten, die stärker als alles war, was sie sich vorstellen konnten. Als wäre ihre Begegnung auf der Straße im letzten September kein Zufall gewesen, als hätten sie Magnete in sich, die dafür sorgten, dass sie sich aufeinander zubewegten.

Ein unvermeidliches Aufeinandertreffen, das ihrer beider Leben verändern würde.

Courtney sah Logan schwer schlucken und lenkte ihre Aufmerksamkeit auf den Bartschatten an seinem Kiefer. Sie wollte mit ihren Lippen darüber streichen und fühlen, wie rau er war. Und es gab noch eine andere Stelle, wo sie ihn spüren wollte. Die Vorstellung ließ ihre Wangen heiß werden.

»Denkst du an das gleiche wie ich?«, fragte er mit seiner tiefen Stimme.

Sie atmete leise durch ihre leicht geöffneten Lippen aus. »Ja«, hauchte sie. »Ich glaube, das tue ich.«

Er hob ihr Gepäck hoch und nahm ihre Hand, als hätte er keine Zeit zu verlieren. »Komm, lass uns gehen«, sagte er. »Ich bringe dich zu mir nach Hause.«

23. Kapitel

Logan hielt ihr die Autotür auf und half Courtney beim Aussteigen. Sie griff noch einmal hinein, um ihre Handtasche vom Boden seines Lexus zu nehmen. Nachdem sie sich aufgerichtet hatte, strich sie über ihr schwarzes Minikleid mit den ausladenden Ärmeln und kontrollierte den Sitz des Samtkragens. Logan war mit ihr heute Morgen in der Stadt, nachdem sie festgestellt hatte, dass sie nichts Schickes zum Anziehen mitgebracht hatte. Er wollte sie in sein neues Restaurant zur Verkostung ausführen, und sie geriet angesichts ihrer Garderobe in eine leichte Panik.

Aber jetzt fühlte sie sich besser. Der dunkle Stoff umspielte ihren Körper und ließ nur einen Hauch der Wölbung erkennen, die immer schwerer zu verbergen war. Ihr Haar war offen, die glänzenden Locken fielen ihr über die Schultern. Während Logan in seinem Büro gearbeitet hatte, war sie mit ihrem Make-up beschäftigt gewesen, das sie nur zu besonderen Anlässen auftrug. Das Ergebnis gefiel ihr.

Heute Abend fühlte sie sich fast so, als gehöre sie in eine Stadt wie Boston.

»Bist du bereit?«, fragte Logan und ließ seinen Blick bewundernd über ihren Körper wandern. Wie sie war er schick gekleidet, aber im Gegensatz zu ihr war das nicht ungewöhnlich. Doch sie hatte noch nie jemanden getroffen, der so gut in einem Anzug aussah wie Logan Hartson.

Sein neuestes Restaurant, das *On the Water*, befand sich in einem umgebauten Lagerhaus im Hafenviertel. Von den Tischen konnten die Gäste den Hafen überblicken und hatten eine beeindruckende Aussicht auf das Museum für zeitgenössische Kunst. Logan hatte ihr während der Fahrt vom Umbau erzählt und welche Hürden sie überwinden mussten, um das Restaurant eröffnen zu können. Er bezeichnete die Küche als gehoben amerikanisch, *Meeresfrüchte und Steak*. Aber Courtney war sich sicher, dass die Speisekarte noch viel mehr zu bieten hatte.

»Es ist wunderschön«, sagte sie und lächelte Logan an. »Es muss aufregend für dich sein, nach all der Arbeit.«

Er grinste. »Es war ein langer Weg. Für die ersten zwei Monate sind wir jedes Wochenende ausgebucht.« Er fasste nach dem handgefertigten Metallgriff an der Rauchglastür. »Komm, lass uns reingehen.«

Der Innenraum war genauso elegant gestaltet wie der Außenbereich. Sanftes Licht tauchte die Designerstühle mit ihren niedrigen geschwungenen Rückenlehnen und butterweichen cremefarbenen Lederbezügen in eine angenehme Atmosphäre. Die Holztische waren so dunkel, dass sie fast schwarz wirkten. Jedes Detail war perfekt, vom eigens gefertigten Tafelsilber bis hin zu den mit schwarzweißem Kunstfell überzogenen Speisekarten, die auf den Tischen standen.

»Wow.« Courtneys Lächeln wurde breiter, als sie Logans Blick auffing.

»Gefällt es dir?«

»Ich liebe es.«

Er grinste. »Komm, ich führe dich rum und stelle dich allen vor.«

Courtney atmete tief durch und versuchte, sich auf das Treffen vorzubereiten. Aus irgendeinem seltsamen Grund fühlte sie sich noch nervöser als zu Weihnachten, als sie seine Familie kennengelernt hatte. Mit jenen hatte sie wenigstens eine Gemeinsamkeit, denn sie alle lebten in *Hartson's Creek*. Aber hier fühlte sie sich wie ein Fisch auf dem Trockenen. Zwar hatte ihr Logan von seiner Geschäftspartnerin Paris Northman und seinem Chefkoch Ryan Nolan erzählt, aber heute Abend waren unzählige geladene Gäste anwesend, die Logan im Laufe der Jahre in der Bostoner Restaurantbranche kennengelernt hatte.

»Logan! Schön dich zu sehen.« Eine große, glamouröse Frau mit schimmerndem dunklen Haar kam auf sie zu. Sie trug die höchsten Absätze, die Courtney je gesehen hatte, aber das tat ihrem selbstbewussten Gang keinen Abbruch. Ihr Kleid schmiegte sich an ihre perfekten Kurven. Courtney schluckte schwer, als sich die Schönheit nach vorne beugte und ihre rubinroten Lippen auf Logans Wange drückte. »Ryan hat nach dir gefragt. Er möchte ein paar Dinge über den heutigen Ablauf mit dir klären. Kannst du zu ihm in die Küche gehen?«

Logan lächelte sie an. »Klar.« Sein Blick fiel auf Courtney. »Kommst du hier einen Moment zurecht?«

»Natürlich wird sie das.« Die glamouröse Frau schenkte ihr ein strahlendes Lächeln. »Ich bin Paris. Und du bist Courtney, richtig? Komm mit, ich stelle dich allen vor.« Sie schien nett zu sein. Und umwerfend selbstbewusst.

»Klar.« Courtney nickte und fühlte sich trotz ihres perfekten Outfits ein wenig unsicher.

»Dann los.« Paris wies ihr den Weg zu einem großen Tisch in der Mitte des Restaurants, an dem bereits zehn Personen saßen und sich lautstark miteinander unterhielten. Vor ihnen standen große Kristallgläser mit Rotwein.

»Hört mal alle her«, rief Paris. Das Stimmengewirr verstummte augenblicklich, und alle drehten sich zu ihnen um. »Das ist Courtney. Logans Freundin.« Sie runzelte die Stirn. »Ist das richtig? Ich habe keine Ahnung, wie das heißt, wenn man nicht zusammen ist, aber ein Kind bekommt.«

»Baby-Mama«, schlug jemand vor.

»Freundin mit gewissen Vorzügen«, meinte ein anderer.

»Lasst uns bei Freundin bleiben.« Paris lächelte Courtney wieder an. »Übrigens, Leute, sie hat einen ganz tollen Akzent. Wisst ihr noch, wie Logan geklungen hat, als er neu in der Stadt war?«

»Oh ja. Das haben wir ihm ganz schnell abgewöhnt«, antwortete eine Frau, die fast so umwerfend aussah wie Paris. »Ich bin Jorga.« Sie hielt Courtney ihre Hand hin. »Ich habe früher für Logan und Paris gearbeitet, aber jetzt habe ich meinen eigenen Laden in *Back Bay*.«

»Es ist mir ein Vergnügen, dich kennenzulernen.« Courtney schüttelte ihr fest die Hand.

»Oh, du bist stark.« Jorga grinste.

»Das liegt daran, dass sie auf einer Farm arbeitet«, erklärte Paris und deutete auf den leeren Stuhl neben Jorga. »Du setzt dich da hin, und ich setze mich neben dich. Alle Mädels zusammen.«

»Okay.« Courtney nickte und ließ sich auf den Platz sinken, den Paris ihr zugewiesen hatte.

»Du arbeitest also auf einer Farm?«, fragte Jorga mit großen Augen. »Mit Schweinen und so?« Sie beugte sich näher zu Courtney und atmete mehrmals tief ein, als wollte sie herausfinden, ob Courtney nach Bauernhof roch.

»Ja, und ich wohne auch dort. Mein Schwiegervater kümmert sich um den Großteil der Tiere.« Kaum hatte sie es ausgesprochen, wusste Courtney, dass sie einen Fehler gemacht hatte. Sowohl Jorga als auch Paris starrten sie an.

Jorgas Brauen zogen sich zusammen. »Logans Dad betreibt eine Farm?«

»Ich wusste nicht, dass du verheiratet bist«, sagte Paris fast zeitgleich.

»Bin ich nicht.« Courtney atmete tief ein. »Ich meine, ich *war* verheiratet. Aber mein Mann ist vor ein paar Jahren gestorben.«

»Das tut mir leid.« Jorga klang aufrichtig bestürzt. »Das muss furchtbar gewesen sein.«

»Es ist okay. Das liegt schon eine Weile zurück.« Courtney schaute zur Küchentür und hoffte, dass Logan bald auftauchen würde.

»Trotzdem muss der Verlust deines Mannes ein herber Schlag für dich gewesen sein«, fügte Paris hinzu und musterte Courtney mit zusammengekniffenen Augen. »Und jetzt bist du schwanger. Eine weitere große Sache, mit der du fertig werden musst.«

»Ja, das stimmt wohl. Aber ich hatte Zeit, mich daran zu gewöhnen«, entgegnete Courtney. »Und ich freue mich auf das Baby.«

»Das ist gut«, meinte Paris und gab ein seltsames Lachen von sich, das Courtney nicht deuten konnte. »Denn ich kann mir nicht vorstellen, dass Logan ein guter Dad wird.«

Ihre Worte fühlten sich wie ein Schlag ins Gesicht an. »Was meinst du?«, hakte Courtney nach.

Paris schnitt eine Grimasse. »Tut mir leid. Ich hätte das nicht sagen sollen. Das steht mir nicht zu.«

»Sie hat recht.« Jorga lehnte sich vor. »Er ist ein richtiger Alpha-

Mann. Er hat sein Leben verdammt gut im Griff. Ich kann mir einfach nicht vorstellen, dass er ein Baby im Arm hält.« Ihre Augen weiteten sich. »Stell dir vor, es spuckt auf einen seiner Designeranzüge. Das würde ihn verrückt machen.«

»Er ist ein Ordnungsfanatiker«, stimmte Paris zu.

»Oh ja, das ist er. Hast du schon seine Wohnung gesehen?«, fragte Jorga an Courtney gewandt. »Sie wirkt wie eine Doppelseite im *Boston Life*.«

Courtney versuchte, das ungute Gefühl in ihrem Bauch zu ignorieren. Bis auf die Behauptungen über Logans Fähigkeiten als Vater hatten Paris und Jorga nichts gesagt, was Courtney nicht schon bemerkt hatte. »Babys verändern uns alle, denke ich.« Sie presste ihre Lippen aufeinander. »Er wird sich daran gewöhnen.«

Paris zauberte ein Lächeln auf ihre Lippen. »Natürlich wird er das. Es ist nur eine Schande, dass er all das hier zurücklassen muss. Er hat so hart gearbeitet, um dieses Imperium aufzubauen. Ich habe noch nie einen Mann gesehen, der seinen Job so sehr liebt. Die Branche ist seine Welt.« Sie seufzte. »Es wird eine große Lücke in seinem Leben entstehen.«

Courtney schloss für einen Moment die Lider und erinnerte sich an die Aufregung in seinem Gesicht, als sie das Restaurant betraten. Er sah so lebendig aus, dass es ihr warm ums Herz wurde. Könnte Logan das alles wirklich hinter sich lassen und nach *Hartson's Creek* ziehen?

»Möchten Sie etwas trinken?«, fragte einer der Kellner und holte sie aus ihren Gedanken. »Wir haben einen wunderbaren Cabernet Sauvignon, den ich Ihnen empfehlen kann.«

»Ich nehme nur ein Wasser, bitte«, antwortete Courtney.

»Natürlich. Wir haben welches mit oder ohne Kohlensäure und stilles Wasser mit Zitrone.«

»Leitungswasser ist gut.«

»Du kannst kein Leitungswasser trinken«, protestierte Jorga. »Nicht bei so einem Essen. Bring ihr ein Perrier auf Eis mit einer Limettenscheibe.«

»Nein danke. Ich mag eigentlich kein Sprudelwasser.« Courtney rümpfte die Nase.

Jorga verbiss sich ein Lächeln. »Ich habe schon ewig nicht mehr gehört, wie jemand Sprudelwasser sagt.«

»Ich bringe je eine Flasche mit und ohne Kohlensäure für den Tisch«, bot der Kellner an, als hätte er Mitleid mit Courtney. »Dann können Sie sich später entscheiden.«

Courtney nickte. »Danke.«

»Alles in Ordnung?«, fragte Logan dicht hinter ihr. Sie hatte ihn nicht bemerkt, bis er seine Lippen auf ihre Wange drückte und sie zusammenzuckte.

»Es ist alles in Ordnung«, antwortete sie leise.

»Toll.« Logan lächelte und drückte liebevoll ihre Schulter. »Wir beginnen gleich mit den ersten Gängen. Ich möchte, dass du von allem etwas probierst. Sag ehrlich, was du davon hältst, okay? Das Feedback ist wichtig. Wir müssen das Menü perfekt hinbekommen.«

Die Art und Weise, wie er sie ansah, bescherte ihr ein wohliges Gefühl. Es legte sich wie kühlender Balsam auf ihr erhitztes Gemüt. »Natürlich.« Sie lächelte.

Logan runzelte die Stirn. »Ist wirklich alles in Ordnung?«

»Ja, ich muss nur auf die Toilette.« Sie blickte auf ihren Bauch hinunter. »Berufsrisiko.«

Er half ihr beim Aufstehen und brachte sie zu den schweren Teakholztüren auf der anderen Seite des Raumes. »Bist du sicher, dass es dir gut geht?«, fragte er noch einmal und schob die Tür zur Damentoilette auf. Er ließ seine andere Hand zu ihrem Bauch hinuntergleiten und streichelte über die Wölbung.

Schon diese einfache Berührung reichte aus, um heißes Verlangen durch ihre Adern zu schicken. »Mir geht's gut. Ich muss mich nur erst an diesen Ort gewöhnen, das ist alles.«

Er blickte zurück zum Tisch, wo gerade die Vorspeisen serviert wurden. »Okay.« Er drückte seine Lippen auf ihre Stirn. »Ich gehe zurück zu den anderen. Oder möchtest du, dass ich hier auf dich warte?«

Er war so verdammt süß, dass sie ihn küssen wollte. »Ich schaffe das schon. Du hast viel zu tun. Mach dir bitte keine Sorgen um mich.«

Logan hauchte ihr einen weiteren Kuss auf die Stirn, dann ließ er sie allein. Er grinste einen großen Mann an, der stehen blieb, um ihm die Hand zu schütteln. Ihr Magen rebellierte. Logan war so entspannt und zugleich kontrolliert. Das war eine Seite an ihm, die sie nicht kannte. Eine, die sie in *Hartson's Creek* nicht zu sehen bekam. Aber hier war er eindeutig in seinem Element.

Und all das wollte er für sie zurücklassen.

Sie schluckte schwer und betrat die Damentoilette. Sie wartete darauf, dass sich die Tür hinter ihr schloss, bevor sie ihre Stirn an die kühle, gekachelte Wand lehnte. Wie lange dauerte so eine Verkostung überhaupt?

24. Kapitel

Es war schon nach Mitternacht, als sie endlich das Restaurant verließen. Logan massierte sich den Nacken, um die Verspannungen zu lösen, die sich beim Beugen über die Speisekarte gebildet hatten. Er war Punkt für Punkt mit Ryan durchgegangen. Anhand der Meinungen der Testesser nahmen sie kleine Anpassungen vor und diskutierten die Zutaten, bevor sie sich auf die finale Version einigen konnten.

Draußen war es bitterkalt. Der Wind hatte merklich aufgefrischt und peitschte ihnen vom Wasser her ins Gesicht. Logan legte schützend seinen Arm um Courtney, während er sie zu seinem Auto führte. Dann bückte er sich, um die niedrige Beifahrertür zu öffnen und ihr hineinzuhelfen.

Als er auf den Fahrersitz rutschte, schaltete er die Zündung ein und drehte die Heizung auf die höchste Stufe. »Du bist so still«, sagte er und betrachte Courtney. »War der Abend so langweilig für dich?«

Sie drehte sich in ihrem Sitz, um seinem Blick zu begegnen. Verdammt, sie war so schön, dass es manchmal wehtat, sie anzuschauen. Vor allem, wenn er seine Hände am Lenkrad behalten musste. Viel lieber würde er sie berühren.

»Nein, nicht langweilig«, antwortete sie. »Ich habe dich einfach aufmerksam beobachtet. Das war alles.«

»Sollte ich mir Sorgen machen?«, fragte er leichthin.

Sie lachte. »Das glaube ich nicht. Du bist sehr gut in dem, was du tust. Jeder entspannt sich sofort in deiner Gegenwart. Wusstest du das?«

Er blinkte und fuhr auf die Straße. Ein Lächeln umspielte seine Lippen. »Nein, habe ich nicht.« Es gefiel ihm aber, wie sie es sagte. Es bescherte ihm ein wohliges Gefühl im Bauch. »Vermutlich genieße ich, was ich tue.«

»Du wirst es vermissen«, stellte sie fest.

Er nickte. »Ja, das werde ich. Dieses Geschäft ist schon lange ein Teil meines Lebens. Es ist das, was ich bin. Das kann man nicht einfach abschütteln. So eine Veränderung geht nicht spurlos an einem vorbei.« Es fühlte sich so einfach an, ihr gegenüber ehrlich zu sein. Er war sich nicht sicher, ob er jemals so offen gegenüber einer anderen Person gewesen war. Nicht einmal zu Cam.

»Wie Football«, sagte sie leise.

»Was meinst du?« Er bog auf den Parkplatz seines Wohnhauses ein.

»Als du verletzt wurdest und aufhören musstest zu spielen. Football war ein Teil deiner Identität. Du musstest dich neu erfinden, eine neue Person mit neuen Zielen und Ambitionen werden.«

Er schaute sie aus dem Augenwinkel an. Sie starrte aus dem Fenster in die Dunkelheit, als wäre sie in Gedanken. Er schluckte schwer bei der Erinnerung an seine Verletzung, öffnete das Fahrerfenster und tippte den Code für die Tiefgarage ein.

»Es gibt wohl einige Parallelen«, räumte er ein, als er in die dunkle Tiefgarage fuhr. »Aber ich bin jetzt älter. Und ich ändere mein Leben, weil ich es so will.« Er lenkte den Wagen auf seinen Parkplatz, stellte den Motor ab und drehte sich zu Courtney um. »Außerdem bekomme ich etwas dafür. Dich zum Beispiel. Und unser Baby.«

Sie sah nicht überzeugt aus. »Ich habe Angst, dass du es bereuen wirst.«

»Was bereuen?« Er runzelte die Stirn.

»Dass du all das aufgegeben hast.« Sie fuchtelte mit der Hand herum. »Dein Leben. Deinen Job. Deine Freunde. In *Hartson's Creek* ist alles ganz anders. Klar, du wirst auch dort eine Arbeit finden. So wie Dan und Ellie. Aber was ist, wenn du irgendwann merkst, was du verloren hast? Und dir wünschst, du wärst diesen Schritt nie gegangen.«

»Ich ziehe nicht zurück, um etwas zu verlieren«, sagte er mit belegter Stimme. »Ich tue es, weil ich etwas gewinnen möchte. Dich. Unser Baby. Die Chance, sie oder ihn beim Aufwachsen zuzusehen. Versteh mich nicht falsch, mein Leben hier in Boston war lange Zeit das, von dem ich glaubte, dass ich es will. Und wenn es die Möglichkeit gebe, Boston und euch zu haben, dann würde ich das wollen. Aber die Realität sieht anders aus. Ich muss eine Entscheidung treffen. Und ich wähle euch.« Er holte sein Handy aus der Hosentasche. »Tanner hat mir schon ein paar Inserate von Häusern geschickt, die ich mir ansehen soll. Willst du sie sehen?«

»Klar.«

Er entsperrte den Bildschirm, scrollte durch seine E-Mails und zeigte ihr die Fotos von dem Objekt, das ihm am besten gefiel. Ihre Augen weiteten sich. »Das ist einer der Neubauten in der *Creek Road*«, sagte sie und klang geschockt. »Aber kosten die nicht über eine Million Dollar?«

»Eineinhalb. Aber für die Lage am Wasser ist das ein guter Preis.« Er nickte und rief die Details auf. »Ich bin versucht, es zu kaufen. Es bietet genug Platz für etwa ein Dutzend Babys.« Er lächelte Courtney an. »Und uns.«

»Uns?«

»Es wäre seltsam, wenn ich ein großes Haus hätte und du weiter in deinem kleinen Cottage wohnen würdest. Ich dachte, du würdest irgendwann zu mir ziehen wollen.«

Courtney schaute auf ihre Hände. »Aber ich habe ein Haus. Ich arbeite auf der Farm. Es macht Sinn, dort zu wohnen. Und wo soll ich die Hühner in diesem Briefmarkengarten unterbringen? Ich kann mir nicht vorstellen, dass die Nachbarn begeistert wären, wenn du einen Stall baust.«

»Ich hätte nicht gedacht, dass du die Hühner mitbringst.«

Ihre Lippen formten ein *O*, als sie ihn anstarrte. »Aber es sind *meine* Hühner.«

»Die können doch auf dem Hof bleiben, oder?« Er verstand nicht, warum sie mit ihren verdammten Hühnern argumentierte, die ständig Probleme machten. »Und du kannst nicht erwarten, dass ich in das Cottage ziehe. Dort hast du mit Shaun gewohnt.«

In Courtneys Augen blitzte es. »Ich habe dich nie darum gebeten, einzuziehen. Das kommt alles etwas überraschend.«

Logan seufzte. »Ich wollte dich nicht vor den Kopf stoßen. Ich versuche nur, einen Weg zu finden, wie es für uns beide funktionieren kann. Ich möchte einen Ort schaffen, an dem wir uns beide wohlfühlen.« Er fuhr sich mit der Hand durch die Haare, dann steckte er sein Handy wieder ein. »Ich werde Tanner bitten, mir Angebote von Häusern mit größeren Gärten zu schicken.«

Courtney knabberte an ihrer Unterlippe. »Ja …«

»Du willst doch mit mir zusammenleben, oder?«, fragte er.

Sie richtete ihren Blick auf seinen. »Du hast mich nicht wirklich gefragt. Du hast es nur vermutet.«

Ihre Aussage verblüffte ihn. Ihm war nicht klar, dass sie darauf wartete, gebeten zu werden. »Ich lag in deinem Bett im Cottage und habe dir gesagt, dass ich mit dir zusammen sein will. Wir bekommen ein Baby, Court. Natürlich habe ich angenommen, dass wir auch zusammenleben werden. Aber wenn du willst, dass ich dich frage, dann werde ich das tun.« Er drehte sich so, dass er seine Hand an ihr Gesicht legen konnte. »Courtney Roberts, würdest du mir die Ehre erweisen, jede Nacht deine Klamotten auf meinen Boden zu werfen? Denn du bist die einzige Frau auf der Welt, mit der ich mir vorstellen kann, zusammen zu sein. Ich will dich und unser Baby bei mir haben.«

Sie starrte ihn schweigend an. Logan wunderte sich, was ihren Blick so getrübt hatte. Sein Mund fühlte sich plötzlich trocken an. Hatte er etwas Falsches gesagt? Hatte er zu viel Druck auf sie ausgeübt?

Er beobachtete, wie sie den Sicherheitsgurt löste. Ihr Gesichtsausdruck veränderte sich nicht, während sie sich in ihrem Sitz drehte. Dann legte sie ihr Bein über seins und schob sich rittlings auf seinen Schoß.

Ihre plötzliche Bewegung überraschte ihn. Sein Mund öffnete sich, als sie seinen Kiefer umfasste, bevor sie ihre Lippen auf seine drückte, heiß und fordernd. »Du bist so verdammt fantastisch. Weißt du das?«, flüsterte sie und schlang ihre Arme um seinen Hals. Die Art und Weise, wie sie sich eng an ihn gedrängt bewegte, reichte aus, um ihn augenblicklich hart zu machen. Er ließ seine Hände über ihren Rücken gleiten und fuhr mit den Fingern ihre Wirbelsäule entlang nach unten, bis er ihren Po erreichte, der sich so wunderbar voll und schwer anfühlte.

Seine Lippen berührten ihre, dann drückte sie ihren Mund auf seinen Hals und begann zu saugen. Logan stöhnte leise auf. Sie hörte nicht eine Sekunde auf, während sie sein Hemd öffnete, um mit ihren Händen über seine Brustmuskeln zu fahren, die sich unter ihrer Berührung anspannten.

»Court ...« Es war ein Seufzen und ein Flehen. Er spürte, wie sich ihre Lippen an seiner Kehle zu einem Lächeln verzogen.

»Du musst den Sitz nach hinten schieben«, murmelte sie und biss zärtlich in sein Fleisch.

»Hier?«, fragte er. Sie hörte nie auf, ihn zu überraschen. Oder zu verblüffen.

Sie nickte. »Hier.«

Das musste er sich nicht zweimal sagen lassen. Er beugte sich hinunter und stahl einen tiefen, heißen Kuss von ihren süßen Lippen, während er mit der linken Hand nach dem Sitzknopf tastete. Er drückte ihn so lange, bis der Sitz vollständig nach hinten geneigt war. Dann knöpfte er seine Hose auf und stöhnte erneut, als sie ihre Hand hineinschob und ihre warmen Finger um seine Härte schlang.

Jeder zusammenhängende Gedanke in seinem Kopf löste sich auf und hinterließ ein Bedürfnis, das nur sie stillen konnte. Und als sie ihr Höschen auszog und ihn in sich aufnahm, wusste er, dass er nie genug davon bekommen konnte.

Es war fast sieben Uhr morgens. Courtney lag mit angezogenen Beinen auf der Seite und beobachtete Logan, der noch schlief. Sie war schon seit einer Stunde wach. Eine weitere Begleiterscheinung, vor der sie niemand gewarnt hatte, als sie schwanger wurde. Bereits seit dem vierten Monat wurde ihr Schlaf durch plötzliches Aufwachen mitten in der Nacht gestört, gefolgt von einem Gang zur Toilette um drei Uhr morgens. Sie hätte die Zeit danach stellen können; inzwischen war es fast eine Routine geworden.

Jetzt war Courtney hellwach, und ihr schwirrte der Kopf, als sie an die letzte Nacht dachte. An ihre Sorge, Logan aus seinem bisherigen Leben zu reißen, das er so liebte, und an den süßen Klang seiner Worte, als er ihr sagte, dass sie das Wichtigste für ihn sei.

Wichtiger als sein Job. Sein Zuhause. Seine Stadt. Seine Freunde.

Seine Entscheidung belastete sie. Denn er würde Boston nicht hinter sich lassen, wenn es nicht um sie und das Baby ginge. Sie fühlte sich schuldig und hatte Angst, dass er sich falsch entschieden hatte. Zwar hatte er ihr versichert, dass er es nicht so sah, aber wer wusste schon, wie er sich in einem Jahr fühlen würde, wenn sie mit Babygeschrei und schmutzigen Windeln zu kämpfen hatten und sich nebenbei noch um die Hühner kümmern mussten.

Er war ein Stadtmensch, cool und smart. Sie dagegen war ein richtiges Landei. Und sie wurde das Gefühl nicht los, dass er so viel mehr opferte als sie selbst.

Sie seufzte schwer. Logans Lider flatterten auf, und er sah sie an. »Hey«, sagte er mit schläfriger Stimme. »Wie spät ist es?«

»Fast sieben.«

Er streckte die Arme über den Kopf, und die Laken rutschten ihm bis zur Hüfte.

Courtney riskierte einen verstohlenen Blick auf seine Muskeln. Vielleicht auch zwei.

»Kannst du nicht schlafen?«

»Normalerweise bin ich schon längst auf den Beinen. Ich muss ja die Hühner füttern.«

»Meinst du, sie merken, dass du nicht da bist?« Er war jetzt ein bisschen wacher, aber seine Stimme klang immer noch träge.

»Ja. Und das werden sie mich morgen spüren lassen. Hester wird mir eine gesalzene Rechnung servieren. Zum Glück hat sie eine Schwäche für Ellis. Das wird sie etwas milder stimmen.«

»Glaubst du, sie kommen in nächster Zeit noch mal ohne dich zurecht?«, hakte er nach und grinste.

»Warum?« Sie sah ihn neugierig an. »Ich habe nicht vor,

demnächst zu verreisen.«

»Ich hatte gehofft, du könntest zur Eröffnung des Restaurants kommen. Als meine Begleitung.« Er drehte sich auf die Seite, sein Gesicht war nur einen Atemzug von ihrem entfernt. »Ich weiß, es ist viel verlangt. Aber ich möchte dich wirklich hier bei mir haben.« Seine Mundwinkel zuckten. »Es ist vermutlich mein letztes großes Event in Boston. Gray hat für die ganze Familie einen Privatjet gemietet. Ich würde ihn bitten, dir einen Platz zu reservieren.«

Ihre Brust zog sich zusammen. Sie hatte sich gestern bei der Verkostung schon fehl am Platz gefühlt. Andererseits verlangte er nicht viel von ihr. Im Vergleich zu dem, was er aufgeben würde, war die Restauranteröffnung für sie leicht zu ertragen. Also stimmte sie zu. »Ich frage Ellis, ob er noch einmal für mich einspringen kann.«

»Hast du darüber nachgedacht, wie du die Arbeit auf der Farm mit dem Baby unter einen Hut bringen willst?«, wollte er wissen.

»Keine Ahnung. Hast du schon darüber nachgedacht, wie du das Baby mit deinen Plänen vereinbaren kannst?« Sie schenkte ihm ein schiefes Lächeln.

»Touché.« Er grinste. »Vielleicht können wir das gemeinsam herausfinden.« Er streckte die Hand aus und ließ seinen Finger über ihre Wange gleiten. »Das hält mich aber nicht davon ab, ein bisschen eifersüchtig zu sein«, gab er zu.

»Wegen Ellis? Ich verspreche, dass ich nicht mit meinem Ex-Schwiegervater schlafen werde.«

Er lachte. »Nein. Wegen Shaun. Immerhin wohnst du immer noch in dem Cottage, in dem du all die Jahre mit ihm gelebt hast. Und du arbeitest auf der Farm seiner Eltern. Das ist nicht so leicht für mich.«

»Das ist mein Job«, entgegnete sie leise.

»Ich weiß.«

»Und ich glaube, du hast einen falschen Eindruck von mir und Shaun. Unsere Ehe war nicht so glücklich, wie du sie dir offenbar ausmalst.«

Er blinzelte, als wäre ihm das neu. Das war es vermutlich auch.

Courtney hatte es stets vermieden, über ihre Ehe zu reden. Nicht einmal Lainey wusste viel darüber. Als Shawn noch lebte, ging es niemanden etwas an, und nachdem er starb, empfand sie zu viel Schmerz, als dass sie davon erzählen wollte.

Mit Logan war alles anders. Für ihn war sie bereit, alte Gewohnheiten aufzugeben und sich zu öffnen. Denn er ließ keinen Zweifel daran, mit ihr ein neues Leben beginnen zu wollen. Sie konnte ihn nicht länger in dem Glauben lassen, dass ihr Leben mit Shaun romantisch und liebevoll war.

»Ich habe Shaun in der Nacht seines Todes um die Scheidung gebeten«, gab sie zu. »Ich kann dir nicht sagen, ob ich es durchgezogen hätte. Aber es lief nicht gut zwischen uns, und ich war mir nicht sicher, ob ich noch viel mehr aushalten würde.«

»Was meinst du?«

»Er hat immer getrunken. Sehr viel.« Sie atmete scharf ein und die Erinnerungen überfielen sie. »Wenn er betrunken war, hat er schreckliche Dinge gesagt. Dinge, die mich zutiefst verletzt haben.«

Logan runzelte die Stirn. »Hat er dich jemals geschlagen?«

Sie zog ihre Unterlippe zwischen die Zähne. »Nur einmal. Er hat versprochen, es nicht wieder zu tun, und daran hat er sich gehalten. Aber seine Worte ...« Sie stieß den Atem aus. »Sie taten genauso weh.«

»Court ... verdammt.«

»Ich weiß.« Sie holte tief Luft, um ihm auch noch den Rest zu erzählen. »In der Nacht, in der Shaun starb, hatten wir einen schlimmen Streit. Er drängte mich immer wieder, dass wir ein Baby bekommen sollten. Damit alles besser wird. Aber ich sagte ihm, dass ich niemals Kinder mit ihm haben würde. Das machte ihn wütend, und er ging ins Badezimmer und warf meine Antibabypillen in die Toilette. Dann hat er versucht, mich zu küssen.« Sie verzog das Gesicht. »Ich habe ihm gesagt, dass es vorbei ist. Dass ich die Scheidung will.«

»Wie hat er reagiert?«

»Er hat mit Dingen um sich geworfen. Mich angeschrien. Dann rief er seinen Bruder an und hinterließ ihm eine Nachricht. Er wollte sich mit ihm in einer Bar treffen.«

»Er hat Carl angerufen?«

»Ja.« Courtney nickte. »Aber Shaun hat es nie bis zur Bar geschafft. Die Polizei meint, es sei ein Unfall gewesen. Dass er müde war und eingeschlafen ist. Und dass er deshalb in den Gegenverkehr geraten ist.« Sie schluckte schwer. »Ich habe das nie wirklich geglaubt.«

»Denkst du, er hat sich umgebracht?«

»Keine Ahnung«, antwortete sie ehrlich. »Aber ich weiß, dass es meine Schuld ist. Hätten wir uns nicht gestritten, wäre er in dieser Nacht nicht weggefahren und wäre noch am Leben.« Ihre Kehle war plötzlich eng. Sie hatte immer Angst gehabt, sich das einzugestehen. Es war ihre Schuld, dass Mary und Ellis einen Sohn verloren hatten. Dass sie die Farm ohne seine Unterstützung führen mussten.

Auf keinen Fall würde Courtney die beiden mit der Arbeit allein lassen. Ohne ihre Hilfe würden Mary und Ellis das Land nicht bewirtschaften können. Und weil Courtney all die Probleme verursacht hatte, musste sie auch dafür geradestehen.

»Er war ein Trinker. Das hast du selbst gesagt. Dass er gestorben ist, war nicht deine Schuld. Er hätte genauso gut von einem Bus überfahren werden können, und das wäre ebenso wenig deine Schuld gewesen. Er war ein erwachsener Mann. Er hat seine eigenen Entscheidungen getroffen. Das hatte nichts mit dir, sondern mit seiner Alkoholabhängigkeit zu tun.«

»Das Ergebnis ist das gleiche.« Sie bemühte sich zu lächeln. »Ellis und Mary haben einen Sohn verloren.«

Logan griff nach ihr und zog sie dicht an sich, dann vergrub er sein Gesicht in ihren Locken. »Es tut mir leid«, flüsterte er. »Es tut mir leid, dass er dir wehgetan hat. Und es tut mir leid, dass du dir immer noch Vorwürfe machst. Aber du bist nicht allein.«

Ein Schluchzen entrang sich ihrer Kehle. Die Sanftheit seines Tons und seine Berührungen brachten sie dazu, sich eng an ihn zu drücken, um sich in seiner Umarmung zu verstecken. »Danke«, wisperte sie.

»Wofür?«

»Dafür, dass du mich nicht verurteilst.«

»Ich würde dich nie verurteilen. Das ist nicht meine Art.« Er schlang seine Arme fester um sie und hauchte einen Kuss auf ihr Haar. »Ich kann nicht glauben, dass du diese Sache so lange mit dir herumgetragen hast. Hast du schon mal mit jemandem darüber gesprochen?«

»Ich war bei der Trauerbegleitung, aber ...« Sie zögerte. »Das war so ein Gruppending. Ich kam mir wie eine Betrügerin vor. Alle anderen Teilnehmer waren am Boden zerstört über ihren Verlust. Und obwohl ich das auch war, fühlte ich mich vor allem schuldig. Ich dachte immer, wenn sie von unserem Streit wüssten, würden sie mir die Schuld an seinem Tod geben.« So wie sie sich selbst dafür verantwortlich machte.

»Es ist nicht deine Schuld«, betonte Logan noch einmal. »Menschen sterben. Ich habe mit angesehen, wie meine Mom uns verlassen hat. Es hat mich fast umgebracht. Aber ich wusste, dass es nicht meine Schuld war.«

Courtney nickte leicht. »Bei meiner Mom war es genauso. Es war furchtbar und überwältigend, aber ich empfand keine Schuldgefühle. Nicht so wie bei Shaun.«

»Wenn er in dieser Nacht nicht gestorben wäre, hätte er sich wahrscheinlich zu Tode gesoffen.« Logan strich ihr über das Haar. »Und auch das wäre nicht deine Schuld gewesen.«

Sie wusste, dass er die Wahrheit sagte, und doch beruhigte es sie nicht so, wie sie es sich erhofft hatte. Shaun hatte etwas gewollt, das sie ihm nicht geben konnte. Das hatte auf die eine oder andere Weise zu seinem Tod geführt.

»Vielleicht bin ich nicht für die Ehe geschaffen«, murmelte sie. »Ich bin einfach nicht gut darin.«

Logan lachte leicht. »Hey, du redest mit mir, schon vergessen? Wenn es um Beziehungen geht, bin ich von uns beiden derjenige, der das nicht hinbekommt. So schlimm wie ich kannst du nicht sein.«

Sie blickte zu ihm auf und legte die Hand auf ihren Bauch. »Dieses Baby hat wirklich kein Glück mit uns.«

Logan senkte den Kopf und sah sie aufmerksam an. »Unser

Kind *hat* Glück, dich als Mom zu haben. Ich kann mir keine bessere Mutter vorstellen.«

Sie schenkte ihm ein halbherziges Lächeln. »Woher weißt du immer, was du sagen sollst?«

»Das tue ich nicht. Ich wünschte, es wäre so. Meistens mache ich den Mund auf und es kommt nur Mist raus.«

Courtney hob die Hand, um über seine Wange zu streicheln. »Das ist nicht wahr. Du bist wirklich einfühlsam. Das mag ich an dir. Deshalb bist du auch so gut in deinem Job. Du erkennst die Bedürfnisse der Menschen, bevor sie überhaupt wissen, was sie brauchen.«

Seine Augen leuchteten warm. »Danke.«

»Und ich bin stolz auf dich«, flüsterte sie. »Auf all deine Leistungen.« Sie zog ihre Unterlippe zwischen die Zähne. »Ich bin so froh, dass Hester dir an dem Tag vors Auto gelaufen ist.«

»Nicht so froh wie ich. Als diese verdammte Henne auf die Straße lief und ich dich sah, war es um mich geschehen. Es war wie im Kino, wenn man die 3-D-Brille aufsetzt und plötzlich vom Zuschauer zu einem Teil des Geschehens wird. So hat es sich für mich angefühlt.« Logan nahm ihre Hand und legte sie sich auf seine Brust, genau dort, wo sein Herz schlug. »Du hast mich ins Leben zurückgeholt.«

Die Intensität seines Blicks raubte ihr den Atem. Tränen brannten in ihren Augen. Seine Worte waren so schön. »Wir haben Harriet und Hester eine Menge zu verdanken«, sagte sie leise. »Ohne die beiden hätten wir uns vielleicht nie getroffen.«

Seine Mundwinkel hoben sich. »Ich glaube, sie wussten, dass du bereit für mich bist.« An seinem Tonfall konnte sie hören, dass er nicht scherzte. »Sie haben nur darauf gewartet, dass ich vorbeifahre, um auf die Straße zu flattern und mich zu stoppen.«

»Was, wenn du nicht angehalten hättest?« Sie verbiss sich ein Lächeln. Er sah so ernst aus.

»Dann hätten sie wohl nie erfahren, welche Art von Mann ich bin.«

Dieses Mal konnte sie sich ein Grinsen nicht verkneifen. Es gab so viele Seiten an Logan Hartson, die sie nach und nach kennenlernte. Er war nicht nur der smarte, kultivierte Geschäftsmann und der sinnliche Liebhaber, der genau wusste, wo er sie berühren musste, um ihr den Atem stocken zu lassen. Er hatte auch etwas Sanftes an sich. Eine Sanftheit, von der sie vermutete, dass niemand sonst sie kannte. Und das regte etwas tief in ihr.

»Ich bin froh, dass du angehalten hast«, sagte sie mit belegter Stimme. »Ich bin sogar froh, dass dich Hester gekratzt hat, sonst hätte ich dich nicht mit ins Cottage nehmen müssen. Ich schulde ihr wahrscheinlich einen vergoldeten Stall.«

»Sie darf unsere Trauzeugin sein.«

Courtney musste laut lachen. Sie stellte sich vor, wie die Henne in einem rosafarbenen Brautjungfernkleid Logan mit glänzenden Augen anstarrte und sich dann auf die Schulter des Pfarrers setzte. Courtney schob das Bild beiseite und wurde wieder ernst. »Ich dachte, wir hätten das schon geklärt«, entgegnete sie und suchte seinen Blick.

»Das haben wir. Und ich weiß, dass du noch nicht bereit bist, mich zu heiraten. Aber ich hoffe, dass du es eines Tages sein wirst. Und nur für den Fall werde ich dich weiterhin fragen.«

Sie nickte, in ihrem Innern tobten zu viele Emotionen, um etwas zu sagen. Er beugte sich vor und drückte seine Lippen auf ihre.

»Ich verliebe mich in dich«, murmelte er gegen ihren Mund und seine Hände glitten über ihren Rücken. »So sehr, dass es weh tut.«

Ihr Atem stockte. Sie war auch dabei, sich in ihn zu verlieben. Tatsächlich war sie es bereits. Aber dieses Gefühl tat nicht weh, es war wunderbar. Als würde sie auf einer Wolke schweben. »Ich fühle dasselbe«, flüsterte sie.

»Gott sei Dank.« Er umfasste ihren Hintern. »Denn ich glaube nicht, dass ich ohne dich leben kann.«

Sie schmiegte ihren Körper an seinen und spürte seine harten Muskeln. »Das musst du auch nicht.« Und ihm das zu gestehen, tat unfassbar gut. Sie hatte so lange geglaubt, dass sie allein auf der Welt war. Dass sie ihre Chance auf eine Beziehung schon vertan hatte. Aber jetzt, während sie in Logans Armen lag, wusste sie es besser. Seine Lippen wanderten über ihren Kiefer und ihren

Hals, seine Hände fuhren über ihre Kurven, bevor er sie eng an sich zog. Alle Ängste und Zweifel wurden durch ein pulsierendes Bedürfnis ersetzt.

Es würde alles gut werden. Das musste es. Denn sie konnte das hier nicht aufgeben. Sie war süchtig nach Logan Hartson, und so wie er ihren Körper zum Klingen brachte, wusste sie, dass er genauso empfand.

25. Kapitel

Courtney parkte ihren Truck vor dem Haus von Ellis und Mary und öffnete die Fahrertür. Sobald die kalte Luft hereinströmte, fröstelte sie. Die Temperatur war weiter gesunken und lag heute bei zehn Grad unter Null, obwohl die Nachmittagssonne immer mal wieder eine Lücke zwischen den tief hängenden grauen Wolken fand.

Zumindest war das Wetter gut für den Boden. Die Morgenfröste halfen dabei, ihn für die diesjährige Aussaat vorzubereiten, weil die umgepflügte Erde aufbrach und somit locker wurde.

»Hey.« Ellis kam aus der Scheune und hob zur Begrüßung die Hand. »War auf der Weide alles in Ordnung?«

Courtney rieb ihre Hände aneinander, um die Kälte zu vertreiben. »Ja, ich musste nur einen der Zäune reparieren. Aber den Tieren geht es gut. Ich bringe sie um fünf Uhr rein, damit sie nicht frieren müssen.« Sie bewegte die Finger bei dem Versuch, die Blutzirkulation in Schwung zu bringen. Ihre Fingerspitzen wurden schon weiß. »Geht es dir gut?«

Ellis nickte. »Ich habe den Traktor gewartet. Im Moment ist ja nicht ganz so viel zu tun. Wie war es in Boston?«

»Kälter als hier, auch wenn das kaum vorstellbar ist.« Sie schenkte ihm ein sanftes Lächeln. Es war ein seltsames Gefühl, mit dem Vater ihres verstorbenen Mannes über ihre Zeit bei Logan zu sprechen. »Ich habe mir überlegt, in ein paar Wochen wieder hinzureisen«, sagte sie. »Bald findet die Eröffnung seines neuen Restaurants statt, und ich habe eine Einladung bekommen.« Sie bewegte ihre Füße, um sich warm zu halten. »Aber nur, wenn du für mich einspringen kannst.«

»Warum gehen wir nicht ins Haus und trinken einen Kaffee?«, schlug Ellis vor. »Mary kann im Terminkalender nachsehen. Oh, und deine Freunde mit dem Restaurant, Ellie und Dan, haben gefragt, ob sie ihre Eierbestellung erhöhen können. Ich spiele mit dem Gedanken, mehr Hühner zu halten.«

Courtney lächelte. Noch etwas, was sie Logan zu verdanken hatte. »Das ist toll. Ich frage die beiden, ob sie Eier einer bestimmten Rasse bevorzugen. Mir gefallen die Marans. Sie sind friedfertig und eher anspruchslos.«

»Das hört sich gut an«, erwiderte Ellis und schlurfte in Richtung Haus. Sie ging neben ihm her und versuchte seinen schwerfälligen Gang zu ignorieren. Er schien die Kälte in letzter Zeit viel stärker zu spüren und hatte offensichtlich Schmerzen beim Gehen.

Im Kamin brannte bereits ein Feuer, als sie das Haus betraten. Mary sah von ihrer Handarbeit auf und lächelte breit. »Schaut euch zwei an«, sagte sie und stand etwas mühsam auf. »Eure Augen strahlen, und ihr habt rosige Wangen. Setzt euch, ich mache euch einen Kaffee.« Sie deutete zum Backofen, auf dem ein gedeckter Apfelkuchen stand. »Und ich habe einen Kuchen, der gerade abkühlt. Willst du ein Stück, Liebes?«

Courtney lächelte. »Ja, bitte.« Sie empfand es immer noch als seltsam, dass sie zu Kuchen nicht mehr *Nein* sagte. Sie schob es auf das Baby, das offensichtlich keiner Süßigkeit widerstehen konnte. »Kann ich dir mit dem Kaffee helfen?«

Mary runzelte die Stirn und schüttelte den Kopf. »Oh nein, du setzt dich. Das ist mein Bereich.« Sie schaltete die Kaffeemaschine ein und holte drei Tassen aus dem Regal, die schon bessere Tage gesehen hatten. »Wie war es in Boston?«

»Das habe ich sie auch schon gefragt«, wandte sich Ellis an seine Frau und zwinkerte ihr zu. »Sie sagte, es sei gut gewesen.«

»Hast du sie sonst noch etwas gefragt? Zum Beispiel, ob ihr während des Fluges schlecht geworden ist, oder ob ihr das neue Restaurant gefällt?« Mary sah Courtney amüsiert an. Als würde sie es genießen, ihren Mann zu necken. »Und wie geht es Logan? Habe ich dir erzählt, dass ich seine Tante am Sonntag in der Kirche getroffen habe?«

»Wann hättest du ihr das erzählen sollen. Sie war ja seitdem nicht hier, du Dummerchen«, murmelte Ellis. Mary klopfte ihm leicht auf den Hinterkopf, woraufhin er ihre Hand ergriff und seiner Frau einen Kuss gab.

Sie hatten die Leichtigkeit eines Paares, das auch nach Jahrzehnten respektvoll und verliebt miteinander umging. Die beiden waren sechzehn, als sie sich kennen und lieben gelernt hatten. Zwei Jahre später heirateten sie und wurden mit Anfang zwanzig zum ersten Mal Eltern. Jeder, der sie kannte, wusste, dass sie gegenseitig ihre Sätze beendeten.

»Es gibt noch etwas, worüber ich mit euch reden wollte«, sagte Courtney, als Mary den Kaffee vor ihnen abgestellt hatte und begann, den Kuchen anzuschneiden. »Ich habe darüber nachgedacht, das Cottage zu verkaufen und mir etwas Größeres zu suchen.« Sie holte tief Luft und gab den beiden Zeit, die Neuigkeit aufzunehmen. »Logan und ich überlegen, gemeinsam ein Haus zu kaufen, sobald das Baby auf der Welt ist.«

Mary legte das Messer weg und sah sie an. »Das dachte ich mir schon. Und das ist gut so. Babys sollten bei beiden Elternteilen aufwachsen. Wirst du nach Boston ziehen oder sucht ihr euch etwas, das nicht ganz so weit von *Hartson's Creek* entfernt ist?«

»Wir wollen hier in der Gegend bleiben. Und ich werde weiterhin auf dem Hof arbeiten. Darüber müsst ihr euch keine Sorgen machen.« Courtney nahm einen Schluck aus ihrer Tasse und verzog das Gesicht. Bis das Kind da war, würde sie sich wohl nicht an den Geschmack koffeinfreien Kaffees gewöhnt haben.

Mary und Ellis tauschten einen Blick. »Wir waren uns nicht sicher, ob du dir vielleicht eine andere Arbeit suchen willst, wenn das Baby da ist. Das wird ziemlich viel Verantwortung auf einmal sein.« Mary schaute wieder zu Courtney. »Bitte denk nicht, dass du das wegen uns tun musst. Ich habe mir die Zahlen angesehen. Wenn wir an ein paar Ecken sparen, können wir uns eine zusätzliche Hilfe leisten.«

Das konnten sie nicht. Nicht länger als für die Dauer ihres Mutterschaftsurlaubs. Das wusste sie, denn auch sie hatte sich die Unterlagen angesehen. »Nein«, sagte sie schnell. »Das ist nicht nötig. Wir müssen zwar ein paar Wochen nach der Geburt überbrücken, aber danach werde ich wieder zurückkommen und arbeiten. Ich werde das Baby einfach mitnehmen oder mir eine Kinderbetreuung suchen.«

»Du kannst das Baby gerne bei mir lassen«, bot Mary an. »Wir haben noch irgendwo die alte Wiege von Carl und Shaun. Ich könnte das Kleine zwischendurch füttern. Dann müsstest du nicht extra herkommen.« Mary lächelte sie warmherzig an. »Und ich weiß, dass ich es genießen würde, ein Baby um mich zu haben.«

»Das würdest du tun?« Courtney spürte, wie sich ihre Kehle zuschnürte.

»Natürlich. Du musst doch demjenigen vertrauen, der sich um dein Kind kümmert. Und auf diese Weise kannst du immer mal wieder vorbeischauen. Wir können sogar das Gästezimmer umgestalten, wenn du willst. Dann hat das Baby einen gemütlichen Raum, in dem es in Ruhe schlafen kann.«

Courtney erinnerte sich daran, dass Mary und Ellis schon immer gute Menschen waren. Sie betrachteten ihr Baby als ihr Enkelkind, obwohl es nicht wirklich mit ihnen verwandt war. Courtney würde alles für die beiden tun und weiterhin hier arbeiten. Und sie würde so wenig Geld wie möglich dafür nehmen.

»Das klingt wunderbar.« Sie schenkte ihnen ein ehrliches Lächeln. »Danke.«

Courtney schaltete den Fernseher aus und stand auf. Sie rollte mit den Schultern, um die Verspannungen in ihren Muskeln zu lösen, die von zwei Stunden Schlaf auf dem Sofa herrührten, die sie eigentlich im Bett hätte liegen sollen. Ihre Reise nach Boston war schon fast eine Woche her. Seitdem hatte sie mit Logan nur telefonieren können. Allerdings rief er sie fast zu jeder Tages- und Nachtzeit an, zwischen seinen vielen Verpflichtungen und Terminen. Gestern hatte er sie frühmorgens um kurz nach sechs angerufen, seine Stimme war leise und warm gewesen. Danach hatte sie lächelnd die Hühner gefüttert. Ein Lächeln, das nur er auf ihre Lippen zaubern konnte.

Es war verrückt, wie sehr sie ihn jetzt schon vermisste.

Sie war in der sechzehnten Woche schwanger, und nicht nur ihr Bauch wurde immer größer. Auch ihr Herz schien zu wachsen, wenn sie an Logan dachte. Aber sie fühlte sich gut. Wirklich gut. So gut, dass Lainey sie neulich fragte, ob sie bei einer anderen Stylistin gewesen sei.

»Nein.« Courtney hatte ihre Freundin angegrinst. »Du weißt, dass ich dich liebe, Süße. Ich würde dich nie betrügen.«

»Gut. Denn deine Locken gehören ganz allein mir«, hatte Lainey geantwortet und sie angefunkelt. »Falls eine andere Friseurin sie berührt, hacke ich ihr die Finger ab.«

Courtney grinste bei der Erinnerung daran und wollte das Licht im Wohnzimmer ausschalten, doch ein Klopfen an der Tür ließ sie erstarren. Sie runzelte die Stirn und schaute auf die schmale Armbanduhr an ihrem Handgelenk.

Es war fast zehn. In dieser Gegend kamen die Leute selten nach sieben Uhr abends zu Besuch, zumindest nicht ohne vorher anzurufen. So etwas galt hier als schlechtes Benehmen. Ein seltsames Ziehen in ihrem Magen veranlasste Courtney dazu, die nie benutzte Kette an der Tür zu befestigen, bevor sie öffnete. Als sie den späten Gast erkannte, zog sie die Brauen zusammen.

»Carl?«, fragte sie leise. Er trug seine Uniform und spielte nervös mit dem Autoschlüssel. »Ist alles in Ordnung?«

»Ich habe gerade Feierabend. Darf ich reinkommen?«

Sie hatte ihn seit Wochen nicht mehr gesehen und seit ihrem Telefonat an Weihnachten nicht mehr mit ihm gesprochen. »Klar«, stimmte sie zu und schloss die Tür so weit, dass sie die Kette aushängen konnte. Als sie wieder aufmachte, trat er ein.

»Möchtest du etwas trinken?«, fragte sie höflich. »Ich habe Limonade im Kühlschrank. Oder möchtest du Tee oder Kaffee?«

Er musterte sie von Kopf bis Fuß, dann starrte er auf die Wölbung ihres Bauches, die aus der Umstandshose ragte. »Nein«, lehnte er leiser ab. »Ich brauche nur ein paar Minuten.«

»Dann setzen wir uns am besten«, schlug sie vor. »Mir tut alles weh. Ich weiß nicht, ob es an der Arbeit oder am Baby liegt. Wahrscheinlich an beidem.«

»Geht es dir gut?«, hakte er nach. »Geht es dem Baby gut?«

Ihr wurde warm ums Herz. Sie hatte nicht erwartet, dass er sich danach erkundigen würde. »Ja, wir sind beide okay.«

Sie saßen auf dem Sofa, mit einem kleinen Abstand zwischen ihnen. Selbst im warmen Licht der Wohnzimmerlampe sah sie die Schatten unter seinen Augen. »Hattest du einen anstrengenden Tag?«, fragte sie, wohl wissend, dass sein Job nicht immer einfach war.

Wie in der Nacht, in der er mit ansehen musste, wie die Leiche seines Bruders aus dem Autowrack geschnitten wurde.

»Ein häuslicher Zwischenfall, der sich wie immer erst lösen lässt, wenn jemand getötet wird«, antwortete er und rieb sich die Augen. »Und eine alte Dame, die aus reiner Güte einen Jugendlichen bei sich aufgenommen hat, nur damit der Junge ihre Ersparnisse stiehlt.«

»Menschen tun furchtbare Dinge.« Sie schenkte ihm ein mitfühlendes Lächeln.

»Und verhalten sich wie Arschlöcher.« Er räusperte sich und sah sie eindringlich an. »Mom hat mir erzählt, dass du darüber nachdenkst, das Haus zu verkaufen.«

Sie spürte wieder dieses Ziehen. »Ja. Noch steht nichts fest, aber ich schaue mich um.«

Er nickte und fuhr sich mit der Hand über sein glatt rasiertes Kinn. »Ziehst du bei *ihm* ein?«

Als sie den Mund aufmachte, um zu antworten, spürte sie, wie ihr Herz heftig gegen ihren Brustkorb schlug. »Ja, das werde ich tun.«

Carl schloss die Augen und atmete scharf ein. »Das musst du nicht.«

»Was meinst du?« Sie zog verwirrt die Brauen zusammen. »Ich will das nicht tun, weil ich muss. Ich halte es nur für sinnvoll, für mich und das Baby.«

»Und lieferst dich ihm aus.«

Courtney konnte nicht anders, als darüber zu lachen. »Mich ihm ausliefern? Ist es das, was du denkst?«

»Ich weiß nicht, was ich denken soll. Du hast dich völlig verändert, Court, und das ist seine Schuld. Ohne ihn würdest du das

Haus nie verkaufen. Und du wärst auch nicht schwanger. Es ist, als wärst du seine Marionette. Es ist schrecklich, wie du dich seinetwegen verhältst. Er ist nicht gut für dich.« Sein Blick wanderte hinunter auf ihren Bauch. »Für euch beide nicht.«

Sie hatte keine Ahnung, was sie erwidern sollte. Als sie ihm in die Augen sah, konnte sie Schmerz darin lesen, und das tat auch ihr weh. Obwohl sie wütend darüber war, dass er Logan geschlagen hatte, kannte sie doch den wahren Grund dafür: Carl war verletzt.

»Nur weil ich umziehe, heißt das nicht, dass ich die Farm verlasse. Oder die Familie.« Sie fuhr sich mit der Zunge über die trockenen Lippen. »Oder dass ich Shaun vergessen habe.«

Carl runzelte die Stirn. »An dem Tag, an dem wir ihn zu Grabe getragen haben, habe ich versprochen, immer auf dich aufzupassen. Und ich habe versagt. Wenn Shaun gerade zusieht, und ich bete, dass er es nicht tut, muss er mich hassen.«

Ihre Kehle schnürte sich zu. »Du *hast* dich um mich gekümmert. Ihr alle ward so gut zu mir. Und Shaun würde das wissen.«

Carl presste die Lippen aufeinander und schüttelte den Kopf. »Nein, das habe ich nicht«, sagte er mit brüchiger Stimme. »Ich habe dich so werden lassen.« Er deutete auf sie. »Ich habe zugelassen, dass dieser Großstadtmensch kommt und dich von allem, was dir wichtig ist, wegholt. Du verlässt das Haus, das Shaun dir hinterlassen hat, Court. Den Ort, an dem du lebst, seit er dich nach Hause gebracht hat. Es ist, als wäre dir das alles scheißegal.«

»Natürlich ist es das nicht. Aber ich bin noch da, und ich will wieder ein richtiges Leben haben.«

»Mit Logan Hartson.« Sein Tonfall war hart.

Sie holte tief Luft. »Ja, mit Logan.«

Carl blinzelte. Hatte er Tränen in den Augen? »Das ist verdammt dumm von dir.«

»Carl.« Sie seufzte und sah zur Seite. »Ich weiß, dass du es nur gut meinst. Aber ich brauche dich nicht als meinen Aufpasser. Ich bin eine erwachsene Frau. Ich weiß, was ich tue.«

»Bist du sicher? Denn für mich sieht es so aus, als würdest du einen verdammt großen Fehler machen. Weißt du, dass ich ihn vor ein paar Wochen wegen zu schnellem Fahren angehalten habe?«

Courtney schaute überrascht zu ihm. »Nein, das wusste ich nicht.« Ihr Gesicht wurde heiß vor Scham.

»Es war ihm wahrscheinlich zu peinlich, es zuzugeben. Er hat sich rausgeredet und erklärt, dass er seinen Flug erwischen müsse. Und was ist beim nächsten Mal, Court? Was ist, wenn das Baby mit ihm im Auto sitzt? Kennst du den Typen überhaupt?«

»Carl, ich ...«

»Denk einfach darüber nach, ob du das wirklich tun willst. Mir zuliebe. Und für Shaun. Denk auch an Mom und Dad. Wir brauchen dich, Court. Du bist der Klebstoff, der diese Familie zusammenhält, seit wir Shaun verloren haben. Und jetzt verlieren wir auch noch dich.«

Ihre Augen weiteten sich, als sie Carl schluchzen hörte. Sie hatte ihn noch nie weinen sehen. Nicht einmal bei Shauns Beerdigung oder bei dem, was in den schrecklichen Monaten danach passiert war. Er war stoisch gewesen. Stark. Jemand, an den man sich anlehnen konnte.

Tränen des Mitleids stiegen ihr in die Augen. »Du verlierst mich nicht. Wir werden immer Freunde sein. Und ich werde immer noch hier arbeiten. Deine Eltern werden mich oft sehen. Es wird alles gut.«

Er hob den Kopf und sah sie mit roten Augen an. Ihr Herz brach noch ein bisschen mehr. »Bitte zieh nicht weg von hier«, sagte er nur.

»Aber ich möchte es.«

Er fuhr sich mit den Händen durch die Haare. Eine einzelne Träne lief über seine Wange. »Ich sollte gehen.«

»Carl ...«

Sein Blick traf auf sie. »Scheiß drauf.« Er ergriff ihre Hand und hielt sie fest. »Weißt du was, Court? Ich bin in dich verliebt. Ich bin in dich verliebt, seit dem Tag, an dem Shaun dich nach Hause gebracht hat. Aber ich habe nichts gesagt, weil er mein Bruder ist. Ich habe geschwiegen, als du an deinem Hochzeitstag in der Kirche neben ihm gestanden hast, und auch jedes Mal, wenn ich dich weinen sah, obwohl du dachtest, dass es niemand bemerken würde. Dafür hasse ich mich jetzt. Ich hasse mich dafür, dass ich dich nicht gefragt habe, was los ist. Dass ich dir nicht erzählt habe, wie ich für dich empfinde. Hätte ich das getan, wären wir jetzt vielleicht zusammen.«

»Es ist nicht deine Schuld«, flüsterte sie. »Und wir wären nicht zusammen. Aber wir wären immer noch Freunde.«

»Das ist nicht genug. Ich will nicht dein Freund sein, ich will dein Mann sein. Ich möchte mich um dich kümmern, so wie du es verdienst. Und dich vor Idioten wie Logan Hartson beschützen, der dir das Herz brechen wird.«

»Das wird nicht passieren«, sagte sie mit fester Stimme. »Und ich bin nicht in dich verliebt.« Es tat weh, den Schmerz in seinem Gesicht zu lesen, aber er musste das begreifen.

»Kann ich dich nicht genug für uns beide lieben? Ich werde für dich und das Baby sorgen. Ich werde ein Vater für das Kleine sein und es wie mein eigenes Kind behandeln. Du weißt, dass ich das tun würde.«

Sie schluckte schwer. »Ich weiß. Aber das Baby hat schon einen Vater. Und ich bin in ihn verliebt.« Schmerz überzog seine Miene, als hätte sie ihm ein Messer in den Bauch gerammt. »Es tut mir so leid.«

Er stand abrupt auf. »Ich sollte gehen.«

Sie streckte die Hand nach ihm aus, aber er wich zurück. Er sah sie nicht einmal an. »Carl ...«

Er schüttelte den Kopf. Das reichte ihr, um zu erkennen, dass sie nichts sagen konnte, was die Sache besser machen würde. Eine Träne kullerte über ihre Wange, als sie ihn mit hängenden Schultern und gesenktem Kopf zur Tür gehen sah.

Sie hasste das. Sie hasste es, ihn verletzt zu sehen. Zu wissen, dass diese Familie für immer zerbrochen sein würde, und dass ein Teil der Schuld ihr zuzuschreiben war.

Ohne ein Wort zu sagen, zog Carl die Tür hinter sich zu. Dann hörte sie den Motor seines Wagens und sah, wie das Licht der Scheinwerfer das Fenster streifte.

Ihr Telefon begann zu summen. Sie las Logans Namen auf dem

Display und hob ab. »Hallo?«

»Hey. Wie geht es dir?« Seine Stimme war wie Balsam für ihr wundes Herz.

»Mir geht es gut«, log sie und zwang sich zu einem Lächeln, auch wenn er es nicht sehen konnte. »Und dir?«

26. Kapitel

Logan sah sich im Restaurant um, sein kritisches Auge nahm jedes Detail wahr. Eine der Lampen über Tisch acht war falsch ausgerichtet. Er würde das heute vom Elektriker reparieren lassen. Und Tisch dreißig stand etwas schief. Nur ein wenig, weshalb es die meisten Leute nicht bemerken würden. Aber schräg genug, dass der Tisch wackeln könnte – der Albtraum eines jeden Restaurantbesuchers. Er würde den Schreiner bitten, sämtliche Möbel noch einmal zu überprüfen.

Trotz der Tücken, die jedes neue Restaurant hatte, musste Logan zugeben, dass der Laden fantastisch aussah. Und das sollte er auch. Schließlich steckten sechs Monate harte Arbeit darin.

Die letzten paar Wochen seit Weihnachten waren sehr anstrengend gewesen. Er hatte Courtney wie verrückt vermisst. Auch wenn sie jeden Tag oft stundenlang telefonierten, war es nicht dasselbe, wie bei ihr zu sein. Morgen würde sie zusammen mit dem Rest seiner Familie hier sein, um die Eröffnung zu feiern. Und demnächst würde er zu ihrem Zwanzig-Wochen-Ultraschall nach *Hartson's Creek* zurückfliegen. Das wäre die erste Gelegenheit, das Geschlecht des Babys zu erfahren, obwohl sie beide noch unsicher waren, ob sie es wissen wollten.

Eines wusste er genau: Er wollte alle ihre ersten Male erleben. Deshalb war diese Art von Lebensstil nicht mehr tragbar. So sehr es ihn auch schmerzte, daran zu denken, all das hinter sich zu lassen. Aber welche Wahl hatte er denn?

Er wollte seine Familie. Er wollte da sein, wenn Courtney ihn brauchte. Sie sollte nicht von ihrer besten Freundin oder ihrer Ex-Schwiegermutter zum Arzt begleitet werden, sondern von ihm. Es war seine Aufgabe, dort zu sein. Schon verrückt, wie eifersüchtig er auf eine alte Dame war, die ihren Sohn verloren hatte, nur weil sie in dem Szenario sein Kind auf einem Bildschirm sehen würde.

Ein Klopfen an der Haustür holte ihn aus seinen Gedanken.

Als er Cam auf der anderen Seite des Rauchglases entdeckte, grinste Logan und ging hinüber, um aufzusperren und seinen Zwilling hereinzulassen.

»Das ist ja eine Überraschung«, sagte er und klopfte seinem Bruder auf den Rücken. Er freute sich, ihn zu sehen. »Was machst du denn hier?«

»Ich hatte einen Termin bei einem Arzt gegenüber. Ich dachte, ich komme her und sehe nach dir.« Er schaute sich im Restaurant um, seine Augen waren groß. »Wow.« Er stieß einen Pfiff aus. »Das ist unglaublich.«

»Danke.« Logan neigte seinen Kopf in Richtung Bar. »Willst du einen Drink?«

»Nur ein Wasser. Und etwas Saft, falls du welchen hast. Ich habe heute Morgen trainiert und seitdem nicht genug getrunken.«

»Klar.« Die beiden gingen zur Bar hinüber. »Weshalb hattest du den Termin?«, erkundigte sich Logan. »Macht dein Knöchel wieder Probleme?«

Cam schüttelte den Kopf und lehnte sich an die polierte Theke, während Logan zwei Gläser holte. »Nein, dem Knöchel geht es gut. Ich hatte Kopfschmerzen, und der Teamarzt wollte, dass ich ein paar Untersuchungen machen lasse. Keine große Sache.«

Logan schaute über seine Schulter zu Cam. »Kopfschmerzen? Wie fühlen sie sich an?« Dann reichte er seinem Bruder ein großes Glas Mineralwasser, ehe er den Saft aus dem Kühlschrank holte.

»Erinnerst du dich an dieses Druckgefühl, das ich als Kind hatte? Zum Beispiel, wenn ein Sturm aufgezogen ist. So in der Art fühlt es sich an. Als würde ich meinen Helm noch tragen, obwohl ich ihn Stunden davor abgenommen habe.« Cam trank einen Schluck Wasser. »Ich hoffe, sie verschreiben mir gute Schmerzmittel und lassen mich wieder loslegen.«

Logan erinnerte sich an diese Kopfschmerzen. Cam hatte sie ziemlich oft, vor allem in den Jahren nach dem Tod ihrer Mom. Sie verschwanden, als er älter wurde. Seitdem hatte er nie wieder darüber geklagt. »Lass mich wissen, was der Arzt davon hält.« Logan füllte für jeden von ihnen ein Glas mit Saft.

»Klar.« Cam lächelte ihn an. »Und, bist du bereit für morgen?«

»So bereit wie möglich. Der Dekorateur kommt morgen Früh, um alles vorzubereiten, und Ryan steht schon in der Küche.« Er nickte mit dem Kopf in Richtung der schweren Metalltür. »Du wirst dich freuen zu hören, dass der Schnaps rechtzeitig eingetroffen ist.«

Cam lachte. »Ich trinke nicht. Nicht während der Football-Saison. Das weißt du doch.«

»Ja, aber wir können Gray und Tanner dabei zusehen, wie sie sich betrinken. Das macht fast genauso viel Spaß.« Logan nahm einen Schluck von seinem Saft. »Noch mehr, wenn Maddie und Van anfangen, sie deswegen zu nerven.«

»Da wir gerade von den Frauen unserer Brüder sprechen. Ich habe gehört, dass Courtney auch kommt.«

»Ja, sie hat zugestimmt. Hat Gray dir davon erzählt?«

Cam nickte. »Wir haben gestern Abend telefoniert. Ich bin froh, sie wiederzusehen. Ich mag sie.«

Logans Blick traf den seines Zwillings. Cams Zustimmung war ihm wichtig. Schließlich hatten sie sich die meiste Zeit ihres Lebens am nächsten gestanden. Logan hatte Cam von seinem Plan erzählt, Boston zu verlassen und nach *Hartson's Creek* zurückzuziehen, um bei Courtney zu sein. Sein Magen hatte sich vor Schuldgefühlen zusammengekrampft, weil er seinen Bruder hier zurücklassen würde. Aber Cam hatte ihn zu der Entscheidung ermutigt.

»Du wirst ein Dad sein. Nichts ist wichtiger als das.«

Und Cam hatte recht. Das bedeutete aber nicht, dass Logan es nicht vermissen würde, mit ihm in einer Stadt zu leben.

»Bringst du morgen jemanden mit?«, fragte Logan.

»Wahrscheinlich nicht.« Cam grinste. »Es gibt bisher keine Frau, die ich meiner ganzen Familie vorstellen möchte.«

Bis vor ein paar Monaten ging es Logan ähnlich. Seine Familie und sein Liebesleben waren zwei verschiedene Dinge. Genau genommen hatte er so gut wie kein Liebesleben, bis Courtney auftauchte. Nicht jede hätte ein Treffen mit der ganzen Familie Hartson so gut verkraftet wie sie. Courtney war wirklich etwas Besonderes.

»Hast du darüber nachgedacht, was du beruflich nach deinem Umzug machen wirst?«, fragte Cam.

»Noch nicht. Finanziell bin ich weiterhin an den Restaurants beteiligt, aber das Tagesgeschäft werden Paris und der neue Partner erledigen. Ein paar Dinge werde ich von Virginia aus regeln können, aber nicht viel. Und meine Freunde, Dan und Ellie, die dort ein Restaurant besitzen, haben mich um Hilfe beim Marketing gebeten.« Er zuckte mit den Schultern. Das klang alles nicht besonders aufregend. Nicht im Vergleich zur Eröffnung eines glamourösen Restaurants im Herzen von Boston.

»Du wirst etwas finden«, sagte Cam mit beruhigender Stimme. »Aber ich kann mir vorstellen, dass es schwer sein wird, das alles hinter dir zu lassen. Immerhin hast du Jahre deines Lebens in dieses Geschäft investiert.«

Genau so war es. All das hatte ihn geformt und zu dem Mann gemacht, der er war. Oft arbeitete er zwanzig Stunden am Tag. Es war schwer vorstellbar, wie er mit so viel freier Zeit umgehen sollte.

»Vielleicht fange ich an, Golf zu spielen«, überlegte er laut.

Cam lachte. »Ja, genau. Du und Dad am achtzehnten Loch, das Baby auf den Rücken geschnallt. Ich kann es förmlich vor mir sehen.«

»Und was willst du machen, wenn du deine Karriere an den Nagel hängst?«, fragte Logan und drehte den Spieß um. »Vielleicht kannst du mir ein paar Tipps geben.«

»Ich werde mich nie zur Ruhe setzen. Du wirst mich im Rollstuhl vom Feld schieben müssen.« Cam zwinkerte.

Die Vorstellung war lustig, aber auch wieder nicht. Denn sie beide waren ehrgeizig und definierten sich in erster Linie über ihre Arbeit und dann erst über ihre Familie. So war es schon immer. Als Kinder waren sie nur *die Zwillinge* gewesen. Verbunden durch eine reine Laune der Natur. Im Teenageralter brillierten sie als die Starspieler des Football-Teams ihrer Schule, was sowohl mit Freuden als auch Zwängen verbunden war.

Und jetzt stand Cam mit den *Bobcats* am Höhepunkt seiner Karriere, und Logan war der Eigentümer der erfolgreichsten

Restaurants in Boston. Was auch immer danach kommen würde, wäre in gewisser Weise wohl ein Abstieg.

Logan war nicht dumm. Er wusste, dass eine Lücke in seinem Leben entstehen würde. Aber diese Lücke würde gefüllt werden. Durch Courtney und das Baby und ihre gemeinsame Zukunft. Diese Gewissheit ließ ihn an seiner Entscheidung festhalten.

Bevor er Courtney kennenlernte, hatte er über das Konzept der Seelenverwandtschaft gelacht. Oftmals schüttelte er den Kopf, wenn sich seine Freunde einer nach dem anderen in Frauen verliebten, die ihre Leben verändert hatten. Logan hatte keinen Platz für eine solche Beziehung, selbst wenn er sie gewollt hätte.

Doch Courtney hatte den Schutzschild durchbrochen, den er um sein Herz herum errichtet hatte. Und sie hatte ihm auf eine Weise die Augen geöffnet, durch die er sich persönlich veränderte, oder zumindest eine völlig neue Seite an sich entdeckte.

»Wir kommen schon klar«, sagte Logan zuversichtlich und trank sein Glas Saft aus. »Wir beide sind anpassungsfähig. Das waren wir schon immer.«

Cam hob eine Braue. »Ja. Und wenn es ganz schlimm kommt, können wir zusammen eine Sportbar eröffnen. Du schmeißt den Laden, ich setzte mich in die Ecke und erzähle den Leuten bei einem Bier von meinen glorreichen Tagen.«

Logan hob grinsend sein fast leeres Glas, Cam tat es ihm gleich, und sie stießen darauf an. »Abgemacht.«

»In Ordnung«, sagte Lainey am nächsten Tag im Salon. »Ich denke an eine Hochsteckfrisur. Wir werden die Haare vorne etwas glätten und dann die Locken im Nacken fixieren. Vielleicht lassen wir ein paar nach unten fallen. Das wird perfekt zu deinem Kleid passen, das verspreche ich dir.« Sie hob Courtneys Haar an und zog die Brauen zusammen, während sie mit prüfendem Blick die Spitzen betrachtete.

Courtney grinste das Spiegelbild ihrer Freundin an. »Nur zu.

Ich ergebe mich ganz deinen fähigen Händen.«

»Du hast wunderschöne Haare«, sagte Maddie von dem Stuhl neben Courtney. Hinter ihr saß Nicole, die Maddies Haar zu einem Dutt frisiert hatte, der ihre hohen Wangenknochen und die perfekt geschwungenen Lippen betonte. »War es schon immer so lockig?«

»Zuerst hatte ich glattes blondes Haar«, erzählte Courtney. »Aber dann sind sie mir ausgefallen und so nachgewachsen.«

»Ich frage mich, ob dein Baby am Anfang auch blond sein wird«, sinnierte Van auf Maddies anderer Seite. Zusammen mit Becca, Logans Schwester, ließen sie sich alle vier im Salon hübsch machen, bevor sie von einer Limousine abgeholt und zum Flughafen gebracht werden sollten, um ihren Flieger nach Boston zu erreichen. Es war Maddies Idee gewesen, und Lainey war mehr als glücklich, zwei zusätzliche Stylisten beauftragen zu können.

Courtney schaute sich um, und ihr wurde warm ums Herz. Sie hatte das Gefühl, Teil von etwas Neuem zu sein. Etwas Gutem. Zum ersten Mal seit langer Zeit war sie aufgeregt und freute sich auf den heutigen Abend. Sie würde Logan wiedersehen. Die letzten Wochen ohne ihn waren ihr endlos vorgekommen. Die Telefon- und Skype-Anrufe reichten eben nicht aus. Sie brauchte seine Wärme, seine Stärke, sie wollte von dem holzigen Geruch seines Aftershaves umgeben sein. Kein Telefonat konnte dieses Bedürfnis stillen.

Sie hatten das Wochenende bereits durchgeplant. Heute Abend würde sich zuerst die ganze Familie treffen, um dann zur Party anlässlich der Restauranteröffnung zu gehen. Und am Sonntagmorgen waren sie alle zum Brunch verabredet. Aber am Nachmittag, bevor Courtney ihren Rückflug antreten sollte, hatte Logan sie zu einem Einkaufsbummel in Boston überreden wollen. Neue Sachen für das Baby besorgen und anschließend ein paar Sehenswürdigkeiten besichtigen. Es schien ihm wichtig zu sein. Vielleicht sah er es als seine letzte Chance, ihr die Stadt zu zeigen, die er liebte. Natürlich hatte Courtney bereitwillig zugestimmt.

»Habt ihr schon ein passendes Haus gefunden?«

»Wir hatten noch keine Gelegenheit dazu. Wegen der Eröffnung des Restaurants. Hoffentlich wird es jetzt ruhiger.«

Maddie drehte sich um und sah Courtney an, was ihr die Missbilligung der Stylistin einbrachte. »Ich wette, du wirst den Hof vermissen. Presley und Marley haben den Besuch letzte Woche bei dir sehr genossen. Sie schwärmen immer noch von den Hühnern.«

Courtney hatte die drei herumgeführt und sie Ellis und Mary vorgestellt, die sich über die aufgeweckten kleinen Jungen sehr gefreut hatten. Ellis hatte sie alle sogar auf seinem Traktor mitgenommen, sehr zur Freude der Zwillinge. Courtney war sich seitdem sicher, wie aufgeregt alle sein würden, wenn ihr eigenes Baby da wäre. Dieser Gedanke wärmte sie innerlich.

»Es war schön, dass ihr uns besucht habt. Ihr könnt auch gerne nach meinem Umzug auf den Hof kommen, denn ich werde weiterhin da arbeiten.«

»Was wirst du?« Laineys Brauen schossen hoch. »Wie willst du das denn bewerkstelligen?«

»Ich werde das Baby mitnehmen, zumindest am Anfang. Mary hat mir ihre Hilfe angeboten. Und dann werde ich mich nach einer Tagesbetreuung umsehen.«

»Was hält Logan davon, dass sich Mary um das Baby kümmert?« Lainey rümpfte die Nase. »Es muss seltsam für ihn sein, weil sie Shauns Mutter ist.«

Courtney zuckte mit den Schultern. »Wir hatten noch keine Gelegenheit, darüber zu reden. Aber mit Marys Hilfe könnte ich weiterhin arbeiten und mich um das Baby kümmern. Es gibt nicht viele Jobs, mit denen das geht.«

»Es könnte sich für Logan anfühlen, als würde er kaum gebraucht werden«, wandte Lainey ein. »Ich würde das zuerst mit ihm besprechen.«

»Das werde ich. Wir haben ohnehin noch viele Dinge zu klären. Dafür ist noch genug Zeit. Ich bin ja erst in der achtzehnten Woche.«

»Genieße die verbleibenden Monate«, sagte Maddie düster, obwohl ihre Lippen ein Lächeln formten. »Du hast ja keine

Ahnung, wie gut es sich anfühlt, allein auf die Toilette gehen zu können.«

»Wann immer du ungestört pinkeln willst, passe ich gerne auf das Baby auf, Courtney«, rief Becca. »Und du weißt, dass ich mich auch um die Zwillinge kümmere«, fügte sie hinzu und sah Maddie an. »Ich liebe es, die beiden zu verwöhnen. Das ist das Beste daran, eine Tante zu sein.«

»Mit verwöhnen meint sie, dass sie ihnen riesige Schokoriegel gibt und dann Gray ins Gesicht lacht, wenn sie die Jungs mitten im Zuckerrausch zurückgibt«, erzählte Maddie, und Courtney lachte. »Lass dich von Beccas süßem Gesicht nicht täuschen. Sie ist böse.«

»Deshalb lieben mich eure Jungs«, sagte Becca laut.

»Und genau deswegen bekommen Tanner und ich noch keine Kinder«, meinte Van mit fester Stimme. »Nicht bevor Becca diese Phase ausgelebt hat.«

»Das ist keine Phase«, entgegnete Becca vergnügt. »Du solltest einfach schwanger werden. Gib dich dem Unvermeidlichen hin.«

»Wart nur ab, bis du den Richtigen kennenlernst. Dann bekommst du alles zurück«, warnte Maddie sie. »Gray kann es kaum erwarten, den großen Bruder zu spielen.«

Becca hatte bekanntlich kein Glück in der Liebe. Sie schob es auf die Tatsache, dass ihre Brüder in *Hartson's Creek* so bekannt waren. Es würde einen starken Mann brauchen, um mit ihnen fertig zu werden.

»Tanner hat schon ein Album mit deinen Babyfotos gemacht«, fügte Van hinzu und lachte über Beccas empörten Gesichtsausdruck. »Kein Scherz. Er möchte für den Tag vorbereitet sein, an dem du das erste Mal einen Mann mit nach Hause bringst.«

»Ich habe keine Angst vor Gray und Tanner«, sagte Becca leichthin. »Ich kenne all ihre dunkelsten Geheimnisse. Und ich werde sie mit großer Freude gegen eine entsprechende Gebühr verraten.« Sie rieb ihre Hände aneinander.

»Vielleicht komme ich darauf zurück«, bemerkte Van grinsend und tat so, als würde sie einen Schnurrbart zwirbeln. »Tanner hat mir gestern einen Streich gespielt. Es wäre gut, ein paar

Informationen zu haben, die ich gegen ihn verwenden könnte.«

»Einen Streich?«, hakte Becca nach. »Erzähl mir mehr.«

Courtney lächelte, als Van ihr erzählte, dass Tanner mit einer Freddy-Krueger-Maske aus dem Schrank gesprungen war. Van war so überrascht, dass sie aufgeschrien hatte, bevor sie ihn mit dem erstbesten Gegenstand, den sie in die Finger bekam – einem Holzlöffel –, durch Haus und Garten jagte. Die Frauen brachen in ein herzhaftes Gelächter aus.

Courtney konnte sich kaum daran erinnern, wann sie das letzte Mal so viel Zeit mit anderen Frauen verbracht hatte. Natürlich hatte sie Lainey – und sie liebte ihre beste Freundin über alles. Aber diese Mädels waren einfach wunderbar. Es war schön, über die Hartson-Männer zu reden – oder die *Heartbreak Brothers*, wie Van sie zur Belustigung von Becca nannte. Es machte Spaß, von Vans und Tanners neckischer Beziehung zu hören oder von Maddies und Grays Liebe für ihre Zwillingssöhne.

Als das Telefon in ihrer Handtasche neben ihren Füßen vibrierte, wollte Courtney es zunächst ignorieren. Doch auf den ersten Anruf folgte ein weiterer. »Argh«, machte sie und sah Lainey entschuldigend an. »Wirst du mich hassen, wenn ich kurz rangehe?«

»Rühr dich ja nicht von deinem Platz. Ich gebe dir dein Handy.« Lainey behielt eine Haarlocke in ihrer rechten Hand und streckte ihre linke nach Courtneys Tasche aus. Courtney verkniff sich ein Lächeln angesichts der akrobatischen Einlage ihrer Freundin.

»Danke«, sagte sie, als Lainey ihr die Tasche gab, ohne die Haarlocke loszulassen, die sie geschickt um ihre Finger wickelte, in Position brachte und feststeckte. Courtney kramte in ihrer Tasche. Sie blinzelte, als sie den Namen auf dem Display las.

Ellis Roberts. Er rief von seinem Handy aus an, das er so selten benutzte, dass sie sofort ein ungutes Gefühl bekam.

Sie nahm den Anruf an und zuckte zusammen, als Lainey an ihren Haaren zog. »Tut mir leid«, flüsterte ihre Freundin.

»Ellis? Ist alles in Ordnung?«, fragte Courtney, sobald die Verbindung stand.

Ein leises Schluchzen drang zu ihr durch. Es konnte nur von

Mary stammen.

»Courtney«, flüsterte sie ins Telefon. »Kannst du ins Krankenhaus kommen? Es geht um Carl. Er wurde angeschossen.«

27. Kapitel

Courtney fuhr so schnell sie konnte zum Krankenhaus. Ihr Herz hämmerte gegen ihre Brust, als sie den Parkplatz erreichte. Sie hatte so viel Adrenalin im Blut, dass ihr schwindelig wurde, als sie aus dem Auto ausstieg.

Es fühlte sich wie ein Déjà-vu an. Erinnerungen überfielen sie. Ein anderer Bruder, das gleiche Krankenhaus, die gleiche Angst. Dasselbe schreckliche Schuldgefühl. Als sie Carl zuletzt sah, wirkte er tief verletzt und gebrochen. Ihretwegen.

Alles war ihre Schuld.

Sie war so aufgewühlt, dass sie es kaum schaffte, Carls Namen am Schalter zu nennen und nach dem Weg zu fragen.

»Sind Sie eine Verwandte?«, fragte die aufdringlich wirkende Frau dahinter.

»Seine Schwägerin«, behauptete Courtney. Immerhin war das *fast* die Wahrheit.

Die Frau nickte und gab den Namen in den Computer ein. Dann erklärte sie Courtney, wie sie zum Warteraum der Notaufnahme gelangen würde. Es war verrückt, dass man ihr sagen musste, wie sie dorthin kam. Der Weg sollte ihr vom letzten Mal in Erinnerung geblieben sein. Aber in ihrem Verstand war ein dichter Nebel aufgezogen, der ihr das Denken erschwerte. Sie konnte nichts tun, außer zu versuchen, gleichmäßig zu atmen.

Carl war angeschossen worden. Das war alles, was Courtney gehört hatte, bevor Mary aufgelegt hatte. Aber mehr brauchte sie nicht zu wissen. Der Ton in Marys Stimme reichte aus, um ihr vor Angst das Blut in den Adern gefrieren zu lassen.

Mary und Ellis könnten einen weiteren Sohn verlieren. Und Courtney wusste nicht, ob die beiden das überstehen würden.

Sie standen in der hintersten Ecke des Wartezimmers, starrten in die Leere und hielten sich fest an den Händen, als hätten sie Angst, loszulassen. Courtney eilte hinüber und blinzelte die Tränen weg, als sie die beiden umarmte.

»Gibt es etwas Neues?«, fragte sie. »Wie geht es ihm?«

»Wir warten immer noch auf den Arzt.« Marys Stimme war nicht mehr als ein Flüstern.

»Wisst ihr, was passiert ist?«, hakte Courtney nach und versuchte, ihre Panik hinunterzuschlucken.

»Es gab einen Überfall auf eine Tankstelle«, antwortete Ellis in düsterem Tonfall. »Mehr wurde uns nicht gesagt.«

Courtney schaute weg, um ihre Tränen zu verbergen. Sie durfte nicht vor den beiden zusammenbrechen. Mary und Ellis hatten gerade genug Sorgen und suchten selbst Trost. Courtney fühlte sich plötzlich schwach. Ihre Beine gaben nach, und sie ließ sich auf den Stuhl neben Mary fallen.

Aus den Augenwinkeln konnte sie erkennen, wie sich Marys Lippen bewegten. Es dauerte einen Moment, bis Courtney begriff, dass sie ein Gebet sprach. Sie flehte darum, dass ihr Sohn am Leben bleiben möge. Das einzige Kind, das sie noch hatte.

Courtney strich über ihren Babybauch, schloss die Augen und schickte ebenfalls ein Gebet nach oben. Mary und Ellis hatten das nicht verdient. Nicht schon wieder.

Ihr Telefon vibrierte, und sie öffnete die Augen, um nachzusehen, wer anrief. Sie warf Mary einen fragenden Blick zu. »Es ist Maddie, Logans Schwägerin. Sie macht sich Sorgen um Carl.«

»Das ist so nett«, sagte Mary leise. »Geh nur ran.«

»Hallo?« Courtneys Stimme war leise, während sie aufstand und sich ans hintere Fenster stellte, um niemanden im Wartezimmer zu stören. Denn jeder, der hier saß, hatte seine eigenen Sorgen.

»Courtney? Wie geht es Carl? Gibt es etwas Neues?«, fragte Maddie besorgt.

»Noch nicht«, murmelte Courtney. »Wir warten noch auf das Gespräch mit dem Arzt.«

»Wir beten so sehr für euch.« Maddie seufzte. »Wir sind auf dem Weg zum Flughafen, aber ich könnte den Fahrer bitten, umzukehren. Dann könnte ich in einer halben Stunde bei dir sein.«

Courtneys Herz krampfte sich zusammen. »Nein. Ist schon gut, aber danke für das Angebot. Du musst deinen Flug erwischen.« Bei dem Gedanken an die Pläne für das Wochenende hatte sie Magenschmerzen. Eigentlich sollte sie auch in dieses Flugzeug nach Boston steigen.

Was, wenn Carl ein paar Stunden später angeschossen worden wäre, während sie schon in der Luft war? Bei dem Gedanken, dass Mary und Ellis dann ganz allein zurechtkommen müssten, blieb ihr die Luft weg. Sie hätte die beiden im Stich gelassen.

Schon wieder.

»Ich könnte Gray bitten, den Flug zu verschieben«, schlug Maddie vor. »Oder ich nehme einen späteren.«

»Nein«, sagte Courtney schnell. »Das ist nicht nötig. Logan erwartet euch. Ich möchte nicht, dass er enttäuscht wird.«

»Okay«, antwortete Maddie sanft. »Aber halte mich bitte auf dem Laufenden. Versuch, ruhig zu bleiben, okay? Und pass auf dich und das Baby auf.«

»Das werde ich. Danke.« Sie bemühte sich, ihre Tränen zurückzuhalten, während sie sich verabschiedete und den Anruf beendete. Mit zusammengepressten Lippen schaltete sie das Telefon aus. Sie war sich nicht sicher, ob sie im Moment die Kraft hatte, mit noch jemandem zu reden.

Nicht einmal mit Logan. Oder vielleicht wollte sie gerade ihn nicht sprechen. Sie schluckte schwer, aber das löste nicht den Knoten in ihrem Hals.

Als sie zurück zu Mary und Ellis ging, wurde ihr erneut übel.

»Ich muss auf die Toilette«, flüsterte sie ihnen zu, um sie nicht unnötig zu sorgen. »Ich brauche nur einen Moment.«

Sie schaffte es gerade noch rechtzeitig in die Kabine, beugte sich über die Schüssel und erbrach ihr Frühstück. Ihr Körper zitterte, und heiße Tränen liefen ihr über das Gesicht. Sie wischte sie weg, betätigte die Spülung und ging zum Waschbecken, um sich so gut es ging frisch zu machen.

Als sie sich im Spiegel betrachtete, zog sie eine Grimasse. Ihr Haar war nur halb gestylt, große Klemmen hielten ihre Locken im Nacken zusammen. Courtney entfernte jede einzelne und warf sie in den Müll. Dann fuhr sie mit den Fingern hindurch, sodass ihre Mähne locker über ihre Schultern fiel. Sie starrte sich im

Spiegel an und hatte nichts als Abscheu für die Frau übrig, die sie sah. Sie zerstörte einfach alles, was sie anfasste. Vor zwei Jahren hatte sie ihrem Mann gestanden, dass sie ihn nicht mehr liebte. Nur wenige Stunden später lag er hier im Krankenhaus und starb.

Und heute fühlte es sich so an, als würde es noch einmal passieren. Sie wusste nicht, ob sie das ein zweites Mal durchstehen konnte.

»Mrs Roberts?«

Courtney schaute von ihrem Platz neben Mary auf. Es dauerte einen Moment, bis sie begriff, dass der Arzt mit den müden Augen nicht sie meinte, sondern Mary.

»Das bin ich«, sagte Mary und versuchte, aufzustehen. Courtney griff nach ihrem Arm und half ihr, während Ellis sie auf der anderen Seite stützte. »Geht es meinem Sohn gut? Wo ist er?«

Courtney schluckte schwer. An der Wand gegenüber hing eine Uhr, deren Sekundenzeiger sich wie in Zeitlupe zu bewegen schien. Sie waren noch nicht einmal eine Stunde hier. Wenn der Arzt schon jetzt mit ihnen sprechen wollte, musste das eine schlechte Nachricht sein, oder? Sonst wäre er bei Carl im OP.

»Er ist immer noch in der Notaufnahme, aber ich freue mich, dass es ihm gut geht. Die Kugel ging glatt durch seinen Arm. Sie hat keine Knochen oder Sehnen getroffen. Die Wunde wird gerade gereinigt und genäht. Wir behalten Ihren Sohn bis morgen zur Beobachtung hier.« Der Arzt schenkte ihr ein kleines Lächeln. »Sie dürfen ihn sehen, sobald er auf die Station verlegt wurde. Hoffentlich innerhalb der nächsten Stunde.«

Mary blinzelte, als hätte sie nicht ganz verstanden. »Es geht ihm gut?«, flüsterte sie und legte ihre zitternde Hand auf die Brust.

»Er hat etwas Blut verloren. Und er ist natürlich geschockt. Aber ja, es geht ihm eigentlich ganz gut.«

»Ich dachte ... Ich dachte ...« Mary stieß ein Schluchzen aus. Ihre Beine gaben nach, und Courtney konnte sie gerade noch auffangen, bevor sie zu Boden sackte. Sie blinzelte ihre eigenen Tränen weg und sprach ein stilles Dankgebet.

»Es geht ihm gut«, sagte Courtney und atmete scharf aus. »Carl geht es gut.«

Mary nickte, ihr Gesicht vor Erleichterung verzerrt. Ellis tätschelte ihren Arm, seine Miene war stoisch. Er war kein Mann, der seine Gefühle offen zeigte.

»Ich lasse Sie informieren, sobald Ihr Sohn Sie empfangen kann«, fügte der Arzt hinzu. »Aber wie ich schon sagte, kann es noch eine Weile dauern. Gehen Sie doch in der Zwischenzeit in die Cafeteria.«

Keiner von ihnen war in der Stimmung, etwas zu sich zu nehmen. Daher blieben sie sitzen und warteten schweigend, bis sich Mary plötzlich umdrehte und Courtney ansah.

»Wolltest du nicht heute nach Boston fliegen?«, fragte sie und wirkte jetzt ruhiger als zuvor.

»Ja, das hatte ich eigentlich vor.« Courtney zuckte mit den Schultern. »Ich bin lieber hier bei euch. Das ist mir wichtiger.«

»Oh, mein Schatz. Aber du hast dich doch so darauf gefreut.« Mary schaute auf die Uhr. »Wann geht denn dein Flug?«

»Die Maschine ist vor zehn Minuten abgehoben.«

»Oh nein.« Marys Stimme wurde etwas lauter. »Kannst du einen späteren Flug nehmen? Du solltest das nicht verpassen.«

Courtney schüttelte den Kopf. »Ich bleibe hier. Ich würde jetzt nirgendwo anders sein wollen.« Ihr tat das Herz weh bei dem Gedanken, heute Abend nicht bei Logan zu sein. Aber was sollte sie tun? Selbst wenn es Carl gut ginge, würden Mary und Ellis bei ihm bleiben wollen. Und jemand musste sich um die Farm kümmern.

Courtney konnte nicht nach Boston reisen. Sie wurde hier gebraucht. Und bald, wenn sie den Mut dazu hatte, würde sie Logan anrufen und erzählen, was passiert war.

Allein bei dem Gedanken, seine Stimme zu hören, kamen ihr die Tränen. Sie würde ihn heute im Stich lassen.

Und sie hasste es, dass ihretwegen andere leiden mussten.

Logan verzog das Gesicht, als sein Anruf erneut auf der Mailbox landete. Er lehnte seinen Kopf gegen die Wand des Restaurants und sprach ins Telefon. »Court, ich bin's, Logan. *Schon wieder.* Ich hoffe, es geht dir gut. Ruf mich bitte zurück, wenn du Zeit hast. Sag mir nur, ob es dir gut geht. Okay, bis dann.« Er legte auf und seufzte. Das war das fünfte Mal, dass er versucht hatte, sie zu erreichen. Er hatte sogar im Krankenhaus angerufen, aber die Mitarbeiter weigerten sich, Informationen rauszugeben.

Er warf einen Blick auf seine Uhr. Gray und die anderen würden jeden Moment landen. Maddie hatte ihm vor dem Abflug Bescheid gegeben und ihm von der Schießerei erzählt, in die Carl verwickelt war. Es bedurfte Grays sanfter, beruhigender Worte, um Logan davon abzuhalten, den nächsten Flieger nach Virginia zu nehmen, um bei Courtney zu sein.

»Warte einfach ab«, hatte Gray ihm am Telefon geraten. »Ich weiß, dass du mit ihr zusammen sein willst, und das ist richtig. Aber warte wenigstens, bis du mehr weißt. Du musst heute Abend dein verdammtes Restaurant eröffnen. Sorge lieber dafür, dass es ohne dich läuft, falls du wegmusst, okay?«

Gray hatte recht, aber das hinderte Logan nicht daran, sich absolut nutzlos zu fühlen. Vor allem, weil Courtney auf keinen seiner Anrufe reagierte. Er konnte nicht einmal jemanden aus seiner Familie bitten, nach ihr zu sehen, weil sie alle auf dem Weg nach Boston waren.

Er biss die Zähne zusammen und ging durch die Hintertür in die Küche. Sie war voller Mitarbeiter, die sich über dampfende Pfannen beugten und sich gegenseitig Anweisungen zuriefen. Er konnte sehen, wie Ryan seinem Sous-Chef eine Standpauke über zu dick geschnittene Karotten hielt. Logan nickte ihm zur Begrüßung zu und ging weiter in den Gästebereich, wo Paris und die Eventplanerin die Arbeit der Dekorateure überwachten.

»Alles in Ordnung?«, fragte Paris mit strahlendem Gesicht.

»Ja«, erwiderte Logan kurzangebunden. Er hatte ihr nicht

erzählt, dass Courtney nicht kommen würde. Er wollte nicht darüber reden, sondern nur herausfinden, was los war.

Sein Telefon vibrierte in seiner Jackettasche. Er holte es heraus und war erleichtert, als er Courtneys Namen auf dem Display las. Ohne ein Wort zu Paris zu sagen, kehrte er um und suchte sich eine ruhige Ecke im Hinterhof.

»Hey«, sagte er leise, als er den Anruf entgegennahm. »Alles gut bei dir? Ich habe versucht, dich zu erreichen.«

»Ich weiß.« Sie klang abwesend, ihre Stimme nur ein sanftes Echo in der Leitung. »Tut mir leid. Ich wurde im Krankenhaus aufgehalten.«

»Wie steht es um Carl?«, fragte er, obwohl es ihm schwerfiel. Maddie hatte ihm nicht viel sagen können. Das war meist ein schlechtes Zeichen.

»Er wird wieder«, antwortete Courtney. »Ein glatter Durchschuss. Die Kugel traf ihn in den Arm, hat aber keine Arterien verletzt. Eine Fleischwunde. Vermutlich suchen sie gerade an der Tankstelle nach dem Projektil.« Sie atmete aus. »Er muss seinen Arm eine Weile schonen, wird aber keine bleibenden Schäden davontragen. Sie behalten ihn über Nacht hier.«

Logans Muskeln entspannten sich vor Erleichterung. »Das sind tolle Neuigkeiten. Gott, ich dachte schon, es wäre schlimm, als Maddie mir davon erzählte.«

»Das dachte ich auch.« Ihre Stimme war rau. »Ich habe das Schlimmste befürchtet.«

Er fuhr sich mit der Zunge über die Lippen und überlegte, wie Courtney schnellstmöglich nach Boston gelangen könnte. »Heißt das, dass du es vielleicht noch zur Eröffnung schaffst? Ich könnte die Flüge für dich checken. Wie weit bist du vom Flughafen entfernt? Dreißig Minuten? Du würdest vermutlich zu spät zum ersten Gang kommen, aber nicht allzu viel verpassen. Und morgen sorge ich dafür, dass du dich ausruhen kannst.«

»Logan ...« Sie seufzte. »Ich glaube, ich schaffe das nicht.«

Er schluckte. »Ich würde mich wirklich freuen, wenn du herkommst. Ich möchte sichergehen, dass es dir gut geht. Dich ein bisschen verwöhnen. Du hast eine harte Zeit hinter dir. Du könntest etwas Entspannung gebrauchen.«

»Ich sollte bei Mary und Ellis bleiben. Sie brauchen mich.«

Ihre Worte ließen ihn innehalten. Seine Brust spannte sich an. »Ich brauche dich auch«, sagte er leise. »Ich will dich hier bei mir haben.«

»Ich weiß.« Sie atmete unregelmäßig. »Ich weiß, dass du das willst. Und dass du mich brauchst. Jeder braucht mich. Aber ich kann nicht für dich da sein. Nicht jetzt. Ich muss mich um Mary und Ellis kümmern. Es ist meine Schuld, dass Carl verletzt wurde. Genauso wie es meine Schuld ist, dass Shaun gestorben ist.«

Logan runzelte die Stirn. »Was meinst du?«

»Carl hat mich gebeten, ihn zu heiraten. Ich habe *Nein* gesagt.«

Logan blinzelte. Es fühlte sich an, als hätte man ihm in den Bauch getreten. »Carl hat dich gefragt, ob du ihn heiraten willst?« Er sprach immer lauter. Es war so verdammt falsch, aber er spürte, dass er eifersüchtig wurde. Sogar wütend. »Wann hat er dich das gefragt?«

»Vor ein paar Tagen.« Ihre Stimme war nur ein Flüstern.

Logan runzelte die Stirn. »Warum hast du mir das nicht erzählt? War er wütend auf dich? Ist noch etwas vorgefallen?« Er ballte seine freie Hand zur Faust. »Verdammt noch mal, Courtney. Dieser Mann verheißt nichts Gutes.«

»Er liegt im Krankenhaus. Und ich bin nicht die Einzige, die etwas zu verbergen hat. Er hat mir erzählt, dass er dich wegen zu schnellen Fahrens anhalten musste.«

Sein Magen krampfte sich zusammen. »Das war nichts. Es war nicht wichtig.«

»Aber du hättest es mir erzählen müssen.«

»Das hätte ich tun sollen«, räumte Logan ein. Er bereute bereits, dass er davon angefangen hatte. »Ich kann ihn einfach nicht leiden. Und ich weiß, dass du dir Sorgen um ihn machst, aber mir wäre es lieber, wenn du dich von ihm fernhältst. Er wird nur Ärger machen.«

Einer der Küchenmitarbeiter kam heraus, einen großen Mülleimer in den Armen, dessen Inhalt er in einen Container leerte. Seine Augenbrauen hoben sich, als er Logan bemerkte, und er huschte zurück nach drinnen.

»Ich kann mich nicht ganz von ihm fernhalten. Er ist mein Schwager. Und der Sohn von Mary und Ellis. Ich werde es nicht darauf anlegen, ihn zu sehen. Aber es ist unmöglich, ihm die ganze Zeit aus dem Weg zu gehen.«

»Er ist nicht dein Schwager. Nicht mehr«, betonte Logan. »Ich will nur, dass du in Sicherheit bist. Du und das Baby.« Es brachte ihn um, so weit weg zu sein. Er fühlte sich hilflos.

»Carl wird mir nicht wehtun. Er gehört zur Familie. Und Mary und Ellis auch.«

Logan seufzte. »Ich verstehe das, wirklich. Aber sie sind die Vergangenheit, Courtney. Wir und das Baby sind die Zukunft. Deshalb gebe ich das Restaurantgeschäft auf. Ich will bei dir sein. Es ist meine Aufgabe, mich um euch beide zu kümmern und dafür zu sorgen, dass es euch gut geht. Hilf mir einfach, bis ich da sein kann, okay?«

»Willst du, dass ich sie nicht mehr sehe?«, flüsterte Courtney. »Ist es das, was du andeutest?«

Seine Brust fühlte sich eng an. »Nein. Ich bitte dich nur, zu überlegen, was für dich wichtig ist. Ich weiß, dass sie dir viel bedeuten, aber sie gehören nicht wirklich zur Familie, oder? Du hast nur eingeheiratet.«

»Familie kann mehr sein als Blutsverwandtschaft.« Sie sprach so leise.

»Das verstehe ich. Ich habe eine Menge enger Freunde hier in Boston, die ich nicht mehr sehen werde, Court. Für dich. Für uns. Warum kannst du nicht auch dein altes Leben aufgeben?«

»Ich wusste, dass das passieren würde. Ich wusste es.« Sie holte tief Luft.

»Du wusstest was?« Er runzelte die Stirn. »Wovon sprichst du?«

»Ich wusste, dass du es bereuen würdest, deinen Job aufzugeben und Boston zu verlassen.«

Logan blinzelte. »Das habe ich nicht gesagt.«

»Das musstest du nicht. Es fühlt sich so an, als würdest du von mir erwarten, dass ich mein bisheriges Leben aufgebe, nur weil du es auch tust. Quid pro quo.« Ihre Stimme schwankte. »Soll ich etwa auch nicht mehr auf der Farm arbeiten? Verlangst du das von mir?«

Er lachte nervös. »Das tue ich nicht. Aber es wird unmöglich sein, die Farmarbeit und das Baby unter einen Hut zu bringen.«

Sie war einen Moment lang still. Er konnte die Gespräche aus der Küche und das leise Brummen des Verkehrs auf dem Highway hören. Logan lehnte sich gegen die Wand und strich sich mit einer Hand durch die Haare. »Court, bist du noch da?«

»Ja.« Sie atmete aus. »Ich habe nur nachgedacht.«

Sein Magen zog sich zusammen. »Worüber?«

»Vielleicht solltest du dir ein paar Tage Zeit nehmen, um zu überlegen, ob du wirklich dazu bereit bist, deine Anteile an der Firma zu verkaufen. Du würdest sehr viel aufgeben, Logan. Ich dagegen werde nicht den Menschen den Rücken zukehren, die ich liebe. Das ist kein gleicher Tausch, und ich habe Angst, dass du mir irgendwann übel nimmst, dein altes Leben für mich aufgegeben zu haben.«

»Willst du Schluss machen?«, fragte er, und Panik stieg in ihm auf. »Ich kann das nicht glauben.«

»Das habe ich nicht gesagt. Ich möchte nur, dass du deine Entscheidung gut überdenkst. Genieß deine Eröffnungsfeier und überlege dir, ob du das alles wirklich aufgeben möchtest. Es wäre schlimm für mich, wenn du deinen Entschluss eines Tages bereust. Du kannst auch von Boston aus ein Dad sein. Wir vereinbaren ein gemeinsames Sorgerecht. Du musst nicht alles aufgeben, weil du meinst, dass das der einzige Weg ist, ein guter Vater zu sein. Es gibt andere Möglichkeiten.«

»Du stehst für mich immer an erster Stelle. Das weißt du.« Seine Stimme war leise.

»Wird das so bleiben, wenn ich mein altes Leben und meinen Job nicht aufgebe und weiter Kontakt zu meiner Familie halten will?« Er konnte hören, wie sie schluckte. »Du hattest in den letzten Wochen kaum eine ruhige Minute. Vielleicht solltest du dir noch etwas Zeit für deinen endgültigen Entschluss nehmen. Das sollten wir beide.«

»Das verstehe ich nicht. Was soll das heißen?«

Sie ging nicht auf seine Frage ein, und er spürte, wie es hinter seinen Schläfen zu pochen begann. All die Dinge, derer er sich sicher zu sein glaubte, schienen ihm plötzlich zu entgleiten. Er spürte, wie sich Panik in ihm breitmachte. Er hatte Angst.

Und er war dabei, die Kontrolle zu verlieren.

Courtney räusperte sich. »Hör mal, wir haben nächsten Donnerstag die Ultraschalluntersuchung. Vielleicht sollten wir bis dahin nicht telefonieren. Du kannst über alles nachdenken und herausfinden, was du wirklich willst. Falls du doch lieber in Boston bleiben willst, finden wir einen Weg, dass du das Baby regelmäßig sehen kannst.«

»Aber ich ...«

»Ich *weiß*«, fiel sie ihm ins Wort. »Ich tue dir gerade weh. Das heißt aber nicht, dass du mir nicht wichtig bist, denn das bist du. Ich muss vor allem an das Baby denken. Daher ist es für mich wichtig, ehrlich zu dir zu sein. Ich will dich nicht enttäuschen, indem ich deine Erwartungen nicht erfülle. Unsere Beziehung wäre auch zum Scheitern verurteilt, wenn du zu viel aufgibst.« Sie seufzte. »Sei mir bitte nicht böse, wenn ich das so offen sage. Aber ich glaube wirklich, dass wir beide noch Zeit zum Nachdenken brauchen.«

Er war dabei, sie zu verlieren. Genau jetzt. Und er hatte keine Ahnung, wie er das verhindern konnte. »Du willst also nicht, dass wir telefonieren, bis wir uns am Donnerstag sehen?«, fragte er und runzelte die Stirn.

»Ich glaube, das wäre besser. Die Anziehung zwischen uns ist wie eine Droge. Eine richtig gute Droge. Aber wie alles, was süchtig macht, lässt sie einen verrückte Dinge tun. Wenn wir ein paar Tage nicht miteinander reden, kannst du vielleicht herausfinden, was du wirklich fühlst.«

»Ich weiß, was ich für dich empfinde, Courtney.«

»Und du solltest darüber nachdenken, ob du akzeptieren kannst, dass ich weiterhin Kontakt zu meiner Familie habe. Denn auf die eine oder andere Weise werden sie immer Teil meines Lebens sein.«

Ein Anflug von Eifersucht durchfuhr ihn. Er hasste die

Vorstellung, nicht mit ihr zu reden. Es kam ihm so vor, als wäre sie verdammt weit weg. Selbst ihre Stimme schien weit entfernt. Er wollte Courtney einfach nur festhalten, ihren Duft einatmen. Das würde alles wieder gut machen.

»Und wenn ich darüber nachdenke? Was dann?«

»Wir könnten nächste Woche darüber reden. Das alles macht mir genauso zu schaffen wie dir, Logan. Ich wünschte, ich könnte alles tun, was du von mir erwartest. Ich kann deine Sicht auf die Dinge nachvollziehen, wirklich. Aber Mary und Ellis waren in den letzten acht Jahren alles für mich. Sie waren immer für mich da. Ich kann nicht einfach gehen und mein altes Leben vergessen.«

Scheiße. Es tat weh, sie das sagen zu hören, aber er verstand sie. Nur fühlte es sich an, als würde etwas Großes zwischen ihnen stehen. Ein Berg, von dem er nicht wusste, wie er ihn überwinden sollte.

»Ich kann den Gedanken nicht ertragen, tagelang nicht mit dir zu reden.«

»Wir sehen uns in weniger als einer Woche. Lass uns die Zeit nutzen, denn wir müssen Entscheidungen treffen, die unsere Zukunft beeinflussen, Logan. Und wir müssen an das Baby denken.« Sie atmete schwer aus. »Ich bin so müde. Wenn es ginge, würde ich die ganze Schwangerschaft verschlafen.«

»Bist du noch im Krankenhaus?«, fragte er.

»Ja. Ich stehe direkt vor dem Eingang.«

»Du solltest nach Hause fahren und dich ausruhen.« Und er sollte aufhören, sich wie ein quengelndes Kleinkind zu benehmen. Courtney und ihr Baby waren das Einzige, was zählte. Waren sie in Sicherheit, ging es ihm auch gut. »Und du hast recht«, räumte er ein, seine Kehle war verdammt eng. »Ich verspreche, dass ich gründlich nachdenken werde. Aber du solltest wissen, dass ich mich um dich sorge. Du bist mir so wichtig, wie nichts zuvor für mich war.«

Er konnte an ihrem unregelmäßigen Atem hören, dass sie mit den Tränen kämpfte. Das brachte ihn fast um.

»Fahr nach Hause«, drängte er. »Und pass auf dich auf, okay? Versprich mir wenigstens das.«

»Okay«, stimmte sie zu und seufzte.

Er schloss seine Augen. In seinem Kopf pochte es.

»Viel Glück bei der Eröffnung«, sagte sie, und er hätte fast gelacht. Die Eröffnung des Restaurants hatte er völlig vergessen, sie kam ihm unwichtig vor im Vergleich zu diesem Gespräch.

»Danke.«

»Auf Wiedersehen, Logan.«

Ihr Gruß klang endgültig. Und er fühlte sich an wie ein Schuss ins Herz.

»Ich sehe dich am Donnerstag«, entgegnete er. Es war mehr ein Versprechen an sich selbst als an sie. Und bis dahin würde er irgendwie mit allem allein fertig werden müssen.

28. Kapitel

Das Cottage fühlte sich bedrückend an, als Courtney nach Hause kam. Nachdem sie mit Logan telefoniert hatte, saß sie noch eine Weile mit Mary und Ellis in Carls Privatzimmer, während er ihnen erzählte, was passiert war. Ein Überfall, der aus dem Ruder lief. Der Täter war ein siebzehnjähriger Junge mit einer Waffe, die er einem Freund gestohlen hatte. Der Tankstellenbesitzer hatte den Panikknopf gedrückt, und Carl war zufällig in der Nähe gewesen. Als er die Tankstelle betrat, geriet der Junge in Panik und drehte sich zu Carl um, den Finger zu fest am Abzug.

Der Junge hatte Glück, dass Carl nur eine Fleischwunde davongetragen hatte. Ein paar Zentimeter weiter rechts, und es hätte tödlich enden können.

Als Carl eingeschlafen war, fuhr Courtney nach Hause. Dieser Tag war so lang und emotional, dass ihr alles wehtat. Auch ihr Herz. Sie verarbeitete immer noch ihr Gespräch mit Logan. Es hatte sie fast umgebracht, vorzuschlagen, während der nächsten Woche keinen Kontakt zu haben.

Sie fühlte sich schwach und erschöpft, aber vor allem war sie traurig. Heute sollte ein guter Tag werden. Sie hatte sich so darauf gefreut, Logan zu sehen und mit seiner Familie nach Boston zu fliegen. Sie wäre ein Teil von einem der größten Meilensteine in seinem Leben gewesen. Jetzt fühlte sie sich innerlich leer.

Sie legte ihr Telefon auf den Küchentisch. Es waren zwei ungelesene Nachrichten auf dem Bildschirm zu sehen. Eine stammte von Lainey, die andere von Maddie. Beide wollten wissen, wie es Carl ging. Keine Neuigkeiten von Logan.

Er hatte sich an ihre Bitte gehalten und weder angerufen noch geschrieben. Dass sie sich darüber ärgerte, war dumm, denn sie hatte ihn um etwas Abstand gebeten. Er respektierte nur ihren Wunsch. Aber es tat trotzdem weh. Sie war so daran gewöhnt, jeden Abend mit ihm zu sprechen, seine tiefe, warme Stimme zu hören, wenn sie im Bett lag und das Telefon an ihr Ohr hielt.

Zum ersten Mal seit einer gefühlten Ewigkeit hatte alles in ihrem Leben einen Sinn gehabt. Sie konnte sich auf eine Zukunft mit Logan und ihrem Baby freuen. Das hatte sie innerlich erfüllt.

Und jetzt? All die Ängste und Unsicherheiten, die sie in den letzten Wochen ignoriert hatte, kamen wieder hoch. Sie war in Logan verliebt, das wusste sie. Aber sie hatte auch erkannt, dass sie ihn dieses Opfer nur erbringen lassen durfte, wenn er dafür bereit war. Sonst würde es ihr und ihm das Herz brechen.

Sie stieß einen tiefen Seufzer aus, lehnte sich gegen den Tresen und legte ihre Hände auf ihren Bauch. Das Baby brauchte Eltern, die keine chaotische Beziehung führten. Er oder sie verdiente Beständigkeit und Liebe. Courtney hatte bereits erlebt, was Beziehungsprobleme anrichten konnten. Ihre Ehe mit Shawn war für sie beide zu einem Käfig geworden. Hoffnung und Liebe waren nicht genug. Man musste miteinander reden, offen zueinander sein, aber vor allem seine eigenen Grenzen kennen. Sie würde nie wieder eine Beziehung wie die mit Shaun führen. Das hatte sie sich geschworen.

In Wahrheit sehnte sie sich nach Logan. Es waren erst ein paar Stunden vergangen, seit sie miteinander gesprochen hatten. Trotzdem spürte Courtney eine Leere in sich, die er zurückgelassen hatte.

Eine einzelne Träne lief ihr über die Wange. Sie versuchte einzuatmen, schluchzte aber stattdessen. Es war, als wäre der Damm gebrochen. Weitere Tränen sammelten sich in ihren Augen, liefen ihr über das Gesicht, während Courtney all die Angst zuließ, die in ihr steckte.

Fast hätte sie den kleinen Stoß in ihrem Bauch nicht bemerkt. Einen Moment später spürte sie noch einmal etwas.

»Bist du das?«, flüsterte sie. Als Antwort bekam sie einen weiteren Stoß, fast so, als hätte das Baby geantwortet.

Er oder sie hatte getreten! Courtney schluckte die Tränen hinunter, und ein Lächeln stahl sich auf ihre Lippen. Es war verrückt, wie real diese kleine Bewegung ihre Situation werden ließ. Nur ein sanfter Tritt, und es war um sie geschehen. Sie war diesem kleinen Menschen, der in ihr wuchs, völlig ausgeliefert.

Eine unbändige Freude vermischte sich mit ihren Sorgen, bis sie gleichzeitig lachte und weinte. Und natürlich griff sie nach ihrem Telefon und wollte Logan anrufen, um ihm davon zu erzählen. Denn er würde wissen wollen, dass sich sein Kind zum ersten Mal in ihrem Bauch spürbar bewegt hatte.

Aber sie konnte nicht. Nicht vor Donnerstag. Sie hatte ihn gebeten, sich die Zeit zum Nachdenken zu nehmen, und er hatte zugestimmt. Es wäre unfair von ihr, ihm jetzt eine Nachricht zu schicken und alles wieder durcheinander zu bringen. Dieser kleine Footballer in ihr hatte etwas Besseres verdient.

Stattdessen tippte sie eine kurze Nachricht an die einzige Person, die sie verstehen würde: *Ich weiß, es ist spät, aber kannst du vorbeikommen?*

Innerhalb einer Minute erhielt sie eine Antwort.

Lainey: *Natürlich. Bin schon auf dem Weg. x*

»Ich habe Schokolade mitgebracht«, sagte Lainey, als Courtney die Haustür öffnete. »Und Donuts. Nur für den Fall, dass es mit der Schokolade nicht klappt.« Sie schenkte Courtney ein sanftes Lächeln und zog sie in eine Umarmung. »Oh Süße, es tut mir so leid. Wie geht es Carl?«

»Ziemlich gut.« Courtney schluckte schwer, um nicht wieder zu weinen. Sie war so erschöpft, dass sie nicht sicher war, ob ihr Körper so viel Traurigkeit aushalten würde. »Sein Arzt meinte, sie würden ihn morgen Früh entlassen. Mary möchte, dass er bei ihnen bleibt, damit sie sich um ihn kümmern kann. Aber Carl will das nicht. Er redet ständig davon, am Montag wieder zur Arbeit zu gehen.«

»Ihr Roberts seid ein starker Haufen.« Lainey streichelte über Courtneys Locken. »Soll ich uns einen Kakao machen?« Lainey winkte mit der Schokolade.

Courtney schüttelte den Kopf. »Mir wäre sie pur lieber.«

»Das ist mein Mädchen.« Lainey nickte, dann runzelte sie die Stirn. »Hey, hast du geweint?«

»Ein bisschen«, gab Courtney zu.

»Das war wohl ein Schock für dich, dass Carl angeschossen wurde.«

»Das war es«, stimmte sie zu. »Aber ich habe nicht wegen Carl geweint. Nicht wirklich.« Sie setzte sich auf das Sofa, und Lainey nahm den Platz neben ihr ein. »Logan und ich hatten eine Diskussion. Eine heftige Diskussion. Und wir haben uns darauf geeinigt, etwas Abstand zu halten.«

Lainey griff nach der Schokolade, brach zwei Stücke ab und reichte eins davon Courtney, bevor sie sich das andere in den Mund schob. »War es wegen Carl?«

Courtney neigte ihren Kopf zur Seite. »Irgendwie. Ich meine, ja und nein. Es ging mehr um uns. Um unsere Erwartungen aneinander. Ich habe solche Angst, dass er die falsche Entscheidung trifft, wenn er seine Karriere aufgibt und wieder hierher zieht.«

»Erzähl mir genau, was passiert ist.« Lainey fütterte sie weiter, während Courtney von ihrem Telefonat mit Logan erzählte.

»Oh Mann.« Lainey drückte ihre Hand. »Ihr wisst ziemlich gut, wie ihr euch gegenseitig auf die Palme bringen könnt. Das Gute daran ist, dass der Versöhnungssex fantastisch sein wird.«

Zum ersten Mal seit Stunden lachte Courtney, auch wenn es sich halbherzig anfühlte. »Ich glaube nicht, dass es in nächster Zeit dazu kommen wird.« Sie leckte sich über die Lippen, an denen noch etwas Schokolade haftete. »Denkst du, ich habe überreagiert?«

»Für mich hört es sich so an, als wärt ihr beide übers Ziel hinausgeschossen. Ich verstehe, dass er sich wegen deiner Schwiegereltern seltsam fühlt, das würde jeder. Aber er hätte nicht mit dir am Telefon darüber reden sollen. Das ist ein Gespräch, das man von Angesicht zu Angesicht führt.«

Courtney seufzte. »Meinst du, er hat recht? Sollte ich mich nicht mehr mit den Roberts treffen?«

»Auf keinen Fall. Er wäre ein Idiot, wenn er das verlangen würde. Und ich wette, er weiß das auch. Aber die Sache ist die, dass sich jeder Kerl ein bisschen merkwürdig fühlen würde, wenn seine Freundin so viel Zeit mit ihren Ex-Schwiegereltern verbringt.«

Courtney wollte etwas einwerfen, aber Lainey hob ihre Hand. »Ich sagte, er würde sich merkwürdig fühlen. Nicht, dass es ihm das Recht gibt, dich zu bitten, sie nicht mehr zu treffen.« Sie griff nach der Donut-Schachtel und öffnete sie. »Ich bin keine Beziehungsexpertin, aber glaube, ihr habt durch die Schwangerschaft ein paar wesentliche Schritte einer Beziehung übersprungen. Ihr seid beide so unterschiedlich, dass Konflikte unausweichlich sind. Normalerweise werden sie überwunden, wenn man sich langsam näherkommt. Ihr dagegen kämpft schon jetzt mit Alltagsfragen, führt heftige Diskussionen und zerdeppert viel Geschirr.« Sie grinste. »Und dann habt ihr heißen Versöhnungssex.«

»Du scheinst von Versöhnungssex besessen zu sein«, entgegnete Courtney grinsend.

»Glaub mir, nichts ist besser.« Lainey zwinkerte. »Was ich damit sagen will, ist, dass ihr beide lernen müsst, Kompromisse einzugehen. Nicht nur bei dieser Sache, sondern in allen Angelegenheiten. Das ist es, was Beziehungen ausmacht. Es geht darum, eine gemeinsame Basis zu finden. Und dafür werdet ihr am Anfang viel streiten.«

Courtney nickte und überlegte kurz. »Aber wie sollen wir das anstellen, wenn unsere Vorstellungen so weit voneinander entfernt liegen? Es fühlt sich an, als würde es nur schwarz oder weiß geben.«

»Ist da wirklich überhaupt keine Grauzone?«, hakte Lainey nach.

Courtney griff nach einem Donut und holte tief Luft. »Vielleicht wäre es gut, wenn er Ellis und Mary kennenlernen würde. Das könnte einen Graubereich schaffen.«

Lainey lächelte. »Dann würde er sich bestimmt mehr einbezogen fühlen. Vermutlich hättest du mit ihm reden sollen, bevor du zugestimmt hast, dass Mary auf das Baby aufpassen darf.«

»Das wollte ich von Anfang an«, protestierte Courtney. »Ich habe es nur noch nicht getan.«

»Auf mich wirkt es so, als hättet ihr beide verdammt viel zu bereden«, sagte Lainey sanft.

Courtney hatte einen Kloß im Hals, als sie ihre Freundin ansah. »Ich habe Angst«, gab sie mit dünner Stimme zu.

Lainey nahm ihre Hand. »Oh Süße, wovor?«

»Ich verletze jede Person, die ich liebe. Und ich weiß nicht, wie ich das verhindern kann.«

»Du verletzt niemanden«, entgegnete Lainey und klang unerschütterlich. »Im Gegenteil. Durch dich ist das Leben viel schöner. Meins, das von Mary, Ellis und sogar das von Logan. Vor allem das von Logan.« Sie hielt Courtneys Blick fest und runzelte die Stirn. »Geht es hier um Shaun?«

»Was soll mit ihm sein?« Courtney schluckte, aber der Kloß in ihrem Hals wurde noch größer.

»Du weißt, dass du nicht dafür verantwortlich bist, dass er gestorben ist, oder? Es war nicht deine Schuld. Er traf seine eigenen Entscheidungen, wählte seinen eigenen Weg. Was auch immer in dieser Nacht zu seinem Tod geführt hat – ob es ein Unfall oder Absicht war –, es war Shauns Entscheidung. Nicht deine.«

Courtney atmete schwer ein. »Ich habe sein Leben zerstört«, flüsterte sie.

»Nein, hast du nicht. Dafür hat er selbst gesorgt. Deshalb hat er dich schlecht behandelt. Deshalb ist er betrunken Auto gefahren. Und nichts davon hat etwas mit dir zu tun.« Laineys Augen funkelten, als sie sich nach vorne lehnte. »Logan hat eine starke Persönlichkeit. Er ist vielleicht ein bisschen eigen. Aber sind wir das nicht alle? Er wird dir nicht wehtun, Courtney. Nicht so, wie Shaun es getan hat.«

Courtneys Brust fühlte sich an, als würde jemand dagegen drücken und ihr die Luft zum Atmen nehmen. Es war pure Angst, die sie so fühlen ließ. Angst davor, dass sie verletzt werden könnte, wie sie es mit Shaun erlebt hatte. Aber auch Angst davor, jenen Menschen wehzutun, die sie liebte. Sie wusste, dass sie deshalb Logan in dem Moment wegstieß, als er sie am meisten brauchte.

Und sie brauchte ihn auf genau dieselbe Weise.

»Bist du okay?«, fragte Lainey, nachdem Courtney eine Weile geschwiegen hatte.

»Ich denke nur nach.«

»Über Logan?«

Courtney presste die Lippen aufeinander. »Irgendwie schon. Aber eigentlich über mich und all die Dinge, die passiert sind. Und trotz allem bin ich hier und mache weiter.«

»Ja, das tust du. Denn du bist eine erstaunlich starke Frau. Und du wirst eine fantastische Mom sein.«

»Oh! Das habe ich dir noch gar nicht erzählt. Ich habe das Baby gespürt. Es hat mich getreten.«

Laineys Mund stand offen. Sie wirkte überrascht und zugleich vorwurfsvoll. »Was? Wann? Warum hast du mir das nicht gesagt? Verdammt Courtney, du musst mehr reden.«

»Heute Abend, als ich nach Hause kam. Ich habe wegen Logan und allem anderen geweint, und dann habe ich eine kleine Bewegung in mir gespürt. Zuerst dachte ich, ich bilde mir das nur ein, aber dann hat das Baby es wieder getan. Ich habe dir sofort eine Nachricht geschickt.«

Lainey grinste sie entschuldigend an. »Okay, noch mal Glück gehabt. Meinst du, ich könnte es auch spüren?«

»Dafür ist es noch zu früh. Vielleicht in ein oder zwei Wochen.« Courtney suchte Laineys Blick. »Meinst du nicht, dass Logan es zuerst spüren sollte? Er ist immerhin der Dad.«

»Die nächste Grauzone«, bemerkte Lainey und gab ihr damit recht. »Auch wenn ich diesen Farbton hasse.« Sie schob sich ein Stück ihres Donuts in den Mund und kaute ausgiebig, bevor sie hinunterschluckte und fortfuhr. »Du wirst das schaffen. Mehr noch. Du wirst es richtig gut machen.«

»Das hoffe ich«, sagte Courtney und wünschte sich, dass sie sich durch die Bewegungen des Babys weniger leer fühlen würde.

Und wie sie die restliche Leere füllen konnte, musste sie selbst herausfinden.

Logan rieb sich über die schmerzenden Wangen. Er hatte stundenlang gelächelt und mit den Gästen geplaudert und so getan, als wäre alles in bester Ordnung. Als hätte er die einzig gute Sache in seinem Leben nicht völlig vermasselt.

Es war fast elf Uhr abends. Das wusste er, weil er alle fünfzehn Minuten auf sein Handy blickte, in der vergeblichen Hoffnung, dass Courtney ihm eine Nachricht geschickt, angerufen oder sonst irgendwie Kontakt aufgenommen hatte, um ihm zu sagen, dass alles in Ordnung war.

Aber da war nichts. Das sollte ihn nicht überraschen. Sie war diejenige, die vorgeschlagen hatte, etwas Abstand zu halten. Warum sollte sie sich bei ihm melden? Ihre Worte fühlten sich immer noch wie ein stumpfes Messer in seiner Brust an, das sich langsam drehte und ihm furchtbare Schmerzen bereitete. Er brachte Dinge in Ordnung. Er ließ sich nicht unterkriegen. Wenn er ein Problem erkannte, kümmerte er sich sofort darum – auf diese Weise war er in der Restaurantbranche so erfolgreich geworden. Aus diesem Grund wünschte er sich, jetzt auf dem Weg zu Courtney zu sein, um die Sache zu klären, statt auf sich allein gestellt zu sein, um alles zu überdenken.

»Das Essen war wunderbar«, schwärmte Maddie und stellte sich neben ihn an die Bar. Die Gäste saßen noch an ihren Tischen, der Raum war erfüllt von Gelächter und Geplauder. Doch die Atmosphäre löste nichts in ihm aus. Er konnte sich nicht einmal darüber freuen, dass der Abend so gut verlaufen war.

»Danke.« Er schenkte ihr ein verkrampftes Lächeln.

»Geht es dir gut?«, fragte sie und zog die Brauen zusammen. »Gibt es Neuigkeiten von Courtney?«

Sobald seine Familie vorhin das Restaurant betreten hatte, gab es nur ein Thema: die Schießerei an der Tankstelle. Logan konnte alle beruhigen und erklärte ihnen, dass er mit Courtney telefoniert hätte und es Carl gut gehe. Sie waren alle erleichtert, bedauerten nur, dass Courtney die Eröffnungsparty versäumen würde. Logan war nicht in der Lage gewesen, mehr über sein Gespräch mit Courtney zu berichten. Nicht einmal Cam hatte er sich anvertraut, denn er fühlte sich, als wäre alles vorbei, obwohl er nicht verstehen konnte, was passiert war. Wie sollte er dann seinen Geschwistern die Situation erklären?

»Vermutlich ist sie zeitig ins Bett gegangen«, antwortete Logan ausweichend. »Es war ein langer Tag für sie.«

Maddie nickte. »Du hast recht. Sie muss erschöpft sein. Ich werde sie morgen anrufen.« Sie lächelte ihn strahlend an. »Es ist schade, dass sie nicht hier sein kann.«

»Ja.« Seine Stimme war rau. »Und wenn du sie anrufst, kannst du ihr sagen, dass ich an sie denke?«

Maddie hielt in ihrer Bewegung inne und schien über seine Worte nachzudenken. »Stimmt etwas nicht zwischen euch beiden? Warum sagst du es ihr nicht selbst?«

Logan schluckte schwer. »Es ist nichts. Wir hatten kaum Zeit zum Reden. Das ist alles.«

»Worüber?«

»Logan, ich brauche dich«, unterbrach Paris ihr Gespräch und schenkte Maddie ein knappes Lächeln. »Entschuldige, wir müssen ein kurzes Interview mit der Fachpresse führen. Ich hoffe, es macht dir nichts aus, dass ich ihn entführe?«

»Überhaupt nicht«, entgegnete Maddie und warf ihm einen prüfenden Blick zu. »Ich war sowieso auf dem Weg zur Damentoilette. Wir sehen uns später, Logan.«

Er spürte Erleichterung, als sie sich entfernte. Zumindest musste er sich jetzt nicht vor ihr rechtfertigen, obwohl er wusste, dass dies nur eine kurze Gnadenfrist war. Maddie würde es Gray gegenüber erwähnen, der wiederum mit Tanner und Cam und sogar Becca sprechen würde. Alle gemeinsam würden sie sein Liebesleben sezieren, während er das Interview hinter sich brachte. Sie würden sehr schnell herausfinden, welches Chaos er angerichtet hatte.

Seine Brust zog sich bei dem Gedanken zusammen. In den letzten Stunden hatte er sich gerade noch so zusammenreißen können, vor allem, weil er die Tatsache ignoriert hatte, dass er es vermasselt hatte. Sobald seine Geschwister ihn zur Rede stellen würden, könnte er seine Fassade nicht länger aufrechterhalten.

Und genau deshalb würde er seine Familie so lange wie möglich meiden.

29. Kapitel

Das Interview war gerade vorbei, und Logan wollte nur ein wenig frische Luft schnappen, als sich sein Zwillingsbruder zu ihm gesellte.

»Was ist passiert?«, fragte Cam und kam direkt auf den Punkt. Logan lehnte an der Wand neben dem Hintereingang und spürte die kalte Bostoner Luft bereits bis in die Knochen. »Maddie sagte, du und Courtney hättet Probleme? Ich dachte, alles sei in Ordnung.«

Logan zuckte mit den Schultern. »Courtney möchte etwas Abstand. Sie hat mich gebeten, sie vorerst nicht anzurufen.« Er ließ sich noch schwerer gegen die Wand sacken. Dass sie stabil genug war, hatte er vorhin schon getestet, als er auf sie eingeschlagen hatte. »Der heutige Abend sollte die Krönung meiner Karriere als Restaurantchef werden. Und ich habe alles vermasselt.«

Cam runzelte die Stirn. »Warum will Courtney Abstand? Ich verstehe das nicht.«

Logan rieb sich die Stirn. »Ich habe sie gebeten, den nächsten Flug zu nehmen und herzukommen, nachdem klar war, dass es Carl gut geht. Aber sie wollte nicht. Sie sagte, sie müsse bei *ihrer* Familie sein.« Er atmete scharf aus. »Und ich dachte, sie, ich und das Baby wären ihre Familie.«

»Du hast sie gedrängt, sich zwischen ihrer Familie und dir zu entscheiden?«, fragte Cam und hob eine Braue.

Logan schüttelte den Kopf. »Nein, habe ich nicht. Das würde ich nie tun. Aber sie hat das so aufgefasst. Als würde ich von ihr erwarten, die gleichen Opfer zu bringen wie ich. Alles hinter sich zu lassen und ein komplett neues Leben zu beginnen. Sie denkt, dass ich es bereuen werde, das alles hier aufzugeben.« Er deutete auf das Restaurant vor ihnen.

Cam lehnte sich neben Logan an die Wand und ließ ihn nicht aus den Augen. Ihre Gesichter waren nur Zentimeter voneinander entfernt. »Du hast schon immer zu viel von den Leuten erwartet.« Als Logan eine Braue hob, setzte Cam noch eins drauf. »Und du bist ein wirklich schlechter Verlierer.«

»Sagt der Typ, der in der NFL spielt.«

»Ja«, stimmte Cam zu. »Das heißt aber nicht, dass ich immer erwarte zu gewinnen.«

Logan runzelte die Stirn. »Red keinen Scheiß. Du willst doch *immer* gewinnen.«

»Ich habe nicht gesagt, dass ich nicht gewinnen *will*. Ich habe gesagt, dass ich es nicht immer *erwarte*. Das ist ein Unterschied.« Cams Stimme war leise. »Wenn ich verliere, reiße ich mich zusammen und spiele weiter. Wenn du verlierst, nimmst du dich selbst aus dem Spiel.«

»Was meinst du damit?«, fragte Logan.

»Denk an deine Knieverletzung. Wie oft hast du danach Football gespielt?«

Logan schüttelte den Kopf. »Nie mehr. Das weißt du. Es war doch klar, dass ich nie wieder spielen könnte.«

»Die Ärzte sagten, du könntest nie wieder *professionell* spielen. Kein Wort darüber, dass du nicht zum Spaß oder in einer lokalen Liga auf dem Feld stehen darfst. Aber du hast beschlossen, gar nicht mehr zu spielen, wenn du nicht der Beste sein kannst. Dasselbe gilt für Beziehungen. Erinnerst du dich an die Therapie, die du gemacht hast, um herauszufinden, warum keine deiner Beziehungen funktioniert hat?«

»Ja, ich erinnere mich«, gab Logan zu, obwohl er in diesem Moment bereute, seinem Bruder davon erzählt zu haben.

»Du hast nie an deinen Problemen gearbeitet. Stattdessen hast du Beziehungen eher vermieden, weil du sie nicht kontrollieren konntest. Wenn du dich mit keiner Frau mehr als einmal triffst, kann nichts passieren. Und wenn du nicht spielst, kannst du nicht verlieren. Jetzt hast du endlich den Sprung ins Ungewisse gewagt. Du hast dich in etwas gestürzt und die Kontrolle verloren. Und nun hast du das Gefühl, versagt zu haben, und bemitleidest dich selbst.«

»Das klingt, als wäre ich ein Feigling.« Logan lehnte den Hinterkopf gegen die kalte Ziegelwand.

»Du bist kein Feigling. Sieh dir nur an, was du alles erreicht hast. Du bist nur ...« Cam setzte eine nachdenkliche Miene auf. »... ich weiß nicht. Du behältst gern die Kontrolle. Über alle Bereiche des Lebens. In deinem Berufsleben warst du damit sehr erfolgreich. Ich kenne niemanden, der so viel erreicht hat wie du. Aber sieh dir dein Privatleben an.« Cam zuckte mit den Schultern. »Für das echte Leben gibt es keinen Managementplan. Manche Dinge passieren einfach. Und Courtney ist keine Frau, die alles fraglos hinnimmt. Sie will mitentscheiden und sich nicht kontrollieren lassen. Also vergiss deine Scheißangst, dass sie anders reagieren könnte, als du erwartest, und plane mit ihr gemeinsam.«

Logan öffnete den Mund, um erneut zu protestieren, aber die Worte blieben ihm im Hals stecken. Cams Ehrlichkeit tat weh. Aber er hatte verdammt recht. Logan wollte nie wieder Football spielen, weil er keinen Sinn darin sah, wenn er nicht der Beste sein konnte. Und in der Restaurantwelt hatte er die Spitze erreicht. Dafür hatte er gesorgt.

Aber mit Courtney? Sie hatte sein Leben verändert, ihn verändert. Für sie würde er sein altes Leben aufgeben. Und es machte ihm Angst, die Kontrolle über sein Leben aus der Hand zu geben und sich in die Unsicherheit zu stürzen.

»Du musst lernen, nicht so verbissen zu sein. Lass die Dinge auf dich zukommen«, sagte Cam leise. »Ich weiß, das klingt verrückt, wenn ich dir diesen Rat gebe. Aber wenn du ständig versuchst, die Leute mit deinen Erwartungen zu beeinflussen, werden sie dich enttäuschen. Niemand ist glücklich, wenn er nicht für sich entscheiden kann.«

»Denkst du, dass ich versucht habe, Courtney zu beeinflussen? Oder schlimmer noch, sie zu kontrollieren?«, fragte Logan, und seine Brust fühlte sich immer enger an. Hatte er sie wirklich dazu zwingen wollen, sich für ihn und gegen ihre eigene Familie zu entscheiden?

»Ja, das denke ich. Es war nicht sehr feinfühlig von dir, sie zu bitten, nach all dem heute noch nach Boston zu fliegen. Du hast uns vorhin erzählt, dass sie einen anstrengenden Tag hatte. Sie muss sich entspannen, sich um sich selbst und das Baby kümmern. Hierher zu reisen, um dich als den großen Mann der Restaurantwelt zu erleben, ist nicht so wichtig wie ihre Gesundheit und die eures Babys.«

Logan schluckte schwer, als er an das Baby dachte, und konnte nur hoffen, dass sich Courtney etwas Ruhe gegönnt hatte. »Wenn es stimmt, was du sagst, habe ich mein ganzes Leben gegen mein eigenes Glück angekämpft. Ich fühle mich, als würde ich Gespenster herausfordern«, flüsterte er, sowohl zu sich selbst, als auch Cam gegenüber.

»Gespenster können nicht gegen dich antreten. Sie sind reine Einbildung.« Cam schüttelte den Kopf. »Du kannst nicht alles im Leben zu einem Wettbewerb machen. Du musst mehr auf deinen Bauch hören. Vertraue darauf, dass die Menschen, die du liebst, dich gut behandeln werden. Bedränge sie nicht, sonst enttäuschen sie dich. Courtney und das Baby sind das Beste, was dir je passiert ist. Alle sagen das. Gray, Maddie, Tanner und vor allem Becca.« Cam lachte. »Du hast in den letzten Monaten so oft gelächelt wie seit Jahren nicht mehr. Und wenn ihr beide zusammen seid, funktioniert alles bestens. Sie beruhigt dich. Macht dich zu einem besseren Mann. Und ich sage dir jetzt schon: Wenn ich jemals eine Frau finde, die mich so zum Lächeln bringt, werde ich mich an sie klammern und nie wieder loslassen.« Er stieß mit seiner Schulter gegen Logans. »Vielleicht sollte ich mal mit Courtney reden. Mal sehen, ob sie NFL-Spieler mag.«

»Mistkerl. Lass sie bloß in Ruhe«, knurrte Logan.

Cam wurde wieder ernst. »Zieh den Kopf aus dem Arsch, bevor du sie verlierst. Sie ist großartig, und sie liebt dich.«

»Bist du sicher?« Logan blinzelte. »Nach all dem?«

»Warum fragst du sie das nicht?«

»Weil sie Abstand braucht, erinnerst du dich?«

Cam nickte langsam. »Ja, ich erinnere mich. Und es ist richtig, dass du ihr etwas Zeit gibst, wenn sie darum gebeten hat. Aber irgendwann wird einer von euch den ersten Schritt machen müssen.« Seine Mundwinkel zuckten. »Und so kontrollierend es auch klingt, ich denke, du solltest derjenige sein, der das Gespräch sucht. Dann gesteht ihr euch eure Liebe und plant eure Zukunft, oder wie das funktioniert.«

Logan lächelte leicht. Er spürte, wie Hoffnung in ihm aufkeimte, aber da waren auch noch Zweifel. »Glaubst du, dass sie für ein Gespräch bereit ist?«

»Keine Ahnung. Finde es heraus«, erwiderte Cam. »Ich verstehe, dass dich das zu Tode ängstigt. Aber was ich weiß, ist, dass ihr beide ein Baby bekommt, das es verdient, zwei Elternteile zu haben, die zumindest miteinander reden. Und hoffentlich nicht nur das.« Cam stieß Logan noch einmal an. »Und wenn ihr es nicht hinbekommt, euch zivilisiert zu unterhalten, dann wird dir Onkel Cam den Kopf waschen.«

»Ich würde gerne sehen, wie du das versuchst.«

Die Küchentür öffnete sich, und ein Streifen grellen Lichts erhellte den Hinterhof. Tanner und Gray traten ins Freie und kamen auf sie zu. »Alles in Ordnung?«, fragte Gray.

Logans Blick traf den von Cam. »Ja«, antwortete er und schaute wieder zu Gray. Er hatte ihn nicht wirklich angelogen. »Ich brauchte nur etwas frische Luft.«

»Wenn ihr beide mit eurem Zwillingsmoment fertig seid, solltet ihr wieder reinkommen«, sagte Tanner und grinste die beiden an. »Becca ist betrunken, Maddie döst schon halb vor sich hin und Van redet davon, dass wir alle in einen Club gehen sollten. Also schlage ich vor, dass wir noch einen letzten Drink nehmen und dann ins Hotel fahren.« Er klopfte Logan auf die Schulter. »Ich möchte auf meinen großen Bruder anstoßen.«

»Ich bin auch dein großer Bruder«, betonte Cam. »Und Gray ebenso.«

»Dann stoße ich auf euch alle an. Es kommt nicht oft vor, dass wir Zeit miteinander verbringen können.«

»Vor allem ohne Kinder«, betonte Gray. »Und es wird sehr bald einen weiteren kleinen Hartson geben«, fügte er grinsend hinzu.

Logans Mund fühlte sich trocken an. In fünf Monaten würde er Vater werden. Verantwortlich für ein anderes Leben, obwohl er noch nicht einmal sein eigenes sortiert hatte. Dieser Gedanke hatte ihn schon einmal wie ein Blitz getroffen, als er das Baby auf dem Ultraschallbildschirm sah und mit seiner Hand über

Courtneys weichen Bauch fuhr. Gray hatte ihm erzählt, wie schwer es ihm während Maddies Schwangerschaft gefallen war, eine Verbindung zu den Zwillingen aufzubauen. Zumindest bis er spüren konnte, wie sie sich bewegten, strampelten und sich gegen seine Hand drückten. Als sie dann geboren wurden, empfand er eine so starke Liebe, dass es ihm den Atem verschlug.

Würde Logan auch so sein? Er war sich ziemlich sicher, dass er genauso vernarrt in sein Kind wäre. Und auch das machte ihm Angst. Denn wenn er schon jetzt glaubte, dass er die Kontrolle verloren hatte, würde sich dieses Gefühl verzehnfachen, sobald er Vater war.

Er hatte sehr viel zu bedenken. Aber zuerst würde er ins Restaurant gehen und Zeit mit seiner Familie verbringen. Jener, in die er geboren wurde – nicht die Familie, die er mit der einzigen Frau gründen wollte, die ihm je das Herz gestohlen hatte.

»Kommt, ich gebe euch allen einen Drink aus«, murmelte er und deutete auf die Hintertür.

Cam klopfte ihm auf den Rücken. »Hört sich gut an.«

»Der heutige Abend war unglaublich«, sagte Paris, als alle Gäste gegangen waren und sie das Restaurant abschlossen. Es war fast zwei Uhr morgens und Logan war müde. »Ich kann immer noch nicht glauben, dass du das alles hinter dir lässt«, fuhr sie fort, während sie ihren Mantel anzog und Logan zur Tür folgte. »Das hier ist dein Lebenswerk, dein Meisterstück, Logan. Niemand ist besser als du.« Sie breitete die Arme aus, ihr Blick war intensiv. »Sieh dir an, was wir zusammen erreicht haben.«

Er drehte den Kopf und schaute sich um. Stühle und Tische. Leere Teller und polierte Gläser. Nichts davon versetzte ihn in Begeisterungsstürme. Nicht mehr. »Ich bin fertig damit«, sagte er entschlossen. »Es ist vorbei.«

»Du wirst zurückkommen«, meinte Paris. »Sobald die Aufregung mit deiner Farmerin abgeklungen ist. Sie kann dich nicht bei

Laune halten, Logan. Das wissen wir beide. Du bist ein Mann, der die Dinge gerne anpackt. Was willst du tun? Deine Zeit mit stinkenden Windeln vergeuden? Es gibt Besseres als das.«

»Es gibt nichts Besseres als das«, entgegnete er und wusste, dass es die Wahrheit war. Er brauchte keine Woche, um darüber nachzudenken. Sein ganzes Glück war in *Hartson's Creek* versammelt. Die Frau, die er liebte, und das Baby, von dem er wusste, dass er verrückt danach sein würde.

Seine ganze verdammte Welt.

»Du wirst es bereuen«, beharrte Paris. »Das wirst du. Nichts wird sich jemals so gut anfühlen wie das hier. Wir sind Vampire, Logan. Wir leben von diesem Rausch.«

Er schüttelte den Kopf. »Das war ich mal. Früher. Aber jetzt weiß ich, wie verrückt das ist. Immer nur zu arbeiten, um ein paar Dollar mehr zu verdienen. Oder den eigenen Namen in der Zeitung zu lesen und in der ganzen Stadt bekannt zu werden. Geld und Berühmtheit halten dich nachts nicht warm, können nicht die Leere in deinem Herzen füllen. Nichts ist so wichtig wie die eigene Familie, die Liebe und das Wissen, dass in der Frau, die du liebst, ein kleines Stück von dir heranwächst.«

Paris blinzelte und verzog den Mund. »Du machst das also wirklich, ja?«

Er wollte sein altes Leben so schnell wie möglich hinter sich lassen und zurück nach *Hartson's Creek* ziehen. Er war in Courtney Roberts verliebt und wollte sich um sie und ihr gemeinsames Kind kümmern.

Jetzt musste er nur noch einen Weg finden, sie davon zu überzeugen, dass er es ernst meinte.

30. Kapitel

Jemandem Freiraum zu geben, war viel schwieriger, wenn man bereits erkannt hatte, dass man mit der anderen Person den Rest seines Lebens verbringen wollte. In der Nacht von Samstag auf Sonntag tat Logan kaum ein Auge zu. Am Morgen saß er mit seiner Familie beim Frühstück in seinem Lieblingsrestaurant in Boston. Danach verabschiedete er sich von ihnen. Gray und die anderen kehrten nach *Hartson's Creek* zurück, während Cam zu einem Auswärtsspiel reiste.

So war Logan allein in Boston, mit seinen Gedanken und dem Wissen beschäftigt, dass er fünf Tage hatte, um zu entscheiden, wie er für Courtney und ihr Baby ein besserer Mann sein konnte. Alle paar Minuten griff er nach dem Telefon, und seine Selbstbeherrschung schwankte. Er dachte ständig daran, sie anzurufen.

Er wollte ihre Stimme hören. Sein Herz schmerzte, so sehr vermisste er sie, und das Gefühl ließ sich nicht ignorieren, egal wie sehr er es versuchte. Er wusste, ein Gespräch mit ihr würde ihn beruhigen. Danach wäre alles besser. Aber sie hatte ihn gebeten, sich etwas Zeit zu nehmen, um nachzudenken, und das wollte er für sie tun. Wenigstens für eine Weile.

Er ging auf die bodentiefen Fenster in seinem Wohnzimmer zu. Unter ihm erstreckte sich Boston in all seiner Schönheit. Die Stirn gegen die kühle Scheibe gelehnt, atmete er schwer aus. Das Fenster beschlug. Er konnte sich nicht erinnern, wann er das letzte Mal wirklich Zeit zum Nachdenken gehabt hatte. Cam würde ihm wahrscheinlich sagen, dass das gefährlich war, weil er dann meist auf dumme Ideen kam. Beim Gedanken an seinen Zwilling musste er lächeln.

Cam hatte gestern mit seinem Rat, Logan solle nicht so verbissen sein und die Dinge auf sich zukommen lassen, genau ins Schwarze getroffen. Aber es war fast unmöglich, sich nicht zu fragen, wie er diese Sache zwischen Courtney und ihm am besten in Ordnung bringen konnte. Denn das wollte er. Und das wurde ihm noch stärker bewusst, als er in einer Wohnung stand, in der er nicht mehr leben wollte, und auf eine Stadt hinunterblickte, zu der er sich nicht mehr zugehörig fühlte. Doch bevor er auf Courtney zugehen konnte, musste er sich der Tatsache stelle, dass er nicht alles kontrollieren konnte, auch wenn er das immer versucht hatte. Weder er noch sein Leben waren perfekt, und keine noch so große Anstrengung würde es perfekt machen. Aber was bedeutete dieses Wort schon? Perfektion war eine nette Illusion, die allerdings mit der Realität nicht viel zu tun hatte.

Doch das hieß nicht, dass Courtney und das Baby nicht seine Version eines perfekten Lebens sein konnten. Selbst wenn Courtney beschließen sollte, lieber nicht mit ihm zusammen zu sein, waren sie doch durch ihr Kind ein Teil des jeweils anderen. Er fühlte sich gesegnet, dass sie immer diese Verbindung zwischen ihnen haben würden.

Nichtsdestotrotz tat es höllisch weh, sich vorzustellen, dass sie kein Paar sein würden. Er wollte mit ihr zusammen sein. Aber Courtney musste es genauso wollen. Ihre Zuneigung konnte er nicht erzwingen, das wusste er. Wenn sie eine gemeinsame Zukunft haben würden, dann nur, weil sie beide bereit dafür waren.

Er hatte längst begriffen, dass Courtney eine Vergangenheit hatte. Eine, die ihr sowohl Schmerz als auch Glück bereitet hatte. Was sie erlebt hatte, machte sie zu der Person, die sie heute war. Diese unglaublich schöne, kluge und lustige Frau, die in sein Leben getreten war, als er es am wenigsten erwartet hatte. Durch sie wirkte alles realer und besser. Es war, als hätte er die ganze Zeit, ohne es zu wissen, auf sie gewartet.

Als er sich vom Fenster abstieß, hinterließ er einen Abdruck auf dem Glas. Er hatte zugestimmt, ihr Freiraum zu geben, aber das bedeutete nicht, dass er herumsitzen und Däumchen drehen würde. Als Erstes würde er joggen gehen. Ein leichter Lauf, mehr ließ sein kaputtes Knie nicht zu, um den Kopf frei zu bekommen. Anschließend würde er sich hinsetzen und eine Liste machen.

Nicht, um später das Ergebnis zu kontrollieren, sondern weil es Dinge gab, die er erledigen musste. Papierkram, damit er sich aus dem Geschäft zurückziehen konnte. Außerdem musste er ein Haus in seiner Heimatstadt finden. Die eine oder andere Hand sollte er auch noch schütteln, bevor er seinen Posten in ihrem Unternehmen niederlegte.

Und es gab ein Baby, auf dessen Geburt er sich vorbereiten musste.

Sich einen Plan für all das zu überlegen, war keine Kontrolle. Es ging darum, für sich selbst einen Weg zu finden, um ein guter Vater und Co-Elternteil zu sein.

Courtney hatte um Freiraum gebeten, und den würde er ihr geben. Aber er hoffte inständig, dass sie in fünf Tagen miteinander reden konnten. Vielleicht würde der Schmerz in seiner Brust dann nachlassen.

Er griff nach seinem Handy und suchte in seinen Kontakten nach einer ganz bestimmten Nummer. Er drückte auf *Wählen* und hielt sich das Telefon ans Ohr, während er mit klopfendem Herzen darauf wartete, dass sein Anruf angenommen wurde.

»*I Can Make You Beautiful*-Salon. Lainey am Apparat. Was kann ich für Sie tun?«

»Hey Lainey. Hier ist Logan. Ich brauche deinen Rat in einer wichtigen Angelegenheit.«

Für Januar war es ungewöhnlich warm. Courtney brauchte keinen Mantel zu tragen – zum Glück, denn sie hatte sich immer noch keinen neuen besorgt und ihr alter ließ sich nicht mehr über ihrem Babybauch schließen.

Sie sollte wirklich einkaufen gehen. Alles wurde zu klein für sie. Ihr Bauch fühlte sich rund an. Auffällig. Sie fragte sich, wie es sein würde, wenn sie die vierzigste Woche erreicht hätte. Bis dahin würde sie vermutlich aus allen Nähten platzen.

Sie zog sich eine übergroße Strickjacke an, schlüpfte in ihre Stiefel und ging hinaus zum Hühnerstall. Hester war die erste, die sie begrüßte. Sie gackerte immer, sobald Courtney die Stalltür öffnete. Die Henne kam mit erhobenem Haupt und wachem Blick näher und starrte Courtney verächtlich an.

Courtney schüttelte über das Verhalten des Huhns nur den Kopf. Mit ihrem Korb ging sie zu den Nestern und begann, die Eier einzusammeln.

Als sie fertig war und den vollen Korb anhob, spürte sie einen leichten Tritt in den Magen. Nicht von den Hühnern, sondern von innen, vom Baby. »Hey«, murmelte Courtney. »Bist du endlich aufgewacht?« Ein weiterer Tritt, gefolgt von einem Magenknurren. »Ich schätze, wir sind beide hungrig. Was hältst du von Frühstückseiern?«

Seit sie am Samstag den ersten Tritt gespürt hatte, waren die Bewegungen regelmäßiger geworden. Jedes Mal, wenn sie einen winzigen Stupser gegen sich spürte, musste sie lächeln.

Morgen Nachmittag, bei ihrem Termin in der zwanzigsten Woche, würde sie Logan endlich davon erzählen können.

Die letzten Tage ohne ihn waren ihr endlos erschienen. Auch wenn sie tief in ihrem Herzen wusste sie, dass sie beide diese Zeit brauchten. Zum Nachdenken. Und um durchzuatmen. Alles zwischen ihnen war stürmisch verlaufen, von dem Moment an, als sie sich mitten auf der Straße trafen und den Hühnern hinterherjagten, bis zu ihrem ersten Kuss, ihrer ersten Berührung und dem Schwangerschaftstest, der alles veränderte.

Sie spürte einen leichten Tritt. Diesmal nicht in ihrem Bauch, sondern an ihrem Bein. Sie schaute nach unten und sah Harriet dort stehen.

»Mir geht es gut«, sagte sie zu der Henne. »Wirklich.«

Sie war in Logan Hartson verliebt. Sie wusste es schon seit einiger Zeit. Es war langsam passiert, wie Regen, der durch einen Spalt im Dach sickerte, hatte sich Logan in ihr Herz geschlichen, bis sie ihre Gefühle nicht mehr ignorieren konnte.

Aber es brauchte mehr als Liebe für eine funktionierende Beziehung. Und viel mehr als die intensive Anziehung, die sie beide spürten, sobald sich ihre Blicke trafen. Ohne Gespräche und Kompromisse würde es nicht klappen. Daran mussten sie arbeiten, egal in welchem Verhältnis sie zueinander standen. Um ihres Kindes willen mussten sie einander zuhören, miteinander reden und die Dinge klären. Und akzeptieren, dass nicht nur eine Meinung galt.

»Wie geht es den Hühnern?«, rief Ellis durch die offene Stalltür. Sie hatte sein Auto nicht einmal gehört.

Courtney sammelte lächelnd die letzten Eier ein. »So wie immer. Hester ist angriffslustig, Harriet möchte gern mehr Aufmerksamkeit. Die anderen ergeben sich der Führungsriege.«

Ellis zog die Augenbrauen hoch. »Gut, dass sie dich haben. Sonst würde hier nur Chaos herrschen. Wie haben sich die Neuen eingelebt?«

»Sie legen schon«, antwortete Courtney und hob den Korb hoch. »Es sind genug Eier für das Restaurant und noch ein paar mehr. Ich denke, heute Abend wird es ein Omelett geben.«

»Apropos Essen, ich habe etwas für dich.« Erst da bemerkte sie die weiße Pappschachtel in seinen Händen. Sie sah aus wie jene, die man in einer Bäckerei bekam. »Mary hat mich gebeten, dir das vorbeizubringen. Es sind zu viele für sie allein. Sie dachte, du würdest dich darüber freuen.«

»Was ist da drin?«

»Kekse und Kuchen«, sagte Ellis und schüttelte den Kopf, als wäre es eine dumme Frage. »Dein Logan hat sie uns geschickt. Und nicht nur uns, auch Carl hat welche bekommen. Aber er klang nicht sehr glücklich darüber.«

Carl war am Tag nach der Schießerei aus dem Krankenhaus entlassen worden und direkt nach Hause gefahren, um sich auszuruhen. Mary hatte in der ersten Nacht in seiner Wohnung geschlafen. Danach hatte ihr Sohn jede weitere Hilfe abgelehnt. Ein paar Mal rief Courtney an, um sich nach seinem Befinden zu erkundigen, aber die Gespräche verliefen sehr distanziert. Für Courtney war das in Ordnung. Er würde immer auf die eine oder andere Weise zur Familie gehören, aber das war auch alles. Entweder er akzeptierte die Dinge, wie sie waren, oder er tat es nicht.

»Logan hat euch Gebäck geschickt?« Sie zog ihre Unterlippe zwischen die Zähne und starrte Ellis' an. Er starrte zurück.

»Ja. Und zwar richtig gutes. Willst du welches?«

Das letzte Mal, als sie mit Logan gesprochen hatte, war er Ellis und Mary noch nicht vorgestellt worden. Und jetzt schickte er ihnen Päckchen? Was hatte er die ganze letzte Woche über getrieben?

Courtneys Magen knurrte wieder. »Ja, ich könnte etwas essen. Ich bringe die Eier rein und wasche mir die Hände. Willst du etwas trinken? Wir könnten zusammen frühstücken.«

»Danke, ich hatte schon genug. Ich bin auf dem Weg zum oberen Feld, um den Zaun dort zu reparieren.« Ellis neigte den Kopf in die entsprechende Richtung. »Dieser Logan, er scheint ein guter Mann zu sein.«

Courtney blinzelte und versuchte, ihre Überraschung zu verbergen. »Du hast mit ihm gesprochen?« Sie hatte das dringende Bedürfnis, mehr zu erfahren.

»Ja. Er hat Mary gestern Abend angerufen, um sich offiziell vorzustellen, und er wollte sich vergewissern, dass es ihr gut geht. Anscheinend hat deine Freundin Lainey ihm unsere Nummer gegeben. Jedenfalls glaube ich, dass er ein guter Mann ist. Er hat ihr gesagt, dass sie auf sich aufpassen soll, weil dein Baby alle seine Großeltern gesund und munter braucht.« Ellis nickte und schaute weg. »Das hat sie zum Lächeln gebracht, weißt du?«

Tränen brannten in Courtneys Augen. Das hatte sie nicht von Logan erwartet. »Ich hatte keine Ahnung.«

»Wenn er Mary zum Lächeln bringt, dann ist er für mich okay«, meinte Ellis, ohne auf ihre Bemerkung einzugehen. Dann folgte er ihr ins Haus und trug die Kiste in die Küche. »Ich weiß, dass die letzten Jahre nicht leicht für dich waren. Und ich schätze sehr, was du alles für uns tust. Mary ebenso. Seit wir Shaun verloren haben, ist es auf der Farm sehr schwer.« Er räusperte sich. »Ohne dich hätten wir das nicht geschafft.«

»Ich liebe die Farm.« Courtney begegnete seinem Blick. »Das wisst ihr doch.«

»Ja, aber irgendwann müssen wir darüber nachdenken, alles zu verkaufen. Mary und ich werden nicht jünger, und Landwirtschaft ist nichts für alte Leute.«

»Du brauchst den Hof nicht zu verkaufen. Ich kann euch

helfen.«

Er schenkte ihr das sanfteste Lächeln der Welt. »Ich weiß, dass du das kannst. Aber du musst an dein Baby denken. An deine eigene Familie.«

Sie öffnete den Mund, um zu protestieren, aber die Worte lösten sich in Luft auf. Denn er hatte recht. Sie musste an ihre Zukunft denken.

»Gut«, sagte Ellis und klatschte in die Hände. »Ich gehe jetzt besser. Wir sehen uns, wenn du von deiner Eierlieferung an das Restaurant zurückkommst.«

Sie nickte. »Klar.« Und während sie beobachtete, wie er aus der Hintertür verschwand, drifteten ihre Gedanken zu Logan ab. Die Art, wie er Mary und Ellis behandelte, berührte ihr Herz.

Vielleicht gab es für sie beide doch noch eine Chance.

Courtney: *Danke, dass du so nett zu Mary und Ellis bist. Ich weiß das zu schätzen.*

Logan starrte auf die Nachricht. Es war das erste Mal, dass er in dieser Woche von Courtney gehört hatte. War es verrückt, dass seine Hand zitterte, während er das Telefon in der Hand hielt und die Worte immer wieder las?

Er holte tief Luft und tippte eine Antwort: *Es ist mir ein Vergnügen. Geht es dir und dem Baby gut?*

Es dauerte nur eine Minute, bis sie reagierte, aber es fühlte sich wie Stunden an.

Courtney: *Alles in Ordnung. Vielleicht können wir morgen reden? Treffen wir uns für den Ultraschall direkt beim Arzt?*

Ein Lächeln zupfte an seinen Lippen. Er hob den Kopf und sah sich in der Küche von Gray und Maddie um. Gray war bei einem

Meeting, und Maddie besuchte mit den Zwillingen einen Kurs für Mütter und ihre Kleinkinder. Sobald sie zurück war, würde er sich erkundigen, was genau die drei dort machten. Vielleicht könnten er und das Baby sie eines Tages begleiten, vorausgesetzt, Väter waren dort erlaubt.

Vor ein paar Stunden war sein Flugzeug gelandet. Er hatte nicht länger in Boston bleiben können. Er wollte in Courtneys Nähe sein, und bei dem Baby. Maddies Rat befolgend, saß er nun in ihrer Küche, statt Courtney mit einem Besuch zu überrumpeln. Gerade hatte er noch über einer Tasse Kaffee gebrütet und überlegt, wie er sie kontaktieren sollte, als sie sich bei ihm meldete.

Logan: *Passt es dir jetzt? Ich bin gerade bei Gray. Hättest du gleich Zeit?*

War das zu schnell? Nicht schnell genug? Würde sie ihn für aufdringlich halten? Er seufzte, als ihm klar wurde, dass er zu viel grübelte. Was sagte Cam? *Lass die Dinge auf dich zukommen.*

Courtney: *Ja, gern.*

Wenige Minuten, nachdem er ihre Antwort gelesen hatte, saß er in seinem Mietwagen und fuhr durch das große Eisentor, das von Grays Auffahrt zur Straße führte. Die Farm lag nur zehn Minuten entfernt, und es brachte ihn fast um, sich an das Tempolimit zu halten. Denn jede Sekunde, die er von Courtney getrennt war, war eine Sekunde zu viel.

Als er ihr Cottage erreichte, stand sie vorne auf der Veranda. Ihre dunklen Locken waren nach hinten gebunden, und sie trug einen Jeansoverall und ein schwarzes, langärmeliges Oberteil. Selbst aus der Entfernung konnte er die Wölbung ihres Bauches erkennen, und sein Herz krampfte sich zusammen. Er würde gleich vor ihr stehen, ohne sie berühren zu dürfen, und das würde er kaum aushalten können.

Als er aus dem Auto stieg, fanden sich ihre Blicke. Courtney berührte die sanfte Wölbung ihres Bauchs, und diese Geste füllte

Logans Brust mit Wärme. Wie lange war es her, dass sie sich gesehen hatten? Eine Woche? Es kam ihm wie Jahre vor.

Lächelnd ging er auf sie zu, blieb jedoch am unteren Ende der Treppe stehen und sah zu ihr auf. »Hey.«

»Hey.« Freude spiegelte sich in ihrer Miene. »Seit wann bist du in der Stadt?«

»Seit heute Morgen.« Er zog spielerisch eine Braue hoch. »Ich konnte wohl nicht länger wegbleiben.«

Sie öffnete ihren Mund, um etwas zu sagen, und schloss ihn wieder.

»Darf ich hochkommen?«, fragte er und zeigte auf die Treppe. Als sie nickte, stieg er die wenigen Stufen hinauf. Etwas mehr als einen Meter vor ihr blieb er stehen, seine Muskeln waren angespannt.

Gott, sie war so schön. Sie hob den Kopf, um ihm in die Augen zu sehen, und für einen Moment vergaß er zu atmen. Er wollte seine Arme um Courtney legen und sie direkt in ihr Schlafzimmer tragen. Sie küssen. Ihre weichen Lippen auf seinen spüren. Sie an all den Stellen berühren, von denen er wusste, dass sie sie verrückt machten. Und er wollte ihr leises Seufzen hören, wenn er tief in ihr versank, bis es ihnen beiden den Atem stahl.

»Logan?«

Er blinzelte. »Tut mir leid. Ich war kurz woanders.«

Ihre Augen funkelten, als wüsste sie genau, wohin seine Gedanken abgedriftet waren. »Ich habe gefragt, ob du etwas trinken möchtest.«

»Das ist lieb, aber nein danke. Ich hatte gerade einen Kaffee.«

»In Ordnung.« Sie lächelte wieder. »Sollen wir uns setzen?«

Er wollte gerade zustimmen, als sie vor ihm erstarrte. Dann blickte sie auf ihren Bauch hinunter. »Court? Geht es dir gut?«

Als sie ihm wieder ins Gesicht sah, war ihre Miene ganz anders. »Es ist das Baby«, flüsterte sie. »Es hat mich gerade getreten.«

Jetzt erstarrte er. Erstaunen durchflutete ihn, ein warmes und süßes Gefühl. »Du kannst spüren, wie sich das Baby bewegt?« Als sie nickte, streckte er die Hand nach ihr aus. »Darf ich?«

»Ich glaube nicht, dass du es schon spüren kannst. Aber du

kannst es versuchen.« Sie trat näher, nahm seine Hand und legte sie auf ihren Bauch. Konzentriert wartete er darauf, dass sich etwas unter dem Jeansstoff regte. »Da«, hauchte sie. »Hast du es gespürt?«

Er schüttelte den Kopf. »Vielleicht muss ich dich erst ausziehen?«

Sie lachte. »Netter Versuch.«

Er sah von ihrem Bauch auf. »Court, es tut mir so verdammt leid, dass ich dich gebeten habe, deine Familie nicht mehr zu sehen. Ich war ein eifersüchtiger Arsch. So etwas hätte ich nie sagen dürfen.« Er stieß den Atem aus. »Nach unserem Telefonat am Samstag habe ich über alles nachgedacht, was du gesagt hast. Und ich möchte, dass du etwas weißt. Ich werde hier sein. Bei dir, bei dem Baby. Wenn du mich haben willst.«

»Bist du sicher? Du gibst eine Menge auf.«

»Und gewinne so viel.« Er konnte nicht anders, als über ihren Bauch zu streicheln. Allein diese einfache Verbindung erdete ihn. »Ich habe verstanden, dass dir Mary und Ellis wichtig sind. Carl genauso. Auch wenn er sich manchmal wie ein Idiot benimmt.«

»Das hast du jetzt aber extra nett ausgedrückt.« Sie lächelte, und ihre Augen waren warm. »Und ja, sie sind mir wichtig. Aber du und das Baby, ihr seid die wichtigsten Menschen in meinem Leben. Das hätte ich dir schon bei unserem Telefonat sagen sollen.«

Seine Brust fühlte sich enger an als je zuvor. Zu dem Schmerz, den er die ganze Woche mit sich herumgetragen hatte, gesellte sich ein anderes, stärkeres Gefühl.

Hoffnung.

»In deinem Herzen ist Platz für uns alle. Das weiß ich jetzt auch«, sagte er.

Sie nickte. »Liebe ist ein grenzenloses Gut. Und der Platz in unseren Herzen ist endlos. Es wächst mit jedem Menschen, den wir hinein lassen.« Sie nahm seine Hand, bewegte sie nach oben und drückte sie gegen ihre Brust. »Spürst du das?«, fragte sie, während ihr Herz kräftig gegen seine Handfläche schlug.

»Ja, ich spüre es.«

»Es gehört dir«, flüsterte sie. »Du hast es schon vor Monaten erobert.«

Mein Gott, er war kurz davor zu weinen. Er blinzelte die Tränen zurück und stieß einen schweren Atemzug aus. »Ich will dich nicht kontrollieren«, versicherte er ihr. »Ich will dir nicht sagen, wie du leben oder mit wem du zusammen sein sollst. Ich will nur ein Teil davon sein, egal wie viel ich dir bedeute. Und wenn ich nur der Vater deines Kindes bin.«

Ihre eigenen Augen waren glasig, als sie ihm ein zaghaftes Nicken schenkte.

»Wie auch immer du dich entscheidest, ich ziehe auf jeden Fall wieder hierher«, sagte er entschlossen. »Wir haben schon ein paar Interessenten für die Restaurants. Ich werde ein stiller Teilhaber sein, nicht mehr. Ich will für das Baby da sein. Und für dich. Aber wenn du willst, dass wir nur Co-Eltern sind, ist das auch okay.« Es würde ihn umbringen, aber er würde es tun.

»Du würdest Boston trotzdem verlassen?«

Er nickte. »Ja. Ich werde mir diese Woche ein paar Häuser ansehen. Ich möchte, dass du mit mir kommst. Wenn du willst. Nur um eine zweite Meinung zu haben. Auch wenn du nicht bei mir wohnen möchtest, wird das Baby viel Zeit bei mir verbringen. Ich finde, du solltest auch ein Mitspracherecht haben.«

»Wer sagt, dass ich nicht mit dir dort leben will?«

Und wieder wurde die Hoffnung in ihm stärker. »Ich will mir nicht anmaßen ...«

Erneut ergriff sie seine Hand. Diesmal hob sie sie an ihre Lippen. Nachdem sie einen sanften Kuss auf die Innenseite gehaucht hatte, drückte sie seine Handfläche gegen ihre Wange. »Ich liebe dich. Du bist meine Zukunft. Und ich möchte, dass sie genau jetzt beginnt.«

Er fuhr mit der Daumenkuppe an ihrem Kinn entlang und zeichnete die Konturen ihrer vollen Lippen nach. Sie sah zu ihm auf, und ihre Blicke waren auf eine Art und Weise verbunden, die ein so intensives Verlangen in ihm auslösten, dass er es bis in seine Seele spürte.

»Wird es immer so sein?«, fragte Courtney mit leiser Stimme.

»Werde ich dir immer die Kleider vom Leib reißen wollen, wenn du in der Nähe bist?«

Er lächelte bei ihren Worten. »Gott, ich hoffe es.« Er überwand noch den letzten Abstand zwischen ihnen und ließ seine Hand auf ihren Rücken gleiten. »Denn genau so fühle ich mich auch. Jedes Mal, wenn ich dich ansehe, will ich dich ein bisschen mehr.«

»Zeig es mir«, flüsterte sie.

Ein lautes Gackern drang vom Hühnerstall zu ihnen herüber. »Schnell«, sagte Courtney eindringlich. »Bevor Hester merkt, dass du hier bist.«

Er ließ seine Stirn an ihre sinken und atmete ihren Duft ein. »Hat sie mich vermisst?«

»Wie verrückt.« Courtneys Augen funkelten.

Er hätte noch mehr gefragt, aber er war zu sehr darauf konzentriert, ihren Hintern zu packen und sie eng an sich zu ziehen.

»Bist du sicher, dass du das tun willst?«, hakte sie nach. »Ich war noch nie so schwer.«

»Ich bin mir sicher.« Er hob sie in seine Arme. »Und du siehst mit deinem Babybauch wunderschön aus.«

Als sie im Cottage waren, hatte Courtney bereits drei der Knöpfe seines Hemdes geöffnet. Er stieß die Tür zu, drehte sich um und drückte sie gegen die Wand. Dann küsste er sie, hart und heftig, und zeigte ihr mit Lippen, Zähnen, Zunge, wie sehr er sie wollte.

Sie war seine Zukunft, und er war die ihre. Und das Schöne daran war, dass er keine Ahnung hatte, wie ihr gemeinsames Leben aussehen würde.

Trotzdem wollte er es, daran bestand kein Zweifel.

Courtney sah zu Logan auf und verlor sich für eine Sekunde in seinem hungrigen Blick. Sein weißes Hemd stand offen, und die teure silberne Uhr an seinem Handgelenk glänzte im hereinfallenden Sonnenlicht. Kaum hatte er sie berührt, wand sie sich auf dem

Bett und verlangte nach mehr. Sie hatte das Gefühl, dass es immer so sein würde.

In ihrer Zukunft malte sie sich gestohlene Küsse aus, wann immer sie konnten und die Kinder nicht hinsahen. Sie würden hitzige Blick tauschen, während das Baby gebadet wurde, und die Stunden zählen, bis sie wieder im Bett sein würden. Es wäre aufregend, verrückt und alles, was sie sich wünschte.

Logan vervollständigte sie in jeder Hinsicht.

Er stand am Ende des Bettes und streifte sein Hemd ab. Seine Aufmerksamkeit war ganz auf sie gerichtet, während er seine Uhr abnahm. Er trug nur noch seine Hose, und sie schluckte schwer, als ihr Blick an seinen Brust- und Bauchmuskeln hinab und immer tiefer glitt.

Er hatte ihr bereits sämtliche Kleidungsstücke ausgezogen und dabei ihren Hals, ihre Schultern und ihre Brüste geküsst. Dann hatte er ihr gesagt, sie solle sich auf das Bett legen und warten. Seine Stimme war so fest, dass sie jeden Nerv in ihrem Körper zum Kribbeln brachte.

Im Schlafzimmer war er herrisch. Und überall sonst waren sie ein Team. Genau so, wie sie es mochte.

»Öffne deine Beine«, forderte er, und sie tat es. Er stieg aus seiner Hose und kniete sich nur mit Boxershorts bekleidet zwischen ihre Schenkel. Seine Hände fuhren über ihre Waden, ihre Oberschenkel und weiter hinauf. »Ich liebe deinen Bauch«, raunte er und drückte seine Lippen auf ihre Wölbung. »Du wirst viel essen müssen, wenn das Baby kommt, damit er so schön groß bleibt.«

Belustigung mischte sich mit Verlangen und ließ sie keuchen. »Das geht nicht. Ich laufe nicht herum und sehe aus, als wäre ich im fünften Monat schwanger, nur damit du ... Oh.« Er schloss seine Lippen um ihre Brustspitze und saugte so fest, dass sie vor Lust ihren Rücken krümmte. »Was wollte ich gerade sagen?«, fragte sie, ihr Verstand immer noch vernebelt.

Er lächelte gegen ihre Brust. »Ich glaube, du wolltest sagen, dass du alles tun würdest, was ich will«, erwiderte er leise und saugte noch stärker.

»Habe ich das?«

Er strich sanft über ihren Bauch und bewegte seine Handfläche nach unten, bis er genau dort war, wo sie ihn brauchte. »Ich schätze, die andere Möglichkeit ist, dich erneut zu schwängern.« Er hob den Kopf, seine Augen funkelten amüsiert. »Das wird ein harter Job ...«

»Verhütung.« Sie schnappte nach Luft, als er mit einem Finger durch ihre Nässe fuhr. »Wir müssen sämtliche Verhütungsmittel benutzen, wenn das Baby geboren ist. Du bist zu potent für dein eigenes Wohl.«

Er drückte seine Lippen auf ihre, und seine Finger umkreisten rhythmisch ihre empfindsamste Stelle, dass ihr der Atem stockte. »Ja, aber jetzt ist das nicht nötig.«

Nein, das war es nicht. Und darüber war sie wirklich froh, denn seine Berührungen machten sie verrückt. Sie streckte ihre Hand nach unten und schlang ihre Finger durch die Boxershorts um seine Härte, dass er stöhnte. »Ja«, murmelte er gegen ihren Mund. »Das ist gut.«

Sie konnte nicht genug von ihm bekommen. Das war es, was vier Tage Abstand mit ihr gemacht hatten. Sie war sich nicht sicher, ob sie so viel Distanz noch einmal überleben würde. Sie zog ihm lächelnd die Shorts hinunter, weil sie wusste, dass sie beide nie wieder getrennt sein würden.

Zwar musste er sich in Boston noch um einiges kümmern, das Zeit brauchen würde. Und ein Baby zu bekommen, würde das nicht einfacher gestalten. Aber Logan gehörte zu ihr, genauso wie sie zu ihm gehörte. Seit dem Moment, als sich ihre Blicke auf der Straße trafen, während Hester ihn attackierte.

Sie spürte seine Härte an ihrem Eingang und ließ ihre Hüften kreisen, um ihn in sich aufzunehmen. Er küsste ihren Hals, ihr Schlüsselbein und strich mit seinen Lippen über ihre Brustspitzen. »Bist du bereit, Baby?«, fragte er und blickte zu ihr auf.

Ja, sie war bereit. Für ihn, für ihr Leben und für alles, was auf sie zukommen würde. Auf sie beide.

Und als er sich in ihr bewegte, sinnlich und tief, wusste sie, dass dies der Beginn von etwas Wunderbarem war.

31. Kapitel

Vier Monate später ...

Der Mai war schon immer einer von Courtneys Lieblingsmonaten. Das Wetter war warm, auf den Feldern wuchs das Getreide, und auf den Weiden tummelten sich Kälber und Lämmer, die ihren Müttern auf Schritt und Tritt folgten. Es war harte Arbeit – das war die Landwirtschaft immer –, aber es lohnte sich, wenn man auf die Früchte seiner Anstrengungen blickte.

In diesem Jahr war ihre Arbeit anders als sonst. Zum einen hatten sie mit Ben, einem College-Studenten, der jeden zweiten Tag zum Helfen kam, ein zusätzliches Paar Hände. Er erledigte vor allem jene schweren Tätigkeiten, die für eine Schwangere in der vierunddreißigsten Woche nicht mehr angemessen waren. Genau genommen hatten sie sogar zwei tatkräftige Helfer, wenn man Logan mitzählte, der Ellis auf den Feldern unterstützte, wann immer er die Gelegenheit dazu hatte.

Courtney schaute über den Rasen, wo Logan mit seinen Brüdern stand. Die vier Männer lachten und prosteten einander zu. Sie hatte seine ganze Familie in ihr Herz geschlossen. Sie mochte inzwischen sogar Grays sanftes Gitarrengeklimper und Tanners schrägen Humor. Am besten verstand sie sich mit Cam, der Logan so ähnlich sah, aber ein ganz anderes Temperament hatte. Was beide Zwillingsbrüder verband, war ihr Hang, aus allem einen Wettbewerb zu machen. Insgeheim brachte ihr Wetteifer Courtney zum Lächeln.

»Dieser Ort ist wunderschön«, sagte Becca, als sie mit einem Glas Champagner in der Hand herüberkam.

Sie hatten beschlossen, die Babyparty in den Gärten von *The Secret Gourmet* zu feiern. Es war der perfekte Ort. Die Kirschbäume standen in voller Blüte, und die Vögel zwitscherten in den Ästen. Es fühlte sich an wie der Beginn von etwas Neuem.

»Hier.« Becca reichte Courtney einen Orangensaft. »Ich dachte, du könntest einen Drink gebrauchen.«

Courtney lächelte Logans Schwester an. Auch sie hatte Courtney liebgewonnen. Becca war jünger als die Brüder, aber mit ihrer Art schien sie unter den Geschwistern für Harmonie zu sorgen. Als hätte genau sie in dem lustigen Haufen noch gefehlt. Und Courtney fand es toll, dass die Männer *das Baby* wie Glucken beschützten.

Sie nahm den Orangensaft entgegen. »Danke, ich wollte mir auch gerade einen holen. So wie der Kleine strampelt, werde ich alle Energie brauchen, die ich kriegen kann.«

»Tritt er wieder?«, fragte Becca, und ihre Augen leuchteten. Sie hatten das Geschlecht bei ihrem Termin in der zwanzigsten Woche erkennen können. Logan war mächtig stolz gewesen, und seine Brüder hatten Witze über weitere Herzensbrecher in der Familie gemacht. Becca hatte darüber nur den Kopf geschüttelt und darauf hingewiesen, dass sie ihnen weiterhin die Hölle heiß machen würde, bis einer von ihnen endlich eine Tochter bekäme.

»Willst du mal fühlen?«, bot Courtney an. Becca nickte eifrig, und Courtney nahm ihre Hand und legte sie an die Seite ihres Bauches, wo das Baby gerne seine Füße platzierte.

Beccas Augen weiteten sich, als sie die Bewegung spürte. »Oh nein, noch ein Footballspieler, nicht wahr?«

»Was ist daran falsch?«, fragte Logan, als er zu ihnen herüberkam. Er küsste Becca auf die Wange. »Das liegt in den Genen.« Er ließ seine Hand über Courtneys immer größer werdenden Bauch gleiten und drückte seine Lippen auf die ihren. »Geht es dir gut?«

Sie nickte. »Alles gut.«

»Sollen wir ein paar Geschenke aufmachen?« Er sah zu dem Tisch in der Mitte des Rasens, wo sich schön verpackte Pakete stapelten. Sie hatte darum gebeten, nicht zu viel auszugeben, aber natürlich hatten es alle übertrieben. Und ja, Courtney liebte sie insgeheim dafür.

Es war ihre Idee gewesen, hier auf dem Rasen vor Ellies und Dans Restaurant eine Babyparty mit der Familie und Freunden zu veranstalten. Sie hatte in diversen Schwangerschaftsforen gelesen, dass es üblich war, auf diesen Zusammenkünften den Bauch der Schwangeren zu vermessen und Spiele zu veranstalten, die nur peinlich waren. So etwas wollte sie nicht. Also saßen sie alle zusammen entspannt im Garten und ließen es sich richtig gut gehen.

Seit Logan letzten Monat wieder nach *Hartson's Creek* gezogen war, hatten sie viel Zeit mit Dan und Ellie verbracht. Logan hatte den beiden bei den neuen Speisekarten geholfen und mit Dan über Geschäftliches gesprochen. Ihr exklusives Essenserlebnis war gefragt wie nie, und sie waren für die nächsten Monate komplett ausgebucht. Trotzdem wollten weder Dan noch Ellie expandieren – sie mochten ihr Leben und ihr Zuhause genau so, wie es war.

Das hatte Logan zum Nachdenken gebracht. Und Courtney wusste, dass das sowohl eine schöne als auch gefährliche Sache war.

Eine Woche später unterbreitete er ihr seinen Plan. Wenn Ellis und Mary immer noch vorhatten, die Farm in den nächsten Jahren zu verkaufen, wollte er sie übernehmen.

»Denk darüber nach«, hatte er geflüstert und über ihren Bauch gestreichelt, während sie nebeneinander auf der Veranda saßen. »Du könntest die Farm leiten, und wir würden das Farmhaus zu einem Restaurant umbauen. Alle Produkte, die wir verarbeiten, könnten wir selbst anbauen und nur das zukaufen, was in dieser Gegend nicht wächst. Vielleicht würden wir sogar Führungen anbieten und den Leuten erklären, woher die Zutaten für die Gerichte stammen, die wir ihnen servieren.«

Sein Enthusiasmus hatte einen Funken in ihr entzündet. So etwas war nicht nur zu zweit zu bewerkstelligen, aber das hatte Logan in seinen Berechnungen bereits berücksichtigt. Und da sie beide wussten, wie beliebt das Restaurant von Ellie und Dan war, war sein Konzept erfolgversprechend.

Am nächsten Tag hatten sie mit Mary und Ellis darüber geredet. Sie waren von dem Plan begeistert. »Ich habe immer gehofft, dass die Farm in der Familie bleibt«, gestand Mary mit Tränen in den Augen. »Und jetzt wird dieser Traum wirklich wahr.«

Sie hatten sich darauf geeinigt, mit dem nächsten Schritt zu warten, bis das Baby da war. Schließlich war der Geburtstermin in ein paar Wochen. In der Zwischenzeit nahm Ellis gerne Logans Hilfe auf der Farm an und brachte ihm alles bei, was er über Landwirtschaft und Tierhaltung wusste.

Logan nahm Courtneys Hand und führte sie zu dem überfüllten Geschenketisch. Dann bat er um die Aufmerksamkeit ihrer Gäste. »Wir werden jetzt einige der Päckchen öffnen. Aber vorher möchte ich noch ein paar Worte sagen.«

Tanner stöhnte. »Aber mach schnell. Wir haben keine drei Stunden Zeit.«

»Halt die Klappe und hör einfach zu.« Logan funkelte ihn amüsiert an. »Jetzt rede ich.«

»Wie immer«, murmelte Cam und grinste.

Courtney schüttelte den Kopf über ihr Geplänkel und schaute in die Gesichter der vielen Leute, die sich um sie herum versammelt hatten. Mary und Ellis saßen neben Logans Tante Gina und seinem Vater. Die vier fühlten sich offensichtlich wohl und plauderten wie alte Freunde. Lainey und ein paar Stylistinnen aus dem Salon lachten und tranken Champagner, ebenso wie Maddie und Van. Carl hatte es nicht geschafft, dabei zu sein, obwohl sie ihn eingeladen hatten. Und Courtneys Dad und ihre Stiefmutter hatten einen wunderschönen Blumenstrauß und eine Nachricht mit der Bitte um einen Besuch geschickt, sobald das Baby reisefähig war.

»Okay«, rief Logan und legte seinen Arm um Courtneys Taille. Er war ein echtes Naturtalent, wenn es darum ging, in der Öffentlichkeit zu sprechen. »Zunächst einmal möchten wir uns bei euch allen bedanken, dass ihr heute hier seid und die bevorstehende Geburt unseres Babys mit uns feiert.« Er schaute auf den überladenen Tisch. »Und danke, dass ihr Geschenke mitgebracht habt, obwohl wir euch gebeten haben, das nicht zu tun.«

Alle lachten. Courtney lächelte, denn Logan war so warmherzig, so einnehmend. Auch die anderen verfielen in seinen Bann, während er weitersprach.

»Wie ihr alle wisst, gehört dieser Ort meinen Freunden, Dan

und Ellie.« Er nickte ihnen zu, als sie mit Kanapees durch die Menge gingen. »Sie sind fantastische Köche und Gastgeber und haben uns eingeladen, hier bei ihnen den Tag zu verbringen.«

»Cheers«, sagte Courtney und erhob ihr Glas Orangensaft.

»Zum Schluss möchte ich mich bei der wunderschönen und erstaunlichen Frau bedanken, die neben mir steht.« Logan richtete seinen Blick auf sie, und Courtney spürte es wieder. Diese Sehnsucht, dieses Bedürfnis. Sie schluckte schwer und versuchte, es zu verscheuchen. Jetzt war weder die Zeit noch der Ort, um sich auf ihren Mann zu stürzen.

»Ich kann euch nicht sagen, wie sehr ich sie liebe«, fügte Logan hinzu, und ein Grinsen umspielte seine Lippen. »Aber ich werde es versuchen. Sie ist die wundervollste Farmerin, Geschäftsinhaberin, Frau und Freundin, die ihr je kennenlernen werdet.«

»Verdammt, ja!«, rief Lainey.

»Aber sie ist auch die beste Partnerin. Sie lässt sich von mir nichts gefallen, hat ihren eigenen Kopf und akzeptiert meine Vorschläge nur, wenn ich sie auf Knien darum bitte.« Er zwinkerte, und Courtney wurde rot, weil sie genau wusste, worauf er anspielte. »Und jeden Tag wache ich auf und frage mich, was ich richtig gemacht habe, dass sie sich für mich entschieden hat. Sie ist mein Ein und Alles, und ich kann es kaum erwarten, dass unser Baby kommt, und wir alle um ein weiteres Stück von Courtney reicher sind.« Er streckte die Hand aus und berührte ihre sehr runde Wölbung. »Obwohl ich diesen Bauch vermissen werde.«

»Halt die Klappe.« Sie schüttelte den Kopf und verbiss sich ein Grinsen.

»Wie auch immer. Bitte erhebt euer Glas auf meine wunderschöne Freundin und unser Baby.« Er hob sein eigenes Glas – gefüllt mit Orangensaft, genau wie das ihre. »Cheers.«

»Cheers!«, wiederholte die Menge.

»Okay. Lass uns ein paar Geschenke auspacken.« Er lächelte Courtney an. »Willst du das erste aufmachen?«

Sie zuckte mit den Schultern. »Klar.«

Er nahm ein kleines Päckchen vom Stapel und reichte es ihr. Courtney öffnete das blaue Band und zog an dem silbernen

Papier. In der Erwartung, einen Schnuller zu finden, öffnete sie die Schachtel.

Stattdessen kam ein blassblaues Kästchen zum Vorschein. Es sah aus wie eine dieser kleinen Feenschachteln, die sie im Internet gesehen hatte. Etwas, in dem man den ersten Zahn des Babys aufbewahren konnte.

Doch als sie das Kästchen öffnete, fand sie einen Ring in einem Samtkissen. Die quadratischen Diamanten funkelten in der Sonne um die Wette. Verwirrt drehte sich Courtney um und sah Logan an.

»Der ist von mir«, sagte er mit ernster Miene. »Wenn du ihn haben willst.«

»Ist es ein ...«

»Ich möchte, dass wir heiraten«, unterbrach er sie sanft und nahm den Ring aus der Schachtel. »Wann immer du bereit bist. Selbst wenn du das nicht willst, gehört der Ring dir. Er ist ein Zeichen dafür, wie sehr ich dich liebe. Wie sehr ich mir wünsche, dass du zu mir gehörst. Ich will dich immer bei mir haben, weil du das Beste bist, was mir je passiert ist.«

Ihre Augen brannten, als sie atemlos zu ihm aufblickte. »Ich möchte dich heiraten«, entgegnete sie, die Stimme voller Emotionen. »So sehr.«

Sein Lächeln war umwerfend, als er ihr den Ring an den Finger steckte. »Danke.« Er senkte seinen Kopf zu ihr herunter, um sie zu küssen. »Ich kann es nicht erwarten, dass du meine Frau wirst«, murmelte er gegen ihre Lippen.

Sie erwiderte seinen Kuss, schlang ihre Arme um seinen Hals und erhaschte dabei einen Blick auf ihren funkelnden Ring.

»Lass es uns bald tun«, flüsterte sie. »Sobald das Baby da ist.«

»Abgemacht.« Er ließ seine Hand an ihrer Seite hinuntergleiten und zog sie so weit an sich, wie es ihr Bauch zuließ. »Danke, dass du mich so glücklich machst.«

Das Baby strampelte, als würde es ihm zwischen ihnen zu eng werden. Logans Augen weiteten sich vor Überraschung, dann sah er nach unten. »Ein verdammt starker Kick mit dem rechten Fuß, genau wie sein Dad.«

Sie hatte das Gefühl, dass der kleine Kerl in ihr genau wie sein Vater sein würde, in jeder Hinsicht. Der Gedanke daran ließ ihr Herz vor Liebe fast überquellen.

»Ich küsse dich lieber erst später, wenn wir allein sind«, flüsterte sie, dass nur sie beide es hören konnten.

Diesmal lachte Logan, und um seine Augenwinkel entstanden winzige Lachfältchen. Er nahm ihre Hand, hob sie an seine Lippen und küsste die Innenseite, ihre Finger und den Ring, den er ihr gerade übergestreift hatte.

»Klingt gut«, flüsterte er zurück, seine Augen strahlten belustigt. »Ich werde dich daran erinnern.«

Epilog

Courtney drückte ihren Sohn an ihre Brust und schenkte sich mit der anderen Hand ein Glas kühle Limonade ein. Sie nahm das Glas und ging auf die Veranda. Die Abendluft roch zu dieser Jahreszeit immer süßlich. Das lag an dem Maisstaub, der von den Feldern herüberwehte und den Beginn der Erntezeit ankündigte.

Nicht, dass sie eine Erinnerung daran bräuchte, was aktuell zu tun ist. Ihr ganzer Körper schmerzte von den acht Stunden Farmarbeit. Mary hatte ihr George heute Morgen mit einem breiten Lächeln abgenommen, um auf ihn aufzupassen, während sich Courtney mit Ellis auf den Weg zu den Feldern machte.

Es war immer noch schwer, von ihrem Sohn getrennt zu sein, egal wie oft sie während des Tages ins Haus ging, um ihn zu umarmen oder zu füttern. Jetzt saß sie mit ihm auf der Veranda ihres neuen Zuhauses und blickte auf den Bach hinaus.

Logan und sie waren kurz vor Georges Geburt hier eingezogen und hatten die letzten Wochen der Schwangerschaft damit verbracht, das Kinderzimmer einzurichten. Logans ganze Familie war gekommen, um zu helfen. Becca entpuppte sich als Meisterin im Umgang mit dem Pinsel. Gray und Tanner waren beide ziemlich geschickt mit dem Schraubenzieher und kümmerten sich um den Aufbau der Möbel. Und Logan hatte jeden Abend das Chaos beseitigt und dafür gesorgt, dass Courtney keinen Finger rühren musste.

»Du hast genug zu tun«, hatte er gemurmelt, wann immer sie protestierte und ihre Hilfe anbot. »Du brütest unser Baby aus.« Auf seinen Scherz folgte jedes Mal ein Zwinkern.

Und jetzt lag das Baby in ihren Armen und sah sie mit großen blauen Augen an. George Cameron Robert Hartson wurde fast zwei Wochen zu spät geboren. Ausgerechnet am vierten Juli. Laut Logan war es im Wartezimmer des Krankenhauses wie bei einer Party zugegangen. Ihre Familien, die Hartsons und die Roberts, waren da und auch Lainey, die sich wieder einmal als Fels in der

Brandung erwiesen hatte, als Courtney sie brauchte.

Aber die wichtigsten Menschen an diesem Tag waren Logan und George. Die Geburt war zwar hart gewesen, aber sie hatte nichts anderes erwartet. Womit sie nicht gerechnet hatte, war das Glücksgefühl, das sie verspürte, als George auf der Welt war. Oder mit dem Ausdruck des Staunens auf Logans Gesicht. Während sie beide so dasaßen, Logan dicht an ihrer Seite, während Courtney ihren Sohn in den Armen hielt, und seine Finger und Zehen zählten oder sich darüber unterhielten, wem er am ähnlichsten sah, hatte Courtney ein überwältigendes Gefühl der Vollkommenheit verspürt. Als wäre sie genau dort, wo sie sein sollte. Als hätten all die Irrungen und Wirrungen in ihrem Leben sie genau zu diesem Moment führen sollen.

George war jetzt zwei Monate alt, und diese Gefühle waren immer stärker geworden. Sie ließen auch nicht nach, als Logan nach Boston fliegen musste, um den Verkauf seiner Firma abzuschließen. In jener Nacht, in der sie mit George allein war, hatte sie kaum geschlafen.

Aber Logan sorgte immer dafür, dass sie für jede noch so kleine Unannehmlichkeit belohnt wurde. Neulich hatte er darauf bestanden, dass sie sich mit Lainey zu einem Mädelsabend verabredete. Und anschließend hatte er sie mit einem Schaumbad zu Hause willkommen geheißen und den Baby-Dienst für die ganze Nacht übernommen. Die meiste Zeit kümmerte er sich um die Bauarbeiten ihres neuen Restaurants an der Stelle, wo früher Courtneys Cottage stand, oder half ihr und Ellis auf den Feldern, wo sie von frühmorgens bis zum Einbruch der Dunkelheit die Ernte einbrachten. Seine gesamte Freizeit verbrachte Logan mit George. Seine Augen waren sanft, wenn er auf ihren Sohn blickte, und seine starken Arme hielten ihn, als würde er ihn vor der ganzen Welt beschützen wollen.

Es tat ihr im Herzen weh, zu sehen, wie er ihrem Sohn etwas zuflüsterte. Wie er ihm von all den Hoffnungen und Träumen erzählte, die er für ihn hegte. Logan war als Gastronom schon sexy, aber in seiner Vaterrolle ging er noch viel mehr auf. Und ihr gefiel so sehr, was sie sah, dass es gut war, dass sie nicht schwanger werden konnte, solange sie stillte.

George stieß einen Schrei aus und begann zu schmatzen, während er sie mit seinen großen blauen Augen ansah.

»Hast du schon wieder Hunger?«, fragte sie, als er sich in ihrem Arm zu winden begann. Sie öffnete ihren Still-BH und legte ihn an ihre Brust. Sanft hielt sie seinen Kopf, als er zu trinken begann und dabei die Augen schloss.

Das Brummen eines Motors durchbrach die Stille des Septemberabends. Sie schaute hinüber und sah, wie Staub von der Straße aufgewirbelt wurde, als ein schwarzer Geländewagen in ihre Einfahrt einbog. Beim Anblick von Logans Auto musste sie sich ein Grinsen verkneifen. Laut dem Verkäufer war es das sicherste Fahrzeug, das zurzeit auf dem Markt erhältlich war, samt Überrollkäfig und kugelsicheren Fenstern.

Sie hatte gelacht und ihn gefragt, wer zum Teufel in *Hartson's Creek* kugelsichere Fenster brauche.

»Sie werden mich vor Hester beschützen«, hatte Logan erwidert, als er ihr die vielen technischen Spielereien des Wagens präsentierte. »Ich nehme an, dass kugelsicher auch schnabelsicher bedeutet.«

Als Logan aus dem Wagen stieg, öffnete George die Augen. Sie schaute kurz zu ihrem Sohn, konnte aber den Blick nicht von Logan lassen.

Verdammt, er raubte ihr mal wieder den Atem. Er trug einen seiner Anzüge, was mittlerweile selten war, da er die meisten Tätigkeiten in Jeans und T-Shirt verrichtete. Seine Krawatte hatte er bereits abgenommen und sehr wahrscheinlich zusammengerollt in seine Tasche gesteckt. Und der Kragen seines weißen Hemdes stand offen. Seine Hose war perfekt geschnitten und schmiegte sich an seinen straffen Bauch und die schmalen Hüften.

Er nahm seine Sonnenbrille ab. Sein Blick war sanft, als er sie und George anlächelte. Das Gefühl der Vollkommenheit überkam sie, sobald er in ihrer Nähe war.

»Hattest du einen schönen Tag?«, fragte sie, als er die Stufen zur Veranda heraufkam. Er setzte sich neben sie auf die Schaukel, küsste sie auf die Wange und berührte Georges Kopf.

»Endlos und langweilig. Ich habe euch beide vermisst. Wie war es bei euch?«

Sie lächelte. »So ziemlich das Gleiche. Hast du alles erledigen können?«

»Ja. Alle Dokumente sind unterschrieben.« Sehr früh am Morgen war er nach Boston aufgebrochen, um nicht dort übernachten zu müssen. Er hatte mehrfach betont, dass er nicht von ihr und George getrennt sein konnte, weil er sie beide zu sehr vermissen würde. »Das Geld wurde überwiesen. Somit können wir die Farm morgen offiziell kaufen.«

Mary und Ellis würden in ihrem Haus wohnen bleiben, bis die Ernte vorbei war. Sobald etwas Ruhe eingekehrt war, würden sie in ihr neues Haus in *Maple Cross* ziehen, und Courtney und Logan würden beginnen, das große Farmhaus zu renovieren. Sie hatten noch nicht entschieden, ob sie dort einziehen oder es vermieten würden, aber so oder so war es eine gute Investition. Sie hatten sogar überlegt, daraus eine Frühstückspension zu machen. Dass Logan so viel Potential in dem Land sah, stimmte sie sehr glücklich. Alles in allem sah ihre Zukunft rosig aus.

»Hast du Cam sehen können?«

»Für ungefähr fünf Minuten. Dann musste er ins Stadion.«

»Wie geht es seinem Kopf? Hat er immer noch diese seltsame Migräne?«, hakte Courtney nach. Obwohl Cam immer noch unter den Kopfschmerzen litt, betonten sowohl er selbst als auch sein Arzt, dass er fit sei, um in die neue Saison zu starten. Obwohl Logan nicht darüber sprach, spürte Courtney, wie beunruhigt er war. Und deshalb machte sie sich um sie beide Sorgen.

»Er behauptet, es gehe ihm gut. Der Arzt hat ihm erlaubt, heute Abend zu spielen.« Logan zuckte mit den Schultern. »Hoffentlich wissen die Ärzte, was sie tun.«

Sie schenkte ihm ein kleines Lächeln. »Ja, das hoffe ich auch.«

George gurgelte träge in ihren Armen, und seine Lippen verzogen sich zu einem milchtrunkenen Lächeln. »Ich nehme ihn«, sagte Logan und hob George vorsichtig an seine Brust.

»Das wirst du brauchen«, sagte Courtney und reichte ihm das

Tuch, mit dem sie Georges Mund abgewischt hatte. »Zieh lieber dein Jackett aus. Er wird es ruinieren, wenn er spuckt.«

»Ich glaube nicht, dass ich das noch einmal brauche.« Dennoch schlüpfte Logan aus dem Kleidungsstück. Er warf sich das Tuch über die Schulter, drückte Georges Kopf sanft dagegen und rieb über seinen Rücken, bis ihr Baby ein beeindruckendes Bäuerchen machte.

»Das ist mein Junge«, murmelte Logan. »Braucht er ein Bad?«

»Schon erledigt.«

»Dann bringe ich ihn ins Bett. Du bleibst hier sitzen. Ich kümmere mich ums Abendessen und bringe dir einen Drink.«

Courtney lächelte ihn an. »Das klingt gut.«

Er zwinkerte ihr zu. Sofort begann ihr Herz schneller zu klopfen und ihre Haut kribbelte. Wenn George heute Abend im Bett war, würde sie Logan zeigen, wie sehr sie ihn heute vermisst hatte. Es war zwar nur ein halber Tag vergangen, seit er am Morgen seine Lippen auf ihre Stirn gedrückt und ihr gesagt hatte, dass er sie am Abend wiedersehen würde, aber jeder Moment ohne ihn fühlte sich wie eine Ewigkeit an.

»Logan?«, rief sie, woraufhin er sich an der Haustür umdrehte. George kuschelte sich an seine Brust.

»Ja?«

»Behalte das Hemd und die Hose an. Ich habe Pläne.«

Er hob eine Braue, seine Augen funkelten dunkel, als er sie betrachtete. »Welche Art von Plänen?«

»Solche, die unser Sohn noch nicht hören sollte.«

Er lachte. »Klingt gut.«

Ja, sehr gut sogar. »Dann lass uns schnell essen«, schlug sie vor. »Ich weiß nicht, wie es dir geht, aber ich möchte bald ins Bett gehen.«

Er konnte nie genug von ihr bekommen. Als sie in seinen Armen lag, ihre weichen Locken über seine Haut streichelten und ihr

Gesicht an seiner Brust ruhte, hatte er das Gefühl, dass das Leben nicht besser werden konnte. Er erinnerte sich daran, wie sie ihn gefragt hatte, ob die Anziehung, die sie füreinander empfanden, jemals verschwinden würde. Die Antwort war nein. Das wusste er ganz genau.

Er hatte sie schon vor Georges Geburt wie verrückt geliebt. Aber sie als Mutter zu sehen, vertiefte diese Liebe. Jetzt betete er sie an wie eine Göttin. Alles, was sie tat, war sexy. Von der Art, wie sie mit ihren schlanken, gebräunten Armen einen Heuballen anheben konnte, bis hin zu ihrer Sanftheit, wenn sie ihren Sohn fütterte.

Blinzelnd öffnete sie die Augen, und ein Lächeln umspielte ihre Züge. Vielleicht hatte sie seine Blicke gespürt. »Hi«, hauchte sie. »Bin ich eingeschlafen?«

»Nur für zehn Minuten. Du sahst aus, als hättest du es nötig.«

Sie drückte ihre Lippen auf seine nackte Brust. »Weil du so anstrengende Dinge von mir verlangt hast«, sagte sie grinsend.

Kaum hatten sie die Pasta Marinara gegessen, die er gekocht hatte, ließ sich Courtney auf seinem Schoß nieder und fuhr mit ihren Händen über sein Hemd. Er war hart, seit sie ihn über die Gabel hinweg angesehen hatte, ihre Augen dunkel vor Verlangen, ihre Lippen leicht geöffnet. Und als sie ihn küsste, explodierte die Lust zwischen ihnen.

Bereits auf dem Weg ins Schlafzimmer zogen sie sich aus, denn sie beide wussten, dass sie heute nur wenig Zeit für sich allein hatten.

»Wer hat hier wen an den Rand seiner Kräfte gebracht?«, murmelte er und malte mit dem Finger Kreise auf ihren Rücken. »Du hast mich um Dinge gebeten, zu denen ich nicht *Nein* sagen konnte.«

»Weil du sie genauso liebst wie ich.« Ihre Mundwinkel hoben sich.

Ja, er *liebte* alles, was sie beide auf diese ganz spezielle Weise verband. Courtney zum Keuchen und Zittern zu bringen, bis sie sich in ihrer Lust verlor, war einer seiner liebsten Zeitvertreibe. Er genoss jede Sekunde, die sie miteinander verbrachten.

Während er in Gedanken die letzte halbe Stunde Revue passieren ließ, kniff sie ihn spielerisch in den Bizeps, um seine Aufmerksamkeit zu bekommen. »Hey«, rief er laut. Im nächsten Moment setzte Babygeschrei ein.

Courtney hob ihren Kopf. »Das ist mein Stichwort«, sagte sie und grinste ihn an. »Danke, Logan.«

»Gern geschehen. Ich bin für Hochzeiten, Taufen und Bar Mitzwas zu buchen.«

Sie schnappte sich ihren Bademantel, wickelte ihn um sich und schloss den Gürtel an der Taille. »Apropos Hochzeit: Ellie und Dan haben für uns das letzte Wochenende im November reserviert. Sie sagen, dass wir dreißig Leute auf einmal im Haus unterbringen können, mehr, wenn wir ein Zelt organisieren. Ich habe gesagt, wir kommen vorbei, um das zu besprechen.«

»Ich bin für die Idee mit dem Zelt. Ich will, dass alle dabei sind.« Er wollte, dass all ihre Freunde und Familien zusahen, wenn Courtney offiziell seine Frau wurde. Nicht, dass es einen großen Unterschied machen würde – er fühlte sich schon jetzt wie ihr Ehemann. Aber wenn er ehrlich war und den Höhlenmenschen aus sich sprechen ließ, dann wollte er, dass sie seinen Nachnamen trug, genauso wie George.

Es fühlte sich an, als wäre es der letzte Schritt in ihr gemeinsames Leben.

»Klar. Klingt gut. Und Reverend Maitland möchte, dass wir zu ihm kommen, um die Zeremonie zu besprechen.«

»Toll«, entgegnete Logan mit weniger Begeisterung. Aber wer eine Hochzeit wollte, musste auch die Zeremonie durchstehen. Wenn sie Reverend Maitland nicht darum bitten würden, wäre er verärgert.

George weinte wieder. Während Courtney ins Kinderzimmer ging, um ihn zu beruhigen, zog Logan seine Jeans an und ging in die Küche. Nachdem er die Reste vom Abendessen weggeräumt hatte, schaltete er den Fernseher ein, um das Ende von Cams Footballspiel zu sehen, und begann parallel dazu, das schmutzige Geschirr in die Spülmaschine zu räumen.

»Es sieht nicht gut aus«, sagte der Kommentator. »Sie tragen ihn auf einer Bahre weg.«

Logan hockte vor dem Geschirrspüler und blickte mit zusammengezogenen Brauen zum Fernseher. Als er den Spieler mit dem *Bobcats*-Trikot erkannte, der auf einer Trage lag, versteifte sich jeder Muskel in seinem Körper.

Es war, als würde er zusehen, wie er selbst vom Feld getragen wurde. Langsam stand er auf und klammerte sich an den Tresen, während er seinen Blick nicht von der Sendung abwenden konnte.

»Läuft das Spiel noch?«, fragte Courtney und kam in die Küche. »Gewinnen sie?«

Logan sagte nichts.

»Stimmt etwas nicht?«, hakte sie nach. Er konnte hören, wie nervös sie war, bevor sie tief einatmete. »Ist das etwa ...?«

»Ja.« Seine Stimme war rau. »Er ist es.«

»Was ist passiert?«, flüsterte Courtney. Sie legte ihre Arme um Logan, und die Berührung erdete ihn, obwohl sein Herz immer noch heftig pochte.

»Ich weiß es nicht.« Er schüttelte den Kopf. »Ich habe gerade erst eingeschaltet.«

Sanft nahm sie seinen Kiefer in ihre Hände und drückte ihre Lippen auf seine Wange. »Es ist okay«, sagte sie. »Cam bewegt sich. Siehst du?«

Tatsächlich konnte er sehen, wie Cam mit den Armen ruderte, als wollte er den Sanitätern etwas sagen. Sie hielten an, und er stieg von der Trage und schüttelte den Kopf, als wäre er stinksauer auf sie. Es gab keine Anzeichen von Verletzungen, keine gebrochenen Gliedmaßen, kein Blut. Es gab nur die Halskrause, die ihm offensichtlich vorsichtshalber angelegt worden war. Logan sah, dass Cam sie wieder loswerden wollte.

Einer der Trainer kam auf ihn zu und zeigte auf die Trage. Cam stemmte die Hände in die Hüften und schien etwas zu rufen.

Logan konnte nicht anders, als vor Erleichterung zu lachen. »Verdammt, er macht ihnen die Hölle heiß.«

»Das tut er doch immer.« Courtney küsste ihn erneut, diesmal länger, und Logan spürte, wie das Bedürfnis nach ihr in ihm pulsierte. »Er ist genau wie sein Zwillingsbruder.«

Lächelnd drückte er seine Lippen auf ihre. »Ich weiß nicht, ob das eine Kritik oder ein Kompliment ist.«

»Beides.«

Sie lachten.

»Ich rufe ihn gleich an«, sagte Logan, als sie sich schließlich voneinander lösten. »Hoffentlich geht er an sein Telefon.«

»Bist du sicher, dass du okay bist?«, hakte Courtney nach.

»Ja.« Er nickte und zog sie wieder in seine Arme, denn er konnte nie genug von ihr bekommen. Alles würde in Ordnung sein, wenn sie bei ihm war. Und mit Courtney an seiner Seite konnte er mit allem fertig werden.

Auch mit seinem Bruder, der sehr verärgert sein würde, weil man ihn vom Feld getragen hatte. Nachdem sie nach George gesehen hatten, kuschelten sie sich zusammen ins Bett. Das Leben konnte unmöglich noch besser werden.

»Ich liebe dich, Mr Hartson«, murmelte Courtney und lehnte ihren Kopf an seine Schulter.

Freude explodierte in ihm. »Ich liebe dich auch«, sagte er und strich mit seinen Lippen über ihre Wange. »So sehr, dass ich nicht weiß, was ich mit all der Liebe tun soll.«

Sie sah zu ihm auf. »Ich habe eine Idee, was du damit tun kannst«, erwiderte sie und ihre Augen funkelten erregt.

»Schon wieder?«, fragte er.

»Ja, aber vorher solltest du Cam anrufen.«

Er küsste sie hart und heiß, dann zog er sich von ihr zurück. »Einverstanden. Merk dir, wo wir aufgehört haben.